CB045530

Maldita Morte

Fernando Royuela

⇥ Maldita Morte ⇤

Tradução
Elisa Amorim Vieira

BB
BERTRAND BRASIL

Copyright © 2000 *by* Fernando Royuela
Título original: *La mala muerte*

Capa: Victor Burton

Editoração: DFL

2005
Impresso no Brasil
Printed in Brazil

CIP-Brasil. Catalogação-na-fonte
Sindicato Nacional dos Editores de Livros, RJ

R795m	Royuela, Fernando, 1963- Maldita morte/Fernando Royuela; tradução Elisa Amorim Vieira. — Rio de Janeiro: Bertrand Brasil, 2005. 352p. Tradução de: La mala muerte ISBN 85-286-1142-6 1. Romance espanhol. I. Vieira, Elisa Amorim. II. Título.
05-2362	CDD – 863 CDU – 821.134.2-3

Todos os direitos reservados pela:
EDITORA BERTRAND BRASIL LTDA.
Rua Argentina, 171 — 1º. andar — São Cristóvão
20921-380 — Rio de Janeiro — RJ
Tel.: (0XX21) 2585-2070 — Fax: (0XX21) 2585-2087

Não é permitida a reprodução total ou parcial desta obra, por quaisquer meios, sem a prévia autorização por escrito da Editora.

Atendemos pelo Reembolso Postal.

A Pote Huerta, pelo veneno da literatura

... e pensemos
quando o drama prossiga e a dor
fingida
se torne verdadeira em nossos corações,
que nada se possa fazer, que está próximo
o final que temermos de antemão,
que a aventura acabará, sem dúvida,
como pode acabar, como está escrito,
como é inevitável que suceda*.

ÁNGEL GONZÁLEZ, *Entreato*

---

* Entreacto: "...y pensemos, / cuando el drama prosiga y el dolor / fingido / se vuelva verdadero en nuestros corazones, / que nada puede hacerse, que está próximo / el final que tememos de antemano, / que la aventura acabará, sin duda, / como debe acabar, como está escrito, / como es inevitable que suceda."

Maldita Morte

1

Ao longo da minha vida conheci uma infinidade de filhos-da-puta e a nenhum desejei uma morte ruim. Com você não vou fazer uma exceção. O ser humano perdura pelo mundo sem se dar conta da tragédia que o aguarda. Uns inventam deuses para remediar a angústia, outros, ao contrário, atendem ao imediatismo do prazer para afugentar o inevitável, mas todos no final são medidos pela rigorosa igualdade da extinção. Eu já estava advertido do fim, mas jamais pensei que fosse acontecer desta maneira.

Sei a que veio, mas não me importa. Nunca até agora tinha me enfrentado com a certeza de deixar de existir, e por isso sua presença, antes de me atemorizar, deprecia-me. Agora compreendo que minha existência tenha estado encaminhada desde o princípio para nosso encontro; que meus passos estivessem condenados até este instante, que não me fosse possível escapar ao meu destino por mais que pretendesse absurdamente, que ninguém, nem sequer os entes queridos, jamais irão chorar minha perda. Sei que você veio para se regozijar com o espetáculo de minha morte, constatei-o na ferrugem dos seus olhos, no limo de sua curiosidade, mas já não temo a inexistência. Dizem que no vértice exato da morte as cenas vividas se reproduzem vertiginosas como os fotogramas de um filme. Dizem que, uma vez vistas, a consciência acaba. Talvez seja certo e eu esteja assistindo neste momento à contemplação precipitada de um passado nebuloso de recordações. As biografias dos mortos advertem sobre a persistência do espírito e ajudam os vivos a destroçar as incógnitas que acaso lhes provoque o saber-se finitos. Esse será meu magistério. O demais nada importa; é entretenimento ou incerteza.

Sei que você veio para entreter-se com a representação de minha morte e que de nada valeria invocar-lhe agora piedade, ternura ou compaixão. Sei também que não o habitam nem a má-fé nem o ódio e que tão-somente pretende saciar comigo sua curiosidade antes de chegar até o inexorável desfecho. Faça-o, pois; aqui me tem de par em par aberto, como um livro a ponto de ser começado. Minhas horas são suas páginas, minhas recordações, a razão de ser de sua leitura, minha extinção o ponto final em que deve concluir.

Ao longo da minha vida, conheci múltiplos filhos-da-puta e a nenhum desejei uma morte ruim. Meu irmão Tranquilino, no entanto, teve-a. Um trem de carga levou-lhe pela frente a primogenitura. Ocorreu num mês de julho esmigalhado pela seca. Carregava o contentamento dos quinze anos recém-completados e, quando quis se dar conta, a locomotiva já estava gravada diante de seus olhos. O cérebro foi espalhado pelos trilhos, e as formigas celebraram. As formigas acumulam provisões para passar os invernos sem escassez, são precavidas, mas no fim morrem do mesmo jeito que as cigarras. Essa é a desgraça de sua natureza. Meu irmão

Tranquilino sentia prazer queimando-as. Descabeçava os fósforos de uma caixa sobre a boca do formigueiro e botava fogo. Ele ficava assim, ensimesmado, contemplando os insetos arderem sob a ação das chamas na substância gordurosa que os reveste; absorto nesse odor de inferno que desprende a vida chamuscada; momentos longos até que a fumaça se dissolvia no seu olfato e não restava mais secreção para incandescer. Foi despachando os formigueiros do povoado, um atrás do outro, até que o trem o despojou da vida com um golpe seco de locomotiva que retumbou oco debaixo do céu interminável da Mancha.

Meu irmão Tranquilino, na beatitude de sua simplicidade, ignorava que cada qual aguarda seu fim conforme deseja de antemão a providência e, apesar de haver gente que discorde sob o pretexto de pretender ser livre, isso é assim, quer queira ou não. Cada um com seu engano, cada qual com sua mansidão. No final, dá no mesmo, estou lhe dizendo. Faz parte da natureza do homem se rebelar contra seu próprio destino, mas, no final, vai-se morrendo do mesmo jeito. As formigas lancharam o cérebro do meu irmão, mas não fizeram mais do que cumprir sua missão. Podia ter sido pior, mas não foi. Os desastres acontecem como acontecem e não como se gostaria que acontecessem. Olhe para mim para ver se não é; anão dos pés à cabeça, braço curto, mão pequena, braquicéfalo, um verdadeiro monstro da natureza, mas crescido pelo respeito, pela reverência que concede o tilintar das moedas. Minha mãe se pôs a chorar ao ver-me parido. Era de noite e o alumbramento lhe chegou duro e repentino. Primeiro chorou de dor e depois de pena. Minha cabeça rasgou-lhe o pedaço de carne que junta o ânus à vagina das mulheres. O veterinário saiu contando que ela uivava igual às lobas da montanha arrebentadas a balaços. Minha mãe, ao contemplar-me, notou logo minhas deformidades. "Este também não me saiu bom, não é, seu Gregorio?" O veterinário, ainda segurando-me pelos tornozelos, limitou-se a confirmar com a cabeça, enquanto lhe escorria pela testa o suor que a nublava. Ela pediu-lhe que me sufocasse, mas o veterinário teve a comiseração de ignorar-lhe as palavras e limpou-me o crânio com água morna antes de vestir-me o corpete cor-de-rosa que minha mãe tinha comprado de um vendedor ambulante para o enxoval da menina que desejava parir. "Assim, vestido, melhora", respondeu-lhe, e minha mãe pôs-se a chorar, o coração apertado, ao ver que, em vez de fêmea, tinha nascido anão. Eu teria me chamado Maria em vez de Gregorio, como o veterinário que me trouxe ao mundo.

Para nós anões, desde sempre, a vida nos pareceu enorme. Há uns que se desenvolvem como peixe na água no minguado de sua condição e são até felizes, enquanto outros perambulam pelas margens da existência como cachorros abandonados atravessando a sujeira das cidades, lambendo sozinhos seu ressentimento, medidos pela vara terrível da indiferença, de tombo em tombo até a tumba.

O patrimônio da violência costuma estar depositado nas mãos dos desesperados, dos despossuídos e dos dementes, mas todos, no final, com o mesmo ferro com que matam também morrem. Meu irmão era um filho-da-puta natural, quer dizer, dos de herança. Possuía um cérebro melado como um marmelo, que as formigas não souberam degustar. Uma locomotiva levou o pobre pelos ares quando atravessava a via, a caminho da migalha de horta que meu pai tinha junto ao muro do cemitério. Tenho certeza de que aquele homem não era meu pai. Provavelmente o de meu irmão sim, mas não o meu. Meu pai deve ter sido algum filho-da-puta sem filiação que, por acaso, fecundou com a inconsistência de sua genética o ventre de minha mãe. Talvez um caminhoneiro daqueles que, a caminho de Valência, paravam para almoçar no Paquito, na periferia do povoado, na margem de lá da rodovia federal. Ali trabalhava minha mãe. Cozinhava, lavava panelas, atendia ao balcão e exercia o outro ofício quando lhe dava vontade ou lhe pagavam pela ocasião. Ela era um pouco frívola e um tanto quanto puta, como acontecia naquela época a tantas e tantas mulheres que acabavam de sofrer na juventude de suas carnes as carências da guerra. Dizem que conheceu o seu marido a caminho da costa, quando os tiraram de Madri, numa parada para mijar que fez o comboio do Socorro Vermelho, no qual ela ia meio atirada. Tinha dezesseis anos, embora repletos de formas, e ficou com ele desde que o viu aparecer pela costa do rio, enquanto ela, de cócoras, esvaziava a bexiga nos destroços de um muro. Essa foi a sua sorte, porque do comboio só dois caminhões conseguiram chegar a Valência. Os outros quatro foram arrebentados numa sova de morteiro que lhes caiu como granizo do céu de Franco.

No Paquito os caminhoneiros podiam almoçar feijão com orelha e depois tirar uma sesta, sozinhos ou com minha mãe, num quarto reservado da sobreloja, ao abrigo da letargia do sol e com o estômago bem mexido pelos gases da digestão. Tenho certeza de que quem semeou a semente de minha vida devia ser um homem muito podre de cromossomos, um ser já no humo da espécie, porque, se não for assim, não consigo compreender o desajeitado de minha figura, a ruína de meu corpo sustentada somente pela pedra angular do grotesco. Meu pai, o suposto, andava nessa época muito mal da tuberculose, tanto que morreu não mais do que três semanas depois que eu nasci. Tossiu uma borbulha de pleura, expectorou um pedaço de pulmão e desfaleceu sobre o travesseiro suado, no qual reclinava a debilidade. É possível que, antes de morrer, visse no alto do quarto o tórax trêmulo do anjo da morte, porque os seus olhos ficaram muito abertos, cravados no nada do teto carcomido. À minha mãe não lhe importou em absoluto o falecimento de seu marido. Ela andava ocupada em outros afazeres de esfregão e descaminhos, e ainda mais, agora, a viuvez lhe outorgava a soberania moral de seus próprios atos. A carne, como se sabe, é fraca, e a sua, por assim ser, foi convertendo-se em granulada como o grude. O Paquito era seu lugar. Eu quase não a via. Ela me deixava jogado no interior de um cesto de vime, as fraldas atadas ao ventre sem muito esmero e, ao ir caindo o meio-dia, ia embora a buscar os cozidos da carne, contente de deixar de me ver e com vontade de trabalhar. "Dá uma olhada nele de vez em quando e espanta as moscas, pra que elas não façam ninho em cima dele", ordenava a meu irmão, e ele assentia com a cabeça. Eu ficava ali, jogado na claridade da cozinha, cozinhando-me em meus próprios dejetos, moles dos primeiros leites, esse mesmo leite que quando ela me oferecia eu lhe arrancava aos mordiscos para que não o dividisse, talvez, com algum viajante de comércio que ainda estivesse atrasado na sucção do pós-parto. Uma fome imemorial é a que eu levo colada na alma, a fome imemorial da Espanha. Meu apetite enorme e o jeito de inseto de me pendurar nos seus mamilos enchiam minha mãe de espanto e, a cada mamada que me dava, mais se convencia de que havia engendrado um animal de Satanás, que deveria ter estrangulado, assim que a cabeça apareceu no mundo. Seu leite tinha para mim o sabor da água dos anjos aromatizada com almíscar, o sabor da lágrima saborosa que alimenta e até um pouco de creme de anis, por isso me aferrava exageradamente ao calor dos seus peitos e, então, não havia força humana capaz de me soltar.

Amedrontava a minha mãe a monstruosidade do meu apetite e devia considerar que eu ia arrancar-lhe as tripas às chupadas porque, já fora de si, pegava e me tapava o nariz com os dedos para que, ao ficar sem ar, eu abrisse a boca e me desenganchasse do mamilo. Ela não me amava. Era admissível que não o fizesse, mas naquela época eu carecia do uso de razão pertinente para compreender a sua circunstância. Seu marido tossiu assim que me viu nascer e emudeceu para sempre. Morreu em três semanas, estou lhe dizendo. Um terceiro escarro com um coágulo ficou preso no céu de sua boca como se fosse um estalactite póstumo de muco.

Meu pai, o verdadeiro, a estas alturas da vida já andará rendendo o tributo de carne aos vermes, pois assim terá desejado a providência. Nunca o conheci. Nunca soube quem foi e neste não saber está o pouco que achei por bem coincidir com minha mãe. Ela renunciou a mim sem o menor esforço e se aplicou com esmero à clientela do Paquito. Ali aperfeiçoou o feijão com orelha e adquiriu grande destreza na elaboração de outros pratos da região como as *migas ruleras** ou a sopa de torresmo, que distrai o estômago e espessa a inteligência. Ali se esmerou em servir as mesas, em lustrar as panelas e desfazer as camas, ora com a modorra relaxante da sesta, ora com a sonolência do vinho das noites. Um ótimo negócio para o dono, um peão de Montilla del Palancar, que acabou prosperando com o lucro emergente de sua submissão.

O leite que me deu teve para mim o sabor de pele de pétala, de calda íntima, e ainda o noto suavizado na recordação, quando me assalta o veneno branco da nostalgia. Se a ela me aferrava e a mordia, era porque intuía que a seguinte mamada podia estar distante e, inclusive, podia não chegar mais. Posso assegurar que não o fazia por maldade, mas por fome, essa da qual lhe digo que estou feito. Um homem é a fome que passou; qualquer tipo de fome, qualquer homem. Meu irmão Tranquilino me observava mamar com a mesma curiosidade maiúscula que é colocada no rosto dos imbecis e lhes amolece a expressão com a rubrica transparente da baba. O pobre se acabou na flor da vida, quando a juventude lhe abria suas portas, e o seu sêmen começava a espessar. Um trem de carga o destroçou. Os pedaços de seu cérebro andaram alimentando formigas durante todo o inverno, essas mesmas formigas que ele queimava com entusiasmo e curiosidade por vê-las retorcerem-se com o fogo, crepitando entre as chamas e, de passagem, perfumando-lhe o nariz com o chamuscado de seu holocausto. Sessenta e um deveria ter feito se não tivesse saído esparramado pelos ares quando cruzava a linha a caminho da nossa horta que estava demarcada pelo muro do cemitério. Há mortes mais terríveis, com certeza, mas essa foi a que meu irmão encontrou e já não se pode fazer nada para mudá-la.

---

* Comida típica da região central da Espanha, Castilla La Mancha, que consiste em migalhas de pão feitas com fubá tostado. (*Todas as notas são da tradutora.*)

Sua presença nesta casa, mesmo que me encha de tristeza, confirma a razão que tive em desacreditar de tudo e assumir o destino como algo irremediável e alheio ao meu controle. Soube de suas intenções assim que seu nariz apontou, só de sentir o tato de suas mãos repletas de curiosidade, passeando pelo lombo de minhas deformidades, manuseando as páginas de minha alma. Não necessitou nem sequer me confirmar a razão de sua presença; adivinha-se em seus olhos, em seus silêncios, na maneira quase íntima com que se empenha em escutar-me. Pressentia que o fim andava próximo, estava pelo menos advertido, mas jamais supus que haveria de encontrá-lo tão ladino.

Você chegou a mim sem conhecer com exatidão o motivo que o traz, nem o cenário em que se encontra. Posso situá-lo. Você está na minha casa, chegamos quase ao mesmo tempo, você não sei de onde, eu do meu último jantar. Determinou a providência que, ao final, eu atendesse ao convite para o jantar beneficente que, como é costume no Natal, a Fundação Irmãos Meredith oferece ano após ano e é dali que acabo de regressar. A esse jantar costumam comparecer as pessoas públicas de maior renome em cada temporada, políticos em evidência, atores da moda, intelectuais complacentes, empresários de fortuna e, geralmente, gente festeira, desejosa de ver-se retratada nas revistas. Enviei à organização o vultoso donativo que, tão amavelmente, teve por bem solicitar-me e ela, em troca, quis contar com a minha presença; já se pode imaginar como funcionam esses atos de caridade pública, nos quais tudo é teatro, esboço de sorriso e arquitetura de vaidade. Apenas tive tempo de tirar a gravata, tomar uma chuveirada e preparar um copo de uísque para que pudesse, enfim, distender meus músculos enquanto aguardava a chegada da senhora Dixon, a quem você seguramente conhecerá pelos meios de comunicação.

É habitual que as pessoas, assim que me conhecem, receiem a minha companhia, antes pelas suas próprias limitações na hora de estabelecer conversação com seres diferentes, que pelo próprio fato da repugnância que, na verdade, eu pudesse provocar-lhes. Estou acostumado. Ser anão implica levar uma carga extra de paciência sobre a armadura por si mesma frágil do esqueleto. Começam por não saber o que me dizer, logo enrijecem os músculos, alguns ficam violentos e os outros, ao final, esboçam, com enorme esforço, umas duas frases de compromisso ou circunstância para se verem livres: "Está uma noite esplêndida", "eu achava que o senhor fosse mais velho", "é uma honra para mim apertar sua mão". Depois se calam e mergulham na justificação de suas próprias deficiências. Esta noite não foi diferente. À minha direita na mesa todos eram sorrisos e olhares esquivos; atrás, os garçons me ignoravam salvo para me servir com esmero. Em frente, o prefeito falava sem parar dirigindo-se aos comensais. Quando seu olhar pousava nos meus olhos, aflorava às suas bochechas um amável sorriso de compreensão. À minha esquerda, no entanto, a comissária Dixon parecia estar representando um papel muito mais arriscado, antes próprio de um demente ou de um imbecil do que de uma mulher de sua categoria. Ainda que pudesse parecer estranho, Belinda Dixon, a comissária européia, ficou insinuando-se para mim com descaramento durante todo o jantar, o que não deixou de parecer-me estranho. Veja só, com meus anos e minhas deformações e, apesar disso, suscitando desejo nas mulheres. É provável que pretendesse encenar comigo algum tipo de perversão insatisfeita. Na realidade, a princípio não provocou em mim mais do que lástima. Pareceu-me uma mulher extremamente atormentada, possuída pelo desequilíbrio, capaz de cometer qualquer loucura sem mudar o sorriso. As personalidades extremas sempre me atraíram, sobretudo as presididas por corpos poderosos. Pouco a pouco, no entanto, fui me dando conta de que a sua presença naquele lugar não era uma mera coincidência. Aquilo fazia parte de um plano preconcebido. Tudo estava ordenado, suas palavras, seus gestos, suas obscenidades. Anotei-lhe meu endereço num pedaço de papel e ela me assegurou que ia se desfazer de um compromisso prévio que tinha marcado para depois do jantar e, quando pudesse, iria divertir-se no meu colchão. Eu vim para casa o mais rápido que me foi possível. Ao sentir você chegar pensei que fosse ela, que talvez tivesse se introduzido pela porta de serviço, quando a empregada abriu para levar o lixo para fora; ouvi rugir o caminhão que o recolhe e considerei semelhante possibilidade, mas foi só ver você aparecer que me dei conta do que estava acontecendo.

Ao longo da minha vida, considerei em repetidas ocasiões o caráter sarcástico com que parecia intervir a providência em meus assuntos, mas jamais cheguei a pensar que tudo não passasse de mero entretenimento, de um simples romance, de uma miserável fabulação. Agora eu entendo; sua presença na minha casa, o jantar desta noite, minha juventude gastada entre feras... Estava advertido, bem se encarregou a providência que o estivesse, mas nunca até hoje pensei que o fim fosse ser este e pergunto-me, extrapolando, se o resto dos seres mortais não terá de passar algum dia por uma experiência semelhante. Seria divertido que todos, começando por você, acabassem no mesmo e que, no instante preciso da morte, lhes fosse revelada a inconsistência de sua condição de uma maneira tão miserável como esta que está acontecendo agora. Parece uma falta de sentido nos tempos que correm erguer um olhar a esse além que nos transcende e esquecer por isso o pensamento lógico que governa a mecânica social do dia-a-dia, mas no meu caso de nada me serviu nem me aferrar à vida, nem lutar contra ela da maneira tão desmesurada que talvez você perceba. Ao final, esforço e vontade se convertem em escombro.

Seria de supor que eu pudesse estar desesperado neste instante, nervoso pelo menos, ou talvez aterrorizado pelo nada que me aguarda, mas já se vê que não é assim. Meu irmão Tranquilino não se atemorizava com o fato de cometer maldades, era um filho-da-puta privado de consciência. Comigo irritava-se à vontade, mas sem má-fé. De seus miolos, pelo menos, tiraram proveito as formigas, pobres bichos, sempre à procura de alimento. Em vida, meu irmão descabeçava os fósforos nas bocas minúsculas dos formigueiros e ateava fogo. De repente saía um fogaréu alaranjado que lhe inundava as narinas com o perfume da combustão e ele aspirava fundo e se regozijava. Um holocausto para esses pobres bichos, um holocausto de trezentos ou quatrocentos graus. Posteriormente se vingaram, merendando-lhe as idéias podres que levava na massa encefálica. Bom proveito devem ter tirado delas. Nisso consiste a grandeza da biologia, na luta inútil pela sobrevivência. O destino ri à nossa custa e debaixo do nosso nariz e, muito embora em si mesma, a gargalhada não tenha por que ser contraproducente, às vezes fere profundamente. A gargalhada expectora as misérias do cotidiano e ventila convenientemente os terrores do homem. Coisa diferente é que seja praticada com desdém e de costas para as próprias contradições; é, então, quando deixa de ser curativa e adquire fio de navalha.

Ninguém mais me chama de anão, pelo menos na cara. Antes assim. Antes era uma agonia; anão, traz isto, anão, faz aquilo, anão, por aqui, anão, para lá, anão de merda, se não se apressar, enfio-lhe um chute na boca e o ajeito, mas todo esse espanto já passou e agora me dão bom-dia com respeito e felicitam-me a onomástica com interesse, se não com reverência. O mundo gira e muda e só permanece a hipocrisia dos que dele participam em cada época. Se você soubesse rezar lhe agradeceria que rezasse alguma oração em memória de meu irmão. O pobre foi atropelado por uma locomotiva quando, mandado pela minha mãe, ia encher o cesto de tomates na horta que ficava junto ao muro do cemitério. Não teve uma boa morte embora pudesse ter sido pior. Imagine só se tivesse caído num poço e se afogasse depois de tentar desesperadamente agarrar-se à superfície limosa das paredes; o pulso acelerado, a histeria crescendo e a vida minguando, gole a gole, e, depois, o escuro e o úmido do umbral da morte. Reze por ele um Salve Rainha, se é que você sabe, ou um Credo, se lhe parecer mais cômodo. Ele me olhava mamar com raiva nos olhos e minha mãe lhe dizia que fosse plantar batata, mas ele não lhe fazia caso e ficava quieto, cravado pelos pés ao chão da cozinha, olhando-me chupar o tutano da alma de minha mãe, o pouco que lhe restava com tanto tráfego de caminhoneiros.

Uma vez choveram ostras na Mancha. Foi na manhã em que ocorreu a meu irmão Tranquilino colocar meu cesto debaixo do pau do galinheiro. Eu estava dentro, dormindo no fragor cagado das fraldas. Várias vezes depois voltou a fazê-lo, até que com um ano aprendi a andar, mas só naquele dia choveram ostras nos campos secos — merda, amargor e morte — da Mancha. Eram grandes como punhos de homens e bateram suas conchas com dureza sobre os telhados do povoado. As pessoas corriam para salvar o crânio e teve algum animal que ficou com o lombo quebrado. Além de anão possuo outros defeitos, enterneço-me, por exemplo, com a poesia e, depois de ler alguma, acaba a minha vontade de seguir neste mundo. É algo inevitável que me acontece desde que andei apaixonado quando criança. Podia ter sido pior. Sempre pode ser pior. Podia ter dado para invocar o diabo nas noites vazias de lua, encabritado pelas paragens, salmodiando barbaridades e dando os saltos característicos: *Oh senhor das trevas, oh tu o mais belo e sábio dos anjos, Deus pela sorte traído e de elogios privado, apieda-te de minha grande miséria*, mas não. As coisas são como são e não como sonhamos, desejamos ou ansiamos, além disso, pouco teria se beneficiado o diabo com a minha companhia. Meu irmão Tranquilino me colocava debaixo do pau do galinheiro e me deixava ali nas horas mortas. Ele se entretinha em contemplar como o meu corpo ia ficando caiado de excrementos, maravilhado, talvez, com a quantidade que cagavam aqueles animais e o aspecto ondulado do que destilavam. Naquela época, não havia televisão, e a vida nos povoados era monótona. Não digo que não fosse do mesmo modo nas cidades, mas afirmo aquilo que sei, e o que não, por prudência, calo. Eu não entendia nada ou quase nada daquela umidade que me caía do céu como se nevasse dos anjos, e me resignava em minha impotência, chorando talvez algumas lágrimas nada produtivas e já aprendendo com o pranto que há vezes em que se está melhor com a boca fechada que apelando para a compaixão de terceiros. Quando minha mãe regressava, cansada, do Paquito e me via com a cabeça coroada, começava furiosa a gritar com o meu irmão e, se tinha a habilidade de agarrá-lo, dava-lhe umas boas bofetadas, não pelo fato de não ter cuidado de mim, mas pelo trabalho a mais que significava ter de me limpar. Naquele dia, no entanto, a história foi diferente, e não porque chovessem ostras na Mancha, até também, mas porque ao malnascido do meu irmão ocorreu descabeçar fósforos no meu umbigo. Perfurou com o dedo um espaço na porcaria das galinhas e quando já tinha definido o buraco descabeçou três caixas e botou fogo com uma faísca de maldade. Uma nuvem de fumaça elevou-se do coração do meu ventre até o pau do galinheiro ao mesmo tempo em que eu esganiçava com o conhecimento da dor. As galinhas, surpreendidas pelo fogaréu, puseram-se a voar num frenesi de penas que parecia de arcanjos fustigados por blasfêmias. Se soubesse fazê-lo, eu me teria colocado de bruços para tentar talvez apagar minhas tripas, mas eu era apenas um anão recém-nascido e nada conhecia do mundo exceto o instinto de mamar, por isso me queimei, e teria ardido até a morte se meu irmão não tivesse tido as luzes necessárias para se dar conta das conseqüências de sua maldade e não houvesse posto o remédio que naquele momento teve mais à mão. Quando o fogo de tão denso estava à beira de incendiar o vime do cesto, abaixou o zíper e urinou-me. Seu líquido jorrou fresco pelo meu corpo como água de salvação. Urinou-me em abundância desde o túmulo do cocuruto até as pontas das extremidades e aplacou, assim, as chamas com a providência de seu ácido úrico. A desgraça não foi além e o fogo ficou logo sufocado. Ficou-me uma fundura no estômago como se tivesse sido explodido um projétil minúsculo ou me tivessem queimado na praça do umbigo um boneco diminuto na noite de São José*. Ainda conservo a cicatriz. Já não é nem a sombra do que era, mas se vista de perto se poderá ter uma idéia da singularidade do acontecimento. O tempo tudo apaga, menos o ódio e a ânsia de vingança. Já não me incomoda, mas me arde na memória quando se

---

* Na noite de São José, 19 de março, celebram-se as *Fallas* em Valência, Espanha. Nessa festa queimam-se bonecos que representam figuras da atualidade.

anuncia tormenta. O tempo tudo remedia menos as amputações das extremidades e essas ânsias enormes de vingança que se aninham na razão como pássaros frios à espera da ressurreição afiada de suas garras. Ser urinado produz uma sensação de conforto inexplicável que, de acordo com o caso, pode chegar a produzir excitação sexual. As aberrações psíquicas do sexo em cada época têm sido alimento de ações. Isso é deduzido por qualquer um que se tenha debruçado para ver o mundo. As coisas são como são e é inútil resistir ao inevitável. O fogo espanta os animais, arrepia seus nervos e os faz fugir apavorados por onde podem, ainda que à custa de deixar enganchadas as tiras de carne pelos arbustos ou cegar-se no galope da fuga e acabar precipitando-se pelos barrancos como Ícaros bestiais. O pânico deve ter solidificado a urina na bexiga do meu irmão, porque o jorro que me lançou era duro como o ferro fundido, tanto que para evitar que eu ardesse, machucou meus ossos, ainda frágeis e cartilaginosos como eram pelo pouco tempo que fazia que eu tinha nascido. A chuva de ostras manteve o povoado alucinado durante uns dois dias e ninguém se preocupou comigo, nem sequer o veterinário. Só minha mãe quando regressou na manhã seguinte do Paquito, ao ver minhas bochechas tomadas pela febre logo se deu conta de que eu tinha queimado o umbigo e teve a caridade de curá-lo com um emplastro de azeite de oliva, bosta e mel de alecrim. Se não chega a fazer isso, eu teria fenecido. Morte má a dos abrasados. Meu irmão nunca mais voltou a me queimar, nota-se que se assustou. A partir de então, se concentrou nos formigueiros e com eles andou entretido o resto de sua vida, que durou até que o trem o atropelou e o cuspiu aos céus feito cisco. Não teve boa morte o pobre, embora pelo menos não tenha sofrido. Não consta nos anais que naquele dia tenham chovido ostras na Mancha, mas a Algimiro Calatrava, o Cicatriz do Moinho do Valão, alcançou-lhe a tormenta num descampado e desgraçou-lhe o rosto. Ele tentou proteger-se com as mãos, mas a intensidade era tanta que não houve jeito. Dez minutos mais e perece. Estava desmaiado quando o encontraram. Teve gente no povoado que aproveitou para cozinhá-los com cebola ou fervê-los, e até chegaram a elogiar sua suculência, o que também não é de se estranhar em gente do interior, rude de entendimento, as peles curtidas pela lâmina do sol e o paladar entretido no entreverado do toucinho. Algimiro Calatrava maldisse o céu pelo fenômeno que por pouco não o cegou. "Que se dane esse Deus covarde que manda cair bichos, que lhe escarrem sangue os judeus", dizem que saiu dizendo. Cada um atalha suas desventuras com a providência do jeito que sabe. Alguns há até que as desafiam com o punho em riste, mas, no fim, elas imperam e ressecam-lhes a fortuna. Gastamos a vida, de preferência, em coisas sem sentido e já se vê para quê, para acabar quando dizem que é nossa vez.

Das pessoas com quem às vezes topei, cheguei a intuir que o afã de alguns homens por criar e procriar constitui uma espécie de sublimação em carne própria da potência geradora do divino. Gosto mais, não obstante, de entreter-me em pensar que essa ânsia que os possui é tão-somente a manifestação neurótica de uma incapacidade insuperável para conceber a vida do ponto de vista do senso comum e da normalidade. Representar cenas em pinturas ou fabular vidas alheias em romances não deixa de ser entretenimento macabro que deveria voltar-se contra quem o pratica mediante uma recriminação social adequada. O espectro de Fe Bueyes me confessou ao aparecer diante de mim em um hotel de Londres que havia lido o final de minha vida nas páginas imundas do livro do destino. Bonita afirmação para proceder de um fantasma. O que não me disse foi se leu também a sua. Sabendo suas vidas de antemão, as pessoas se lançariam ao desmando ético e ao descuido físico. Nada haveria que lhes condenar por condutas não escolhidas. A idéia é atraente, pelo menos para ser estampada em uma fábula, embora já lhe digo que se servir dos terrores do ser humano como mera sustância narrativa denota uma falta de escrúpulos admirável. Pintar retratos, escrever romances, fazer filmes, são, comumente, atos baixos e condenáveis e por isso deveriam ser tratados com desprezo, desdém e rigor cívico.

Meu irmão Tranquilino talvez tivesse gostado de pintar retratos a óleo, mas talvez não. Morreu jovem o pobre e não teve oportunidade nem de pintar um quadro nem de provar uma pizza caprichada ou uma de quatro queijos. Naquela época não estavam na moda. Um trem roubou-lhe a vida numa manhã clara em que piavam famélicas as andorinhas sobre os fios. Meu irmão talvez tivesse gostado de escrever romances ou fazer filmes ou talvez não. Quem sabe. O pobre morreu cedo, mas pelo menos teve a oportunidade de provar as ostras. Crus, mas as provou. Um trem aplainou sua existência numa manhã em que gritavam de fome as andorinhas sobre os postes cravados ao longo da via férrea. Talvez fossem essas mesmas andorinhas escuras e famintas que, ano após ano, traziam daquela sacada seus ninhos para pendurar, mas não essas outras que aprenderam com ódio nossos nomes pelas múltiplas pedras que lhes eram atiradas. Eu, além de anão, tenho a desgraça de estremecer com a poesia e entenda o que lhe digo sem nenhuma intenção de desagravo; que ninguém interprete mal minhas palavras.

Nas redondezas do povoado, na alameda, construíram, quando acabou a guerra, um grupo escolar. Tinha um portão enorme pintado de verde que se aferrolhava no chão mediante uma travessa pela qual saltavam as crianças quando entravam ou saíam. "Grupo Escolar Ledesma Ramos", estava pintado na fachada com letras de traço retilíneo tiradas de alguma caligrafia triunfal. Eu não ia muito por ali, o professor me dizia que eu andaria melhor pelos campos com os animais do que aprendendo trigonometria e, além disso, quando eu aparecia, as crianças me recebiam a pontapés. "Acertamos ele?", exclamavam e, em seguida, maltratavam-me com as pontas de suas botas. Meu irmão Tranquilino costumava também participar da correria. De todos eles, eram os seus pontapés os que mais me machucavam, não porque provinham dos pés de meu irmão, mas porque era ele quem com mais força me chutava. Sabe-se que, mesmo sendo anão, ele sentia inveja de mim.

Às vezes, oculto atrás de um terreno de eras, entretinha-me espiando os meninos quando, à saída da escola, punham-se a jogar futebol com latas enferrujadas ou pedras arredondadas envolvidas em trapos velhos. Seus chutes assim não me doíam. Naquela época não existiam quadras esportivas municipais. Por não existirem, nem sequer existiam jornais esportivos, desses que lançam manchetes impenetráveis, sobretudo para um profano como eu, cujo único esporte que praticou na vida foi a maratona da carência. Se eu saía do meu esconderijo e aparecia para vê-los se divertirem, em vez de jogar para a rede apontavam para a minha cabeça e faziam os gols quando me acertavam. A religião da bola impera no Ocidente. Seus prosélitos vivem fascinados pelo esplendor da opulência, atentos às fortunas em jogo, como se lhes fosse cair do escanteio alguma migalha que arrume sua existência. Sonhos infantis que despertam em desengano ou em pesadelo. Eu jamais tive uma bola regulamentar, embora em ocasiões me tomaram como tal. Ainda recordo o tato daqueles chutes, estou lhe dizendo, chutes brandos de comiseração ou fortes de mofa e gargalhada, chutes que doem no fundo da alma como se o fundo fosse a alma ou vice-versa, a alma o couro.

Aqueles brutos me acertavam a seu bel-prazer e por isso me abstive de freqüentar a escola e, em vez de ir cultivar o espírito com os cacarejos que davam ali sobre a conquista de Granada ou os heroísmos de Guzmán, o Bom*, entretinha-me ensimesmando-me, no fragor do estábulo com um livro que havia furtado do Grupo Escolar e com a qualidade do meu empenho e a ajuda da providência, logo aprendi a ler: as *Rimas* de Gustavo Adolfo**. Nele, comecei a adorar a poesia, a estremecer-me com ela enquanto andava fugido do mundo, saboreando incógnito a espuma da rima entre as bostas dos bichos. Anão e só.

Nas páginas daquele livro, achei consolo para a deformidade que já começava a intuir como objeto da sanha dos demais. Nele, cheguei a degustar o sabor ferruginoso da melancolia: *Seda flutuante de leve bruma, ondulada fita de branca espuma...****, e para culminar o ridículo de minha infância acabei me apaixonando.

---

* Aristocrata e guerreiro castelhano que viveu de 1256 a 1309.
** Gustavo Adolfo Bécquer, poeta (1836-1870), um dos principias representantes do romantismo espanhol.
*** "Cendal flotante de leve bruma, rizada cinta de blanca espuma..."

O quartel da Guarda Civil luzia um "Tudo pela pátria" sobre a fachada que dava para a praça do Caudilho. Uma infinidade de vasos semeados de gerânios, todos esmaltados com o vermelho e amarelo da bandeira nacional, rubricavam de moscas a autoridade. Sobre o sargento Ceballos diziam as más-línguas que, além de filho-da-puta, era covarde. As más-línguas dos vencidos, subentende-se. Contavam também que no front de Teruel, em uma das ofensivas lançadas pelos Nacionais para cruzar o Tejo, o sargento Ceballos disparou contra seu tenente uma bala pelas costas para emudecer suas ordens de avanço sobre o fogo inimigo, repleto de estilhaços de obus disparado do lado de Cuenca, na outra margem do rio. Depois atirou em si próprio na ponta do pé com grande estrépito de alaridos que lhe valeram, o que são as coisas, uma medalha ao valor militar condecorada nada mais nada menos que pelo general Mansilla y Guttiérrez de Tejares. "Com valentes como o senhor, as vitórias se enobrecem; que um luzeiro sem par na alvorada o guie sempre com a testa clara pela senda do orgulho de ter servido à pátria com a coragem gloriosa do soldado que tinge com seu sangue a bandeira e nada reclama, salvo a glória inigualável de ser chamado espanhol: viva Franco, avante Espanha!"

O sargento Ceballos era um filho-da-puta dos que participam da glória do uniforme, ou seja, dos untados de poder. No entanto, tinha duas virtudes: o vermelho e o exagero dos bigodes, que empapados de vinho eram uma maravilha de se ver quando, nas altas horas da noite, os levava de passeio pelos bares do povoado; e a filha que engendrou. "Vamos ver, anão, vem cá e limpa minhas botas com essa língua de verme que você tem e depois dá o brilho com a xoxota pelada da sua mãe."

O sargento Ceballos era um herói de guerra condecorado e ordenava seus caprichos com a marcialidade merecida pela sua hierarquia. Todos assentiam e participavam de sua vontade, além disso, tirando eu e o vinho, apenas se entretinha com a escopeta ao ombro farejando pelo bosque o salto de uma lebre ou destripando um pássaro para exercício de sua pontaria. "Se te pego, anão, te raspo a zero a pêra que você tem por cabeça, seu bobão", e ao ver-me fugir ria às gargalhadas com esse vozeirão enferrujado que arrastava pela laringe. O que menos me importava era seu tratamento, ou sua maneira cruel de insultar-me pela deformidade, ou que me acertasse um chute se me pegasse desprevenido, no final das contas era depositário de uma autoridade conferida pelo triunfo das armas e naquele tempo aquilo era sagrado. Teria suportado tudo, as pisadas, as bofetadas, os desprezos imensos, qualquer coisa menos o afã que tinha em afastar-me de sua filha; seu empenho insuportável em que não falasse com ela, nem a visse.

O sargento Ceballos era um investido filho-da-puta com a razão da força, o que também não lhe evitou uma morte horrível. Eu fugia quando cruzava com ele pelo povoado, não porque me humilhasse com seus insultos ou me machucasse a dignidade a golpes, até também, mas por ser o pai da menina Margarida por quem eu andava apaixonado naquela época e porque só sua presença inundava meu espírito de contrariedade e me impelia a refletir com raiva sobre como um ser tão repulsivo havia podido gerar uma criatura dos anjos. A menina Margarida tinha uma pele branquíssima, uns cílios longos, e um intenso cheiro de doce folheado ia deixando-lhe o rastro marcado pelo ar, como se levasse trançada nos cabelos uma essência de confeitaria. Eu me colocava a postos pelas tardes nas ruínas do muro em que urinavam as mulheres quando vinham de lavar roupa no rio (esse mesmo muro em que minha mãe topou por vez primeira com seu marido), e aguardava que ela saísse do Grupo Escolar para segui-la, então, a caminho do quartel, perfumado pela brisa feminina de sua primavera. "Sai daqui, troço, não vê que vamos mijar? Todo dia é a mesma coisa, não se solta no morro com as cabras até que lhe caguem em cima", grunhiam as mulheres, levantando as saias com a urgência própria de suas bexigas.

O sargento Ceballos me tinha feito a advertência de deixar em paz a sua filha e não desperdiçava uma ocasião para esfregar suas ameaças pelo mais delicado dos meus sentimentos. "Se te vejo rondando, eu te arranco aquilo se é que você tem e ainda te meto umas bolas de gude pela bunda." Não me restava mais remédio que ignorá-las; o coração, desviado da sensatez, ditava-me sua vontade e o máximo a que chegava era a desejar-lhe a morte, a boa morte que nunca teve. De uma coisa estava certo, se valia a pena ter vindo ao mundo não era mais que para adorar a beleza da menina Margarida.

Os amores das crianças são broncos e atormentam, talvez por isso sejam os mais verdadeiros, os mais do fundo da alma. A menina Margarida jamais teria me dado um beijo, antes teria deixado ser desvirginada por um sapo. Eu, no entanto, não um pedaço, senão o resto de minha vida teria dado por provar-lhe uma só vez os lábios, por bebê-los com a boca, por saciar-me da nata sem bater de suas bochechas, por lambuzar-me com o pólen de seu amor. Cheguei a sentir algo parecido com os anos, se bem que de uma maneira muito mais prosaica, para não dizer indecorosa. Ela se chamava Joana, mais conhecida como "a Loira".

Rangia o raso do céu como uma viga velha à beira do desmoronamento quando a menina Margarida saía ao meio-dia da escola. Ela era a luz. Derramava sorrisos e no peito levava um mistério preso que eu desvendava com os olhos. Saboreava o ar duro atrás dos seus passos e me engasgava nos pulmões, pois, por minhas pernas serem curtas, segui-la representava um esforço físico considerável, tão ligeira que era, além de um castigo do coração. Agachado atrás dos barrancos do muro que havia na subida do rio, um pouco antes da escola, eu contava os minutos. Os orifícios das balas ainda mostravam, como nichos breves, seus lugares entre os descascados da pedra. Eram os buracos que os fuzilamentos ordenados pelas tropas de Franco tinham deixado, quando em maio de trinta e sete entraram ferozes no povoado distribuindo a carnificina a torto e a direito. "Sai já daqui, anão, que vamos mijar", gritavam-me desanimadas as mulheres que subiam após lavar a roupa no rio, com as testas suadas, e com os fardos de roupa branca molhando-as ainda pelos quadris como que inundadas pelo aguaceiro das nuvens. Sobressaltado pelos seus vozeirões, dava um dos meus saltos curtos e saía apavorado a refugiar-me em qualquer outro lado, detrás de um olmo seco fendido pelo raio e na sua metade podre, atrás do bebedouro das mulas ou nas sombras dos pórticos da praça, quieto e morto, à espera de que a menina Margarida pusesse fim ao desassossego com a navalha afiada de seu caminhar. Desde sempre encontrei grande prazer em abrigar-me das pessoas e, ao amparo da solidão, examinar o mundo sem ser visto. Talvez seja uma conseqüência da minha deficiência, não o nego; já se vê que sou o primeiro em reconhecer em voz alta meus defeitos: o nanismo, o temperamento ruim, o gosto pela poesia e tudo o mais que ainda me resta por contar-lhe.

O professor não queria nem me ver no Grupo Escolar. Dizia que eu distraía o alunado com minha fachada e que por minha causa deixavam de aprender o que haveria de convertê-los em homens de bem. Resumindo, eu era, segundo ele sustentava, uma extravagância da natureza, que se ainda existissem pintores gloriosos como os Goyas ou os Velázques de antigamente, teria, pelo menos, servido para representar-lhes o monstruoso para que eles o retratassem, mas, já que não existiam mais, pouco proveito de mim se podia tirar. Meu irmão Tranquilino é que freqüentava a escola. Acomodava o crânio sobre o vidro de uma janela e se ensimesmava contemplando o ir e vir das cegonhas do campanário enquanto limpava o nariz com desânimo. Teria adorado queimar-lhes os ninhos com elas dentro, mas um trem o matou antes que, pela idade, pudesse se gabar da grandiosidade de semelhante feito. Foi abalroado pela violência dos ferros em velocidade numa manhã em que ia buscar tomates ressecados da horta que ficava junto ao cemitério. Morte horrível foi aquela, assim, aos pedaços.

O professor era um carcamano orgulhoso dos latins que decorou em sua juventude e que agora, no declive de seu magistério, salmodiava aos garotos com tristeza. "*Dulce et decorum est pro patria mori sed omnia vulnerant postuma necat*" que disse Brutus quando consumou seu parricídio, o que quer dizer em romano paladino que "no pecado sempre vai a penitência", dizia o imbecil com o muco da senilidade pendurado no disparate. Logo, em sua casa, aliviava-se de suas indisposições repassando as glórias de Hernán Cortés narradas por Bernal Díaz Del Castillo ou engolindo os dramalhões históricos de Juan Eugenio Hartzenbusch.

Eu furtei um livro do Grupo Escolar, as *Rimas* de Gustavo Adolfo. Ele nem se inteirou, mas uma vez me encontrou lendo atrás do muro dos mijos. Sabe-se que enquanto entretinha naquela tarde o alunado fazendo-o copiar quinhentas vezes: "José Antonio* enobreceu a pátria com seu juízo e semeou com seu sangue o amanhecer da Espanha", ele havia se ausentado para espiar mijadas. "Quem diabos lhe ensinou a ler? Deixe eu ver; este livro não é seu; você o roubou. Além de monstro é ladrão", disse-me muito alterado, talvez por aquele encontro inesperado que delatava suas perversões. "Os que lêem poesia não são homens viris e os que lêem Bécquer além de não o serem, provocam os que são com os melindres do amor. Você nunca será homem, isso salta à vista, mas tenha pelo menos a dignidade dos animais e não pretenda alcançar sentimentos que não correspondem à sua natureza." Eu não entendi o que me disse. Limitei-me a resgatar meu livro de suas mãos e sair correndo. Pobre homem. Teve a morte ruim dos encharcados de solidão, uma morte fria e incômoda, que tardou dois invernos em consumar-se.

Sempre gostei de fugir dos homens, refugiar-me no recôndito, observar sem ser visto e remendar os rasgões da realidade com o resistente fio de meus pensamentos. A leitura foi um caminho para consegui-lo, não o único: o jejum e a masturbação também acrescentaram seu grão de docência. Nas *Rimas*, noventa anos antes, tinha vomitado Gustavo Adolfo a estética de sua melancolia. Eu era agora testemunha e revelava-o na ânsia amorosa com a utópica adoração da menina Margarida. Procurava uma pocilga, um estábulo, um monturo e, em seu canto mais escuro, enlameava-me no desassossego e no suspiro, sonhador e imberbe, sem dar-me conta de que na verdade me afundava era no excremento dos animais. *Quando sobre o peito inclinas a melancólica fronte, uma açucena caída me pareces***. Pouco a pouco, sem perceber, eu ia subindo os degraus escorregadios

---
* José Antonio Primo de Rivera, fundador da Falange Espanhola, partido fascista criado em 1933.
** *Cuando sobre el pecho inclinas la melancólica frente, una azucena tronchada me pareces.*

que, sem remédio, deságuam no turbilhão do amor. A cada rima que lia, o rosto corado da menina Margarida Ceballos mais se parecia para mim com o da deusa intensa da felicidade, essa que haveria de me redimir, com seus beijos, de minhas deficiências originais. Não era naquela época menos desprezível do que agora, mas, ao atormentar os céus, pretendia com essa bendita mansidão que destila dos fracos a submissão e dos tolos a fatalidade; por isso sonhava. A experiência tudo dissipa, o tempo tudo desgasta e, no fim do caminho, só resta a mesma porção de desassossego que se seguiu ao orgasmo com que nos concebeu a providência. Quanto a mim, gerou-me um filho-da-puta ambulante que parou no Paquito para aliviar três coisas em conjunto: a bexiga, o pênis e o estômago. Depois se foi por onde havia vindo, a caminho da costa leste, a carregar caixas de peixes que acabariam sendo comercializadas em Madri com uma mácula de putrefação.

O sargento Ceballos dizia que minha mãe era uma cadela no cio que por um prato de carne, mesmo com moscas, deixava-se comer até os ossos. O sargento Ceballos era um filho-da-puta dos de uniforme, mas mesmo assim teve uma morte horrível. Os bigodes espessos de vinho, que lhe saíam ameaçadores das narinas, de nada lhe serviram no transe da morte, mais ainda, contribuíram para o seu padecimento, porque os três ciganos assaltantes que lhe deram cabo serviram-se deles para pendurá-lo na árvore frutífera em que expiou suas culpas; uma macieira silvestre isolada nos perais do prefeito; e ainda dizem que os ciganos carecem de graça. Anos depois, os Contras haveriam de dar-lhe uma punição parecida à dada ao taberneiro com quem a Loira se amancebou por filtrar-lhe posições ao Exército Sandinista. Só aplicaram a navalha no sargento Ceballos porque ele procurou. Se não chegasse a entrar de gaiato na horta em pleno ofício do furto, certamente nada de irremediável lhe teria acontecido, mas ele teve de fazer valer a autoridade de seu uniforme e repreendeu os ciganos com dois disparos de escopeta. Iria torto de vinho; de outra forma jamais teria se atrevido a encará-los. Logo lhe ofereceram missas muito bonitas, muito repletas de círios e açucenas que de nada serviram para ressuscitá-lo, e a menina Margarida ficou órfã ainda que suculenta e no ponto, assim como as pêras do prefeito pelas que seu pai entregou a vida. Três quartos da carroça já tinham sido carregados quando sucedeu a tragédia. Era de noite e as estrelas afiavam seu brilho nas pedras do rio e os fios das navalhas se contentavam com tanto fulgor. Dois tiros ele disparou. Ou talvez tenham sido quatro, mas os homens do povoado disseram que só dois chegaram a sair. Os ciganos não se espantaram, ao contrário, se jogaram atrás dele e lhe bateram na nuca e o dobraram contra o ventre e o jogaram ao chão e ali, de barriga para cima, encheram-no de facadas nas tripas e, ainda não morto, penduraram-no pelos bigodes numa macieira silvestre que estava à mão. Tiveram essa idéia. Podiam ter-lhe massacrado o crânio a pedradas ou cortado friamente a jugular, mas as coisas são como são, e não como queremos que sejam, e os ciganos penduraram o sargento Ceballos pelos bigodes numa noite de prata depois de terem se entretido com as navalhas, como se tivessem escapado de algum poema de Federico*. As bochechas se enrijeceram do rigor mortis e na manhã seguinte pareciam açucaradas pela geada. Os ciganos foram agarrados na semana seguinte tentando passar a fronteira de Portugal e a todos eles lhes deram o garrote, primeiro porque, naquela época, se usava e segundo porque assim sentenciaram os juízes. No entanto, quando executaram o castigo, já andava meio podre o cadáver do sargento Ceballos no cemitério do povoado; um cemitério pequeno e acolhedor que limitava com a horta a que meu irmão ia buscar tomates no dia em que o trem lhe veio em cima.

---

* Federico García Lorca (1898-1936), poeta e dramaturgo espanhol.

Antes eram os padres os únicos que tinham o privilégio de escutar dos paroquianos os pormenores das histórias que, sob segredo de confissão, achavam por bem contar-lhes. Quando acabavam de ouvi-los, davam uma penitência e com os dedos os absolviam. Hoje já ninguém escuta. Foi só ver você aparecer que eu soube que vinha executar os desígnios da providência, que chegava para acabar com minha vida. Eu estava avisado, mas jamais pensei que fosse ocorrer desta maneira. A providência não está isenta de crueldade e ter propiciado esta noite o encontro com a comissária européia não deixa de constituir um sarcasmo imperdoável. São tempos estranhos os que correm e nem sequer você escapa a seu torvelinho; tempos incomuns em que todos profetizam em sua terra. O sargento Ceballos, com seus bigodes vermelhos, sua honra de ex-combatente e sua vaidade de fantoche, nunca os teria podido assimilar. Foi bom para ele morrer a tempo. Ao encontrá-lo pela manhã, um dos nós que amarravam seu bigode tinha se soltado, e o cadáver pendulava em um tiquetaque macabro. As gralhas, bichos de mau-agouro, grasnavam no seu ombro e, de vez em quando, afundavam os bicos nas suas orelhas para saborear a cera. Na poça de sangue congelada sobre sua sombra, patinavam bichos menores e insetos. Os homens do povoado os espantaram com a gritaria. "Penduraram o sargento pelos bigodes, penduraram o sargento pelos bigodes, tem as tripas abertas e um olho solto escorrendo pela cara." Assim recém-matado já não parecia feroz. Eu aproximei-me correndo para vê-lo. Não deixaram os meninos chegarem perto, mas comigo não tinham tantos cuidados. Realmente, daquela forma, balançando-se pendurado pelo extremo do bigode e com as tripas para fora, não parecia possível que algum tempo atrás me tivesse dado aquele corretivo que me deixou de cabeça inchada e a alma descosida.

Como tantas outras vezes, eu permanecia a postos no muro dos mijos, aguardando que tocasse o sinal de saída do Grupo Escolar para poder beber os passos da menina Margarida. Recordo que nesse dia tropeçava mais do que de costume, talvez pela turbação causada pelo desejo de recitar-lhe em voz alta e de cara descoberta uns versos de Gustavo Adolfo que resumiam com perfeição os meus sentimentos: *Eu sei qual o objeto de teus suspiros é; eu conheço a causa de tua doce secreta languidez**. Ao sair, eu a segui aos saltos pela subida da rua Caídos da Divisão Azul até chegar à praça do povoado, uma praça desmantelada na qual, como se fosse fonte, erigia-se no centro um bebedouro de mulas. A menina Margarida, de vez em quando, virava-se para me observar, talvez escandalizada pela torpeza dos meus tropeços, nesse dia já digo que excessiva, ou quem sabe preocupada pela possibilidade de que minha companhia pudesse ocasionar-lhe algum dano físico. Olhava-me de soslaio e apertava o passo. A dureza de seus olhos irritados se refletia sem dúvida nas bolhas de saliva que em razão do cansaço da ladeira saíam pela minha boca como mundos fugazes. Gustavo Adolfo remexia na minha cabeça, mas a respiração ofegante, uf, uf, fazia com que minhas intenções fossem mal-entendidas. De que maneira estranha e inoportuna somos invadidos pelos sentimentos? Como fui capaz de apaixonar-me por aquele monstro de carne e osso? As mucosas da doçura são malignas e é justo desconfiar delas. Eu, no entanto, cheio de inépcia e escasso de entendimento, caí no seu sebo como a mosca no mel que há de comer o urso, agitado pelo desejo e pronto para morrer. A menina Margarida cuspiu-me um sorriso maligno quando observou seu pai deparar-se comigo na praça. As rimas que deveria ter pronunciado coagularam na minha garganta ao vê-lo chegar. "Aonde você ia babando atrás da minha filha,

---

* *Yo sé cuál el objeto de tus suspiros es; yo conozco la causa de tu dulce secreta languidez.*

anão? Eu já não lhe disse para nem cheirá-la? Vem cá, verme, que vou te dar bons modos." Faltou-me tempo para tentar explicar-lhe que o único que pretendia era recitar para a menina uns versos que tinha estado aprendendo de memória, porque me pegou pela garganta, levantou-me a cara até a altura de seus olhos e depois de cravar-me uns instantes no nariz, não sei se o fedor do hálito ou o punhal dos bigodes, atirou-me de costas ao bebedouro das mulas com tamanha falta de sorte minha que acabei abrindo a cabeça com a boca do cano. "Dez quilômetros longe da minha filha, anão, se eu te encontrar a menos te corto, canalha, já te disse uma vez e pode ter certeza que não vou voltar a repetir", ameaçou-me ainda o sargento Ceballos bastante engrandecido com sua façanha e sacudindo com nojo meu catarro no seu uniforme. Morto de susto, aberta de par em par a proa da caveira e vermelha de hemorragia a água, tentei com grande esforço manter uma compostura digna que impressionasse pelo menos a menina Margarida, mas a dor era tamanha que não pude me conter e me desfiz em pranto. Lágrimas de amor partido, de orgulho rasgado, de dignidade quebrada caíram diante da impassibilidade da menina. Cheguei a chorar sangue. Foi a única vez que o fiz na minha vida. Em outras circunstâncias chorei fel, bílis, sêmen e até uísque em certas ocasiões, mas jamais voltei a derramar uma lágrima de sangue. Tanto chorei que acabou se confundindo com a água e as mulas que ali beberam nos dias seguintes andaram com o branco dos olhos encarnado pelo fenômeno. O mundo do ângulo de um bebedouro parece grande e alheio. A menina Margarida, com um sorriso doente de coelho, riu do batismo que me deram e não teve caridade ou compaixão para com meu estado. O badalo do cérebro me estraçalhava o crânio e a humilhação percorria minhas veias até inundar o coração. Assim permaneci um instante; quebrado e aturdido, os cachorros em volta farejando o tamanho de minha desgraça, que apesar de ser de anão era elevada, e mostrando-me suas línguas fatigadas, como se pretendessem aliviar a minha ferida com a medicina de suas salivas ou, pelo contrário, talvez provar meus humores e saciar com eles seu apetite.

O sargento Ceballos era um covarde dos de antigamente, um ser muito maltratado por suas próprias limitações que só fustigava os fracos, mas veja você por onde que finalmente se equivocou e corrigiu com sua própria vida a prepotência. Talvez andasse bêbado quando repreendeu os ciganos pelo furto das pêras, se não, não se explica a façanha, ou talvez lhes subestimasse a raça, o fato é que naquela noite achou o que merecia em punhaladas. Morte ruim a que teve, embora pior teria sido se os lobos tivessem disputado seu cadáver ainda com o uniforme da Benemérita*, como o que tinha, mas isso não aconteceu. Os acidentes acontecem como têm que acontecer e não como as pessoas gostariam que acontecessem. Com o castigo fiquei muito machucado no occipital e de nada me adiantou ter aprendido de cor a rima de Gustavo Adolfo. Minha dor era íntima e ainda que aflorasse pela cabeça me brotava da alma. Saí do bebedouro diminuído e feito um espantalho e, com a ferida aberta, fui para a casa de minha mãe. Apesar da dor, pensava em mil maneiras de vingança, todas fantásticas, todas impossíveis. Parece incrível o que pode dar de si a mente humana. Com os anos, aprendi a categorizar minhas emoções. A princípio me ajudaram bastante os pontapés que de regra me davam, mas depois, sobretudo desde que esteve nos desígnios da providência fazer de mim um homem de proveito, pratiquei sem afetação o desprezo diante do sorriso dos hipócritas, ostentei a soberba contra o tom afetado dos aduladores, alcei a ira contra a mesquinharia dos miseráveis e utilizei-me da vingança para satisfazer feridas ainda não fechadas das que me lembrava

---

* Nome dado à Guarda Civil Espanhola.

com dor. "Como estaria a menina Margarida?", perguntei-me uma noite já muito distante da infância na qual o uísque de malte me obscurecia a memória com o amarelo dourado da nostalgia. Continuaria vivendo no povoado ou teria ido por acaso para alguma cidade-dormitório na qual arrastaria a vida com decepção, já no ermo da menopausa? Continuaria lembrando-se daquele anão impedido que nunca mais teve coragem para amá-la? Sem pensar muito resolvi sair da dúvida e contratei os serviços de uma agência de detetives para que averiguasse seu paradeiro. Tinha curiosidade de conhecer o que a decomposição do tempo teria feito com o que de mais sublime desejei quando menino; sonhos inalcançáveis que se convertem em cinza com o despertar da maturidade; em cinza ou em lama, porque a substância do sonho é imprecisa e algumas vezes mortal de necessidade. O detetive que me mandaram, um tipo seco e cadavérico que parecia alimentado de alface, não aparentou estranheza quando o instruí em sua missão. "Quero que me encontrem a menina Margarida Ceballos." Ele também não se intimidou em cobrar-me uma quantia exorbitante quando a encontrou poucos dias depois em Cidade Real. Para as pessoas vulgares os anões são excrescências que teriam saído à espécie do mesmo jeito que verrugas às velhas e não concebem que também possamos nos apaixonar. O dinheiro, no entanto, tudo remedia. Escreveu-me no informe que a menina Margarida Ceballos tinha enviuvado de um taxista com multas, e que ela gerenciava um armarinho minúsculo, no qual os gêneros que tinham mais saída eram as calcinhas descomunais para gordas e sutiãs de meia-taça. Levava uma vida simples e o parco rendimento que obtinha da loja costumava gastar nos caça-níqueis dos bares ou no bingo Eldorado Palace, um antro apto para aposentados empobrecidos. Anulei todos os compromissos de minha agenda, instruí meu chofer confidencialmente sobre o trajeto e me apresentei ali no dia seguinte. Fazia muitos anos que não passava por Cidade Real, provavelmente desde a última vez que atuei ali com o circo Stéfano em sessenta e seis, e a cidade me pareceu tão insignificante quanto tantas e tantas outras da geografia da Espanha pelas quais tinha transitado minha juventude de mãos dadas com Stéfano di Battista. Chegamos ao endereço que constava no informe. Desci do carro e me aproximei do armarinho. Antes de decidir entrar, cheguei perto da vitrine. O vidro estava sujo de moscas esmagadas e atrás dele apreciava-se uma desordem de rendas e de roupa íntima fora de moda, que estava pendurada em dois expositores roídos pelo amarelo do sol. Em cima de uma escada, a menina Margarida colocava de costas, em uma estante de metal, umas caixas com meias e, valha-me Deus, fiquei impressionado ao calibrar o *big-bang* de quadris que se expandia diante dos meus olhos, um Taj Mahal de nádegas se poderia dizer daquilo, uma bunda desmedida, uma desproporção de carnes, tal era o resultado a que os anos haviam conduzido o amor de minha infância. Depois de uns instantes de desconcerto, comecei a rir comigo mesmo com gargalhadas sombrias que me cortaram a respiração. Depois optei por não entrar. Já tramaria algo que rubricasse adequadamente minhas intenções para com ela. Talvez a morte.

    O tempo marca seu compasso grotesco nas pessoas com o peso molecular dos segundos até fartá-las de horas e deformar-lhes os corpos. Uma das vantagens de ter nascido anão consiste em assumir as deformações desde o princípio e não ter, portanto, que se lamentar de vê-las desaparecer em cada fase do crescimento. Se tivesse sido cuidadosa com a alimentação é possível que a menina Margarida jamais tivesse se transformado em gorda, mas também pode ser que sim. A providência tem suas determinações tomadas de antemão, e ninguém, nem sequer os loucos, conseguem contrariá-las nunca. Com os anos, aprendi a pressentir seus ditames em todos os momentos, a reconhecer sua voz entre os sussurros da miséria ou do desespero e ainda entre a algazarra da opulência e, acredite no que lhe digo, minha vontade sempre se submeteu a seus desígnios. O pó da resignação vai se depositando, pouco a pouco, ao longo do tortuoso caminho da vida e ninguém escapa aos descuidos da carne.

A fé turva o entendimento, impossibilita o pensamento crítico e convoca à morte, embora você pudesse replicar-me que o que é a morte quando se morre pela fé. Os maometanos dizem que morrer em defesa de sua fé os conduz ao paraíso. O sargento Ceballos tinha, no entanto, a fé do uniforme e já se vê no que deu, num resto destripado pela traição de uma porção de punhaladas acontecidas ao amanhecer. Andaria confundido pelo vinho. Nunca me esqueci do seu modo de olhar-me no bebedouro, feroz e covarde ao mesmo tempo. O sangue tingiu a água de vermelho, e nas mulas que a beberam o branco dos olhos virou rubi, como se em vez de duas pupilas tivessem dois coágulos na cara. A menina Margarida implorou a seu pai que afundasse minha cabeça para que de uma vez por todas a deixasse de olhar, mas ele não lhe fez caso e se limitou a reforçar a ameaça "A dez quilômetros, se te pegar a menos, te capo".

Saí da fonte como pude, não foi fácil, o parapeito era alto e eu tinha gastado a força dos braços. Andei até a casa de minha mãe na busca intuitiva de um alívio, como um cão ferido que pede para ser lambido. Cruzei com meu irmão Tranquilino pelas sombras da alameda, e ele esteve a ponto de atirar-me uma pedra para exercitar comigo a pontaria que lhe saía de um estilingue que, com uma forquilha de avelaneira, havia tido a habilidade de fazer para arrebentar no vôo a vida das cegonhas. Teve o pobre a bondade de abster-se ao ver-me sangrando como o *Ecce-homo* talhado em madeira que na Semana Santa levavam de passeio pelo povoado entre velas de cera e capirotes. "*Ecce* anão", tinha que dizer, mas o latim é língua morta e não serve mais que para decifrar a algumas lápides a concisa biografia de seus inquilinos. "Te racharam, Gregorito?", perguntou ao ver-me. "Porra, tá cheio de sangue", e foi embora, sem ligar, a matar pássaros ou queimar formigas, ou a desperdiçar em banalidades a pouca vida que lhe restava antes que o trem que o matou o levasse, tuf, adiante igual a um saco de pesadelos arrebentados pelo amanhecer.

A casa de minha mãe era grande e bagunçada. Montes de trastes andavam espalhados por todas as partes, inúteis de si mesmos, sobreviventes de outros usos, de outros tempos talvez felizes. Entrava-se por um saguão em penumbra de onde saíam umas escadas que levavam à cozinha e aos dormitórios. À mão direita, no térreo, abria-se a porta do estábulo, um aposento repleto de odores intestinais que perduravam apesar da ausência de animais. Só um punhado de galinhas que chocavam por tradição continuava a habitá-lo, órfãs de companhia e penduradas nos paus. O resto do espaço era ausência. Mulas, asnos, ovelhas, porcos, deixaram sua marca nas paredes e o forte aroma de carne de seus destinos gravitando visível entre as frestas de luz que se filtravam por uma janelinha crucificada por uma grade de ferro. Num canto, ficava o resto de um pequeno viveiro de madeira e arame que o sogro de minha mãe tinha construído para guardar coelhos e lebres, dessas selvagens que fazem fumegar os campos com seus saltos, antes que em trinta e seis as polissem a dentadas os combatentes, mortos de fome como estavam, quando andaram dando tiros a torto e a direito por estas terras esculpidas por Deus. "Deus não existe", salmodiava meu irmão Tranquilino com essa convicção produzida pelo entendimento dos imbecis, "Deus não existe, a mãe me disse", e ficava tão tranqüilo e dava um salto histérico e um chute no ar como coice de asno. No meio-dia em que o sargento Ceballos me castigou contra o bebedouro da praça, talvez me tivesse apetecido refugiar-me no escuro do estábulo para degustar satisfeito o desassossego das *Rimas* de Gustavo Adolfo. É na solidão onde a dor melhor e com mais amargura supura a sua impotência. Eu o teria feito com prazer, quem sabe pela última vez, mas a cabeça me ardia e o sangue me manchava o desejo com o escândalo de seu colorido, assim que decidi subir para a cozinha e aguardar a volta de minha mãe deitado no banco que ficava junto à parede da despensa. Um murmúrio de palpitações povoava meu pensamento, era como se uma legião de moscas me revolvesse por dentro o mel das idéias. Toda a tarde eu estive ali jogado e também uma boa parte da noite, sem comer nem beber, no sono leve de uma indisposição, até que regressou minha mãe do Paquito. Talvez tivesse dormido algumas horas por causa da febre; talvez sonhasse com um lago de pétalas de rosa em que a menina Margarida, despida, nadasse na minha presença sem importar-lhe de nenhuma maneira meu nanismo ou minhas deformações; talvez sonhasse que a menina Margarida, abandonada sem pudor àquela água floral, na qual esboçava piruetas fantásticas, mostrava-me o desenho de suas formas, eu ávido por elas, atento ao escorrer da água pelo ventre, até que saía completamente de seu banho e eu, espantado, então, contemplava a dimensão irreverente de um sexo masculino que, como uma tromba antipática de elefante, situava-se entre as suas pernas. É possível que os sonhos careçam de sentido, mas também é possível que não. Os sonhos são episódios imprevistos, que nos atormentam com o palpável de sua existência. Talvez sejam somente avanços brandos da morte, preâmbulos terríveis do nada que nos assola cada dia até que o abraçamos para sempre. Quando despertei, uma poça de sangue tinha se formado junto às minhas bochechas. Ouvi os passos de minha mãe que subia as escadas. Trazia o rosto consumido pelo ar insano do Paquito e o resto do corpo muito moído por causa da horizontalidade de seu trabalho. Aproximou-se de mim e pousou sua mão na minha testa e, acredite no que digo, apesar do que vivi na minha existência, ainda guardo aquele gesto entre os mais queridos das minhas recordações; afinal de contas, uma mãe sempre será uma mãe e o instinto, por muito que ela se empenhe em ocultar, por muito que seu filho seja um monstro, acaba aflorando morno pelos poros como leite que manasse do mamilo. Minha mãe se sentou no banco e me levantou a cabeça até colocá-la na almofada quente de seu colo. Seu corpo cheirava a doçura, a ferro derretido, a sucos íntimos. Em seguida, me acariciou o rosto com uma ternura insólita que jamais até então me havia demonstrado. "Que te aconteceu, Gregorio?", perguntou-me e, sem me deixar responder, aproximou seus lábios de minha testa e depositou as migalhas de um beijo que talvez pertencesse à outra pessoa. Eu me pus a chorar. Uma catarata de mágoas aflorou pelos meus olhos de repente. O pranto se misturava com o sangue numa confusão íntima de fluidos que poderia ter sido tomada por cerimônia de compaixão se algum pintor gótico a tivesse retratado com perícia, *O cristalino e vermelho dos corpos* poderia ter-se intitulado aquele quadro por ter sido pintado ao modo clássico das descidas dos martirizados; minha cruz, as pernas cruzadas de minha mãe; eu, um Cristo anão recém-saído da paixão. "O sargento Ceballos me jogou no bebedouro e bati a cabeça no cano. E te chamou de puta", confessei. A raiva deu na minha mãe uma mordida rápida nas entranhas, a raiva da impotência, que é a que tem os dentes mais afiados. Levantou-se e começou a lavar-me a ferida com a água fria da pia. Depois a desinfetou com um jorro de conhaque que, em lugar de arder, atenuou-me a febre. "Você deve ter andado rondando sua filha", recriminou-me. "Se é que é tão tolo assim. Não vê que os anões nunca podem alcançar o troféu aos canalhas? Não queira dar um salto maior do que suas pernas, meu filho, e conforme-se com que não te andem dando patadas nem te jogando pedras. Evite as pessoas. As pessoas são más. As pessoas só buscam sua comodidade e os outros que não amolem. Não há compaixão nesta vida, meu filho, lembre-se sempre disto. Tomara que este golpe te sirva de lição e ande a partir de agora com mais cuidado, porque vai te fazer falta neste mundo. Olhe bem, você nasceu anão. Podia ter nascido galinha ou lagartixa, mas olhe, por Deus, que você nasceu como nasceu e o melhor que os anões podem fazer é evitar as pessoas ou distraí-las." "Eu só queria recitar um verso para a menina Margarida", respondi-lhe, "um muito bonito de amor e andorinhas que eu tinha aprendido de cor. Foi o sargento que, sem eu fazer nada, me bateu". "Você é mesmo muito bobo, não digo mais nada; andar recitando versos de amor para a filha do guarda civil, era só o que faltava. Olha, Gregorio, o amor não existe e muito menos o dos versos, vê se aprende. O amor não é mais do que uma boa vontade de foder. Você sabe o que é foder, ou é ainda mais bobo do que aparenta? Vai e não ande por aí fazendo papel de infeliz e arranque da vida o pouco que ela te dá enquanto dura."

Eu fiquei calado, mudo. Nunca até aquele dia minha mãe tinha falado comigo naqueles termos. Nunca o fez depois, nem sequer no dia em que me vendeu ao gordo Di Battista. Com a mesma garrafa de conhaque que lhe tinha servido para desinfetar-me a ferida encheu um copo até em cima e o colocou em meus lábios. "Tome isto, vai ver como lhe alivia por dentro e se acabam as dores do amor." Assim o fiz, e efetivamente se foram para nunca mais voltar.

O menino Santomás foi desdentado por um coice na adolescência. Foi quando tentava estourar no ânus de uma mula um foguete chinês dos que vinham enrolados em papel de estrelas e detonavam um monte de peidos de pólvora. O menino Santomás buscou e encontrou. Podia ter sido pior. Podia ter arrebentado seu esqueleto com o ferro da ferradura ou perfurado suas tripas com a firmeza da patada, mas os acontecimentos sucederam do jeito que estou contando e não como eu teria desejado e, assim, o que aconteceu foi apenas que o menino Santomás ficou sem dentes. "Ai, ai, ai", dizia sangrando pela boca, "me quebrou a cara, ai, ai, ai, me arrebentou". O menino Santomás andou dando gritos pelo povoado até que conseguiram apaziguar sua histeria e acalmar a dor com cera de abelhas. O menino Santomás era um filho-da-puta dos galantes e dos que se vangloriavam, desses que davam passagem às senhoras para medir-lhes a bunda por detrás e aos domingos iam à igreja, pavoneando a fé de seus familiares por achar que eram melhores do que os outros. Coitado, apesar de estar desdentado teve uma morte ruim. Foi em Roma. Ardeu num avião comercial, mas isso aconteceu muito mais tarde, na véspera do assassinato do almirante, e eu já não andava pelo povoado.

O menino Santomás, você sabe, era batizado e tinha feito a primeira comunhão. O padre don Vicente lhe deu a comunhão perguntando-lhe somente se acreditava em Deus ou se pecava com a carne. "Sim, padre, sim creio, sim, padre, sim peco, só com a minha e nada mais porque com as outras não posso, que se não também o faria, mas me arrependo de ser como sou e tenho dor no coração e propósito de emenda e o que quero é ir para o céu em vez de para o inferno porque meu pai disse que no inferno ardem os vermelhos que fuzilaram meu tio Amâncio e eu não quero arder com eles."

O menino Santomás foi desdentado por um coice na adolescência, eu já contei, meu irmão Tranquilino estava presente, não se davam mal. Introduziu um foguete chinês no ânus de uma mula e, paff!, estourou-lhe um coice na cara. O pobre não queria arder no inferno e ardeu num avião de passageiros, um Boeing da Panam em que tinha voado até Roma para ouvir Paulo VI rezar a missa; sucedeu num dia anterior ao que saiu voando pelos ares o almirante Luis Carrero Blanco*, como lançado pelos demônios. Naqueles dias estava despontando sua carreira o cantor Camilo Sesto (*sempre vou me apaixonar por quem por mim não se apaixona*), e fazia frio em Madri, um frio carniceiro que congelava os miolos. Morte ruim a que

---

* Almirante Carrero Blanco (1903-1973), presidente do governo e provável sucessor de Franco, foi morto em um atentado do grupo terrorista basco ETA.

teve. Meu irmão Tranquilino desfrutou com o acontecimento e riu do coice até se arrebentar. Não se davam mal nem bem. Às vezes o menino Santomás o chamava de filho-da-puta, mas só de ouvir os outros, sem saber o alcance do significado.

Eu também quis fazer a primeira comunhão. Disse à minha mãe e ela me mandou falar com o padre dom Vicente. "Conversa com o padre e, se te abençoa, você sai ganhando." O padre don Vicente era um filho-da-puta dos de batina gasta e careca gordurosa que a todo custo me evitava. Tinha os dedos como aspargos e umas unhas sempre semeadas de sujeira que pareciam terrenos baldios comidos pelas gralhas. Sua batina cheirava a aguardente e nas bochechas a camada seca da traição lhe devorava a magreza. Não tinha que ter ido falar com ele, mas na época eu andava iludido com essas exibições da liturgia e cometi o erro. O padre don Vicente me pegou por uma orelha e me elevou puxando por ela até a abotoadura de seu peito. "Você quer fazer a comunhão, moleque, e nem sequer está batizado? Como é que você vai fazer a comunhão se não passa de um aborto do pecado? Anda, vai e sai correndo a morder ratazanas do campo e que o Senhor tenha a caridade de te perdoar por ter nascido." Desconcertado por aquela arenga hostil, quando o que eu esperava era complacência, não soube como reagir e, impulsionado pela raiva da minha contrariedade, lhe gritei na cara um "tô cagando pra hóstia, filho-da-puta" assustado, mas muito bem pronunciado. O bofetão que me deu me turvou a vista. Fiquei quieto, imóvel, estátua, a tonelada do mundo esmagou minha estatura. "Você é pretensioso como todos de sua ralé, ano desgraçado. Sai imediatamente da casa de Deus e não volte jamais a profaná-la com sua imundice. Rua, seu mamão." O padre me falava com os olhos injetados dos dementes, e as palavras lhe saíam da boca chovidas com saliva. Saí dali bamboleando, tropeçando, afundado na desgraça, mas com a flor da vingança bem nutrida de perfume. Aguardaria o momento idôneo para mostrar ao padre o alcance de sua beleza.

Minha vida é um ermo: flor que toco se desfolha; que em meu caminho fatal alguém vai semeando o mal para que eu o colha*. A poesia, por uma ou outra circunstância, foi desde sempre um dos refúgios do meu espírito, um lugar sagrado e infranqueável em que a beleza e a solidão se fundem na hipóstase sublime do sentimento. Existem outros múltiplos refúgios para o homem, mas nenhum tão perfeito como o da poesia. Desde sua clandestinidade tramei meus planos e teci as redes pegajosas de meus sonhos. A poesia é a linguagem com a qual derrama seus caprichos a providência: ... *alguém vai semeando o mal para que eu o colha*. Aqueles versos me inspiraram o mecanismo da vingança e deles obtive a força motriz para levá-la a cabo.

A escuridão sempre é propícia ao espetáculo da profanação. Aguardei a noite prévia à celebração da eucaristia quando, no dia seguinte, deveriam comungar pela primeira vez as crianças em idade. O povoado andava submerso no silêncio ou na contrição. Somente as luzes do Paquito, vermelhas e distantes, indicavam signo humano de vida. Como um animal, estive vigiando a igreja até as três da madrugada. Certifiquei-me de que o padre estava bem adormecido na casa paroquial adjacente e esperei que os cachorros esgotassem sua provisão de latidos. Então me encostei à parede, trepei num pedaço de tronco, arrebentei com uma pedra a janela da sacristia e por ela me infiltrei. Ninguém me viu, ninguém me escutou, ninguém sentiu meu cheiro. Por cima das telhas percebia-se o miado dos gatos, que ainda saboreavam os restos de suas ceias. Entrei pelo quarto. As sombras imperavam e o palpitar do meu

---

* "Mi vida es un erial: flor que toco se deshoja; que en mi camino fatal alguien va sembrando el mal para que yo lo recoja."

desafio achava a cumplicidade das trevas. Andava rápido. Podia ter ficado com essa vontade feroz de vingar-me que queimava as minhas tripas. Podia ter mordido a língua quando o padre dom Vicente me cruzou a cara com a presteza de sua soberba, podia não o ter insultado daquela forma, ter-me diminuído e continuado pagando meus pesares no silêncio estanque de minha consciência, mas a providência obriga o homem a encarar-se às vezes com sua sorte e não se tem mais remédio do que pegar com as mãos as brasas do destino, e queimar-se com elas, e apagá-las talvez com uma cuspida de loucura ou com qualquer outro fluido que mane mais de dentro, e então o fiz. A noite estava escura, assim como as almas dos que morrem sem confissão. Na manhã seguinte maio mostraria seu candor mariano, e as crianças do povoado estreariam a comunhão. Atravessei a sacristia, um quartinho perfumado de cíngulos e batinas incensados pelo tufo do tempo, e avancei pela igreja até dar-me de bruços com a estátua de São Roque que dormia encoberta com a luz oleosa de uma lamparina; funerária, telúrica, o cão sem rabo ladrando para a lua. O silêncio dos meus passos retumbava pelas pedras das paredes até alcançar seu estrondo no canhão fibroso da abóbada. Aquilo era como penetrar na fossa de um papa e cheirar-lhe a decomposição de sua carniça.

 Eu sentia o eco enorme do escuro ressoando nos tímpanos enquanto a espiral da umidade me amolecia as narinas com esse temor reverencial que se mostra pelo sagrado ou pelo morto. Eu era só um menino que nunca até então tinha ousado queixar-se da sorte. Tinha medo, mas decisão; uma força interna me indicava os passos, exercitava a vontade por mim. Cheguei ao altar suando. Ardiam-me as têmporas. A cruz de Cristo adornava o lugar com a espetaculosidade do tormento. Nela, uma figura pálida, policromada de chagas vermelhas, derrubava pelas costas uma catarata de calafrio. Tinha a cabeça ladeada — o Cristo, não eu — e o olhar perdido em algum lugar do chão e por isso não me impunha sua presença, ao contrário; ainda sendo um anão, reconfortava-me naquele cara a cara de máscaras de morte e me engrandecia com o retábulo de sua impostura; um pedaço de madeira e outro de carne confrontados no meio da noite. "Deus não existe, a mãe me disse", repetia de memória as palavras pronunciadas pelo meu irmão. Uma alegria inexplicável me encheu de repente o espírito de regozijo. A euforia era similar àquela de minha mãe quando me deu de beber o remédio de conhaque, era a bebedeira da vingança. O sacrário tinha a chave posta. Dentro estava a âmbula. Sobre ela, um véu sangüíneo de seda derramava a assepsia de sua lisura. Agarrei a âmbula, e a depositei no chão, debaixo do altar. De um puxão, tirei-lhe o véu. No seu interior, um monte de hóstias aguardava a comunhão do dia seguinte, a comunhão alegre das crianças, que, pela primeira vez, sentiriam depositado em suas línguas o corpo de Cristo, um corpo ázimo que pouco a pouco se iria desfazendo entre os dentes da mesma forma que um culto antigo ou um grão de sal. Sem maiores reflexões, abaixei as calças e ali onde estava, inclinado sobre a âmbula, me dispus a revolver o ventre. Ouvi cantar três vezes o galo, lembro-me, ou talvez fosse o cacarejar madrugado de minha mãe, que anunciava sua volta do Paquito. Quando terminei com a missão de minhas tripas, voltei a cobri-la com o véu e a depositei de novo no sacrário, brilhante, aparentemente imaculado, mas profanado por dentro com o esforço blasfemo de minha defecação. O fedor começava a impregnar-se na estola quando fechei com a chave. Era um fedor estranho que jamais havia notado. Talvez fosse proveniente da oxidação do excremento sobre o trigo, talvez da pocilga do inferno. Assustei-me comigo mesmo. Muitas vezes tinha ouvido os homens proferirem blasfêmias vãs que continham a ação que eu acabava de cometer, mas jamais pensei que a sensação ao fazê-lo fosse aquela de vertigem trêmula e de desafio. Deixei tudo como estava, agitei o ar com as mãos e já desvanecido o testemunho de minha presença fugi por onde tinha entrado, a cruz de Cristo, a abóbada de canhão, o cão de São Roque órfão de rabo, a janela quebrada da sacristia, o céu em retirada da noite como única testemunha da insalubridade do meu feito.

Eu nasci anão, já se vê, com as pernas retraídas sobre o tronco, os braços que quase não alcançam as mãos e as mãos comprimidas contra os ombros como asinhas com dedos. Eu nasci anão, mas o ser humano não é o tamanho de sua estatura nem mesmo o tamanho de sua beleza, se não as moedas que maneja; quanto mais, mais altos, claro. Não há anões aos olhos do dinheiro. Eu nasci anão, mas podia ter sido pior e ter nascido porco de matadouro ou inclusive minhoca de anzol, dessas que morrem uma metade no gancho e a outra na boca do peixe. As coisas são como são e pouco ou nada se pode fazer para apartá-las de sua natureza. Só os muito valentes têm às vezes coragem para afrontar sua sorte. Com os loucos também acontece isso, mas sem mérito.

O menino Santomás, ainda sem dentes, radiava de alegria na manhã do domingo em que se dispunha a fazer a primeira comunhão. Sua avó lhe havia comprado em Valência uma roupa de marinheiro com galões azuis e um cordão trançado de fio de ouro que serpenteava sobre seu peito e se metia no bolso da jaqueta com uma graça militar muito adequada. Faltavam-lhe os dentes. Eu não pude fazer a primeira comunhão e sequer alcancei a graça do batismo, assim que, em virtude do disposto pela ortodoxia católica, agora, quando eu morrer, deverei descender aos infernos. Crenças lamentáveis.

O menino Santomás era um filho-da-puta desses soberbos que vão ungidos pela fé cega em si mesmos e talvez por isso teve uma morte iluminada com chamas. As crianças andavam encantadas porque iriam receber a comunhão naquele domingo de maio e eu, estando com elas, teria participado da mesma alegria se o padre dom Vicente não tivesse me negado o sacramento. Não devia ter ido contar-lhe meus desejos, devia ter previsto seu desdém, mas a única coisa que pode prever algo é a providência, e, às vezes, nossos ouvidos tornam-se surdos a ela.

    Brilhava um sol imenso nesse dia, um sol só de sol, esse que funda no homem a esperança. As crianças, nos bancos das primeiras filas, todas muito bem vestidas, aguardavam ansiosamente a cerimônia. Cruzavam-se sorrisos dissimulados e neles transcendia o contentamento de seus corações. A igreja, cheia, fervia. Tosses, grunhidos, densidade de suores, cânticos elevados, amalgamavam-se e definiam uma espécie de unidade de destino no transitório típico daqueles tempos. Aproximei-me da porta com receio e aguardei no canto o desenlace do acontecimento. Por entre as pernas da multidão que tinha na frente, mal podia divisar o corredor central com o altar ao fundo. O padre dom Vicente usava uma batina gasta de liturgias, que ia rematada no pescoço por uma estola de um vermelho vivo como não podia ser de outra maneira num domingo de maio. Um feixe de luz lhe clareava o rosto e assim de longe e vestido daquela maneira parecia um espantalho da fé. A cruz de Cristo nas suas costas acentuava o poder com o peso da execução da cena. O Cristo crucificado continuava olhando o chão. Quase não tinha mudado o gesto desde a noite. Um homem entrou na igreja e, ao não me ver, pisou-me. "Passa daqui, troço", gritou-me em voz baixa ao mesmo tempo em que me afastava com um empurrão. Quatro velhas com rugas até nos véus se viraram em uníssono e me cuspiram sem saliva seus respectivos olhares recriminatórios. Envergonhado pela grandíssima culpa de ter nascido repugnante ao mundo, não tive outro remédio que agachar as orelhas e ir me esconder atrás de um confessionário que, afastado em uma das esquinas do trifório, acumulava a poeira dos pecados. Dali quase não via o que estava acontecendo, mas pude ouvir em alto e bom som pelo menos aquele zumbido que, como urro do inferno, abandonou o sacrário quando na hora da hipóstase o padre dom Vicente abriu a portinhola. Deve ter pressentido algum odor incompreensível porque ladeou a cabeça antes de abri-la, talvez querendo averiguar o foco do malefício. As crianças que iam comungar ficaram boquiabertas quando o enxame de moscas-varejeiras que dali saiu, onduladas como as hemorróidas de Satanás, vomitou-lhes sua repugnante revoada pelas carinhas de surpresa. A abóbada nervurada se encheu num instante daquela praga indefinível e as pessoas começaram a dar gritos de asco. Era como uma multidão, um punhado de milhares, os bichos que constituíam semelhante transubstanciação, tantos que o revolteio fazia tremer as paredes e rachava os vidros dos vitrais. Aqueles seres subiam e baixavam dando piruetas espirais como necessitados da substância do pecado que ali, de sobra, armazenavam as consciências dos fiéis. Parecia que buscavam ser comungados e assim fenecer nas bocas, o que realmente aconteceu nas dos que não as fecharam a tempo. Muitas das crianças os provaram. Depois andaram dizendo que tinham gosto áspero, como rabanada de pão embebido em vinho, como hidromel. As pessoas saíram apavoradas. Alguns saltaram por cima de mim, outros me chutaram e todos machucaram minha espinha com grande dor e padecimento de minha parte. Com a igreja completamente vazia, aquelas criaturas floridas no depositado por meu ventre, como por geração espontânea, empreenderam o regresso às regiões das que por acaso tinham vindo e se perderam em conjunto pelo azul do céu. Ficou tão-somente um punhado pousado sobre o cachorro de São Roque, trançado em seu rabo, configurando-lhe desta maneira um novo e mais comprido, ignoro com que protético propósito.

A vida é um mistério inexplicável, um arcano que nos está vedado. Os que temos consciência temos pelo menos a capacidade de constatá-lo, a obrigação moral de fazê-lo e de procurar acaso na maravilha da existência os restos de uma divindade originária. Mostrava-o muito bem Gustavo Adolfo com a flor enfermiça de seus versos: *enquanto a ciência a descobrir não alcance as fontes da vida, e no mar ou no céu haja um abismo que ao cálculo resista, enquanto a humanidade sempre avançando não saiba para onde caminha; enquanto haja um mistério para o homem, haverá poesia!**

---

* "Mientras la ciencia a descubrir no alcance las fuentes de la vida, y en el mar o en el cielo haya un abismo que el cálculo resista, mientras la humanidad siempre avanzando no sepa adonde camina; mientras haya un misterio para el hombre, ¡habrá poesía!".

O menino Santomás era um filho-da-puta dos de soberba ilustre e facilidade desconcertante para infligir dano ao desvalido. Foi desdentado pelo coice de uma mula na adolescência. Deu-lhe porque ele lhe meteu um foguete no esfíncter anal, um desses chineses, com o tubo muito comprido e todo untado de pólvora, que estouravam pelos povoados nas festas, quando crianças; a Virgem de agosto, São Miguel, as festas de maio e as demais. A mula lhe lançou o coice com tanta falta de sorte que lhe incrustou a pata no céu da boca. O menino Santomás saiu voando ao mesmo tempo em que o foguete estourava e o salpicava todo de porcaria. Sabe-se que andava com prisão de ventre o animal. Os foguetes são geralmente inofensivos, mas dependendo de onde e como são colocados podem chegar a ocasionar algum estrago, embora as bombas produzam mais estragos. As vidas do Magro, do Caolho e do comissário Esteruelas foram levadas por uma bomba a caminho do inferno. Nem uma gota de sangue ficou nas suas veias. Foi em Madri, em setenta e oito. A providência teve para comigo a caridade de evitar que eu estivesse no lugar da carnificina. Agora sei a razão. Magro me disse que fosse com ele, que o acompanhasse, mas eu não queria encontrar-me de novo com Esteruelas. Naquela época, eu costumava pedir esmolas nos degraus da igreja de Nossa Senhora da Conceição, justo em frente ao bar em que explodiu o artefato. Fazia parte das minhas obrigações para com o Caolho. Foram os Grupos Revolucionários Antifascistas Primeiro de Outubro que reivindicaram o atentado. Nessa época, assassinava-se com freqüência para desestabilizar o processo de transição, mas já lhe contarei mais adiante até que ponto eu andei envolvido em semelhantes estrondos.

O padre dom Vicente, se tivesse sido longevo, não teria podido assimilar a confusão destes tempos e lhe teria estourado no peito o coração do mesmo jeito que estourou o coice da mula na cara do menino Santomás. Ele acreditava na justiça divina, no universo hierarquicamente ordenado pela onipotência do criador, nos inimigos da fé, na presença cotidiana do demônio nas vidas das pessoas e no *rutenho* Machaquito*. "Rua, seu mamão", gritou-me no dia em que fui pedir-lhe o sacramento. Teria sido melhor não ter-me negado e economizar o sufoco de andar dando explicações a seus superiores sobre o acontecido. O padre dom Vicente era um filho-daputa a quem a vida foi amesquinhando pouco a pouco. O bispo de Albacete o chamou para pedir contas e não teve mais remédio que

---

* Aguardente de anis elaborada em Rute, Córdoba. O nome da bebida é uma homenagem a Machaquito (Rafael González, 1888-1955), toureiro nascido em Córdoba, considerado mestre da tourada clássica.

lhe contar os fatos. Desde então não fazia mais do que ver emissários das trevas e evitar usar a privada. "A vagina melosa da puta da Babilônia caiu sobre todos nós com seu fedor de coentro e seu contágio de nacarado!", predicava aos domingos e nas festas religiosas, "arrependei-vos e acreditai no Evangelho". Ficou louco. Foi desterrado para a diocese de Calahorra e ficou louco, ou é possível que já estivesse antes. Não houve mais remédio do que exorcizar a igreja. Acenderam incenso nas capelas e rezaram salve-rainhas, credos e pais-nossos. Foi um ato muito bonito e de muita contrição. O povo inteiro saiu às ruas em procissão, todos com círios, as mulheres com véus, os homens endomingados com camisas limpas e gravatas e as crianças caladas, com respeito e recato. Ali ia a menina Margarida com um devocionário apertado entre as mãos, o menino Santomás digno e desdentado, os outros que me acertavam e até meu próprio irmão Tranquilino, que ia fascinado com o olhar nas chamas de tanta vela. Eu os vi desfilar do alto de um refúgio nos arredores do povoado. O enigma de suas lamentações encerrava-se no meu ventre como um segredo incrustado nos desígnios da providência. São tempos contraditórios os que correm, tempos do fim dos tempos. O mundo freqüentemente aparenta o que não é e a razão em uso lhe expurga a fantasia, mas ao final é o mistério da vida que deverá ser desentranhado por cada um e cada qual que carregue sua bagagem. No mais, com todo aquele alvoroço de lorotas, evasivas e despropósitos que, de boca em boca, se espalharam pelo povoado sobre o assunto das varejeiras, dei-me conta de que antes de aceitar o dogma alheio temos de velar pelo que consideramos em nosso foro íntimo, e que não se aprende senão com a vida, que é quem de verdade ensina com o supremo magistério das pauladas.

Naquele ano o exército rebelde pôde acabar com os últimos focos de resistência e o ditador, don Fulgencio Batista, em vez de enfrentar a derrota como um macho, não teve escrúpulos e fugiu do país. Naquele ano, Federico Martín Bahamontes ganhou o Torneio da França e, como se de um esboço de façanha se tratasse, subiu orgulhoso ao pódio do Parque dos Príncipes. Minha mãe ainda era bonita e, em um vestígio de vaidade, untava a cútis de creme Tokalón, que encarregava aos caminhoneiros para que comprassem em Madri. "Já faz seis anos que estamos casados e meu marido continua com as mesmas atenções. Sempre me diz que sou tão bonita quanto na época de nossa lua-de-mel. É exagerado, claro... mas não está errado. Ao admirar minha pele vejo que os anos passam sem deixar marcas, desde que cuido da minha cútis com o creme Tokalón. É assim como procedo de noite. Aplico-me o creme nutritivo Tokalón que tonifica minha pele enquanto durmo. Pela manhã uma ligeira aplicação do creme diurno Tokalón e minha cútis fica bem protegida durante todo o dia e permanece clara, limpa e suave", rezava o anúncio do cosmético. Por pouco dinheiro minha mãe se deixava ungir a carne pelas mãos urgentes dos caminhoneiros que estacionavam a volúpia no Paquito. Nem lhes cobrava muito, nem lhes fazia descontos. O estabelecimento lhe debitava o uso da cama e a comissão, mais da metade do que ela faturara no total, assim que o dinheiro líquido que lhe sobrava, incluindo o das esfregadas e o dos cozidos, não era nada deslumbrante. "Mãe, me dá duas pesetas para um lápis", suplicava-lhe. "Afia a língua e pinta com ela", e eu ia embora com a vontade de juntar duas palavras sobre o branco do papel. Tinha vezes em que as ligava de cabeça e me saíam uns versos no estilo dos de Gustavo Adolfo, mas logo me escorriam pelo despejo do esquecimento e é possível que ainda andem naufragados, nas profundezas da memória, junto aos vestígios de minha infância naquele povoado. Maldito povoado. Logo haveria de sair dele para nunca mais voltar.

Era por São Brás quando chegava a cegonha e por São Miguel quando os músicos, uma orquestra repleta de instrumentos desencontrados, faziam sua aparição para colocar-lhe a banda nas festas pátrias. Chegavam numa camionete que era na verdade um arremedo de ferro-velho, toda descorada pela inclemência de ir, de festa em festa, dando tombos pela geografia pátria. Os músicos se alojavam nas camas alugadas por Aurélia, a Pistoleira, a dona do bar da praça, e montavam seu tablado com instrumentos e partituras junto à Prefeitura, justo diante da cruz enferrujada onde, debaixo das letras borradas do nome de José Antonio, figuravam na intempérie do esquecimento os dos moços do povoado derrubados em nome de Deus e da Espanha. O senhor prefeito permitia também instalar alguns postos de quermesse para dar ambiente de festejo: tiros ao alvo abastecidos de bolas de couro cheias de areia cujo destino consistia em serem jogadas contra bonecos vestidos como inimigos; barracas de churros enevoadas de fumaça e tendas modestas nas que rifavam transistores, jogos de frigideiras e esponjas de propileno tingidas com cores vivas. A orquestra tocava até a meia-noite e meia e depois, já esgrimidas as notas do hino nacional que rubricava com seu tchan tchan tchan o final da charanga, iam os músicos a tomar umas taças de licor à saúde da Pistoleira, que os convidava por serem homens, músicos e clientes. "O senhor sim que sabe tocar, senhor maestro", dizia insinuando-se ao que manejava a batuta, "o senhor é uma filigrana de músico e deveria ter feito carreira no coral da infantaria espanhola em vez de estar maltratando-se pelos povoados com tanta matraca de boleros". "Senhora, que quer que lhe diga. Eu estou mais para a música ligeira. Antonio Machín, Domenico Modugno", e começava a cantarolar emocionado a letra de *Perfidia*, alheio às verdadeiras intenções da Pistoleira. Não obstante, vezes havia que, consumidas as taças e excitados os ânimos, os músicos combinavam de visitar o Paquito e para lá iam todos, para tocar para minha mãe a sinfonia do chucha chucha, que é essa que se toca com a boca bem apertada aos músculos do instrumento. A música nunca me interessou muito e menos ainda a ligeira. Traz-me más recordações, como a daquela noite de São Miguel que Deus esqueça. Eu procurei o merecido que me correspondia, isso está claro, mas é que cheirava tão bem e me perdi; a uva moscatel, a tormenta recém-caída, a cama limpa; não pude evitar e me perdi. Era o odor do desastre, doce de carnosidade como o sabor matutino da adolescência. Para mim a música faz com que meu peito se afogue em nostalgias. É um formigamento picante o que me invade quando ela penetra meus ouvidos. A música é a laringe dos anjos; dos do inferno. Maldita música, sempre machucando os órgãos da razão.

As pessoas dançavam boleros na praça, "relógio, não marques as horas porque minha vida se acaba", rumbas, mambos e *pasos dobles* dos ciganos. As lâmpadas jogavam seus brilhos de festa sobre os ombros dos homens como flocos elétricos de caspa, e os cravavam nos cabelos longos das mulheres, igual a grampos de luz. Eu observava o baile escondido debaixo do tablado da orquestra, tapado por uma lona remendada que cobria os ferros do cenário. Ainda não tinha adquirido a necessidade de ter que sair às pistas a exibir minhas deformações para ganhar o pão, como logo haveria de me suceder. A festa exclui a desgraça, afugenta o grotesco e espanta a monstruosidade com a grandiloqüência da gargalhada. Dançar estava-me vedado. O maluco Juan Felipe saltava sobre si mesmo sem mover os pés do chão como um elástico de carne do qual oscilava uma baba verde ao compasso da música. As pessoas por costume se compadeciam de sua desgraça e lhe davam pedaços de pão empapados em vinho: essa era a sua fortuna. Pobre tonto. Entre salto e salto me olhava rindo e descobria com seu sorriso minha clandestinidade debaixo do tablado da orquestra. Pobre tonto. Do maluco Juan Felipe de vez em quando aproximavam-se os moços e davam-lhe petelecos na nuca e ele ria da graça em troca de uma bala Saci como esmola. "Não olhe pra cá, imbecil", disse-lhe em voz muito baixa fazendo-lhe com as mãos gestos para que se afastasse, mas ele estava obcecado em não tirar os olhos de cima de mim. Se descobrissem meu esconderijo, certamente os meninos me escorraçariam por mero entretenimento e para auge da diversão, assim que resolvi atirar-lhe uma pedra e o fiz com tão boa pontaria que lhe feri o miolo da testa. O maluco Juan Felipe caiu pesado diante da orquestra como se fosse um fardo de biologia invertebrada. Os músicos não pararam de tocar e ninguém notou minha ação. A façanha deu-me a coragem que necessitava naquele momento. As sombras me amparavam. Tinha exercitado com êxito minha vontade e as sombras me amparavam. Encorajou-me a providência. Levaram voando o maluco Juan Felipe ao médico, essa era a vantagem que tinha, e eu, com o orgulho aquecido, decidi uma vez mais intervir em meu destino.

A menina Margarida, com dengosas cadências dos quadris, dançava boleros nos braços do menino Santomás. Eu observava atentamente seus movimentos do meu refúgio de sombras e, a cada passo que davam, desejava-lhes de coração que morressem. Fechei os olhos com força, como se com a pressão das pálpebras minha vontade se cumprisse, mas, assim que voltei a abri-los, ali seguiam eles tão juntos quanto o tolerado pelo decoro e o recato. "Dancem, dancem, malditos", dizia-lhes com o pensamento e ria comigo mesmo da rigidez vermicular de seus cadáveres boiando entre a lava tempestuosa de minha imaginação. A ferida aberta pelo sargento Ceballos no dia em que persegui sua filha com os versos de Gustavo Adolfo já tinha cicatrizado. Desde então respeitei, com o escrúpulo de quem teme, o afastamento que me foi imposto. Na distância e com o tempo meus sentimentos da adolescência se haviam transmutado em outros menos espúrios e, por isso, mais cheios de luxúria, essa luxúria que me iluminava já a projeção do falo como farol de carne entre as pernas. Já não me interessava da menina mais do que o essencial do seu corpo. Atraía-me tão-somente seu odor elementar de fêmea, o circular dos quadris, o bolo das nádegas, as colinas descomunais de seus peitos, ímãs de meus olhos. Quanta brandura ao alcance das mãos. Desejava entregar-me com urgência e perder-me no prado de sua pele atapetada de pêlos recém-nascidos iguais a filamentos de sol ao amanhecer. Necessitava explorar aquele ecossistema incógnito e afundar até as fontes espumosas de seu Nilo com a avidez enfermiça dos grandes exploradores. Desejava adentrar-me nas cavernas da carne e achar ali tesouros jamais imaginados e fazê-los meus e derramar-me neles. A noite soava bela, a orquestra abrandava a cera dos ouvidos com uma sucessão inesgotável de canções mal tocadas e pior cantadas. Tudo era perfeito para passar à ação. Assim o faria. A menina Margarida, cansada de dançar, havia se sentado em um banco de pedra ao resguardo do cacarejo de outras garotas. Todas, peitões e peitudas, conspiravam de amores. O menino Santomás, afastado de sua prenda, encenava sua masculinidade no tiro ao alvo acertando boladas nos bonecos. Uma roda de rapazes se juntava a ele, todos corrompidos pelos pensamentos impuros da adolescência, todos à beira da poluição. "Esta noite eu fodo a Juani, vocês não notam o calor nas bochechas dela?" Saí decidido do meu esconderijo. A luz das lâmpadas delatava meus passos, mas a pontaria que acabava de ter na testa do maluco Juan Felipe me tinha inchado de coragem e parecia que voava na praça. A realidade era que, cambaio como sou, o que na verdade fazia era ir bamboleando com lentidão a caminho das meninas e isso foi o que elas avaliaram: um anão aproximando-se, um ser disforme que abria caminho entre as pernas dos que dançavam fugindo com esforço de suas pisadas. "Olha, é Gregorito, parece que se aproxima." "Esse espantalho não se atreverá, meu pai o ameaçou e se o vê a um metro de mim o despedaça." Quando a regra das meninas baixa, elas se asselvajam de coração e se transformam em monstros celíacos capazes de enfurecerem-se com o mais sagrado dos sentimentos dos homens. É a lei de vida. "Olhem, olhem o vulto que lhe sai das calças, deve ser como o de um burro, que nojo de anão, se se aproxima, grito." Com quatro saltos me finquei diante das garotas. Não abri a boca, não tive coragem suplementar para fazê-lo. Limitei-me a estirar o braço o mais que pude e apalpar o peito direito da menina Margarida, veloz, apressadamente como quem toca uma buzina antes da batida. Ela se descompôs sobre o banco e um grito exagerado de histeria lhe brotou da garganta. "Ahh, ahh, o anão me tocou, o nojento do anão me tocou!"

Cometida a façanha saí correndo em direção a parte alguma. Levava na mão uma recordação de algodões, a inalterável marca do tato da carne, diria-se que tinha um plumão morno de pintassilgo preso nos dedos para sempre. Foi só eu sair correndo e as pessoas se lançarem atrás de mim alertadas pelos gritos ferozes da menina Margarida. "Pega o anão, pega o anão!", latia a cadela. Olhei para trás e vi um coro de pessoas a sua volta. Quase todos agitavam os braços e revolviam com os olhos a dimensão espessa da noite, explorando mais além das lâmpadas da quermesse o terreno por onde eu tinha escapado. O pânico entrou pelo meu corpo como uma doença mortal. Aonde ir, aonde refugiar-me? Acabariam encontrando-me em qualquer caso, a brevidade de minhas pernas não dava para uma fuga verdadeira. Estava condenado a meu castigo sem possibilidade alguma de remissão. Ninguém, nem em sonhos, iria ajudar-me. Que me açoitassem por ser anão e animal, já tinha o bastante com levar à tumba a recordação preciosa de um peito de mulher. Tais eram meus pensamentos, negros como a dor que me aguardava, não aquela infértil do poema de Federico, mas outra muito mais substanciosa de golpes e pancadas; turvos pensamentos que se traduziam na vontade de vê-los todos juntos na fossa, descompostas as vidas, distribuídos seus restos pelas mandíbulas carnívora dos insetos.

Pensei em ir ao Paquito e para lá me encaminhei até que, no meio do caminho, no terreno de azinheiras, um piquete de garotos me pegou. A quadrilha vinha em minha busca bem apetrechada de bastões, paus e garrotes. O menino Santomás era o líder, notava-se pelo olhar. O menino Santomás era um filho-da-puta dos que acreditam de pés juntos na sua própria fortaleza, mas teve uma morte horrível. As moscas lhe freqüentavam as gengivas e ele as mastigava com a brandura dos desdentados, por isso cuspia sem cessar. "Peguem-no pelo cangote, que não nos escape", desfrutava gritando as ordens. Eu estava exausto pela corrida e já nem me importava a minha sorte. Levantaram-me pelos cabelos e o menino Santomás, sem sequer me dirigir a palavra, lançou-me um cuspida que me cegou um olho. Em seguida descamisaram-me e amarraram minhas mãos ao tronco de uma azinheira com o propósito de que minhas costas ficassem expostas a seus açoites. Apertaram com força a corda nas munhecas até deixar-me com um fio de circulação de sangue e, depois de dois chutes, colaram-me contra a árvore. A lua deslizava sua prata pelo meu torso, e um cricri metálico de grilos parecia aplaudir o espetáculo. O menino Santomás tirou o cinto das calças e, antes de começar a açoitar-me com ele, esfregou-me seu couro pelo corpo para talvez examinar minhas sinuosidades anatômicas. Logo chegaram os açoites, a flor em chaga da carne, o líquido suave do sangue e a dor. Meus captores, entretidos naquela prolongação cruel da quermesse, riam com gosto a cada sacudida que me davam e comentavam com humor os pormenores da tragédia. "Tem a pele em tiras, parece o couro de uma cabra." Senti que me escorria a consciência, apalpei a carícia da morte, mais profunda a cada instante, mas não quis a providência que meus dias acabassem tão cedo e interveio. Dizem que é o arcanjo São Miguel quem transporta no transe supremo as almas recém-desorientadas até seus destinos eternos. Era a noite de sua festa. O ar tinha o gosto de uvas e é possível que o arcanjo preservasse minha alma da dor do desprendimento. Acontece que depois de um instante de trevas eu o vi aparecer erguido numa colina. Deixei de sentir de repente o cair dos açoites, e uma sensação de bem-estar me inundou a consciência. "Bate mais forte que parece que se anima, bate e que aprenda que os cachorros não lambem as mulheres, vapt, vapt, vapt." Meu sangue adornava a noite de rubis. A substância de minha vida tinha se cristalizado em pedra preciosa. Os anjos não existem. Os anjos não gastam menos asas que os arcanjos nem acodem aos lugares munidos das espadas chamejantes da vingança. Naquela noite quem me salvou a vida foi Algimiro Calatrava, o Cicatriz do Moinho do Chorrero. De regresso ao moinho e da bebedeira que levava tinha adormecido debaixo do penhasco do Salobral, justo onde acabava o desvio do caminho. O Cicatriz vivia só, com quinze cachorros inválidos que alimentava com verduras para reduzir sua ferocidade. Tanta verdura em tanto cachorro resultava irremediavelmente em flatulência pelo que o fedor do moinho era famoso e de lá ninguém se aproximava sob o risco de desmaiar. As ostras apanharam o Cicatriz no descampado naquela vez que choveram e com isso lhe desgraçaram o rosto. Não pôde proteger-se e ficou deformado para o resto da vida. A solidão o ajudava a se resignar na desgraça e com os cachorros tinha o suficiente para verter o pouco afeto que lhe restava. Moía bem o trigo que trazia para passar na máquina, esmerava-se na moedura e a farinha que tirava era fina como cinza de cadáver. "O que vocês estão fazendo com o anão?", disse a aparição desde a colina das azinheiras. "Soltem ele ou môo vocês a pau." Os olhos lhe palpitavam com luz própria no desfigurado de seu rosto, carbúnculos do inferno pareciam. Dava medo encará-los. Os garotos ficaram quietos de espanto até que reconheceram o ser pelo olfato. "Arrancam minha pele às tiras, socorro", gemi com voz fraca. "Apalpou os peitos da filha do sargento, lhe estamos dando o que merece", respondeu-lhe o menino Santomás, tentando justificar o castigo que me infligia, mas em vez de consegui-lo, não fez mais do que exacerbar o afã de justiça de que vinha provido o Cicatriz e desatar-lhe o torvelinho da ira. "Ralé de porcos, vocês se vingam sempre do fraco, eu vou dar o que vocês merecem, hienas." A baba lhe saía pelos cantos dos lábios à medida que se aproximava.

Os garotos se acovardaram e eu, para dar ambiente de medo, comecei a proferir "ais" entrecortados sem causa que os justificasse. O menino Santomás, contrariado pela interrupção, deu-me um último açoite com todo o aço de sua musculatura e foi ele o primeiro que saiu correndo para se livrar das pedras que o Cicatriz tinha começado a lançar. O resto dos garotos o seguiu até eles se perderem pelos estilhaços da noite, a caminho do povoado, como animais afugentados pelo fogo.

A poesia não fabula. A poesia certifica a tragédia do homem, sua luta impossível contra o destino que o aguarda. O espectro de Fe Bueyes apressou-se em anunciar-me o fim que me havia reservado a providência, mas balbuciava e era difícil seguir o fio de sua conversa. Eu não pude compreender naquele momento o significado impreciso de suas palavras, mas com o tempo fui me dando conta do que ocorria; por isso ao vê-lo não duvidei um só instante de que com sua presença chegava minha destruição. Os loucos, os cães e os poetas são os que mais intuem o além, uns farejam a lua, outros desprendem a baba e os últimos rimam inconsistências a que ninguém dá atenção e nem a ninguém importa.

A poesia às vezes se converte em bálsamo e também em ferrão que aprofunda na ferida o veneno da espécie até infestá-la e apodrecê-la. Polvilhadas com farinha de saco, as feridas do corpo fecham depressa. O pó fino da farinha ao mesclar-se com o sangue forma um bálsamo espesso que, em seguida, se solidifica sobre a pele. As chagas cicatrizam com rapidez e ao cabo de alguns instantes não sobram restos do ferimento. No entanto, se a farinha não é de farelo ou foi mal peneirada, o resultado muda e o ungüento em vez de manifestar propriedades curativas invoca a morte. Isto me contou Algimiro Calatrava, o Cicatriz do Moinho do Chorrero, enquanto me curava dos açoites das costas. Fugida a quadrilha de moços, foi e desatou-me da árvore e conduziu-me nos braços até o Moinho. Eu pelo caminho ia desaguando a consciência em um estado impreciso de sonolência. Quando chegamos, tirou as tiras da minha camisa, que ainda me cobriam, e deitou-me de costas sobre um monte de farinha branquíssima que parecia raladura de anjo e pó de nuvem misturados. A farinha piorou um segundo a dor das feridas, mas, em seguida, seu tato suave aliviou-me o padecimento e senti-me como se estivesse deitado sobre o próprio núcleo do bem-estar. Todos meus músculos se encheram de calma. A tranqüilidade pousou em meu pensamento e um sorriso de grande placidez me saiu pomposamente pela boca. "Apalpar os peitos das mulheres quando não andam no cio é mau negócio e traz conseqüências. Tem que saber adivinhar-lhes o dia", disse-me o Cicatriz ao mesmo tempo que fingia investigar o ar com as fossas nasais. "Se você tem vontade e não pode agüentar, o que tem que fazer é manusear-se", continuou. "Acredite em mim. Você se manuseia e não presta contas a ninguém. Trinta e três anos já levo aqui vivendo só. Trinta e três, os de Cristo. Trinta e três anos me manuseando e continuo inteiro. Os peitos das mulheres logo apodrecem e apalpar o podre não compensa. Você, rapaz, não se confunda e não se deixe guiar pelas protuberâncias das mulheres. A carne da mulher não é saudável e uma má tentativa deixa um gosto amargo na boca para sempre. Trinta e três anos já levo sem prová-las e olhe como tenho agüentado bem só com manusear-me. Eles o esfolaram vivo, filho, valha-me Deus. Você está com as costas parecendo cheias de catarro. Isso foi bemfeito para você por querer provar a carne alheia. Faça como eu, não se meta com mulheres. Manuseie-se, que é mais saudável, e assim evita doenças venéreas que por aí se pegam. Você já tem idade para manusear-se. Alguém te ensinou a fazer?", e o Cicatriz do Moinho, depois de desabotoar as calças e me mostrar a avelã imensa do seu escroto, começou ante meus olhos a masturbar-se com parcimônia, desfrutando devagar a carícia, cada vez com mais ritmo, com mais força, nublado o entendimento pela riqueza do prazer até que uma tormenta de esperma nevou sobre o monte de farinha em que eu estava estendido.

Durante as semanas seguintes pôde-se provar no povoado um pão macio, saboroso e abundantemente frutificado de fisiologias.

2

O gordo Di Battista era um filho-da-puta decadente; o circo já não era negócio. O gordo Di Battista remediava a ferocidade de sua hipertensão diluindo no conhaque um jorro de água de Carabanha*. A hipertensão é a ameaça dos obesos e, quando menos esperam, chega e arrebenta-lhes a cânula das veias. "Água de Carabanha, hipertensões, laxante, afecções biliares, doses variáveis. Numa xícara de camomila ou tília, diluir três colheradas de Carabanha e ingerir em jejum. Consegue-se: regular a tensão e drenar a vesícula biliar." Era só bebê-la que já surtia efeito e se sentia urgência por defecar. Já não a fazem. São os tempos que correm, comem-se menos coisas duras e mais plásticas. Talvez por isso se evacue melhor; o que quer que eu lhe diga das entranhas do meu negócio? O gordo Di Battista acrescentava a água de Carabanha ao

---

* Água de "Carabaña" era uma água mineral bastante popular na Espanha do século XIX e que foi utilizada como medicamento por sua alta concentração de minerais.

conhaque na primeira taça do dia. Logo o apressava a vontade e saía correndo para buscar um urinol que guardava debaixo da cama junto a outros poucos utensílios de sua higiene íntima.

"Os tolos de Carabanha são enganados com uma cana", costumava cantar meu irmão Tranquilino antes que a locomotiva esmagasse com seu ferro a voz de sua garganta. Ia buscar tomates num pedaço de horta, que minha mãe tinha ao lado do cemitério, muito bem adubado pelo corpo insepulto dos inquilinos. Morte ruim a que teve, mas não se queixou. Não é preciso que sejam de Carabanha. Todos os tolos são enganados com uma cana, com uma comprida e flexível das de bater no lombo dos leões quando lhes insubordina o apetite e abrem a goela para meter para dentro o primeiro que pegam: um pedaço de carne, um antebraço de domador, uma chave-inglesa. São as coisas que tem o circo. As feras, os palhaços, os trapezistas, as bambolinas da porcaria, a miséria colorida que se adivinha atrás do toldo. "Toma, Gregorio", disse-me um dia minha mãe, "toma essa cana de domar leões e vai com este senhor para que te leve para o mundo e faça de você um homem de proveito." O gordo Di Battista pegou-me pela mão. Agarrou-a com um apertão brando como de peixe fervido e disse-me que beijasse minha mãe porque tardaria algum tempo em voltar a vê-la. O certo é que nunca mais a vi.

O que seria de minha vida a partir de então? Um deserto de incógnitas se esparramava pela minha fronte, um panorama de desolação que pouco a pouco haveria de adquirir forma de caravana, de trapézio, de transumância, de riso oco de palhaço.

Com o bom tempo da primavera, as faixas vermelhas, rubras ou desmaiadas, da lona do circo Stéfano vieram a levantar-se sobre a eira do povoado. As crianças gritavam de contentamento. A alegria se derramou pelos ares igual a um estalido de fogos de artifício, multicor e fugaz. O megafone da camionete de Di Battista percorria as ruas vociferando a rara maravilha do espetáculo. "Venham todos, crianças e velhos, jovens e senhoritas, venham deliciar-se com os equilíbrios no trapézio da bela Doris; venham rir das palhaçadas dos irmãos Culi-Culá. Venham admirar as feras vindas das montanhas do Atlas capazes de partir um homem ao meio com uma patada. Comprem já seus ingressos para as três únicas e excepcionais apresentações que a companhia do circo Stéfano dará neste povoado antes de empreender sua gira triunfal pelos países da Europa e pelos Estados Unidos da América. Esta tarde, às seis, grande atração. Metade do preço para as crianças de peito e para os militares sem graduação."

A revoada dos garotos na traseira da camionete parecia murmúrio de enxame. Toda aquela gritaria lhes parecia exótica. A felicidade consumia suas cútis curtidas pelo ar áspero da montanha, pelo rigor das geadas e pelo ardor dos eczemas da pouca higiene que praticavam. A felicidade só se alimenta de si mesma e basta um torrão de açúcar ou o sabor doce de um mero pão para que possa encarnar-se no sorriso de uma criança. O circo era a alegoria do paraíso sonhado pela infância; a prova palpável de que no mundo, além de dor e de esforço, existia também um espaço, mesmo pequeno, para a ilusão.

Atuei sob diversos nomes. "O Grande Grégory", chamavam-me. "Goyo, o Anão", também me puseram durante algum tempo nos cartazes. Dezesseis, quase dezesseis anos estive na companhia do gordo Di Battista, dando voltas pela girândola da Espanha. Dezesseis intermináveis anos nos quais aprendi a medir-lhe à sorte a avareza, e à providência o desatino. Andei ali até que escapei, já na ruína e desmoronamento da companhia. Coitado do Di Battista, morte ruim a que teve, com as tripas todas em brasa e sem desejar compaixão.

O gordo Di Battista era um filho-da-puta decadente. O circo já não era negócio: muita comida para as feras, muito desgaste de materiais, muitos salários para tão poucos ingressos. O gordo Di Battista tinha uma gordura com sabor de fruta, e o suor congelado iluminava a sua testa em todos os meses do ano. Sua carne parecia recauchutada e, por mais esforços que fizesse, o peso sempre voltava a seu estado gravitacional originário. Um planeta de sebo se poderia dizer; de sebo e de conhaque. Pobre miserável. A morte ruim também não o perdoou. Estava desesperado. Ia dizendo em seu delírio que lhe havia aparecido a Virgem de Fátima, até que por fim uma manhã tomou aos goles uma garrafa de água sanitária, e suas queixas dissolveram-se.

Os fins, quanto mais fulminantes, mais dignidade aparentam. Não é que me console tal afirmação e muito menos tendo você em frente, mas é verdade que a surpresa contribui em certa medida para superdimensionar o óbvio. Só de vê-lo aparecer soube a que vinha. Reconheci-o pela expressão distinta de seus olhos, pelo brilho do seu olhar e por esse desdém com que se abstém de responder-me ao que lhe pergunto. Esta noite, durante o jantar, diversos calafrios me percorreram o corpo de cima para baixo, mas os atribuí às provocações obscenas da comissária européia Belinda Dixon. Em nossa ofuscação com as minúcias do cotidiano jamais chegamos a pensar que um simples jantar possa ser talvez o último e, no entanto, como você pode ver, tudo chega.

Não sei se qualifico como insólito ou simplesmente extravagante o fato de que nos tenham servido de entrada cristas de galo. Os comensais ficaram boquiabertos sem dar crédito ao prato que tinham diante do nariz. O prefeito, ostentando uma segurança própria de sua propaganda eleitoral, empenhou-se em assegurar que se tratava em realidade de cogumelos fervidos em alguma espécie de sopa; cogumelos de cardo-selvagem, especificou. À minha direita alguém sustentou que eram, no entanto, cartilagens de bambu, um manjar delicioso, típico da comida cantonense. Há pessoas que assim que podem aproveitam para exibir um pretendido cosmopolitismo que as distancia do resto dos mortais, é inevitável, algo inato de sua condição. Outros comensais sustentavam contrariamente que eram tiras de filé-mignon triturado em gelatina, mas foi a comissária Dixon quem, sem auxílio do maître, desvendou o mistério: "São cristas de galo", disse com cara de repulsão, "cristas de galo empanadas". Eu as provei por curiosidade. Seu tato era escorregadio e se desfaziam na língua como se fossem comungadas. Não me desgostaram e fiz com que me servissem várias taças de vinho para espremer no paladar ainda mais seu sabor. Como você vê, nisso consistiu minha última ceia. Eu gostaria de saber rezar, encomendar-me a um ser supremo, em que a consciência individual se prolongasse inclusive depois do final, mas temo que no meu caso isso seja impossível. Rezar relaxa e conforta, mas em nada altera o inevitável. Para mim o inevitável naquela época foi ter de sair do povoado.

Minha mãe ficou só no mundo e eu, vinculado ao circo Stéfano como parte da mobília, um utensílio ou uma fera, e assim andei dando tombos de um lado a outro da geografia, sem pontos de referência, sem raízes, igual a um nômade ventilado pela necessidade inevitável de seguir vivendo mesmo que à custa do escárnio ou da caridade insana das pessoas. Minha mãe ficou só no mundo e sem valer mais que para puta velha. Andou pelo Paquito despachando caminhoneiros durante mais alguns anos até que a aflição a consumiu. Os médicos lhe teriam diagnosticado um carcinoma se a houvessem examinado, mas do que ela realmente morreu foi de aflição muito profunda e nada arejada que a foi mortificando por dentro. Eu jamais voltei a vê-la. Também não senti saudades dela, poucos motivos teria tido para tanto, essa é a verdade, mas não importa porque já dorme sem fim, já os musgos e a erva abrem com dedos seguros a flor de sua caveira. Minha mãe jamais conheceu nenhum Lorca que lhe escrevesse versos. Também não teve uma boa morte, embora a sua talvez tenha sido melhor que a que deram a Federico. Ele, sim, que os sabia compor. Eu sempre haverei de reverenciá-los, foram meu refúgio entre as feras.

Ao dia seguinte de minha venda, o circo Stéfano levantou seu toldo de sonhos e abandonou para sempre o povoado onde nasci. Atrás ficava o abrupto de uma infância desperdiçada em surras, tropeços e desordens emocionais de variadas conseqüências. Atrás deixava um tempo desgraçado, repleto de turvos sonhos e fantasias enfermiças em que havia aprendido a regozijar-me nessa espécie de clandestinidade que outorga o saber-se diferente, refratário aos insultos e soberano, por isso, na coroa da dor. Metido no trailer que Gurruchaga dirigia, rodeado por um monte de trastes indescritíveis e colado a uma espécie de olho-de-boi, que nele se abria de par em par ao mundo, vi como brilhavam afastando-se as luzes avermelhadas do Paquito. Era de madrugada e rompia a aurora e sua explosão com uma parda revoada de andorinhões. O trailer cheirava mal, a imundícies, mas era diferente, menos profundo se cabe, mais palpável; mais de verdade, como a vida nova que me aguardava.

O circo Stéfano era um lugar insólito. Tudo se chocava contra a estupidez de minha expressão e me deixava a boca aberta e a baba escorrendo: o odor espesso debaixo do toldo, a espetaculosidade dos ursos, os tigres e os leões, a fetidez adocicada de seus rugires, a trastaria das carroças, a sensação intensa de provisório que era percebida; tudo era novo e surpreendente para mim e, no entanto, algo maligno se intuía naquela miscelânea que se respirava. O circo é, na verdade, um santuário do grotesco. O mais extravagante que você conceba pode acontecer ali a qualquer momento; uma oferenda de flores, um equilibrismo mal executado com resultado mortal, um crime passional, uma gargalhada altissonante que se transforma em pressentimento de catástrofe. O circo é o lugar do impossível, a sede do ambíguo, a última fronteira da razão.

O grotesco faz brotar o riso das pessoas e lhes relaxa o ventre. O disforme dá também às vezes algum bom resultado. O público tardou em rir de mim, mas afinal o fez, e como o fez. Minha sobrevivência estava em suas gargalhadas. Logo senti falta desse ar duro que no povoado me desanuviava a consciência pelas manhãs e o ritmo monótono do transcorrer das coisas sem variações, como nesses relógios mecânicos nos quais assomam figurinhas no mesmo instante das horas sendo marcadas. O circo oferecia outra concepção da realidade, não mais prazerosa ou menos trágica, outra dimensão da existência, difícil de compreender de fora. O circo era o lugar de pastagem dos monstros, um campo bem adubado para o crescimento de excentricidades que logo eu haveria de colher. Nele, aprendi a distinguir a mesquinhez dos corpos da bondade das almas, e a mesquinhez das almas da bondade dos corpos; nele, sofri nas minhas carnes os escárnios do viver e experimentei essa satisfação intensa que outorga o saber-se ainda não morto; nele me tornei homem.

Gurru, o da merda, era chinês ou basco ou de parte alguma. Geralmente o que determina as maneiras de uma pessoa é a nata social do leite que mamou. No circo isso saltava à vista. Gurruchaga tinha por incumbência limpar os excrementos das jaulas das feras e procurar comida para seus ocupantes. Trabalho árduo em tempos de escassez e carestia como os que nos couberam viver. Ia aparelhado com uma pá de cavar valas, só que em vez de fincá-la no chão duro da Espanha fazia-o na brandura fecal das jaulas das bestas.

O gordo Di Battista diluía a água de Carabanha no conhaque. Tão pouca água para tanto álcool em nada conseguia aliviar-lhe a hipertensão, mas ele a seguia vertendo para clarear, talvez, a consciência. Era comum observá-lo antes da apresentação dando instruções ineficazes a torto e a direito, totalmente alterado pela bebida. Confundia a faculdade da fala com a do equilíbrio, e o resultado era um malabarismo ininteligível que só com paciência podia ser compreendido. "Vedi aquele cara dil capello colore merda? A ele deverai ajudar-lhe cum a limpiezza di les jaulas", e me destinou com seu mandato à tutela de Gurruchaga.

Os elefantes separam as pernas para urinar, levantam a tromba, relaxam a bexiga e liberam uma cascata da urina contra o chão como se fosse um jorro espesso de âmbar que lhes saísse do manancial das entranhas. O gordo Di Battista me abandonou com aquele ser arisco, que levava untada, na pele da cara, a gordura da derrota. Não ficou nada contente com a pupilagem que Di Battista lhe encomendava e me recebeu de muito malgrado. O primeiro que decidiu foi levar-me ao lugar dos elefantes e meter-me entre eles com um empurrão. "Dá de beber a eles", disse-me grunhindo, "aí está o balde". Com grande temor de que me fossem esmagar de uma pisada o enchi de água e o coloquei ao alcance de um dos animais. O elefante, que tinha as presas mutiladas e os cotos carcomidos, esticou a tromba entre vagidos e introduziu a ponta no balde para beber. Sorveu a água sem vontade e, depois de saboreá-la, com o acesso das narinas regurgitou a pressão contra a minha cara, toda cheia de mucos compridos e espessos como corpos crescidos de lampreia. Gurru começou a rir soluçando e entrecortando o fôlego. "Olha, garoto", recriminou-me, "tem de oferecer a água aos elefantes antes da digestão, senão lhes estraga a barriga e vomitam. Você tem muito que aprender, e o primeiro de tudo vai ser defender-se por conta própria entre tanto animal. Se obedecer a tudo o que lhe disserem sem pensar um pouco no que faz, você vai se dar mal por aqui."

Daquela primeira conversa que tive com ele, o que mais admiração causou-me foi que em vez de anão, troço, aleijado ou algum outro insulto do estilo, chamou-me somente de "garoto".

Gurruchaga adivinhava o padecimento dos animais pelo odor de seus dejetos. "Observa, garoto, esse tigre tem um resfriado no peito, não vê que a merda cheira um pouco a mofo?" As qualidades organolépticas do excremento são decisivas para diagnosticar enfermidades. Agachava-se sobre os dejetos como se fosse auscultar o som da gravitação do planeta e, quando estava justamente em cima, abria suas fossas nasais e aspirava fundo até encher os pulmões com a emanação. Depois estalava a língua e emitia seu diagnóstico. "Esta macaca está no cio; é preciso remediar." As qualidades olfativas e inclusive gustativas do excremento eram para ele uma fonte inesgotável de informação, de maneira que onde não lhe chegava a experiência lhe alcançava a ponta do nariz.

Quando a austeridade era imposta, Gurru alimentava as feras com seus próprios dejetos, se bem que os disfarçava com pedaços de animais vagabundos que a providência tinha por bem colocar em nosso caminho; cachorros, ratos, gatos ou ovelhas extraviadas, com as quais talvez pudéssemos nos deparar, serviam perfeitamente para tal fim. Alimentar os animais do circo custava uma fortuna e os recursos de Di Battista eram sempre escassos, daí que Gurruchaga inventava o que podia para conseguir-lhes as iguarias. O que mais abundava era sem dúvida o cão. A carne de cachorro não desagrada muito aos carnívoros e é fácil de achar. Tinha que ser muito azar não cruzar com algum vira-lata no caminho e não ter a oportunidade de extrair-lhe a vida de surpresa com uma bordoada no crânio. Gurruchaga se encarregava da operação e eu o auxiliava o melhor que a minha lerdeza natural me permitia. Qualquer sacrifício era bom antes que deixar as feras famélicas. O gordo Di Battista jamais o teria perdoado e em seguida o teria delatado à justiça militar. Gurruchaga sabia disso, tinha um passado a esconder. "Prova, Goyito, este elefante tem cirrose hepática, a merda dele tem sabor de etanol", e o elefante lhe dava razão e morria uma semana depois de um agonizar intenso e queixoso que se fazia ouvir por todo o circo até perturbá-lo de desgosto.

Apesar das privações e penúrias, o circo Stéfano era a lagarta da alegria que percorria a Espanha, o feromônio seguindo do bom tempo. No verão, nos adentrávamos pelos lugarejos do norte, no outono, fazíamos as costas do leste, no inverno percorríamos os povoados da Estremadura e Andaluzia e, pela primavera, floríamos felizes na Meseta. Eu viajava sempre com Gurruchaga, metido no trailer junto à misturada de trastes que constituía a miséria de sua bagagem. Auxiliava-o na limpeza das jaulas, na higiene das feras e na consecução de seu alimento. Pouco a pouco, fui acostumando-me com o trabalho. Qualquer coisa me parecia boa antes de ter que sair à pista a encarregar-me das gargalhadas do público. Esmerava-me nas jaulas e as deixava bem polidas da mácula dos excrementos, escrupulosas e reluzentes como halteres recém-lavados. Esforçava-me em meu trabalho e ninguém me pedia explicações. Gurruchaga me observava manejar a pá com estupefação. Mesmo sendo anão punha muita vontade, isso sim, vontade e suor. A princípio, as feras me causavam temor e aguardava que saíssem para a pista a fim de empregar-me a fundo nas jaulas, mas em seguida se acostumaram à minha presença e me metia com elas sem que me prestassem especial atenção, salvo quando andavam doentes ou mal-alimentadas. "Assobia o hino da Espanha para este tigre, antes que te fatie com uma unhada", avisava-me Gurru se me via em perigo, e era o que eu fazia, tranqüilamente. Gurruchaga era um ser arisco que com quase ninguém se relacionava. Começou, no entanto, a dedicar-me carinho. Para honrar seu apelido andava o dia inteiro lambuzado de excrementos, e, até quando cozinhava, as moscas lhe esvoaçavam pela testa. "A merda é vida, garoto. Eu na guerra me caguei de medo na primeira vez que entrei em combate e isso me salvou a pele", confessou-me numa noite depois de tomar café. "Estávamos em Belchite, e Franco espreitava desde o outeiro de uma colina. Quando os da minha brigada me cheiraram o pânico, afastaram-se correndo do meu lado e isso lhes valeu para que, ao vê-los mover-se, os fascistas lhes mandassem as balas que acabaram com suas vidas. Eu fiquei quieto e nada me aconteceu. Assim me salvei. O resto foi uma carnificina. Seus ninhos de metralhadora tamborilaram a morte durante duas horas. Nossos tanques não souberam abrir brecha e perdemos a posição. Um batalhão desperdiçado, mas eu salvei a pele graças à merda. Que sirva pra você o que lhe conto, pra que você não despreze jamais nem o asqueroso. A merda é vida; ela me deu a vida."

No mais, Gurruchaga, além do cabelo cor de canário, possuía umas mãos primorosas quando se tratava de fazer guisados. Jamais as lavava e talvez por esse motivo as comidas saíssem com sabores sempre extraordinários. Quando aboletávamos os toldos nos lugares em que deveríamos atuar, duas incumbências principais ficavam a seu cargo: organizar a bagagem do acampamento e procurar o alimento das feras e ainda o de todos nós, de acordo com a circunstância. Como norma geral instaurada com o exercício reiterado do costume, era uma das famílias do circo que a cada dia se encarregava da preparação de um almoço que devia cozinhar para todo aquele que quisesse compartilhá-lo. Os Montini, acrobatas de aparelho, trabalhavam, por exemplo, o macarrão sem chouriço, os Gutiérrez, malabaristas com os pinos, preparavam um arroz empedrado que dava gosto cheirar, e os Gambero-Gamboa eram aficionados a preparar com escabeche o que pegassem. Gurruchaga providenciava a matéria-prima do prato, se bem que, só de vez em quando encomendavam-lhe a elaboração da refeição. Se ele cozinhava, os modos e maneiras de sua comida podiam alcançar níveis visuais impensáveis que com freqüência roçavam as belas artes quanto à plasticidade, colorido e textura do referido conjunto. O sabor era outra coisa e seu julgamento costumava ser díspar e até confrontado, razão pela qual só em contadas ocasiões lhe era permitido esse trabalho. Os mortos de fome sempre se fascinaram pelas comidas e suas parafernálias, talvez pela carência memorizada nos seus estômagos. No umbral que separa a última infância da primeira adolescência, passei do pão com sebo, às vezes polvilhado com açúcar, à grandiloqüência dos guisados de Gurruchaga, e nisso notei que havia crescido. A substância era a diferença e meu estômago começou a aumentar equiparando-se dessa forma à minha cabeça. Mas nem tudo eram prazeres, no entanto. A escassez de alimentos e a carestia de alguns ingredientes faziam com que houvesse dias nos que a biscoito e água andássemos. Eram tempos em que a fome dava já seus últimos suspiros, tempos em que ainda não se havia instalado o bem-estar do desenvolvimentismo nos lares da Espanha. Por isso, no dia em que havia alimento de verdade aproveitávamos para encher o bucho com desmedida pelo que pudesse vir a acontecer, e aquilo acabava parecendo banquete de casamento para pobres. "Por que lhe pariram anão, garoto?", perguntava-me Gurru, enquanto removia, valendo-se de uma estaca, uma caçarola de lentilhas com focinho e outras lindezas dos porcos, "por que vocês anões têm os esqueletos feito pepinos?", continuava com suas intrigas, "vocês anões são gente estranha. Parecem ter outro caráter, mas no fundo fazem o mesmo que o resto e talvez sejam até mais canalhas". Eu não dava atenção à armadilha de suas palavras e calava a minha boca para que não entrassem mais moscas que as estritas do guisado. "Vocês anões deveriam governar a Espanha em vez de Franco. Com esses cabeções que têm, com certeza que nos arrumavam o futuro", e mastigava e mastigava até que regurgitava suco gástrico pelas comissuras ressecadas dos lábios.

Chegamos a Córdoba numa manhã branca de amendoeiros floridos que cheiravam a maresia. A estrutura mineral da Mesquita se cristalizava contra o anil do céu como uma silhueta do passado presa ao crepúsculo da fantasia. O circo Stéfano acampou sua confusão de trailers do outro lado do Guadalquivir, em uma esplanada em frente à Torre de La Calahorra, ao lado de uns moinhos destruídos. Gurruchaga estava contente, o que nele não deixava de ser insólito. Exibia um sorriso largo como escapado da infância. O ar nos chegava do rio perfumado de sapos e todos sentíamos um calafrio diferente: o da vontade intensa de celebrar a vida. Corriam os tempos inflamados de princípios dos sessenta e o pano de fundo da desgraça começava a deixar cair seus andrajos sobre aquele retábulo de cadáveres famélicos que havia sido a Espanha. Os primeiros lampejos de esperança e os sintomas palpáveis de um certo bem-estar econômico já eram percebidos nas maneiras das pessoas, embora o ponto de curvatura do desenvolvimentismo ainda estava por vir. Notavam-se os militares deslocando-se e os tecnocratas acabavam de instalar-se nas molas daquela pátria unívoca, grandiloqüente e liberticida que por graça de Deus tinha um Caudilho dirigindo-lhe os destinos. Córdoba, no entanto, meio romana e meio moura, amanhecia alheia às bagatelas do Movimento; esvoaçada de muitos arcanjos e andorinhas, de *são rafaéis* e de califas fantasmagóricos da tradição ou da lenda.

A cidade retomava o borbulhar do tráfico mercantil. Os carros com frutas e verduras cruzavam a ponte de Júlio César provenientes das hortas de Almiriya e empreendiam a subida das ruas a caminho da praça da Corredeira, onde as bancas e barracas dos comerciantes eram instaladas desde muito cedo. Era quinta-feira de mercado e as galinhas gritavam nas gaiolas enquanto aguardavam ser escaldadas nas panelas. Era quinta-feira resplandecente de mercado e se arejavam os chouriços com o ar salgado da *bética**; curtidos os lombos pelo subir da temperatura; a gordura da cor de açafrão do chouriço brilhante a escorrer; o perfume obeso da morcela espalhando-se por

---

* Bética, denominação dada pelos romanos à região que hoje é a Andaluzia.

um cenário de tranças de alho; maços de cravos e talhas repletas de azeitonas de camomila. Aquele lugar era uma delícia para os sentidos. Ali tudo se exibia, ali tudo se comprava. Entre tanto colorido e confusão de aromas, os olhos de Gurruchaga se iluminaram só pela possibilidade de preparar um ensopado: "Você já provou alguma vez a salmoura cordobesa?", perguntou-me entusiasmado. "Não sei o que é isso", respondi-lhe. "E o rabo de touro? Você não provou nunca o rabo de touro?"

No jantar organizado pela Fundação Irmãos Meredith do qual acabo de regressar, não serviram rabo de touro nem salmoura cordobesa, mas cristas de galo empanadas. Eram finas e se desfaziam na língua como se as estivesse comungando. Por quase não ter fome, eu pouco provei dos outros pratos, o que pode ter sido interpretado como um gesto de descortesia em razão do alcance de minha posição na indústria alimentícia deste país. Nada mais distante da realidade. Com as cristas e o vinho tive de sobra para perceber o que se passava. A comissária não fez durante toda a recepção mais do que me esfregar a eficácia do creme anti-hemorroidal que emprega para seu problema íntimo, até o ponto de chegar a desafiar-me a contemplar a espetaculosidade dos resultados. Eu não quis contrariar seu desejo e anotei-lhe num papel meu endereço com o pedido de que viesse ao término do jantar. Ela sorriu ao ler o bilhete e me dedicou um olhar prometedor, borbulhado em morbidez. Os políticos são imprevisíveis. As mulheres volúveis. Nisso a providência ocupa seus sarcasmos.

Regressava naquele dia com Gurruchaga de dar conta da incumbência que recebêramos. Tínhamos adquirido de uns ciganos um saco de tomates no limite mesmo do mau estado, dava gosto vê-los todos juntos como um amontoado de podridão. Eu ia atrás tamborilando. Adornavam-me seis rabos de touro que, como um colar de carne, eu levava enroscados ao pescoço; as peles quentes, os penachos das caudas pingando pelas minhas costas até se arrastarem pelo chão. Gurru os tinha conseguido a preço muito bom de um empregado de uma granja. Tinham já uma pitada de fedor que delatava a antiguidade deles. Eu empregava todas as minhas forças para mantê-los no ar, mas seu peso e o pequeno da minha estatura tornavam isso impossível, e iam serpenteando sulcos na poeira do caminho atrás dos meus passos. Quando já de volta ao circo cruzávamos pela ponte do César, uns rapazes desocupados que bisbilhotavam o acontecimento de nossa travessia começaram a ofender-nos com insultos e zombarias afiadas. Sabe-se que lhes deve ter feito rir o fato de ver um anão envolvido em rabos e suando em bicas. "Olhem, olhem um anão com seis rabos", exclamavam e riam. "Olhem, olhem um anão filho-da-puta que escapou do circo." "Anão filho-da-puta, anão filho-da-puta, onde é que vai com tanto rabo?", iam gritando enquanto andavam à nossa volta. Gurruchaga se virou de supetão e com rápidos movimentos da mão lhes fez gestos para que fossem embora. "Deixem-nos em paz, desgraçados, vão entreter as putas das suas mães." Eles não gostaram da reação e seus instintos de ódio cresceram com ela. "Cê deve de ter a bunda arrebentada de tanto pau duro que te meteram, né seu veado?", diziam-lhe ao mesmo tempo em que davam pontapés certeiros no saco de tomates. "Vai mostrar pra gente no circo se te pagarmos uns centavos, num vai?" Ele caminhava impassível, tentando não prestar atenção, imerso no hermetismo de seu silêncio. Para evitar o enfrentamento olhava ao longe, para o céu anil intenso que nos batia de frente como um espetáculo definitivo da natureza. Gurruchaga sabia bem o que eram insultos, surras e vexames. Levava aberta na carne a chaga da recordação. Estiveram a ponto de fuzilá-lo depois de um julgamento sumaríssimo quando caiu em mãos do Exército Nacional, já quase terminada a guerra. A providência teve para com ele a bondade de impedir que os militares averiguassem as amizades que ele freqüentou antes do levantamento e, por isso, condenaram-no apenas à prisão perpétua; a trabalhos forçados em Cuelgamuros*. De todas estas circunstâncias só adquiri conhecimento ao longo dos anos, já morto o general Franco e pela mera intervenção da mesma providência, suponho, que daquela vez lhe havia evitado o paredão. Só depois eu fiquei sabendo que ele conseguiu fugir do Vale junto com outros três presidiários, que acabaram caçados, e, por um sarcasmo do destino, Gurruchaga caiu nas mãos de Di Battista, que a troco de trabalho duro e sem remuneração ofereceu-lhe silêncio e refúgio. No circo pretendia sepultar sua vida quando eu o conheci. "Vermelho" ou "veado" eram palavras que para ele já fazia tempo que haviam deixado de possuir semântica. Gurruchaga conservava um talho aberto no coração, um barranco na alma pelo qual evitava despenhar-se à custa da anulação constante de si mesmo. "Cê tem o cabelo amarelo que nem pinto, veado, deve ter pintado só pro macho gostar mais." Nós seguíamos nosso caminho nos esquivando dos insultos e pontapés que aqueles malandros lançavam no ar para intimidar-nos. Uma vez atravessada a ponte e já próximos dos primeiros trailers do circo Stéfano, fartos e suados como íamos, tivemos que suportar o pior. Um dos rapazes, talvez o mais encrenqueiro de todos, meteu a mão num dos rabos e começou a me dar açoites com ele. Os filhos-da-puta com freqüência se metiam comigo a chicotadas, ignoro por qual motivo. O ser humano é complexo e a mente dos filhos-da-puta incompreensível de tão tortuosa. Bateu forte no meu rosto umas duas vezes com o

---

* Cuelgamuros é uma colina da Serra de Guadarrama, próxima a Madri, onde o general Francisco Franco queria construir uma cripta em homenagem aos mortos da Guerra Civil.

coro do rabo. Um ossinho de uma extremidade esteve a ponto de fazer-me saltar um olho. Eu gritei e ao ouvir meu lamento, aquele desgraçado começou a me bater com mais força só pelo prazer que lhe proporcionava minha dor. Ainda me acertou cinco chicotadas, até que Gurruchaga, incitado pelo meu padecimento, jogou no chão o saco de tomates e sem pensar duas vezes se atirou como uma fera contra aquele rapaz e investiu-lhe com a parte frontal de sua cabeça. O golpe o pôs em terra e ali, com uma brutalidade incontida que nunca antes eu lhe havia constatado, começou a bater-lhe no estômago com os punhos apertados, até o ponto em que borbulhas de sangue brotaram pela boca do desocupado que espumava vermelho. Os outros rapazes, ao verem Gurruchaga tão brutalizado, saíram em disparada, fugindo igual a ratos perseguidos através da ponte, a caminho do sopé da Mesquita, em busca da proteção do povoado. "Deixe ele quieto, senão você o mata", gritei-lhe, e ele sustentou no ar o punho durante um milésimo de segundo, duvidando entre rematar-lhe a cara com um soco ou conter a energia cinética do ódio que lhe puxava o braço com força desde os abismos da destruição. Por fim, conteve-se e o deixou ir jorrando sangue, mas vivo, com hematomas por dentro embora ainda ofegante. Com o ar embebido de flores de limoeiros, que penteavam, com seus ramos, as laranjeiras de Córdoba, logo tudo poderia ter se pacificado se a fatalidade, essa víbora à espreita, não tivesse intrometido seus desígnios. Ninguém até então tinha movido com semelhante decisão um só dedo por minha pessoa, nem sequer o Cicatriz do Moinho havia chegado a tanto ao resgatar-me da sanha do desdentado Santomás. Naquela época, era minha causa a do desvalido, a do desprovido, a do carente, a do deficiente, a do despojado, a do desnudo, a do privado, a do desguarnecido, a do necessitado, a do diminuído. Uma língua é enriquecida pela experiência no desastre do povo que a fala, sua persistência na desgraça. A língua é um mistério de sinônimos que provêm do tronco comum dos infortúnios padecidos, um espelho alfabético das circunstâncias aziagas dos homens. A coleção de signos da catástrofe, que se articulam em torno a um código, configura um só idioma: o dos miseráveis; esse que eu falava impecavelmente. Que distante me parece agora esse mundo e que recente o conservo, no entanto. Ninguém havia tido jamais a caridade de executar por mim a justiça irrevogável dos punhos, que é essa que se come quente e à vista de todos, nobre, brutal, imensa e poderosa. Nunca até então tinha visto ultimada em mão alheia uma vingança própria e acredite se digo-lhe que foi aquela a vez primeira que gozei com o prazer de sentir-me protegido. A cada soco que Gurruchaga ia dando naquele vagabundo cordobês na boca do estômago, floria o meu contentamento no rosto. Quanto mais duro ele dava, maior regozijo eu sentia, até o ponto de chegar a acender nos meus lábios o sorriso impossível da felicidade. Gurruchaga era o justiceiro implacável que aparece ao desvalido nos contos, esse herói de sonhos que remedia a dor e emenda a injustiça. O rapaz fugia pela ponte dando saltos de coelho, saltos longos sobre o Guadalquivir, saltos velozes como os que trota o rio quando margeia a miséria. Nós o vimos afastar-se pelas ruínas enferrujadas da Porta da Ponte, debaixo dos frisos rachados de Sansão e Dalila. Era um ponto de morte na distância, um cadáver futuro debaixo do calor do sol. Gurruchaga recolheu o saco de tomates e eu voltei a colocar os rabos nos ombros e assim, majestosos, fizemos nossa entrada no recinto do circo, angelicais e altivos como duas figurinhas do presépio inacabado da história.

    Pela sombra dos toldos, entre as jaulas dos animais e diante das carroças da trupe, Gurruchaga ia vociferando a uns e outros o anúncio do ensopado que se propunha cozinhar para o almoço: salmoura cordobesa e rabo de touro guisado. O pessoal do circo manifestou surpresa diante daquele bom humor que o da merda esbanjava. Até rugiram as feras com grunhidos de gula. Arisco como era, seu convite soava estranho. "Tropo contente me parece que voltastes della cittá. Coisa rara é ver-te assim", disse-lhe o gordo Di Battista surgindo à porta do trailer, que lhe servia ao mesmo tempo de bilheteria e dormitório. Levava na mão uma taça de conhaque com gelo e a eloqüência do álcool lhe embotava a língua. "A molta fulana deveste conócere per cui quando eras tu amigo di la Reppublica Spagnola. ¿No é vero Guruchaga?" Di Battista lhe lançava aquelas insinuações provocadoras para estragar-lhe o ânimo e devolvê-lo à prostração própria dos oprimidos. Sabia muito bem como fazê-lo e, além disso, divertia-se se engrandecendo diante dos que humilhava. Talvez desta forma se sentisse detentor de um domínio que na verdade lhe escapava das mãos; talvez o fizesse para não evidenciar sua decepção consigo mesmo, sua ruína evidente. Era um filho-da-puta dos de topete alto, que se rebaixava em alguns momentos, um desgraçado que acabou encontrando a morte ruim que procurava. Gurruchaga abaixou a cabeça, tornou-se sombrio e emudeceu. O gordo, com sua antipatia, havia atingido o calcanhar-de-aquiles de suas contas pendentes. Depois de quase vinte anos continuava temendo por sua vida. Razão não lhe faltava. Sem dizer uma palavra, foi para a jaula dos leões e ali, junto às grades enfeitadas de excrementos, dispôs-se a redimir suas culpas preparando o almoço. Eu nada sabia da vida antiga de Gurruchaga e aquelas palavras de Di Battista o atingiram de tal maneira que presumi o prelúdio de um desastre, quando não eram mais que epílogo; epílogo do tremendo desastre da guerra. Fui sentar-me a seu lado no extremo da esplanada em que o circo, altas torres, formosos mirantes do equilibrismo, havia se erguido. Os leões espantavam as moscas com lentidão. Gurruchaga pôs-se a esfolar os rabos. Incrustava na articulação a ponta rala de sua navalha; abria-lhes uma fenda suficiente e logo, de um puxão, ia lhes arrancando as tiras da pele. O rabo assim, desnudo e rosa, parecia uma cobra da lascívia. Depois de um espaço de silêncio em que só se ouviram os rangidos daquele couro arrancado, atrevi-me a falar-lhe. "Quero lhe agradecer por me defender. Você é o primeiro que faz isso. Não sei mais o que dizer." "Cala a boca, garoto", respondeu-me, "não fiz nada que não devesse. É o sangue ruim que me tira do sério; o sangue ruim é tão desgraçado, que se ergue como dono da vida dos outros. Não permita nunca ser subjugado. Aceita e dissimula se você não tem outro remédio, mas assim que tirem os olhos de você, jogue-se no pescoço deles e não lhes dê chance até que cheirem a cadáver. Ainda há muito o que fazer, mas isto mudará algum dia. Maldito sangue ruim que me consome. Deveríamos ter combatido melhor. Se nós os tivéssemos vencido agora andariam todos no tempero da fossa e não teríamos que estar calados. Os tempos já vão mudar. Você vai ver, Goyito, já verá como mudam". Gurruchaga fechou a boca e o ressentimento que trazia lhe voltou a coagular na garganta. Elevou o olhar ao céu e cuspiu de soslaio um grosso escarro verde que evacuou no momento da raiva. "Vai até o trailer", disse-me, "procura entre trastes a erva de endurecer tomates e vai tirando os caroços. Você vai ver que salmoura do cacete a gente vai comer; vamos tirar com ela os sofrimentos". Fui ao trailer e ali estive um bom tempo remexendo trastes em busca da erva. Jamais havia visto nenhuma. Jamais havia provado a salmoura, nem mesmo o rabo de touro. Jamais havia compartilhado o ódio com ninguém. Jamais havia degustado com ser humano algum a doçura da desolação. Tudo era novo para mim, tempos de silêncio e novidade. Entre os trastes do trailer havia pontas de picaretas, frigideiras já muito usadas, panelas deformadas pelo abrasão dos fogões, maçanetas de portas, sacolas com aldravas enferrujadas, castiçais, pedaços de mármore, facas sem cabos, retalhos de tecido, vestígios múltiplos de desmanches e demolições, misérias condensadas num baú desmantelado de recordações de ninguém em particular, pedaços de nenhuma parte. De súbito, mexendo na bagunça dos trastes achei algo imprevisto que me iluminou o rosto com o ouro em miniatura da surpresa: um livro de poemas, o *Romancero gitano* de Federico. Segurei-o um instante entre as mãos pesando a dimensão do achado e depois o abri ao acaso. *Tenazes fuzis agudos por toda noite soam. A Virgem cura as crianças com saliva de estrela. Mas a Guarda Civil avança semeando fogueiras onde jovem e desnuda a imaginação se queima**. Aquilo era poesia, se era, poesia dessas profundas que se extrai dos veios negros, carvão do sentimento. Naquela época eu nada sabia de Federico. Nem havia lido seus versos, nem conhecia as circunstâncias de seu final prematuro e ignorava que possuísse um braço incorruptível recheado de azeitona e uma estilha de lírios presa nas pupilas da caveira. Logo soube que teve uma morte ruim de café recém-fervido ao amanhecer sobre a lixa andaluza dos campos; que o mataram com um tiro quatro brutamontes e que com sua arbitrariedade ergueram sem querer um santuário, que acabou sendo venerado como se fosse uma aparição de Maria. Fiquei fascinado olhando as páginas do *Romancero*, petrificado de poesia como a estátua de sal do antigo testamento. Era um livro breve com um desenho a duas tintas na capa, que mostrava um vaso sobre uma espécie de tecido vermelho com forma da pele da Espanha. Três girassóis negros como tentáculos da noite pareciam ondular debaixo do título. Ao pé, o nome do poeta aparecia escrito com sua caligrafia. Abri-o. Nas páginas interiores, estampada com tinta velha que parecia sangue seco, uma dedicatória testemunhava sua propriedade: "Para Gurru, camarada do amor e do combate, com um beijo de língua pelos momentos compartilhados. Marifé Bueyes". Aquele exemplar foi a única coisa que levei comigo no dia em que escapei do circo. A erva eu jamais encontrei.

Quando saí do trailer e aproximei as narinas à poeira que se havia levantado com o confronto, a Guarda Civil já tinha derrubado

---

* *Tercos fusiles agudos por toda la noche suenan. La Virgen cura a los niños con salivilla de estrella. Pero la Guardia Civil avanza sembrando hogueras donde joven y desnuda la imaginación se quema.*

com um disparo Gurruchaga, o da merda. Sangrava no chão, estendido diante da jaula dos leões, a mão direita na boca da ferida de bala que lhe havia vazado a coxa e a cara empapada de derrota. Um guarda civil pisava-lhe o pescoço com a bota enquanto seu companheiro se queixava das mordidas de faca recebidas na luta. Atrás, um homem à paisana, a quem a proeminência da barriga começava a enfatizar o declive da juventude, olhava-os satisfeito. Chamava-se Esteruelas e estava no comando do reforço. "Mata esse corno", reclamava a seu colega o guarda civil ferido, "esmaga a cara dele", mas o outro, mais comedido em chegar à morte, limitava-se a apertar-lhe a sola da bota contra a goela. O pessoal do circo Stéfano, imerso na curiosidade, contemplava o acontecimento com a passividade assustada dos dominados. Enquanto isso, o gordo Di Battista conversava com o que orquestrava a prisão, mais preocupado pela repercussão que tudo aquilo poderia ter em seu negócio do que pela sorte cantada de Gurruchaga.

"Non sei como pôde sucedere aquesta disgrazia, ma entenda o senhor che ao circo chegam pessoas siniestres e senza nenhuma sorte, que com só um osso para roer já têm di sobra per soprevivere. Aqui saben que non se lhes valora la condizione ne se mexe tambémn no suo passato. Em troca do silenzio elli trabalham duro, e pouco a pouco vanno se redimindo com il lavoro. Per le notte se li deixa que se desafoguem latindo alla luna e isto é tutto. Os Estados tambene necessitam lugari come aqueste dove atesorare la merda di la sccietá", dizia-lhe aspirando enormes quantidades de ar para diluir logo no sangue os humores do álcool. Eu fiquei à distância sem me atrever a dar um passo. A viscosidade metálica da ruindade aturdia a minha vontade e o medo a agarrava. Uma lição magistral de omissão de socorro era a que eu oferecia, mas que outra coisa podia fazer exceto tentar salvar a própria pele?

Gurruchaga foi denunciado pelos malandros que nos interpelaram na ponte Júlio César quando regressávamos ao circo com a mercadoria dos rabos e dos tomates. O rapaz em quem estampou nas vísceras o ferro dos punhos derramou o sangue do cérebro depois da fuga e caiu morto diante da porta do Cano Gordo, numa das fachadas da Mesquita. Pelo visto desabou de repente e quebrou, já sem vida, a cara contra a pedra dura do solo cordobês. Cachos romanos nos fúnebres ramos teria, sem dúvida, cantado algum poeta local por ter contemplado um cadáver tão autêntico. Seus cúmplices o levaram rapidamente até o quartel da Benemérita e ali denunciaram os fatos, desculpando-se, exagerando o sucedido, fazendo pantomima da morte. Eu quis fazer um esforço para sair em sua ajuda, para esclarecer àqueles homens a legítima defesa empregada no acontecido, mas o medo me impediu e esse remorso é um dos que ainda atribulam minha memória. Agora sei que de nada lhe teria servido meu testemunho. Minha sorte teria continuado o transcurso previsto até chegar do mesmo modo a este momento. Foi melhor ter ficado calado.

Gurruchaga me olhou do chão. Uma lágrima limpa brilhava nos seus olhos e pétalas de sangue adornavam-lhe a testa como se de um cravo ornamentando uma tumba se tratasse. Puseram-no de pé aos chutes e lhe algemaram as mãos nas costas. Quis dizer-me algo, mas minha covardia me fez virar a cara e não pude ler seus lábios. "Voltem todos a seus afazeres que aqui não aconteceu nada", ordenava Esteruelas com a flauta obstruída de sua voz nasalada. "E quanto ao senhor e a esse espantalho de circo", disse-lhe a Di Battista, "já veremos como fica tudo isto e até onde alcança sua responsabilidade". Antes de levá-lo preso, aquele indivíduo estudou um instante minha figura, como se estivesse interessando-se por minhas más-formações, mas foi embora e, no fim, não houve nada comigo. Voltamos a nos encontrar com os anos, inclusive houve um tempo em que cheguei a efetuar alguns trabalhos para ele, mas morreu como merecia e mesmo sem que eu desejasse. Vi Gurruchaga afastar-se pela última vez. Um jorro de papoula lhe escorria pela perna da calça. Era o jorro da esperança, esse fantasma em quem ele nunca acreditou.

Os mortos não falam, limitam-se a apodrecer com a passagem das estações até que se tornam pó ou são aproveitados pelos vermes. Os mortos pouco ou nada têm a dizer sobre seus destinos. Às vezes, são invocados para serem indagados de viva voz sobre o alcance da transcendência, mas nem sempre com êxito. Dizem que Jesus Cristo praticava esse gênero de barroquismo e que fez Lázaro retornar ao mundo. Deve ter saído lívido do sepulcro como quem regressa do desastre, certamente tremia de terror e até tinha dificuldade para controlar os esfíncteres. Não lhe serviu de nada a ressurreição; de preâmbulo talvez para uma nova morte; duas vezes morto, um morto multiplicado por si mesmo. Aos outros, para aferrar-se talvez à esperança. Você entrou na minha casa para me privar da consciência e me arrebatar a vida. Soube disso imediatamente e, embora estivesse advertido sobre o que ocorreria, jamais pensei que fosse suceder desta maneira. Dizem que no instante mesmo da morte o tempo transcorrido se reproduz diante dos olhos com a velocidade do relâmpago e os momentos vividos são contemplados como se fossem os fotogramas de um filme a ponto de acabar. Talvez seja isso o que esteja acontecendo neste instante. Talvez os fatos vividos, esses que delimitaram meus sentimentos e justificaram minha passagem pelo mundo, estejam reproduzindo-se neste momento de forma vertiginosa antes de se dissolverem nos territórios do nada.

Havia pensado em voar amanhã para Londres para passar o Natal junto a meu filho Éden, mas agora, com você aqui presente, compreendo que não vai ser possível. Sofreu demais na infância o menino e ficou sem fala e com a vontade destruída por causa de algo terrível que lhe aconteceu. Os médicos que tratam o seu autismo na W&S Institution dizem que ele está melhorando e que com o tempo poderá sair de seu isolamento e chegar a se integrar completamente à sociedade. Na verdade, não sei o que será pior, se permanecer alheio ao mundo, embutido na irrealidade de seus paraísos, ou que lhe solucionem o defeito e devolvam-no ao curral da normalidade. Às vezes falo com ele e digo-lhe que quando o curem o trarei comigo de volta para que tome conta de meus negócios, e ele pára e fica me olhando como se não chegasse a entender o significado de minhas palavras ou evitasse se pronunciar sobre a banalidade de minhas ocupações. Compreender-me sei que me compreende, mas não mostra interesse algum por nada e limita-se a ensimesmar-se e a fazer caras impenetráveis. Ele ignora que eu seja seu pai. Nunca me incomodei em tentar explicar-lhe que esse cadáver que ele viu pendurado a uma corda, oscilando de um lado para outro, enquanto os urubus seguiam a sua cadência com o vôo, não era o de seu progenitor. Também não sei se o assimilaria. Eu me conformo com subvencionar os gastos da atenção especializada que precisa e vê-lo de vez em quando para levá-lo para passear pelos parques de Londres. Suponho que do mesmo modo que não lhe importa minha companhia também não deverá sentir minha ausência nestes dias rudes de Natal. Talvez seja tão-somente um personagem a mais na fábula com fantoches de minha existência.

    Desaparecido Gurruchaga, a incumbência da merda ficou só para mim. Ninguém sentiu sua falta, nem sequer os animais a que atendia. As bestas se limitaram a ir morrendo quando lhes foi chegando a vez, sem que já ninguém constatasse seus padecimentos. Eu fiquei com seus trastes, o imprestável do imprestável, com sua tarefa hercúlea de limpeza e com a responsabilidade de prover os bichos de alimentos; tarefa que supunha grande esforço e muita dedicação de minha parte, pelo que eles acabaram convertendo-se em excelentes degustadores de carne de cachorro e outras esquisitices que a doença ou o extravio deixavam abandonadas pelos páramos debaixo do celofane da carniça. O gordo Di Battista ficava me olhando da janela do seu trailer, escudado no espectro do álcool que cada vez com mais freqüência nublava-lhe o entendimento e embotava-lhe a vontade de viver. "Molto bene, nano", dizia-me Di Battista, "laborare duro dignifica al huomo. Ma é un casttigo divino o di ganhar il pane con il sudore della testa, in tuo caso non parece che ti resulte molto sforzzoso judicando lo enorme che la hai."

Meu silêncio me fez cúmplice. Minha penitência foi a ignomínia de ter que recordar Gurruchaga preso a ferros. Dos diversos tesouros que sua desaparição me legou, provavelmente, o mais apreciado fosse o exemplar do *Romancero gitano*, com suas páginas amareladas coalhadas de metáforas totalmente inúteis para a vida cotidiana do circo. Lia e relia seus versos com efervescente frenesi ao mesmo tempo em que me esquivava de minhas obrigações, e tanta e tão monótona leitura me aquecia até chegar a embuti-la em minhas idéias. Navalhas, ciganos e guardas civis regressavam à minha presença sem que eu os pudesse evitar. Era como se um ressuscitar de minhas recordações cobrasse um novo corpo naquele livro e eu me recreasse no fenômeno com complacência, saboreando cada palavra como se houvesse, na verdade, saído do punho da minha boca. Entre todo aquele sortimento de fabulações bem versadas havia algo que tinha, no entanto, um ponto certo de realidade: a dedicatória que presidia o texto: "Para Gurru, camarada do amor e do combate, com um beijo de língua pelos momentos compartilhados. Marifé Bueyes". Aquilo era palpável, ressomava vida e me deixava louco de curiosidade.

Dorotea Gómez era chamada de Doris porque possuía ares de Doris Day. Tinha a mesma vivacidade de olhos e o cabelo igualmente brega. Seu vivo retrato se parecia até no brilhar dos seus quadris. Diria-se que era ela mesma que desenhava piruetas no trapézio, quando saía à pista a balançar-se, a estabelecer redemoinhos de carne pelos ares em luta perene com as forças da gravidade. Era um prazer ver a Doris passareando, um prazer bastante harmonioso e musical. Dava impulsos com as pernas e, quando alcançava a parábola do rumo pretendido, soltava-se no vazio e rodopiava por uns segundos até encontrar as mãos de seu par, verdadeiros cadeados seus dedos, que a agarravam com firmeza e evitavam que se esmagasse na queda. Doris rematava com beleza ensaboada o exercício de saltos, sempre charmosa, sempre provocadora sem intenção de sê-lo. Seu companheiro nas alturas do trapézio, Gelo dos Anjos, aguardava serenamente a evolução de seu caracolear no etéreo e, ao menor erro no impulso ou desvio na trajetória, logo a acudia para salvar com brandura o exercício e a agarrava no vôo, como a uma pluma de carne e osso que caísse depressa do trampolim suave das nuvens. Não obstante, é justo e necessário precisar que ambos trabalhavam com rede, o que talvez desmerecesse um pouco o espetáculo, mas também é certo que embora Doris não desejasse apostar a flexibilidade, a juventude ou a vida a um desafortunado escorregar de mãos, Gelo dos Anjos vivia enfebrecido pelo risco e não fazia mais que pressioná-la para que engrandecessem o espetáculo com a possibilidade da desgraça. Desafiava-a com sua boca grande e sempre coalhada de saliva a que executassem ao menos um número a secas, jogando-se um contra o outro sobre a onda invisível dos ares. Gelo era intrépido só por ser algo e estava muito curtido pela mentira do circo; sem emoção, sabia que seguir rodando pelo mundo não era mais que um fatal desperdício de ilusões. Doris não pensava na morte, mas quando lhe escapava fazê-lo só era capaz de imaginar-se um pedaço de chão muito perto de seus olhos e essa premonição causava-lhe espanto. Tinha o corpo dócil da primeira juventude e os ossos moles ainda, por isso a flexibilidade era seu império. Não sentia medo das alturas, mas também não desejava ser tapeada pelos caprichos veteranos de Gelo dos Anjos. Para atuar, vestia uma malha branca que lhe apertava o corpo contra a gaze até oferecê-lo ao público translúcido de contornos e transpirações. Dava gosto vê-la trepar pela corda a caminho do cume da tenda. Seu corpo era um desperdício de requebros e assim que alcançava a barra do trapézio se transfigurava num ente saltador de talco e osso. O público ficava maravilhado com suas evoluções pelos ares, as nucas doloridas de tanto sustentar para cima os olhares, as bocas abertas, de incredulidade as das mulheres, e de fome canina as dos homens. Piruetas prodigiosas, esbeltos rodopios, duplos ou triplos saltos mortais eram maravilhosamente executados em cada apresentação e ainda havia mais: para culminar seu número, Doris se aferrava ao pau do trapézio com a parte anterior dos joelhos e deixava solto o resto do corpo. Assim, de cabeça para baixo, agarrava uma tocha com cada mão e a acendia com a chaminha de um incensório que ficava pendurado na plataforma do mastro. Uma fumaça pretejante de óleo diesel desfilava então para o alto e manchava a lona com sua sujeira. As luzes da pista se apagavam e só ela ficava na cúpula, meio em sombras, meio iluminada pela luz alaranjada das chamas. Doris tomava impulso e, quando mais elevada estava no ziguezague do balanço, deixava-se cair dando voltas sobre si mesma, enroscada em seu próprio corpo, só apareciam dos dois lados as tochas, que giravam e faiscavam em queda livre a caminho do abismo da pista, até que Gelo dos Anjos fazia coincidir o balançar do seu trapézio e a interceptava pelos calcanhares no meio de sua trajetória. Um oh de exclamação aflita escapava então do público em uníssono e o estrondo de aplausos soava logo como um rugido libertador da tensão acumulada diante de semelhante expectativa. Doris concluía o número escorregando até a pista por uma corda grossa e ali, de pé e descalça, lançava beijos sem fim aos espectadores, dando a oportunidade aos mais excitados de medir-lhe à vontade os contornos dos peitos e ainda as meias-luas tenras das nádegas, que de acordo com o que se podia apreciar com a proximidade, iam-lhe gelatinosas derramando-se pelos dois lados da malha. Depois dos aplausos, após o atento olhar disciplinador do público, Gelo dos Anjos descendia atlético e solene do galinheiro de seu trapézio e, colocando-se atrás dela, envolvia-a na seda pegajosa da capa como que acabando de consagrar com a ocultação de seu corpo o mistério impenetrável de sua feminilidade em espiral.

O gordo Di Battista bebia o ar por Doris, o que nele não parecia estranho, pois se o assunto fosse bebida nela esgotava até o sangue ruim que lhe corria por dentro. No fundo, o circo não era mais que seu cárcere e nele ia purificando a maldição de sua existência. Podia ter sido pior. Sempre pode ser pior. A maldição de sua existência podia ter sido quebrada toda de uma vez com um disparo eugênico na têmpora, mas isso não aconteceu, embora no circo mais de um o teria aplaudido de coração. O fígado do gordo Di Battista devia ter sabor de conhaque e com prazer o teria dado a Doris para que provasse, se pudesse, mas ela era esperta e mantinha distância com diplomacia, mas também sem esquivar-se do compromisso; encorajando-se na dissimulação que sabem cultivar com graça algumas mulheres. Por um favor carnal da trapezista o gordo Di Battista teria chegado a mendigar o dinheiro que não tinha. Ele o insinuava com freqüência e ela respondia-lhe que a grana viesse primeiro, embora, na hora da verdade, com certeza não se teria deixado apalpar nem pelos polegares da sombra dele. No fundo não carecia de certo verniz de moralismo e só teria provado a tentação em prol do cumprimento de uma promessa e não mais que por mortificar-se e redimir acaso alguma alma com o sacrifício, como lhes era dado fazer às primeiras mártires do cristianismo. Doris era de um povoado de Badajoz, adormecido e vulgar, e usava uma fala cansada como o focinhar do porco. As palavras se arrastavam por sua cabeça desde o manancial da inteligência e quando lhe afloravam à boca saíam-lhe deformadas devido à erosão do trajeto e aos desvios do sotaque, mas, no balanço do trapézio, andava sempre muda de boca embora eloqüente de contorções, que era, na verdade, o que importava. Doris ainda possuía na carne o frescor da primeira idade, mas já naquela época mostrava certa propensão às varizes e hemorróidas que delatavam a fermentação do seu corpo. Ficava olhando-me nos olhos quando passava diante de uma jaula que eu andasse esvaziando e me atirava uns sorrisos largos que enchiam o meu espírito de bem-estar. A princípio não acreditava, mas pouco a pouco fui constatando que eram de verdade; alguma debilidade tinha que ter a moça. "Gregorito, qualquer dia você sobe comigo para se balançar no trapézio, vai ver como vai gostar." Pronunciava isto por exemplo muito devagar, demorando as palavras na boca antes de as desaguar com a voz. Parece que ainda as estou ouvindo. Eu assentia com a mesma língua de fora que sai dos cachorros quando lhes mostram um osso e, com a vista, a seguia vendo-a distanciar-se, concentrado no coquetel de seus quadris até que acabavam por misturar-se à massa colorista do circo. Gelo dos Anjos, seu companheiro nas alturas, também a desejava dos pés à cabeça, mas se calava para não truncar a boa marcha do número que em dupla executavam. Ele sabia que suas forças estavam acabando, mas agüentava sem dizê-lo porque não valia mais que para andar pendulando nos ares. Tossia em segredo escarros coalhados de sangue e bebia muito chá de chicória; poços sem fundo. Isso lhe desembotava o ânimo e o colocava pronto para o exercício. "Olha, anão, eu bebo chá para ver se me espessa o sangue. O resto não me importa. Cansado ando de dar voltas à geografia do mundo sem fincar raízes em parte alguma, mas a verdade é que já não me importa." Gelo dos Anjos, atlético e estóico, seguia na brecha das apresentações dando elegância ao espetáculo, mas calava a enfermidade que lhe carcomia as forças. Também calava a ânsia, que devia ter, de sacudir o desejo sobre a pele de Doris, mas isso calavam igualmente todos os machos do circo, todos exceto os elefantes que pressentiam com a ereção retrátil de suas trombas assim que ela, fêmea e cheirosa, assomava-se às jaulas. Muito público — e o gordo Di Battista aproveitava-se do chamariz — acudia às apresentações só para ver as curvas que Doris mostrava bem embutidas no relevo da malha. As partes essenciais de sua anatomia ficavam tão ressaltadas que era um prazer vê-las e o êxito dos exercícios estava assegurado de antemão desta maneira tão pouco recatada para a época. Eram tempos de oclusão e penumbra, tempos para o pecar de pensamento em meio ao febril de fantasias sempre sujas, sempre inconfessáveis.

Uma vez em Zamora houve um contratempo com o Delegado Provincial do Movimento, que havia ido à apresentação em companhia de seus sete filhos e de sua esposa. Ficou estupefato aquele homem ao vê-la, segundo dizia, nua no meio da pista. A excitação se misturou com o poder do cargo, e, gritando, começou a proferir exclamações de indignação e a dizer furiosamente que aquilo era uma provocação, uma indignidade, um insulto à fé de Cristo e um atentado contra os princípios fundamentais do Movimento. O número não teve mais remédio que ser suspenso e um expediente sancionador, que o dito-cujo queria, no furor de sua indignação, tramitar a princípio pela via penal, foi instaurado ao circo Stéfano na pessoa de Di Battista. O gordo andou um mês inteiro por escritórios, gabinetes e ante-salas, dando explicações, pedindo desculpas e fazendo valer um pretendido passado de camisa-negra na Itália fascista de Mussolini. Naturalmente, o episódio de Gurruchaga veio à tona e o assunto se complicou mais do que devia. Enquanto o gordo solucionava o incidente com esse tolo palavreado de pátrias e grandezas que lhe saía da boca infestada de fedor de conhaque, o circo Stéfano andou lacrado por ordem do governo e todos nós ficamos, enquanto isso, sem um pedaço de pão duro com que enganar as tripas, além de contrariados pela indefinição de nosso papel no procedimento legal em juízo. Quem saiu ganhando naquele ínterim foram as feras, que, além de descansar das surras de atuações a que vinham sendo submetidas, alimentaram-se abundantemente com a quantidade de cachorros que vagava pela cidade, iguaria local que se não alcançava a fama dos queijos, servia com dignidade para aplacar a urgência de seus estômagos.

A vontade de dar o bote e saquear aquele manjar que Doris levava por corpo foi evacuada pelo gordo durante a temporada que empregou em resolver o problema. Ao final, com algo de vista-grossa, um par de cartas de recomendação e uma ou outra declaração solene diante da Hispano-Olivetti de um funcionário pouco inteligente, mas muito fiel e cumpridor de seu dever, a questão foi avaliada em soma não muito alta e o circo Stéfano pôde continuar com seu devaneio pelos caminhos, exibindo a ilusão do espetáculo pelos povoados desperdiçados da península pátria.

Cada vez que me arde a boca do esfíncter, vem ao meu pensamento a recordação da pobre Doris; no que ela era e no que ficou. O tempo tudo sova e estraga e é lei irrevogável o acatar dos resultados. As pessoas geralmente tendem a ocultar esse tipo de sofrimento, guiadas por um pudor mal-entendido. Calam-no e arrebentam. Doris também dele padecia. Contrariavam-na umas gorduras granuladas nas pregas do ânus. Gordas, pregueadas e granuladas como amoras de amoreiras no próprio broto da sarça. As hemorróidas delatam, nas mulheres, problemas de circulação sangüínea e, nos homens, entretenimento. O contrário também acontece, mas o cânon que impera é o que eu lhe digo. O entretenimento na mulher geralmente não é bem-visto e no acervo popular está relacionado com o mau-humor e com a pouca disposição de desfrutar o sexo. O melhor remédio para aliviar as hemorróidas é o que dá uma pomada francesa com *polietilenglicol.* Pelo menos isso é o que diz Belinda Dixon, a comissária européia. É vendida já provida de um aplicador indolor. Só é preciso relaxar antes de untá-la. Deixa as hemorróidas amolecidas e em seguida as reduz à mínima expressão de suas carnosidades. Alivia desde o primeiro instante e não deixa restos engordurados. A comissária passou todo o jantar elogiando as excelências da pomada. Nos assuntos de protocolo a afinidade entre os comensais está, no final das contas, regida pelos que por ofício orquestram a cerimônia, e a um ano acaba sempre sendo comprometedor situá-lo, razão pela qual pode acabar caindo sentado em qualquer lugar. Eu não lhe digo que freqüento todos os dias as mesas mundanas, mas sim que, de vez em quando, vejo-me na necessidade de atender aos convites que com grande deferência me fazem desde foros associativos e instituições públicas e privadas. Geralmente as pessoas mantêm a crença de que em semelhantes eventos não se toca em temas essenciais para o bem-estar da comunidade e sem que isso deixe de ser certo, é mais ainda que, no fim, o que se acaba ventilando é a roupa suja dos ausentes e ainda a dos presentes. Em tais reuniões, o vinho é degustado em cálices quebradiços, que lhe sublinham o buquê, e a excelência dos alimentos é mastigada com o paladar atento aos matizes, mas, na hora das conversas, acaba saindo sempre a reluzir o capítulo das piadas, o das aversões e o dos desarranjos corporais. O ser humano possui em essência semelhante o cheiro nos pés e a putrefação da carne, que é idêntica. Se falha a biologia, o dinheiro, o poder, a glória ou a fama maquiam um pouco, mas ao final do caminho todos escorregam para o mesmo paradeiro: o paradeiro da morte.

Naquela época não existia na Espanha produto farmacêutico algum que aliviasse com eficácia as moléstias hemorroidais. Doris tinha de curá-las com polvilho anti-séptico. Espalhava em uma gaze o conteúdo de um frasco que guardava em um armário do trailer e aplicava na encruzilhada da bunda com grande contorção de músculos e habilidade de extremidades: de pé, dobrados os quadris para a frente e elevada a mão esquerda por trás das costas até roçar o orifício de destino. A ação revelava uma garupa em pompa exagerada pela postura, flexível, humilhante, erótica, que se oferecia à contemplação de quem tivesse a fortuna de imiscuir-se em semelhante intimidade. Brindou-me a providência em razão de uma desgraça prévia que me aconteceu; que, como está registrado no acervo popular, nunca há bem que de mal não provenha. Devido ao vai-e-vem com a porcaria dos animais acabei pegando umas febres infecciosas, que me anuviaram os sentidos. Eu andava acostumado a dormir em toda parte e de qualquer modo, à mercê das estrelas nos meses de verão, encolhido nos do inverno ao amparo de mantas que organizava ao pé mesmo das jaulas para que o hálito das feras me aquecesse a temperatura como um Menino Jesus no presépio. A vida me havia mostrado sua dureza em mais de uma ocasião e eu aprendi logo a resignar-me, a atar-me o coração com a corda faminta das tripas e ir levando adiante. Quando naquela vez caí doente, o mundo, no entanto, dissolveu-me na língua como um caramelo minúsculo e as forças e a vontade de viver se evadiram de dentro de mim como um gás que escapa. Ninguém mostrou interesse em me socorrer, ali jogado como estava, queimando de febre e jorrando suor; ninguém exceto Doris, que se apiedou de mim e me levou ao entretenimento de seu trailer, um lugar austero e feminino, isolado e enfeitado com vidrinhos de perfume, todos pela metade. Aquele quarto foi para mim a sede terrena desse paraíso em que eu não acreditava. Desorientado como andava pela intensidade da febre, meus olhos eram comidos por visões insólitas intercaladas de odores, que ora me tranqüilizavam o ânimo, ora me tiravam o juízo e o guiavam aos rincões indômitos da consciência. Doris me hospedou em seu catre de lã de carneiro e esteve colocando-me compressas frias na testa, cataplasmas de ervas e ungüentos terapêuticos durante três dias inteiros até que o ardor na testa cedeu e liquidou-se por completo a possibilidade de meu perecimento. No cochilo da febre a contemplei como acabei de contar; bela na contorção, enorme de ancas, ostentando diante do branco doentio de meus olhos a pompa magnífica de umas intimidades rubricadas pela cereja viva em cachos de suas artérias. Pobre Doris. Não teve sorte na vida. A alguns a desgraça parece que os persegue até o próprio umbral da sepultura. Eu preservei para sempre seu segredo e, inclusive, uma vez que se fez evidente, calei a boca e me abstive de delatá-la.

Tomou-me carinho, e eu lhe agradeci com meu silêncio; bem pago, não obstante, semelhante comedimento pela recordação monumental de suas morbidezas.

Doris às vezes matava o tempo com o trabalho de tecer pulôveres para seus sobrinhos do povoado. Urdia-os primorosamente com linha Âncora, uma fiação brilhante que não encolhia e com cores sólidas que naquela época tinham começado a ser comercializadas nas lojas. "Olha, Gregorito", dizia-me com as agulhas de crochê presas pela axila, "você gosta? É para meu sobrinho Pedrinho, acaba de nascer-lhe um dente", e eu assentia com a cabeça sem entender o que me falava; sem poder assimilar esse mundo distante de famílias felizes, de ternas infâncias e de coletinhos de ponto arejados ao sol, a anos-luz da merda cotidiana, que configurava o circo-mundo de minha existência.
    Se o dia era propício, depois das apresentações Gelo dos Anjos ia até o trailer de Doris para compartilhar com ela algum vislumbre de jantar. Doris o convidava para uma omelete à francesa* com presunto de York, não menos, para que, doente como se via que ele estava, não tivesse que se pôr a cozinhar por sua conta depois de ter tido de empregar o esforço de sustentá-la no trapézio. Doris não se desanimava em juntar uma omelete a mais com a sua e inclusive outra mais para mim, que também me acostumei a visitá-los a essas horas. Gelo dos Anjos tossia ao mastigar, bebia chá de chicória e cuspia grosso. Os humores de sua enfermidade lhe iam consumindo o olhar até o extremo de embolorar-se por completo. Eu levava ao trailer de Doris o *Romancero gitano*, esse tesouro que não me pertencia e, depois do conciso jantar, empenhava-me em recitar em voz alta algum dos poemas de Federico. A ambos entretinha obser-

---

* Omelete feita só de ovo.

varem como me fluíam doces as palavras com a emoção da leitura; chocava-lhes constatar tamanho contra-senso em um ser ínfimo e desprezível como eu era então; estendiam-se à vontade com o paradoxo: um anão disforme sustentando na boca a esbelta beleza do verso de Federico: *No Vinte e Cinco de Junho lhe disseram ao Amargo: Já podes cortar, se queres, espirradeiras no pátio. Pinta uma cruz na porta e põe teu nome debaixo, porque cicutas e urtigas nasceram em teu costado, e agulhas de cal molhada te morderão os sapatos**. Para Gelo dos Anjos todo aquele desperdício de metáforas lhe caía na aridez do entendimento como um murmúrio de sapos. "Tanto palavreado só serve para travar a língua. Devaneios de mulheres e de veados", dizia. "Você é que por não entender não tem nem um pingo da sensibilidade necessária", cortava Doris fazendo-se contrariada, "a poesia precisa de sensibilidade igual você precisa de musculatura". Gelo se calava. No fundo, pensava que estava certo, mas a essa altura de sua vida nada podia tentar para remediar o seu jeito. Seguiria ostentando músculo, só músculo, músculo nos braços, músculo nas pernas; um escroto musculoso e doente que jamais conseguiria espalhar o branco de seu desejo sobre a pele de Doris. A ela, ao contrário, lhe entrava pela porta do coração, era assim de feminina, e dessa sensibilidade me aproveitava: *A lua gira no céu sobre as terras sem água enquanto o verão semeia rumores de tigre e chama. Por cima de tantos tetos nervos de metal soavam. O ar encrespado vinha com os balidos de lã. A terra se oferece cheia de cicatrizadas feridas ou estremecida de ulceradas luzes brancas***. "Que bonito, Gregorito, por que você não diz a Di

---

* *El veinticinco de Junio le dijeron al Amargo: Ya puedes cortar, si gustas, las adelfas de tu patio. Pinta una cruz en la puerta y pon tu nombre debajo, porque cicutas y ortigas nacerán en tu costado, y agujas de cal mojada te morderán los zapatos.*
** *La luna gira en el cielo sobre las tierras sin agua mientras el verano siembra rumores de tigre y llama. Por em cima de los techos nervios de metal sonaban. Aire rizado venía con los balidos de lana. La tierra se ofrece llena de heridas cicatrizadas, o estremecida de agudos cauterios de luces blancas.*

Battista para que te leve à pista para ler poemas? Ficariam muito bonitos ditos por você. Vai, recita para mim outra vez, que fico toda arrepiada", e eu saboreando aquele triunfo de palavras relia o poema, arrogante e vaidoso igual a um dez de paus que tivesse sido proclamado rei de ouros.

Sempre conservei a meu lado aquele livro cor de palha e desencadernado. Sempre levarei preso à memória o ritmo mágico de seus versos, a brandura incrível de sua beleza, o queixoso, no entanto, de seu lamento. Sempre tive latente na memória o sabor cruel daquelas vigílias, os escarros de Gelo, os humores íntimos de Doris borbulhando depois da sobremesa e essa onipresente dedicatória, que, como uma maldição abandonada, prolongava babosa o recitar dos poemas: "Para Gurru, camarada do amor e do combate, com um beijo de língua pelos momentos compartilhados, Marifé Bueyes".

Hoje ninguém acredita no circo. Nestes tempos em que se pressagia o fim do mundo, em que o espairecimento se adquire a domicílio e a realidade se desmancha em luzes, não há lugar para feras, palhaços, equilibristas chineses ou anões deformados que esfolem a dignidade contra a areia dura da pista para provocar risos. Naquela época era diferente. As pessoas ainda iam para ofertar-nos as gargalhadas e ninguém prestava atenção na grande miséria que sustentava tudo aquilo, nos falsos cenários da mera subsistência em que andávamos envolvidos todos os que compúnhamos a grande família de monstros que era o circo Stéfano. As pessoas aplaudiam, se maravilhavam, proferiam exclamações, expeliam gargalhadas como se fossem gases mal contidos e depois regressavam a suas casas para prosseguir com seus cotidianos que configuravam os segredos da unidade nacional: um trabalho para a vida toda sobre o qual sustentar o porvir de uma família, a imprecisa presença do catecismo nos costumes, a missa de domingo ainda não autorizada pela dos sábados, a obediência hierárquica, o conformismo institucional, a taça do Generalíssimo e as descaradas do norte; aquelas descaradas de peitos enormes que começavam lá pela Costa do Sol a fazer germinar uma semente de fantasia ou de indecência nas mentes apocalípticas dos machos espanhóis: "Caralho, tem que ver que boas que estão essas putas, quem me dera", e estalavam a língua e viravam a taça de Osborne, e tragavam o fumo de rolo e ficavam de braços cruzados com o desejo à flor murcha da pele.

Nós, os do circo, perambulávamos pelos sete rincões da geografia e em todas as trincheiras da arena ibérica constatávamos cozinhando-se sempre os mesmos malditos desejos. "A Ibéria se assemelha a uma pele de boi estendida ao longo de Oeste a Leste, com os membros dianteiros em direção ao Leste, e na largura de Norte a Sul." Assim era de fato. Nosso périplo interminável por essa pele estendida nos conferia uma visão privilegiada da evolução dos costumes, deformada somente pelo desenraizamento próprio de nossa indústria e a condição que possuíamos de migrantes, como é natural. Eu aprendi o que sou naquele tempo de estio, observando, refletindo, sofrendo o peso do pau em riste da vida, na escassez de minhas costelas disformes, e como que sorvidas para dentro. Eu não freqüentei a escola, ali não admitiam deformidades, mas estudei por minha conta, no livro aberto do viver, as únicas matérias aptas para inserir o homem na existência: a do amor, a da raiva, a da vingança e a da paixão desmedida pela sobrevivência.

Chegávamos a uma cidade, gritávamos às suas portas com o som caindo aos pedaços que arranjávamos e as pessoas iam acudindo às apresentações para nos ver encarnar a celebração do ridículo. As crianças nos fuzilavam os agradecimentos com crueldade desmedida, vezes havia que até nos lançavam chumbinhos na pista com elásticos que enrolavam nos dedos, os adultos nos esquadrinhavam a aparência e juntavam o assombro de suas mediocridades à inigualável exibição de nossos saltos, piruetas e demais habilidades de acrobacia existencial. Todos participavam atônitos daquela liturgia do grotesco e, com a língua da fantasia, acabavam comungando da Doris a migalha de carne que costumeiramente lhes oferecia. O espetáculo transcorria como se de uns monstros se tratasse, o que realmente era, e eu ia crescendo em tudo aquilo, com o pouco de minhas coisas, com meu nada de nada e esse orgulho congelado que outorga a escravidão aos que pressentem por baixo que algum dia romperão totalmente suas correntes e se erigirão como reis indiscutíveis da criação. As crianças são energúmenos ternos que desfrutam o entusiasmo que vêem reprimido nos seus adultos. As crianças são bichos que gozam com o padecimento dos outros. Dava nojo vê-las ali na primeira fila atentas a que um equilibrista escorregasse e partisse o cabo na entreperna, ou que uma fera desse para morder e levasse na boca o braço arrancado do domador. Os adultos eram a mesma coisa, só que com outros pensamentos mais elevados, para não dizer eretos. Eu me encolhia atrás das cortinas que davam entrada para a pista e dali os contemplava escondido. Eles prestavam atenção na arena e eu os olhava nos olhos. Eles constituíam, sem perceber, meu espetáculo, o melhor de todos, insisto, o do circo do mundo.

A telecinésia não existe, e eu, o que lhe digo, digo-o com convicção. A combustão súbita das pessoas também não. Se a telecinésia existisse, dois terços dos que assistiram às apresentações durante aqueles anos teriam ficado fulminados em suas cadeiras com o raio devastador do meu pensamento. Eu o quis com força e tentei com raiva, mas não aconteceu. Os desejos que sofremos geralmente ficam somente no que são; em meros desejos que se desfiam como a fumaça do sonho na atmosfera da realidade. Um dia, no entanto, um milagre aconteceu durante um número. Foi num povoado de Valência, ao qual fomos parar levados por sua festa do padroeiro. Debaixo do toldo fazia um calor úmido insuportável. Doris desenvolvia nos ares suas piruetas em espiral esvoaçando nas mãos de Gelo dos Anjos. Num de meus olhares clandestinos, observei que alguém entre o público seguia aquela exibição impossível de leveza valendo-se de uns binóculos imundos de aumentos e tortos de guerras civis. Eu indagava-lhe o olhar metido no meu esconderijo de cortinas e em seguida decifrei seu propósito. Era um filho-da-puta desses excitados que em vez de contemplar as artes do trapézio calibrava em Doris a dimensão parabólica da bunda e o equilibrismo centrífugo das tetas. Era um militar de infantaria muito afetado de uniforme, com um bigodinho lombriga, nada marcial, que lhe saía das narinas. Adivinhava-se nos gestos o entretenimento que desfrutava: alimentar a libido e sonhar com a possibilidade remota de que Doris escorregasse das alturas e fosse partir a cabeça contra a areia da pista. Observava com atenção os acontecimentos enquanto coçava disfarçadamente as partes, concedendo-se na meia-luz do número um prazer não merecido e à custa dos exercícios que nele eram executados. Duvidei entre me aproximar e cuspir-lhe, ou deixá-lo à vontade desfrutando de si mesmo, mas foi a providência quem apresentou a alternativa. Olhei para o alto e pude perceber como um círculo vermelho umedecia a malha da Doris justo no lugar em que era absorvida pelas nádegas. Como se de uma virgem antiga se tratasse, tinha-lhe sido conferido o dom de chorar sangue; uma virgem transverberada pela miséria imensa dos homens. Sangue da dor do sacrifício da Semana Santa; santo sangue que mana sem descanso dos mananciais dos que sofrem, sangue grosso e tinta de hemorróidas que molha, gota a gota, o Gólgota do mundo. Olhei para o céu e a vi ali, ungida de rubi, enfeitada com a mácula. Duas gotas gêmeas lhe choveram então, em uníssono, duas gotas que caíram como chumbo sobre os olhos daquele miserável que a observava com o desejo apodrecido. Uma desmedida cor vermelha foi o último ato a lhe deixar manchadas as retinas. A cor estridente da cegueira.

Os irmãos Culi-Culá nem eram irmãos, nem eram palhaços, nem eram nada mais além de bichas. Montavam um número bem combinado que era a delícia dos presentes; um número proverbialmente grosseiro de peidos e perseguições pela pista, que despertava não obstante as simpatias do público. Frank Culá, imberbe e melindroso, corria pela arena com lerdeza fingida esquivando as tentativas de captura de Juan Culi, barbudo e enorme como um urso erguido, que, sem mais nem menos, o perseguia pela pista com um bastão descomunal ao ombro, doido para bater-lhe na cabeça ou onde fosse com a desproporção da ferramenta. Quando estava a ponto de pegá-lo, o garoto lhe soltava uma ventosidade forte e sonora e que o deixava estupefato com o fedor. A cena era ridícula, uma tosca caricatura da luta de David e Golias que acabava com o gigante derrubado sobre o chão, sustado por ventosidades emanadas de seu vencedor, uns peidos desmedidos e leguminosos que lhe oferecia às narinas. Semelhante fenomenologia só podia proceder de um mau funcionamento premeditado dos intestinos que as pessoas achavam muito de seu gosto. Todos riam com o número e ao terminar aplaudiam, assobiavam, arrotavam e até soltavam gases de tão contentes, em um desmantelo de flatulências e vagidos bem em consonância com o sabor do espetáculo. Juan Culi e Frank Culá formavam um casal estável e, como bons irmãos, compartilhavam o espaço íntimo de um trailer com todo seu aparato de utensílios cotidianos para o asseio, o ócio e a manutenção. Lâminas Gillette, creme de barbear Lea, um dominó muito gasto de partidas, um jogo fragmentado de pratos de louça, toalhas, enxoval de noite e alguns talheres enferrujados que tinham pertencido à mãe de Culá constituíam o grosso de suas posses. Além do salário, compartilhavam a cama, ainda que por debaixo dos panos e sem evidências, para não lhes delatar o desvio. Os irmãos Culi-Culá jamais exibiam em público sua condição homossexual e o comedimento com que viviam, tirando a grosseria de seu número, era digno e até exemplar. Comigo não se metiam. Também não pretendo sustentar que me respeitassem. Nos subúrbios da vida desordenada, o respeito é um valor relativo que obedece a critérios não codificados, imprecisos e mutáveis. O respeito, geralmente, brota do temor e da admiração que se tem pelo contrário e quase nunca da mera dignidade, que deveria ser consubstancial ao ser humano. No circo o respeito nascia da força ou da dureza provada do caráter e no que a mim se refere, dos castigos que me infligiam ou da hilaridade que eu provocava igualmente. Juan Culi, o mais machão dos irmãos, talvez tenha algum dia me dado um chute ao cruzar comigo em seu caminho, entretanto mais além do fato banal do golpe, a verdade é que mantínhamos o trato eqüidistante. Frank Culá era mais filho-da-puta, no entanto, mais cheio de segundas intenções e, provavelmente por isso, luzia um olhar tão povoado de duplicidades que parecia inacreditável que alguém não ficasse com cara de bobo. Ele espiava meus afazeres, não sei muito bem com que propósito e, de vez em quando, me lançava frases insolentes, mas ao mesmo tempo recheadas de ternura que logo eram varridas pelos ventos da retratação e da aparência. Frank Culá tinha, não obstante, o sangue ruim dos filhos-da-puta e quando não tirava da cabeça uma presa ou um inimigo na linha de tiro, o desejo aquecia o percurso de suas veias. "Anão, onde você deixou a Branca de Neve?", dizia-me referindo-se a Doris, "você ainda não lhe deu para morder as maçãzinhas de teu colhão?". Ele adivinhava a devoção que eu tinha por ela e no fundo não lhe interessava mais do que, a seu modo, congraçar-se com meus sentimentos. Se lhe saía assim tão áspero, era só para mostrar claramente as demarcações de seus domínios, assim como fazem os animais com sua urina. Nós dois conhecíamos nossos podres e, de uma ou outra forma, comungávamos a cumplicidade. Nunca me pareceu obsceno aquele matrimônio que mantinham, nem mesmo me andou pela cabeça má intenção para com eles em represália a seus desvios. Ao contrário, eu admirava em segredo a ternura legítima com que conviviam, uma ternura muito espessa, isso sim, de ferros em ponta e arames farpados para ser preservada das inclemências do rigor social. Eu lhes consentia em silêncio as carícias minúsculas que se prodigalizavam ao cruzar-se, os olhares de calda que viravam caramelos nas pupilas, as carícias que se concediam; asas de anjo as gemas de seus dedos, de arcanjo talvez os adejos de suas pestanas, e eles no fundo me agradeciam.

Não é o sonho da razão, mas a insensatez da providência que acaba nos engendrando monstros. Logo se cruza no nosso caminho e nos abandona à nossa sorte, à nossa fortaleza. Frank Culá possuía a força escondida dos fracos e a manifestava mediante o instinto de desprezo. Ele e eu éramos, em certo modo, similares, por isso procurávamos não imiscuir nossas vidas mais além do prescrito pela pitada de convivência necessária que a ambos nos convinha. Assim fomos gastando os anos, todos os que andamos compartilhando números porque, para que você veja como são as coisas, deixei a porcaria das jaulas e passei à pista com as feras, pois, como preconizava Di Battista, aos anões tinha que começar a tirar-lhes proveito.

Juntou-se a nós em Cuenca um corcunda que queria trabalhar de graça pelo mero prazer de correr mundo. Carecia de nome conhecido e o gordo Di Battista deu por batizá-lo Mandarino, em memória de um primo seu calabrês abatido a tiros pelos guerrilheiros. "Mandarino, vai dove os animali e ajuda ao nano com il ancinho e a pá para que non li chegue a merda ao pescoço."

Mandarino tinha o esqueleto rígido como um pau e a uma de suas pernas faltava um pedaço para chegar ao chão, o que ele completava com uma plataforma na bota, uma plataforma grossa de madeira de pino muito carcomida pelas pedrinhas em que acabava pisando. Caminhava inclinando-se sobre o ombro direito e, apesar de sua extrema magreza, exibia uma carnosidade insólita que lhe enchia as bochechas e crescia debaixo dos olhos até avultá-los como se fossem de anfíbio. O conjunto de sua figura parecia que ia se desequilibrar a cada passo, principalmente no que dizia respeito ao inflamado de suas partes, que tornavam perpendiculares seus movimentos com um poderio nunca visto. Sua virilidade era assombrosa. Mandarino começou a me ajudar nos meus afazeres. Era parco em palavras e a princípio se assemelhava a um mudo de nascimento, pois tendia ao gesto antes que à língua quando lhe dava por se comunicar. Com o trânsito dos dias, foi abrindo a boca e inclusive soltando os modos, com o que, em pouco tempo, pudemos constatar que estava possuído pela demência. Para mim dava no mesmo enquanto fosse dando uma mão, pois trabalhador ele era. "Tem que bater na barriga do urso com uma estaca e aí lhe dá vontade de mijar. Eu gosto de ver os animais mijarem porque me acalma a sede.

Que chova, que chova, Virgem da Cova", e começava a cantar sem dar explicações enquanto rastreava a merda e a esmagava nos latões. Eu o ficava olhando desde a distância de minha perplexidade e o mais que via era um jorro dourado de urina cair-lhe pé abaixo pela perneira das calças enquanto cantava. Não sei se por obra e graça da loucura ou por um empenho de sua biologia, Mandarino andava todo o tempo de duas maneiras contáveis; esvaziando-se em cima a bexiga e dando-se prazer com a mão. Ele fazia isso e ficava tão à vontade, que não tinha outro mistério aquele assunto, não mais do que o do mero fenômeno daquilo que entesourava entre as pernas, e acaso a sua pouco comum conduta pública; o que também não era cristão reprová-lo dado o seu grau de inteligência e por estar todo o santo dia compartilhando os hábitos degenerados das bestas.

Os ovos cozidos, já vão para cinco lustros que nem os provo. Acabei farto deles. Ao contrário, o filho-da-puta do Di Battista os adorava. Numa manhã úmida de pressentimentos, chamou-me muito cedo para prestar contas em seu trailer. Eu ainda não tinha tomado nem água de café da manhã. Notava-se que a pressa o apertava. "Ti ajuda bene Mandarino con quello della merda degli animali?", perguntou-me. "Cumpre seu dever", respondi-lhe o mais comedido que pude. "Ascolta; ho pensato que a un bello esemplare de nano come te se le potrebbe sacare il profitto megliore dando salti per la pista che pulendo la merda delle jaule. Non acha lo mesmo, Gregorito?" "Não sei", voltei a responder-lhe encolhendo os ombros. "Ciai fame; non hai fatto colazzione ainda?", perguntou-me novamente.

A fome sempre é má conselheira e guiar-se por ela quando ela é grande pode resultar nefasto. Eu sofri demais do estômago; os vazios dos jejuns arrebanharam minhas tripas aos bocados; uma fatia de melão dissolvida em leite, um pedaço de pão duro esfregado com um pimentão constituíam às vezes guloseima de sobra para atalhar a fome de uma jornada. Tamanha carência, no entanto, podia se converter do dia para a noite em abundância e, então, celebrávamos homenagens de fastio para sacudir-nos por umas horas as prescrições de nossas misérias cotidianas. Eu de fome jamais careci, talvez por isso teve por bem a providência iluminar-me com a idéia sublime de montar este negócio de pizza a domicílio, graças a que hoje me viro no ornamento do dinheiro. O gordo Di Battista sabia bem o que fazia e tentou-me pelo fato de estar necessitado e pelo bem que era para mim ter a pança cheia. Negro não era, mas fome tinha. Já vê você o que digo e as comparações nada gratuitas que estabeleço. As crianças negras da África hospedam no peito uma tarântula de fome que ninguém remedia. Suas costelas são as patas. Comem ar e morrem cedo, já nem os enterram e, assim, a cadeia trófica se perpetua. São os tempos que correm, tempos do fim dos tempos.

O gordo Di Battista levantou-se da cadeira em que alojava suas nádegas e voltou pouco depois com uma bandeja repleta de ovos cozidos. Colocou uma garrafa de conhaque em cima da mesa, serviu-se até a boca de um copo e olhando-me nos olhos com firmeza me perguntou quantos ovos cozidos achava que poderia ser capaz de tragar de uma tacada. Eu, como lhe digo, faminto por natureza como sou e sem ter tomado café naquela manhã, apliquei-me sem chiar à bandeja e comecei a mastigar ovo sem moderação enquanto ele, igualmente sem moderação, entornava aos goles a garrafa. Não lembro se foram dez ou quinze os ovos que meti para dentro, mas a verdade é que acabei farto e satisfeito como nunca até então. "Molto bene nano, molto que molto bene", disse-me já totalmente mamado o gordo Di Battista. "La tua pança será nel futuro una fontana di riquezza per tutti noi. Domani tu acttuaras nel numero dei Fratelli Culi-Culá e à vista del pubblico ti didicaras a engullir tutti le ovos cozidos que sejas capace. Per te, se há acabatto pasare piu fome. Vai a dizer-lhes per la mia parte", e começou a rir às gargalhadas como um possesso dos infernos de quem escorresse álcool para queimar-se até nas lágrimas, umas lagrimonas derramadas ao mesmo tempo que a própria dramaticidade de seu riso.

No início, limitavam-se a me perseguir pela pista, eu tropeçando com a lerdeza inata, os Culi-Culá atrás, excitados com a possibilidade de que eu partisse o nariz contra o chão e a alma me escapasse aos borbotões, como uma vez esteve a ponto de me acontecer com o sopapo que me dei ao tropeçar em um dos cabos que seguravam a rede do trapézio. Depois vinham os ovos e os peidos. À vista do público quebrava o jejum do dia inteiro a base de ovos cozidos, com grande desfaçatez e gesticulação de minha parte e gargalhada uníssona do respeitável, ao qual sem dúvida alguma fazia graça que um anão como eu despachasse sozinho uma tamanha provisão do produto das galinhas. A ágape era, além disso, amenizada com um concerto em dó maior de flatulências que soava sem ritmo e descompassado. O público, você não vai acreditar, desde sempre vem rindo das mesmas grosserias. Antes as celebravam debaixo do toldo, todos apertados e comungando com o fedor das feras, agora riem delas na estreiteza de suas salas de jantar, empilhados nos escassos dois metros quadrados nos quais normalmente habitam, inalando profundamente o fedor da família e bem servidos da ajuda inestimável do controle remoto, verdadeiro cajado para tal rebanho. Aquele número que executávamos carecia totalmente de fantasia e estava desprovido de intenção, embora fosse dessa malévola natureza que estimula a indignação das consciências dos homens prudentes que, em cada época, ocupam o pensamento oficial. Aquele número era indigno de minha categoria, embora só fosse por mal estruturado que estava, de tal forma que não houve outro remédio que arranjar um novo sob medida para os três. Eu andei meditando uns dois meses e ao final o propus a Frank Culá. Ele a princípio ficou pensativo, mas em seguida esboçou um sorriso desses ambíguos que ele sabia dar, aceitou e pronto. "Você pensa bem, anão, pensa sabiamente, por isso me interessa. Você e eu vamos fazer grandes coisas juntos; você vai ver", disse-me, e saiu para contá-lo correndo a seu companheiro.

O que o novo número pretendia era sacramentar, embora fosse somente teatro, o matrimônio real dos Culi-Culá. Propus a eles que Juan Culi saísse à pista disfarçado de mulher; enorme, brega, com galões e babados e com uma maquiagem bem exagerada e que Frank Culá fizesse as vezes do marido. Na vida real era o contrário, o que tornava mais interessante a representação. Juan Culi se exibiria de matrona prenhe de vinte meses como a fêmea do elefante e, por isso, iria provido de um tonel pendurado na barriga no qual eu estaria oculto. Depois das perseguições de praxe pela circunferência da pista, Juan Culi sofreria a dor do parto ante a estupefação dos presentes e a palhaçada desmedida de Frank Culá, que no estrondo de uma contagem regressiva vociferada em inglês, à moda dos lançamentos de foguetes, acionaria o alçapão do barril e eu, expelido entre tripas untuosas de cordeiro e chuvisco de falso tálamo, cairia em catarata, sendo abortado de bruços a cada apresentação. "Fait, for, zri, tchu, uan, anão!", e aí eu saía, ridículo e minguado, sujo e desprezível, o filho impossível de um par de desviados em um país curtido pela repressão e a ortodoxia. Uma vez nascido eu, meus putativos pais esmeravam-se em procurar alimento para mim e vinha, então, a cena dos ovos cozidos que me eram dados por eles com carinho de garrotes, mimo de pauladas e picadas de faca e garfo. Tanto pasto eu recebia com resignação, mais pela hilaridade que o número provocava no público do que pelo pouco bem que me faziam os ovos. Ainda assim, farto e sem possibilidade alguma de expandir o crescimento pelo obstáculo natural de minha condição, fui ganhando em peso e em contentamento, em peso pelo ingerido e em contentamento por ser engraçado e todo mundo rir de mim. A fome e as pauladas vão desde sempre ligadas pela corda da história. As pauladas ou matam ou despertam. A fome move mais as vontades e as guia para o lugar exato em que as facas se afundam na carne. Assim é saciada.

F reqüentemente recebo convites para atender a apresentações, inaugurações, encerramentos de campeonatos, homenagens e demais acontecimentos sociais, mas somente em muito raras ocasiões exibo minha presença em semelhantes lugares. A desta noite foi uma exceção. Não tinha planejado ir ao jantar, mas na última hora me apeteceu mergulhar numa celebração mundana que, não sei por quê, suspeitava que ia me proporcionar uma certa comichão de cumplicidade com o pulsar da realidade. Ninguém em tais ambientes conhece nada acerca das circunstâncias de minha vida e por isso o exercício do fingimento resultou para mim um estímulo irresistível. Embora tivesse previsto voar até Londres para passar ali o Natal em companhia de meu filho Éden, terminar o ano social luzindo a deformidade de minha figura em um ato de tais características me apeteceu de repente. A imprensa daria testemunho ao mundo da minha presença entre os homens. As decisões imprevistas são geralmente as que maiores possibilidades de satisfação geram nas pessoas. Os simples mantêm a crença de que em semelhantes eventos nunca se toca em temas essenciais para o bem-estar comum e isto, sem deixar de ser verdade, mais ainda é o fato de que, ao final, o que se acaba ventilando é a porcaria alheia dos ausentes e inclusive a própria dos presentes. Nestas reuniões o vinho é degustado em taças quebradiças que ressaltam o buquê, e a excelência dos alimentos é mastigada com o paladar atento a seus matizes, mas na hora das conversas acaba sempre reluzindo o capítulo das fofocas, o das aversões e o dos desarranjos corporais. Belinda Dixon, a comissária européia, esteve repetindo durante todo o jantar a magnificência da pomada anti-hemorroidal que ela utiliza, até o ponto de resultar grosseira pela meticulosidade de suas descrições. Começou sua estratégia perguntando-me às claras se um homem como eu, famoso por ter feito da comida rápida um império, considerava que o álcool era prejudicial para as varizes ou se, pelo contrário, achava que o vinho contribuía para o equilíbrio da saúde. Eu fiquei observando-a, intrigado talvez por essa maneira tão insólita que tinha de dirigir-se a mim. Tem uns olhos lindos, pesados, mas lindos, profundos e, no entanto, amigáveis. Seu olhar embeleza e as palavras saem-lhe murmuradas da boca, como se suas cordas vocais fossem de seda. Respondi-lhe que o vinho é o suco da verdade, que os homens o necessitam para conhecer-se uns aos outros sem máscaras e que somente na possessão da verdade é que o ser humano pode achar a dimensão de sua autêntica liberdade. Ela sorriu, não com desdém, nem por compromisso, mas com malícia. A partir daí sua conversa foi subindo de tom. Brindamos com um chocar de taças intenso e duradouro que libertou uma vibração de assombro nos tímpanos do resto dos comensais. Um fotógrafo disparou um instantâneo. O prefeito nos olhou disfarçadamente e, sem deixar de sorrir, quis nos dedicar com a inclinação da cabeça uma aquiescente reverência. A comissária esteve perguntando para mim se a deformidade do meu corpo estendia-se por todas as regiões ou, em outras palavras, se meu aparelho reprodutor tinha sido afetado pelo nanismo. Mera curiosidade, confessou-me. Respondi-lhe que não. Enchi de vinho sua taça até em cima e ela tomou de um só trago. Depois, entretive-me em espremer o sabor das cristas de galo, ensimesmado, como se aquele jantar fosse ser na verdade o derradeiro da minha existência.

A princípio pensei que a senhora Dixon, com todo seu jogo verbal de obscenidades, não pretendia nada além do que pôr à prova meu apetite carnal e confesso-lhe que se era assim, conseguiu. Pode ser que ainda se apresente aqui esta noite, ainda não é muito tarde e prometeu-me que viria. Se o fizer irá deparar-se com a surpresa de um cadáver, ou ainda melhor, com a sombra imprecisa de um ser inexistente. Embora a compaixão nestes tempos não seja nenhum valor em alta, hei de reconhecer que foi algo semelhante o que por ela cheguei a sentir. Debaixo de todas aquelas obscenidades que me ia soltando de prato em prato, não havia mais do que uma mulher atormentada disposta a qualquer coisa para alcançar um fim proposto, uma meta marcada, um êxito previsto. Como tantos e tantos seres que de acordo com a época justificam sua existência não mais que na futilidade dos êxitos profissionais, a comissária européia, se tivesse podido, teria hipotecado os litros de seu sangue por mais um milésimo de poder em suas mãos. Essas pessoas, no fundo, debaixo do clarão que as envolve, não guardam mais do que o pânico ao fracasso, o medo de si mesmas e, no máximo, o consolo de tirar, sem mais nem menos, a própria vida com um disparo quando tudo se volte contra elas e a solidão as desmascare. Como a compaixão, de todas as formas, em nada contradiz o gozo da carne, acho que fiz o correto aceitando seu oferecimento, embora temo muito que será uma lástima não poder nem sequer prová-la.

Acabei sendo fartamente aplaudido por tantas caras sem rosto, por tantas palmas suadas que se chocavam freneticamente depois de eu ter deixado sem ovos a bandeja com que os Culi-Culá me presenteavam a cada número. Aquele escárnio do matrimônio que talvez pudesse ter ferido suscetibilidades ou levantado indignações foi, ao contrário, tido por peça hilariante e de comicidade saudável, pode ser porque recriasse cenas da vida doméstica de sobra conhecidas nos quintaizinhos do bem comum, ainda que nada ventiladas por causa do pudor dominante e da hipocrisia dos comportamentos a portas fechadas. A fome inata que eu possuía foi cortada pela raiz, como se uma espécie de despensa repleta de provisões me tivesse sido colocada no estômago para glória dos meus sucos gástricos; no entanto e, em compensação, surgiu em mim em seguida a repugnância por aquela dieta fetal desmedida que passou a constituir a cruz cozida da minha existência. Por isso, logo aprendi a exercitar os movimentos peristálticos de alto e baixo ventre a fim de provocar vômitos e outras evacuações menos elevadas, mas igualmente eficazes, que me esvaziassem sem demora, cumprindo, assim, sua função. Tudo nesta vida se consegue tentando, menos a beleza e a estatura, que são ambos atributos dos anjos. Fiquei cansado de tanto aplauso que nos davam; miseráveis. O circo é o grande espetáculo do grotesco e nele as gargalhadas denotam a desgraça de quem as profere, de quem o freqüenta, de toda essa república de crianças imbecis, de adultos desgraçados e demais caçadores de monstros que constituíam definitivamente nosso sustento. Eu me fixava em suas caras sem rosto, em seus olhos sem pálpebras, em suas bocas sem voz e me esforçava em engolir ovos para poder ir levando. Aí estavam a cada dia, circundando a pista, expectantes da catástrofe que lhes aumentasse acaso o grosso da gargalhada, muito atentos às palhaçadas do espetáculo.

    Entre tanto público anódino, uma tarde, atuando na Costa do Sol, chamou-me a atenção a circunferência de um rosto que me observava atentamente desde a primeira fila da platéia. Aquela face refletia uma luz rosada, como se pertencesse ao de um empirista inglês do século XVII que talvez andasse especulando, ante a esfera translúcida de uma taça de brandy, sobre a mecânica planetária dos corpos celestes no crepe do firmamento. Seus olhos vigiavam nosso número com uma fruição insólita que espantava. Regressou no dia seguinte e no outro, e no outro também. Aproveitei cada apresentação para fixar-me em mais detalhes daquele indivíduo. Possuía um olhar saudável e, no entanto, atormentado, que lhe conferia uma tristeza tênue ao semblante, como de um menino prematuramente crescido e engordado por caprichos e ausência de limites. Era largo sem ser disforme e gordo sem chegar à obesidade. No quarto dia de sua presença, ao terminar o número, vi-o conversando com o gordo Di Battista. Naquela mesma noite, depois de ter jantado no trailer de Doris (umas lentilhas sem bichos nem terra que me abandonaram no estômago várias bolhas de gás), Stéfano di Battista foi falar comigo. O céu estava estrelado e tremulavam azuis os astros ao longe, como se tivessem escapado de um poema de Neruda. A poesia às vezes redime alguém do grande desastre do cotidiano, mas naquela noite foi diferente. O gordo Di Battista vinha bastante bêbado e não o digo pelo muito que cambaleava, senão pelo fermentado de seu hálito. Agarrou-me pelo ombro e disse-me que com a madrugada do dia seguinte haveria de buscar-me um carro para me levar a passar o dia na casa de um homem que andava interessado em pintar meu retrato. Insinuou que apesar de ser um tipo estranho cheirava forte a dinheiro e que não me preocupasse com nada, porque nada haveria de me acontecer, salvo que, no máximo, ele pudesse querer acariciar minha bunda. Depois me deu três mil pesetas, a soma que de adiantamento me garantiu ter recebido daquele homem por meus serviços. O gordo Di Battista era um filho-da-puta dos decadentes e não tinha outro remédio que a morte, essa que, a seu devido tempo, fez entrar em combustão suas entranhas.

Jamais tinha visto um carro semelhante. Era um Dodge Dart de aspecto funerário, não só pelo negro, mas também pelo enorme. O chofer que o conduzia, um indivíduo com a boca enterrada nas bochechas a quem contratavam por horas para aquela incumbência, não pronunciou uma só palavra durante a viagem. Levou-me às imediações de Benalmádena, a um lugar edificado de palmeiras crescidas e plantado de casas de aparência magnífica que iam escorrendo uma atrás da outra pela encosta de um rochedo. Chegamos a uma delas, talvez a mais escarpada de todas. Um homem que envolvia o recém-levantado corpo num roupão branco de algodão nos abriu a porta. Em um idioma de fonética remota que em alguns momentos soava a espanhol me pediu que o acompanhasse. Eu o segui até um salão imenso que se aproximava por um de seus lados ao vértice do rochedo através de uma vidraça que se estendia de parede a parede. O resto do cômodo estava construído com silhares de pedra que acabavam num teto elevado a duas alturas diferentes, ambas sulcadas pelas veias de madeira num enfeite finíssimo, certamente fugido de outro século. O bom gosto e a calma podiam ser saboreados no silêncio, para mim, inóspito daquele salão, um silêncio só interrompido pelo crepitar adormecido do tronco ardido durante a noite que se esfarelava na lareira. Respirei profundamente o perfume da lenha e abri os olhos para tentar antecipar o que deveria me acontecer. Na metade do cômodo, tenra ainda de suores, uma cama desfeita exibia uma epopéia de lençóis e travesseiros sem fronha. Perto dela, sentado num tamborete de plástico, o homem rosado que eu havia visto no circo aguardava minha chegada. Sustentava um pincel em uma mão e a sombra irregular de seu rosto se projetava, negro contra branco, sobre a superfície de uma tela que, montada em um cavalete, lhe imaculava as costas. *"Lie back and take it easy. I am going to get your best side caught in eternity, for my glory. In the mean time would you like something to drink, a Coca-Cola perhaps?"*, disse-me, e eu fazendo valer a ferramenta da intuição antes que o uso do entendimento, fui me reclinar no redemoinho dos lençóis e ali aguardei todo o santo dia que aquele homem fosse manifestando na tela a perícia do meu retrato. Não pronunciou mais nenhuma palavra e tampouco eu. Também não se deteve nem para comer ou umedecer a boca com um gole de líquido. Só fazia olhar-me, estudar-me a figura, medir-me com a referência do pincel a desproporção do corpo e entregar-se sem parar às cores. De vez em quando, o que me abriu a porta do jardim pela manhã vinha e se aproximava para contemplar desde o parapeito da escada a progressão do quadro. Fazia-o já despojado de seu roupão e desprovido de qualquer outra roupa; sua carne mole e desmaiada lhe conferia uma compostura insólita que me fazia ter de evitar os olhares que me lançava, bordados de pupilas profundas e lânguidas que eu de imediato atribuí a algum mal incurável. Não sei se ameaçador ou desafiante, se provocador ou ridículo, seu sexo envolto em pregas lhe caía pleno por entre as pernas como um badalo muito tocado. Na hora do Ângelus outro homem também entrou nu no salão. Abraçou-se ao primeiro e assim agarrados levaram um bom tempo vendo como aflorava na tela a representação de minha imagem. Os artistas são comumente seres furiosos que cospem sua arrogância com precisão e beleza, seres germinados com a semente maldita da sensibilidade, que cultivam a flor da egolatria. Bustos impenetráveis os caracterizam, máscaras incertas os delatam; são somente idealizações falazes de si mesmos que, uma vez compreendidas, evidenciam seu completo desamparo ante o minucioso da existência. Aquele homem não era nenhuma exceção, salvo talvez pelo rosado de sua cútis. Ao cair da tarde — as luzes do crepúsculo afogavam seus clarões no mar — deu por concluído seu trabalho e eu, de um salto, desci por fim da cama. Notei a carne entorpecida como a de uma estátua antiga que de repente adquirisse movimento. Fiz umas quantas flexões e estirei meus ligamentos a base de bocejos. Antes com a urgência da curiosidade do que com a reflexão do interesse, aproximei-me à tela para contemplar o que de mim se havia em óleo recriado e não minto se digo que nem surpresa, nem admiração, nem sequer espanto, vieram a ditar-me o gesto torto que deve ter-me saído com baba e tudo da boca. Não era eu o do quadro, embora também não podia asseverar que não o fosse por dentro ou viesse a ser por fora em um futuro não distante. Tinha retratado minhas entranhas. Não existia pudor algum naquele quadro, o mais monstruoso de mim mesmo estava embutido ali em um magma de corpo derretido sob a força de pinceladas grossas e tempestuosas. O resultado da contemplação que aquele pintor da minha pessoa havia transcrito à tela não era mais que uma efervescência pútrida de carne transubstanciada em ossada de uma maneira quase litúrgica. Tinha me pintado como a um ídolo intocável erguido no pedestal ignominioso de uma cama, um ídolo desfigurado de propósito, que estivesse escorrendo pelo sumidouro da realidade. Jamais imaginei que algo semelhante pudesse ser concebido. Esse quadro era todo um manifesto da condição precária do ser humano, a representação extrema da tragédia da vida, linda e poderosa como costuma ser. Convidaram-me a uma Coca-Cola e mandaram-me de volta para o circo; chegaria a tempo para a apresentação da noite. O chofer continuava mudo. Fedia agora a sardinha e saía-lhe da nuca um volume indefinível em que não tinha reparado pela manhã. "Por três mil pesetas eu fico na cama todos os dias, bela maneira de se ganhar a vida", comentei-lhe. Ele olhou pelo retrovisor e acho que sem necessidade de abrir a boca indicou-me que alguém devia ter arrebanhado a diferença das vinte e cinco mil pesetas que tinham pagado pela minha pose. Algum filho-da-puta com toda certeza. Não sei por que razão, mas o caso foi que me deu por pensar que o chofer era um peixe, um peixe fedido escapado de alguma doca hedionda e com habilidade para a direção, um peixe de espinha e mau cheiro, dos que nas latas de lixo são aproveitados pelo apetite dos gatos. Reparei melhor e efetivamente a protuberância que na nuca lhe assomava me pareceu uma guelra. Nunca até então um peixe tinha me oferecido uma evidência. Di Battista, filho-da-puta; gastou em conhaque a diferença e eu uivando para a lua. Naquela mesma noite, entre as gargalhadas do público e as correrias desenfreadas dos Culi-Culá perseguindo-me pela pista, compreendi pela primeira vez que como em quase tudo nesta vida até no afetado havia classes e que a minha não alcançava nem por sombra a metade da medíocre, que é a habitual ao comum dos mortais.

A menina Marisol andava pelo mundo cantando que a vida era uma loteria, o que bem lhe valia para mostrar sua carinha de felicidade impúbere nas capas das revistas. Naquele tempo, competiam com ela no papel cuchê gente como o cantor Raphael, a Maricarmen Martinez Bordiú e o também cantor Julio Iglesias, o toureiro El Cordobés e a atriz Amparito Muñoz; mas a sensação era sem dúvida a menina Marisol: fresca, risonha, voz de apito, charmosa, olhos de sonho e candura iê-iê de moringa e *paso doble*. Lolo-loteria: "A simpática atriz termina suas férias; lua-de-mel européia para Jane Fonda; o príncipe Carol da Romênia tem problemas com a Scotland Yard; Sal de frutas Eno me devolveu o bem-estar e sinto-me com ânimo para desfrutar desta maravilhosa festa. Graças a Eno não tenho de passar a tarde sentada".

A menina Marisol exibia a desfaçatez pelos toldos do *showbiz* enquanto que no resto da Espanha ainda não tinha acabado de amanhecer. Depois de alguns anos mostraria a taça flexível de seus seios na capa da *Interviú*, e uma angústia soterrada como de pederastia inevitável iria pesar no peito de todos os espanhóis. A farra, o violão, as canecas de chá de camomila e o tilintar alegre da moedas serviam como modelo nesse universo finito que era a indissolúvel unidade da pátria. As suecas começavam a esboçar incursões às praias ainda não freqüentadas de Benidorm; com o que, sem saber, provocavam nos aldeões a descarga de ereções carentes de destino e sem substância, o que, por outro lado, acabava condenando-o ao perpétuo desassossego ou à especulação urbanística. Falava-se com inveja da magnificência do Xá da Pérsia e da beleza de lingote de sua esposa Farah Diba. Sara Montiel beijava Gary Cooper na boca nos fotogramas da *Veracruz* e, enquanto isso, as crianças de classe média eram nutridas com Nescau, café da manhã e almoço. O fulgor das atrizes, tanto as de dentro quanto as de fora, implantava a admiração no tecido dos sonhos das primeiras cidades-dormitório; seus nomes falsos iam pulando de boca em boca pelos cantos do território, mas, quando chegavam à minha, escorriam indiferentes pela glote; todos menos um, o de Marisol. Foi assim que numa manhã, quando andávamos ocupados no frenesi barulhento da Costa do Sol, chegou o gordo Di Battista, suado e alterado com a notícia de que segundo lhe haviam avisado de Málaga, a menina Marisol iria assistir à apresentação da noite. Ao ouvir-lhe a notícia minha pélvis deu uma volta. Mal dei crédito ao meu estado de contentamento e lancei-me frenético dando saltos por toda parte. Anão e saltador teria dado o que falar em outros círculos, mas ali todos nós conhecíamos nossas vidas e nada soava estranho tanto quanto a normalidade. O circo inteiro caiu no turbilhão de preparativos, tudo era nervosismo, rumores, boatos e ao final a expectativa deu seu fruto; a menina Marisol de fato chegou. Jamais poderei esquecer aquela noite úmida, a mesma em que Gelo dos Anjos escorregou do trapézio e caiu de cabeça sobre a areia compacta da pista. Todos ficaram atônitos, mas ele, tetraplégico. Sabia que estava doente, mas desejava exibir talvez a recordação de sua agilidade interrompida pela tosse enrugada da tuberculose e quis desta vez atuar sem rede para dar grandiloqüência ao espetáculo e, assim, em maior medida, surpreender a menina Marisol e toda sua comitiva de puxa-sacos que seguia seus passos pelos cantos da península. Conseguir sem dúvida conseguiu. Estava soberbo até que teve a fatalidade de escorregar e ir de encontro ao planeta com as vértebras, num golpe feito um rangido de lenha estalada. Podia ter sido pior, mas não foi. As coisas acontecem como têm de acontecer, e pouco ou nada se pode fazer para mudar-lhes o leito que levam marcado de antemão. A menina Marisol chorou do susto e foi isso o que eu ganhei; colhi suas lágrimas em minha retina como se constituíssem as lascas de um tesouro translúcido, apto não mais que para ser dilapidado, secreção com secreção, em masturbações obsessivas e sem moderação. O rompimento do pescoço produziu um ruído peculiar, que, uma vez ouvido, jamais se esquece; o mesmo acontece com o pisar baratas ou quebrar a pauladas os crânios dos cachorros. São os sons definitivos que, segundo e como acontecem, fazem ou não duvidar da ressurreição prometida da carne. Gelo dos Anjos, um súcubo filho-da-puta, deve ter cortado as asas pelo talo, porque caiu feito chumbo e na vertical com o cocuruto da caveira apontando para o buraco que haveria de abrir na pista ao incrustar-se. Ficamos todos aniquilados com o golpe, e o gordo Di Battista, que estava sentado à direita da menina Marisol, teve seu nariz empinado como que cortado pela raiz como se estivesse com lepra. Doris, por inércia, continuou se balançando de um lado a outro do toldo, órfã já dos músculos de Gelo enquanto contemplava sem dar crédito o resultado da queda. Soavam gritos entre o público e alguém, de repente, começou a aplaudir. O bater das palmas começou a se propagar e todos acabaram deixando ardido o couro das mãos sem saber bem por quê. Uns aplaudiram a queda, outros a catástrofe, mas o caso é que a tragédia acabou em farra, o que em pouco ou nada redundou em benefício de Gelo dos Anjos, que ali seguia caído, cravado sobre si mesmo numa postura grotesca de agonia; rendida para sempre a ossada e untado sobre a areia como se de um fim de geléia se tratasse. A lástima foi que a apresentação tivesse de ser suspensa e me impossibilitasse poder sair à pista para tributar a homenagem do meu número à menina Marisol, como eram meu apetite e meu desejo. Tinha pensado em meter-me no tonel da barriga de Juan Culi com um ramo de flores e ao grito de

"... uan, anão!", deixar-me cair com elas para ir correndo trocá-las com a menina Marisol por um beijo nos lábios. Não pôde ser. Com freqüência, os projetos não vão além disso: fragmentos de sonhos esmigalhados pelos primeiros ensaios do encéfalo. Frustração enorme. A menina Marisol foi embora por onde tinha vindo para continuar dando saltos de voz pela loteria truncada da vida e para continuar criando, entretanto, esses peitos feito cestas que logo haveria de mostrar-nos na *Interviú* para fundamento de nossos pecados. Levaram Gelo dos Anjos numa ambulância a caminho de alguma sala de cirurgia em que não conseguiram voltar a compor seus ossos. Nunca mais o vi; não me agrada celebrar cerimônias de espanto ou compaixão. Doris foi visitá-lo ao cabo dos anos e contou-me a ruína que se tornou aquele homem que havia sulcado os ares deixando rastros esbranquiçados como vias lácteas de talco. Ela o fez agachando seu pranto sobre meus ombros e eu aproveitei o compungido de sua figura para roçar-lhe com os dedos as pontas dos seios e beber-lhe profundamente o matiz de tristeza que lhe destilava o suor. Depois me confessou que o havia asfixiado para evitar-lhe o sofrimento.

Rei morto, rei posto. O belo Bustamante era um filho-da-puta desses divertidos, ladrões e mulherengos que andam freqüentemente enlameados em mentiras financeiras e cambaleando pela imundice, na ladeira abaixo da falência. "Vê se aprende, Goyo, a arte que sai de mim paulatinamente; esta mão nas tetas de Paula e esta outra na buceta de Tina", e começava a rir de sua própria graça como se seus dentes fossem escapar de contentamento. O pior é que era verdade. A postura que o adornava era considerável, assim como o espetáculo de sua agilidade. Veja você os desatinos da providência, uns nascem com a estrela virada e outros, no entanto, ornados pela mais sossegada das fêmeas; bonitos, arrogantes e tratados como príncipes de sonhos que andassem em lua-de-mel pelas antípodas da calamidade.

O belo Bustamante, simples, flexível, mulherengo e formoso, veio substituir Gelo dos Anjos no balanço de trapézio e, de passagem, abriu uma torneira de luxúria sobre o tanque ressecado do circo Stéfano. Aproveitou-se em um abrir e fechar de olhos de todo bicho vivente e ainda lhe faltaram candidatos para saciar seus apetites esparramados. Ignoro a razão que me conduziu a cair em suas graças, mas o caso é que andei de mascote de sua libido de um lado a outro, montando a guarda avançada dos seus caprichos onde quer que fôssemos, povoados, páramos ou descampados da Espanha. Não havia lugar onde não cheirasse o fedor de um bordel, a luz vermelha de um prostíbulo ou o recato provinciano de uma casa de putas bem dissimulada, no terceiro andar de um imóvel tradicional, com honra e gás em cada apartamento, mas não elevador. "Goyo, você em vez de repulsão o que me dá é sorte", dizia-me o filho-da-puta, que me passava a palma da mão pelo cangote, como a um animal a que se tenha afeto ou lástima. Embora carecesse de asas, no trapézio voava inclusive melhor que Gelo dos Anjos, o que lhe redundava em proveito na hora de tratar de dinheiro com o gordo Di Battista. Acariciava Doris nos ares com a firmeza hercúlea de suas mãos e a impelia a desenvolver saltos, piruetas e caracóis que nunca antes teria ousado executar no alto do toldo do circo; muito segura de si mesma e da precisão milimétrica que lhe brindava a saúde de seu novo par. No final do número, como costumava Gelo, o belo Bustamante deslizava pela corda até a pista e uma vez nela fazia Doris estremecer com a carícia negra da capa, como se fosse a noturna de um vampiro, dos que queimam seu sangue no fogo eterno. A cena do abraço impressionava e o público, alheio à maldade, aplaudia burramente, como ele é. Por debaixo, com os polvos carnosos de suas mãos, agarrava-lhe os peitos pelos flancos até lhe extrair um adejo de pálpebras, veloz de adrenalina, que ficava muito charmoso e feminino e que, de vez em quando, transluzia-se numa gotinha de desejo. Dava gosto vê-los traçando redemoinhos nos ares, mais prazer dava observá-los debaixo da máscara dos abraços, ambos lucíferes, ou insetos do inferno sorvendo os corpos por mero vício. Via a embocadura das coxas úmida e contrariava-me tanto frenesi que em nada me dizia respeito, não mais que por inveja e pelo desejo que tinha naquela época de penetrar, de uma vez por todas, no espaço macio de alguma mulher. As ânsias são ânsias e as carências são carências, assim está determinado e nada pode ser feito para resolver o ignoto da providência. Não é que me vanglorie de minha ruína carnal, mas as escarpas têm sido para mim muito íngremes. Com o passar dos anos fiz algo que me abriu, no entanto, as portas do desejo até o extremo de me facilitar os caprichos com as pessoas: reduzi a vida à mercadoria. Agora compro tudo, vendo tudo e isso, além de dar prestígio social, seda.

O belo Bustamante dava-me palmadinhas no cangote e eu lambia-lhe a mão com a ponta em riste da língua, como um cachorro vivido. Mais de mil coitos contei-lhe antes de me fartar. Todos plenos, todos satisfatórios. Vontade me dava às vezes de aproximar-me a Mandarino e consolar-me com ele da minha desgraça, mas seu fedor ia sendo tão grande e sua luxúria tão singular, que nem sequer uma vez cheguei a tentar.

O circo Stéfano cada vez mais me inundava o ânimo com o artifício de sua rotina. Dava cambalhotas com ele e por ele cheguei a pensar que me havia sido dado viver. Era um cárcere de fios de fumaça em que as grades andavam não mais que na imaginação dos seus apenados, um cárcere com forma de pista em que as vontades eram domadas com o chicote do aplauso e com o estourar da gargalhada. Quanto tempo mais teria que purgar ali a desgraça da minha deformidade? Bastaria o resto da minha vida para redimir a culpa original que tive por assim ter nascido ou ainda deveria no mais além me esforçar para fazer rir aos diabos que por algum mau augúrio me fossem atribuídos depois da morte? O belo Bustamante, enquanto isso, mostrava-me que a beleza, essa inconsistência do espírito, não só se enfraquece com os dedos ferventes do desejo, como também com o manchado pagamento à vista dos quartos. "Olha, Goyo, para você se deitar com mulheres, ou uma coisa ou outra, ou você se vale do dinheiro ou você se vale da caridade. Essa será sua cruz por toda a vida; portanto, vá levando em conta o que eu lhe digo e faça piruetas para arranjar grana de onde quer que seja, se o que você pretende é transar."

Há mulheres que a compaixão lhes desfolha as pétalas do ventre e oferecem-se vazias de queixa em um remedo de martírio. Outras, ao contrário, usam a fresta da intimidade só de cofrinho e você vai introduzindo as notas e elas começam a funcionar e, quanto mais notas você for metendo, melhor vão funcionando até que se estragam de vício ou se calcificam de velhice. Eu ia adiantado aos bordéis dos povoados para avisar que chegava o belo Bustamante com seu talhe em flor e seu rosto de menino altaneiro. Abriam-me as portas e eu dava saltos e as pessoas suadas das casas de putas se alegravam comigo e celebravam com aplausos a peculiaridade de minha embaixada, até que o Belo se fazia presente e agitava o ar turvo do bordel com esse sorriso que doía de tão altivo antes de escolher as mulheres e metê-las nas alcovas de duas a duas como costumava fazer. À sua saúde e com freqüência às suas expensas eu, mais modesto, acamava-me com alguma puta que quisesse se entreter com minhas bisbilhotices; geralmente as menos agraciadas, mas com mais quadris, e em suas carnes me espalhava, e a voracidade de meus desejos se transformava em anseio algumas vezes e em caprichos umas tantas outras. Nunca me lembrava de minha mãe, que provavelmente andaria inundada pelo esquecimento em alguma enseada de minha memória. Uma pena; depois me pesou. O belo Bustamante resplandecia nos prostíbulos e a seguir, para desentorpecer o apetite, cavalgava os ares junto a Doris, firme e preciso na execução do exercício, amando com avareza a si mesmo. A baba me jorrava de admiração incontida. Professava-lhe respeito e obediência porque ele encarnava o que por condenação natural eu jamais poderia conseguir ser. Ele, por sua vez, cultivava à vontade minha servidão e a retribuía com as migalhas de que eu mais gostava, com o que sem grande esforço tinha conquistado minha adesão. "Algum dia, Goyo, você há de deixar o circo e buscar a vida por outros caminhos mais de acordo com as suas capacidades. Aqui você já está gasto e não vai poder prosperar. Este mundo nosso se desmorona. O circo já está morto. Agora as pessoas procuram distrações menos evidentes e tudo isto que fazemos lhes cansa e chateia. Ficar aqui é ir se consumindo pouco a pouco como as lamparinas que as velhas acendem aos defuntos." Eu assentia com a cabeça, embora não alcançasse a mensagem porque não conhecia mais mundo que as feras e a migração e talvez esse outro da infância que já tinha ficado para trás marcado de cicatrizes. Melhor é não pensar. Melhor é não saber pensar e embarcar no bote salva-vidas da providência para abandonar-se às incógnitas da corrente. Íamos atrás das putas e ele me convidava, foi isso que tirei de sua generosidade. Os pagamentos que me fazia o gordo Di Battista de páscoas a ramos não chegavam nem para custear os andrajos que eu vestia nem o pouco vício que cultivava. "Molto dinero le pague per te a la tua mãe. Uma ruína di tratto foi aquele, ma non mi arrepento per que io ti amo come um figlio que sempre stara ao mio lato", esfregava-me na cara aquele filho-da-puta, que cada vez mais fartamente amolecia o fígado com conhaque. Morte ruim a que teve, embora eu nunca de coração a tivesse desejado. Disforme, miserável, sem documentos, doente do estômago e cada vez mais ressentido com os saltos que dava, meu futuro certamente se apresentava sinistro. No circo o único consolo com o que contava era o dos aplausos que me ofertavam como hóstias de aborrecimento. Eu os levo ainda doloridos na memória; esse é meu verdadeiro patrimônio, o de me lembrar o que fui e ter consciência de que na vida assim como se fenece, sobrevive-se e igualmente se ri ou se chora, e que o importante é que nunca adivinhem sua intenção nem que conheçam o seu íntimo.

O circo Stéfano celebrou naquela temporada variadas apresentações por Castela. Os castelhanos têm normalmente o riso duro e não costumam dar gargalhadas, a não ser da má sorte. Em Burgos nos esmeramos nas atuações, mas o espetáculo não conseguiu vingar. As feras talvez os assustassem ou vá você saber se nos viam como a trupe de espantalhos que na verdade constituíamos. Na pista não tinha havido nem um aplauso e só ficaram no ar alguns bocejos dispersos. Tínhamos o ânimo pelo chão e para mim a agitação de comer ovos tinha se transformado em dura sentença, já que com o vômito tinha expelido uns fiozinhos de sangue um tanto preocupantes. O gordo Di Battista, ferido pelo desprezo do público, encerrou-se no seu trailer com o vidro da garrafa. Ouvíamos pela janela as canções tristes de sua terra que entoava com lerdeza de língua e dor de coração como se com elas invocasse a catástrofe. A noite era plúmbea e o frio, um branco osso que se introduzia invisível pelas costelas. Era amargo encarar os fracassos, mas o espetáculo que levávamos não dava mais para aquela Espanha mutante que abria as pernas para seu próprio futuro. O belo Bustamante, de costas para o toldo, lavava com água fria as axilas e dava mergulhos exagerados e de peito nu em uma bacia quebrada que tinha colocado sobre umas pedras. A poucos metros, do umbral iluminado de seu trailer, Frank Culá o observava com um desejo escondido bem próprio de seu apetite. O belo Bustamante fazia tempo que vinha percebendo certa atitude lânguida que Frank Culá exibia para com ele. Às vezes lhe dava conversa só para pular corda com a fibra de suas ilusões e rir de graça na sua cara com o espetáculo de vê-lo sofrer. Por isso exagerava agora os movimentos de sua limpeza com uma teatralidade insolente que raiava a vulgaridade. Esfregava com água de colônia o peito descoberto e estirava os braços com indolência como se insinuando sem querer. Frank Culá, capturado pela armadilha, espreitava indeciso sem saber se devia aproximar-se ou diluir sua presença discretamente pelo fórum íntimo de seu trailer. Nisto eu passei em frente sem outra intenção que me meter no refúgio do meu catre e afogar-me no recôndito de algum sonho amável com o que quisesse acaso presentear-me a noite. "Aonde você vai tão desanimado, Goyo?", gritou-me Bustamante só para provocar o ardor do ciúme de Frank Culá. "Não está a noite para dormir só; vamos ver se pegamos umas putas que nos esquentem o sangue." Aceitei o oferecimento sem chiar ao mesmo tempo que lhe dava a toalha. Frank Culá nos lançou um último olhar com a obliqüidade de seu ressentimento e meteu-se rapidamente no seu trailer. Talvez tivesse composto a ilusão de acarinhar-se com o Belo, mas talvez não. Pobre infeliz, ele buscou sozinho a morte ruim que lhe sobreveio.

As putas de Burgos têm os mamilos duros como gelo e da bunda lhes vaza a geada do frio que têm de suportar. Mau ofício para tamanhas terras. Pela estepe de seus corpos sulcam ventos de morte e seus ossos cravam-se nas almas dos que as usam como se estivessem afiados de desolação. Metemo-nos num bordel da rua de São João que haviam recomendado ao Belo. Franqueou-nos a porta uma gorda de negro que parecia até uma viúva respeitável. A alho lhe cheirava o hálito e a leite fermentado o rastro de suor que ia deixando conforme nos guiava ao salãozinho onde as mulheres aguardavam com as jaquetas postas. O belo Bustamante encerrou-se em uma alcova com duas que diziam ser irmãs e a mim me outorgaram uma garota lânguida, que tinha o nu mais esquálido que jamais contemplei. Chamavam-na Micaela, mas de batismo tinha o nome de Angustias, que lhe caía muito melhor. O seio tinha gosto de sebo e de lençol sujo as partes. Doeu-me penetrá-la e ela, como um móvel, não exclamou nem um impropério quando a possuí como os animais.

Via-se que estava bem domada. Sinto calafrios ao recordá-la. Acabamos cedo e o Belo satisfez a dona com o preço estipulado e entregou às garotas uma gorjeta semelhante para que gastassem em guloseimas. Ele era assim de convencido e elas agradeciam-lhe de coração contra o gesto torcido da madame. "Que se foda a gorda", disse-lhes de despedida. Quando saímos na rua, um ar límpido nos sacudiu com força os pulmões. "Não fique desanimado, Goyo", recriminou-me o Belo, "as coisas do espetáculo são assim de traiçoeiras e umas vezes te aplaudem e outras te cospem pelo mesmo. Não fique remoendo o acontecido e aproveita para respirar fundo este frio que tonifica. Não gostou da puta?" Eu, na verdade, andava não sei por que descorçoado. O frio sempre me deu asas ao pensamento e eu se penso, estouro. Íamos passeando rua abaixo a caminho da praça do Generalíssimo, quando de repente passamos diante das vitrines de crustáceos de um restaurante. A Beira do Cantábrico exibia como nome aquele estabelecimento, segundo ficava desenhado com pintura branca e caligrafia esmerada sobre o vidro da vitrine. Olhando do outro lado, jaziam lagostins, caranguejos e lagostas, todos postos em fila sobre um leito atapetado de gelo e louro. De dentro provinha uma luz agradável, demasiadamente acolhedora talvez para o clima revirado do lugar. "Há dois tipos de amêijoas", disse-me solene Bustamante, "as de mar e as de lamber. Como nós já viemos lambidos, é justo que agora nos dediquemos às outras. Você já provou marisco alguma vez, Goyo? Vamos lá dentro, que eu te convido". Graças a Deus já tinha vomitado os ovos, inclusive com seu caudal de sangue e tudo, porque senão o que ali nos esperava teria constituído sem dúvida o recomeço dos meus pesares. O filho-da-puta do maître não queria nos dar uma mesa, certamente adivinhava bem a nossa classe. Eu permaneci isolado, escondido atrás das pernas do Belo, que discutia gritando com aquele merda de homem. Comecei a rir por dentro quando contemplei através do cristal de aumento de um aquário uma lagosta com as pinças desequilibradas, uma minúscula e outra descomunal. O bicho me recordou a pinta grotesca que o Belo e eu devíamos estar luzindo naquele momento. Esparramados pelas mesas, cinqüentões de bigodinhos, vestidos com terno cinza e enfeitados com a decrepitude de suas senhoras, todas tensas como alguém com prisão de ventre a julgar pela rigidez de suas permanentes, observavam incrédulos o escândalo que o belo Bustamante estava montando acerca de se o valor de seu dinheiro devia ser ou não similar ao do da corja de desgraçados que alojavam ali as nádegas com o único propósito de encher as fuças de camarões. Ao final, num signo indiscutível de saber agir e de inteligência, o problema foi resolvido pelo Belo mediante uma gorjeta de mil pesetas que entregou ao maître, displicente e poderosamente. O outro, humilhado pelo gesto, mas resignado pela ganância, agachou a cabeça como os burros e, sem chiar, conduziu-nos pacificamente a uma mesa para dois que reservava em um lugar preferencial do estabelecimento. Desejavam os comensais derrubar sobre nós os olhares à medida que íamos passando entre as mesas, mas o pudor continha-lhes a curiosidade. A dignidade nos gestos é cultivada pelas classes sociais privilegiadas como se isso significasse sua própria sobrevivência. Tiveram de providenciar até três almofadas para que eu me pudesse colocar à altura dos talheres e assim, subido no macio, acomodei-me o melhor que pude. O Belo pediu de aperitivo duas taças de vinho branco que nos foi servido em um cristal fino que parecia que ia se quebrar com a saliva. Vi como uma velha ao lado me jogava mau-olhado com a vista esquerda. Notei perfeitamente, essas coisas acontecem com freqüência e chegam a causar desgraças pessoais irreparáveis. Para evitar a praga, o mais rápido é cortá-la com um arroto e assim o fiz com o mais sonoro que pôde sair de minhas entranhas. A velha ficou perturbada ao me ouvir e do espasmo caiu-lhe a dentadura no prato de sopa de mariscos com a qual andava untando-se os pêlos do bigode; o resto do restaurante dedicou-me um olhar mudo de recriminação e um senhor muito indignado de um canto teve que ser acalmado por sua esposa no ímpeto de levantar-se e ir embora. De resto não houve mais incidentes com o público presente e o jantar foi transcorrendo com a previsível suculência. Ensimesmei-me com os lagostins e dediquei-me com afã em tirar-lhes a gole o suco das cabeças; apliquei-me com as pinças em ir esmigalhando as nucas dos caranguejos, arranquei com as mãos as patas às aranhas-do-mar e desnudei com os dentes a medula de verme dos mariscos. Mastiguei aos punhados os camarões, apliquei-me a chupar-lhes o rosa de seus corpos assim como se chupa às mulheres o rosa dos seus e, ao final, em cumprimento de sua palavra, o Belo ordenou que nos trouxessem uma bandeja cheia de amêijoas cruas; das do mar, não das outras, e as fomos engolindo retorcidas com limão. Devoramos sem trégua aquele holocausto de luxo transubstanciado em bicho e acendemos de sobremesa o fumo delicado de uns charutos Montecristo, que pelo visto enrolavam em Cuba as operárias da revolução. Dei profundamente uma tragada pela primeira vez naquele milagre de tabaco e incharam-me os pulmões com a complacência de seu vício. "Janta-se melhor depois de transar do que com o desejo duro machucando no saco, não é Goyo?", perguntou-me, com a boca repleta do charuto, Bustamante. Eu continuei chupando e nada disse. "O que você tem?", continuou o Belo, "por acaso gozou mal com aquele espantalho que te deram por puta?" "Era um iceberg", respondi-lhe, "um iceberg de pedra-pomes". O belo Bustamante riu com uma gargalhada redonda como flatulência de vaca e continuou falando. "As putas são um mundo, garoto, nunca se sabe o que vão aprontar. Umas têm caras tristes e, no entanto, se remexem no colchão como cobras-d'água, e outras que pelo contrário transparecem a putaria nas bochechas, não valem nem para serem usadas no escuro e quando são tocadas, rangem. Em tudo nesta vida está a sorte e às vezes se tem e às vezes, não. Não se aflija pelas putas, que elas saberão por que se metem nisso. Você tem que se limitar a escolhê-las com tino e a desfrutá-las sem cautela, que já chegará o tio Paco com os descontos. Além disso, sendo anão é certo que elas gostem de você não mais que pela estranheza e sempre e quando contribua com o extra da deformidade, senão, terá que ir se conformando com as miudezas de cada casa ou estará condenado a sempre bater punheta como o tarado do Mandarino. Eu venho te dizendo e é bom você me ouvir que disto eu sei; você, se quer transar, ou uma coisa ou outra, ou você molha bem a mão das mulheres ou elas têm pena de te ver tão largado. As putas são um mundo e, quando você menos espera, encontra umas carinhosas, embora não te recomende a experiência. Estive uma vez com uma puta que se mijava de prazer se lhe mordiam com força os mamilos. Eu ia para Valência acompanhando um caminhoneiro e paramos num lugar em que ele havia dito que se comia e se transava divinamente e a bom preço. Aquela mulher tinha uma bunda de mula, só que sem moscas nem rabo, e te oferecia de quatro assim que ia para cama. Você tinha que ter visto como ela mexia. Gozamos ao mesmo tempo o caminhoneiro e eu, e quanto mais a entalávamos mais se remexia a porca, até que ficamos sem forças e secos de tanto molhá-la de todos os lados. Nós nos divertimos, mas quando íamos embora ela começou a chorar muito e a nos pedir que a tirássemos daquele lugar e que a levássemos para longe, porque já não agüentava mais a vida ali. Quando se acalmou nos contou que lhe tinha nascido um filho excepcional e o outro anão e que por eles estava condenada a ser puta e que assim andaria até que a enterrassem. Por nos ter chateado não quis nos cobrar, eu teria ido sem pagar, mas o bobo do caminhoneiro se entristeceu com ela e lhe pagou pelos dois e com acréscimos, olha que desperdício. Achei engraçado o do filho excepcional e o filho anão, mas não acreditei em nada. Você vê como são espertas as mulheres e as artimanhas que usam para te explorar. Anões não abundam e mesmo que fosse verdade sua circunstância, teria valido mais se tivesse empregado alguma outra história mais convincente.

Nunca confie nas putas nem ouça seus discursos; é um conselho que lhe dou."

A fumaça do charuto ficou cravada no meu paladar. Filho-da-puta; isso era o que ele na cara acabava de chamar-me aquele filho-da-puta verdadeiro, que teve a insolência de detalhar para mim como tinha se divertido com minha mãe. Morte ruim foi a que teve. Precisou aguardar uns bons anos, mas ao final, como não podia ser de outra maneira, proporcionou-a a providência. Da minha mãe jamais voltei a ter notícias. Depois de muito tempo fui vê-la no campo-santo em que apodreciam seus ossos, esse mesmo que limitava com a horta aonde ia meu irmão quando a locomotiva espalhou-lhe a carne pelos ares. Não rezei para ela porque nem soube o que rezar, nem nada me aflorou às cordas vocais do sentimento. E ali deve seguir, se não a levaram para adubo.

Saímos do restaurante fartos de marisco e eu, além disso, transverberado pela raiva ou a tristeza; às vezes as confundo. O álcool iluminava o meu desejo de vingar-me de tudo aquilo; de minha própria existência, de minha miserável condição, do belo Bustamante e até da desgraçada providência que me fazia aquelas brincadeiras. O Belo caminhava adiante, fresco e descarado como um adolescente na primavera; o sangue fervia-lhe, mas sem que soubesse, o infortúnio lhe ia peneirando a penugem cinzenta de suas asas sobre os passos que dava, como uma ave de mau agouro que se empenhasse em gravitar-lhe. Chegamos a uma esquina da cidade onde o circo Stéfano estava acampado. Era noite sem lua e já madrugada alta, pois tínhamos demorado cuspindo nuns patos que no lago do parque dormitavam sobre o impermeável de suas plumas. Uma luz trêmula cintilava por dentro do toldo, o que era insólito àquelas horas. Alguém deveria andar vagando por ali. Aproximamo-nos sigilosamente. O contraste do brilho contra o compacto da escuridão do céu resultava de certa maneira tenebroso. Todos dormiam. Às vezes acho que no sonho encerra-se o mistério do mundo, embora de nada adiante divulgá-lo. Ululavam por instantes as corujas pelas copas silvestres dos álamos e calavam os predadores no recôndito de seus esconderijos. Subitamente um disparo estalou no silêncio. A detonação provinha do lugar exato onde a luz oscilava debaixo do teto do toldo. Nós corremos para lá, ágil o Belo, eu de trecho em trecho, aos tropeções. Todos os cadáveres são iguais; frios, azulados e ungidos com a repugnância do definitivo. Na pista, de pé, iluminado pelo espectro de luz de um castiçal, permanecia imóvel a imensa figura de Juan Culi. Uma estátua de carne poder-se-ia dizer dele ao contemplá-lo em semelhante circunstância. Seus dois olhos sem expressão estavam cravados no cadáver fresco de Frank Culá, que jazia de boca para cima sobre a areia da pista. Um manancial de sangue brotava-lhe, blup, blup, blup, do buraco enorme do coração. Trinta moscas azuis andavam nele pousadas provando o sangue já sem vida, como minúsculos vampiros ainda por jantar. "O que você fez com ele, desgraçado!", gritou-lhe Bustamante, "você o matou; você o arrebentou com um tiro", mas Juan Culi não reagia às palavras. Calado como ausente, ensimesmado acaso na tragédia do crime cometido, se é que aquilo de um crime se tratava, Juan Culi virou um móvel e assim emudecido esteve sem se mover até que com a aurora chegaram sete policiais, os sete de uniforme cinza, os sete acatando as ordens do inspetor que estava no comando; outra vez Esteruelas, acabado de ascender à Chefatura Superior de Polícia por méritos próprios de bem saber calar o que precisa de silêncio.

    Uma pistola havia ficado no chão junto ao cadáver. Tinha o cano brilhante de nácar e o reluzir que soltava possuía certa elegância feminina que a fazia desejável. O belo Bustamante a tinha descoberto assim que se ajoelhou para ver se o morto respirava e logo a segurou entre suas mãos como que se certificando de que dela havia saído a bala que tinha acabado com Frank Culá. "Você só o matou por ciúmes, seu veado!", voltou a gritar com Culi. Na confusão do acontecimento e antes que chegassem os primeiros curiosos do circo alertados pelo alvoroço, o Belo encarregou-me de levar a pistola e fazê-la desaparecer em qualquer lugar para evitar a implicação de Culi na morte de Culá. Até que tinha boa intenção o filho-da-puta; pena que andasse eu remoído pela cena da minha mãe. Não tive piedade. Desfiz-me da pistolinha sem que ninguém visse. Peguei-a pela ponta com dois dedos e saí correndo com ela na direção das feras. Os leões estavam acordando; o perfume do sangue lhes havia despertado o apetite. Ali, quase a seus pés, Mandarino roncava a sono solto feito um porco invertebrado. O tamanho do seu membro era exagerado até em repouso. À sua direita, embrulhado em trapos úmidos, um monte de pedaços de cachorro aguardava ser empregado no desjejum dos animais. Sem pensar muito desenrolei uma tira de carne e embuti nela a pistola. Pulei por cima de Mandarino e joguei a iguaria para os leões. Disputaram-na uns segundos, mas assim como na selva, a lei do forte impera entre as jaulas e o mais saudável de todos, um que chamávamos *Perico*, acabou engolindo-a de uma bocada. Virei para Mandarino e acertei-lhe um chute na cara: "Acorda, acorda, que mataram Frank Culá".

O circo Stéfano se agitou em questão de minutos. Ninguém compreendia o que tinha acontecido; tudo era profusão de gritaria e exibição de pânico. O gordo Di Battista amaldiçoava a Deus em italiano; menos pela desgraça que lhe lançava como cadáver que pelo medo de perder tudo por ordem governamental. Pobre homem, não se dava conta de que o mais precioso, sua própria vida, já tinha sido jogado aos leões igual à pistola que arrebentou de vez o coração de Frank Culá. Ninguém chegou a inteirar-se jamais de que aquilo foi um suicídio por amor provocado pelo desdém de Bustamante, ninguém, salvo o próprio Belo. Quando ao amanhecer chegou a polícia com Esteruelas adiante e começaram a lançar perguntas, todos se amedrontaram. Ninguém sabia de nada e por não saber nem sequer reconheceram alguns a existência dos Culi-Culá como membros do quadro de pessoal do circo Stéfano e até andaram sustentando que se tinham juntado a nós em um povoado de Badajoz. O medo sempre foi livre, ao contrário da mesquinhez, que vai com a condição. Quando chegou meu turno do interrogatório contei bem claro e em alta voz para que todos me ouvissem. O bafo de cebola das perguntas de Esteruelas ajudou a provocar em mim a urgência das respostas. "Tínhamos jantado mariscos", depus, "e ao chegar ao circo vimos o morto que estava esperando o assassino para pedir-lhe explicações por causa dos ciúmes que tinham; são bichas, o senhor sabe?; e tinham os tratos próprios de tal índole. O trapezista, além de bicha, é o assassino. Eu me apartei, não quis me intrometer em suas rinhas e quando ia me deitar na cama ouvi o disparo. Depois vi como Bustamante saía correndo com a pistola na mão e se dirigia às jaulas das feras. Ali a envolveu num pedaço de carne e a meteu no bucho do leão *Perico*. Aí dentro estará se é que ainda não a cagou". Todos ficaram estupefatos com o meu relato dos fatos; todos começando pelo Belo. Juan Culi então começou a chorar.

O inspetor Esteruelas, no exercício da autoridade que lhe conferia o cargo, mandou trazer o leão à arena e ordenou desventrá-lo. "O senhor, italiano, não se preocupe pelo gasto que lhe ocasione, que a chefatura fará cargo dele em seu devido tempo", disse-lhe a Di Battista para parar seus protestos. Nunca viu nem um centavo pelo sacrifício do melhor de seus leões, mas pelo menos, nós desfrutamos o espetáculo.

Esteruelas ordenou a um dos guardas que esvaziasse uma pistola na cabeça do leão. Um hediondo aroma de esgoto maculou, se cabe, mais ainda de morte o ar que respirávamos quando Mandarino abriu-lhe um canal com o fio agudo de uma navalha. Era o odor da podridão daqueles tempos, em que as paixões se mascaravam e o medo à liberdade penetrava nos silêncios das pessoas, como se de uma crença antiga se tratasse. Mandarino, sempre disposto às coisas das vísceras, meteu o braço até o ombro no monte de tripas do animal e o tirou untado de gordura e com a pistola presa aos dedos, ainda sem digerir.

Quando terminei de delatar o belo Bustamante fiquei à vontade e esvaziado. Lembrei-me, então, de Gurruchaga e da vez que o levaram preso sem que eu fizesse nada por socorrê-lo. A justiça não é mais do que o poder de dar a cada um o seu merecido, o problema está em determinar a medida. Naquela manhã eu fiz justiça, pelo menos para comigo. O belo Bustamante empalideceu quando Mandarino extraiu a pistola das tripas ainda quentes do leão *Perico*. Tentou agarrar-me e teria arrancado-me um olho com uma dentada se não chegam para acalmá-lo os guardas com os cassetetes, até deixá-lo extenuado a golpes junto ao cadáver de Frank Culá. Não conteve os nervos e isso o condenou para sempre. "Matou por amor", ouviu-se comentar no circo Stéfano quando o levaram jogando pela boca aquelas espumaradas de raiva. O inspetor Esteruelas também desta vez ficou estudando minha natureza. "Você é o anão que acompanhava o tal comunista que prendemos em Córdoba, não é, Branca de Neve?" Neguei com convicção. "Você e eu ajustaremos as contas algum dia", ameaçou-me antes de ir. Fiz justiça ao mentir-lhe; justiça dessa divina, que deprecia os meios para alcançar seu fim, e fiquei satisfeito como nunca até então. A emoção me embargou por isso o ânimo e desfrutei como se estivesse recitando ante uma multidão um poema de Federico, *Que tremendo com as últimas / bandeirolas de treva! (...) Oh branco muro de Espanha! / Oh negro touro de pena**! A Federico, assim como ao leão *Perico*, evacuaram-lhe a vida de um disparo por um motivo espúrio que nada tinha na verdade que ver com ele. Antes de ser assassinado andou dando voltas pelos povoados da Espanha mostrando aos aldeões os versos de Calderón. *Hipogrifo violento que corresse em parelha com o vento, onde, raio sem chama, pássaro sem matiz,*

---

* *¡Qué tremendo con las últimas / banderillas de tiniebla! (...) ¡Oh blanco muro de España! / ¡Oh negro toro de pena!*

peixe sem escama, e bruto sem instinto natural, ao confuso labirinto dessas desnudas rochas te desbocastes a rastejar e despenhas?* Aprendeu com a turnê que o mundo não era mais do que um grande teatro em que cada qual lutava por escapar de seu papel. A providência achou por bem outorgar-lhe o papel de vítima. Morte ruim que lhe deram. Com o circo Stéfano eu aprendi um pouco a mesma coisa, só que em vez de fazer parte de um cenário, encarapitei-me ao compartimento do grotesco e nele continuo, mas agora com fortuna; dominando o mercado da comida rápida e faturando exageradas somas de dinheiro que me converteram em um homem importante. De qualquer modo tive primeiro que edificar a celebração do meu nanismo engolindo ovos cozidos na arena, de cara para o público, farto cada noite do produto da galinha, sem mais remédio que ir levando até que acaso topasse com algum *modus vivendi* menos extravagante e mais de acordo com a idade que, ano após ano, ia minguando meus ossos. Morto, por causa do amor, Frank Culá — seu coração bebido pelas moscas —, erigi-me em rei da pista e Juan Culi, enorme e desarticulado, ficou apenas como figurante do meu próprio espetáculo. Refiz por completo nosso número, que ficou órfão de desvios nefastos e isento de cachorradas, se bem que ganhou em comicidade graças à importância do meu físico e à desproporção insólita que surgia ao ser exibido com o de Juan Culi. O número já era só meu e como tal me iam anunciando pelos diferentes lugares em que parávamos para atuar. O Grande Gregory; Goyo, o Anão; Goyito Papa-Ovos foram alguns dos nomes que iam aparecendo nos cartazes; eu cada vez mais farto, o circo a cada dia mais desmantelado, abandonado à sua própria sorte, condenado imperdoavelmente pela má estrela dos tempos e pelo desânimo alcoólico do gordo Di Battista. "O gordo mija sangue", disse-me um dia

---

* *Hipogrifo violento que corriste parejas con el viento, ¿dónde, rayo sin llama, pájaro sin matiz, pez sin escama, y bruto sin instinto natural, al confuso laberinto de esas desnudas peñas te desbocaste a rastras y despeñas?*

Mandarino, emocionado pelo acontecimento. Aquele homem tinha uma irrefreável admiração por todo o excretado até o ponto de chegar a entesourar determinadas bostas secas, que ele considerava, a providência saberá os seus motivos, especiais. Era verdade. Stéfano di Battista andava já há algum tempo doente, mais da vida do que da bebida, e seguia acreditando estar instalado em um mundo estanque e inamovível repleto de glórias e façanhas, altas honras e condecorações oficiais, quando o que cada vez mais regia era um sonho desfazendo-se, uma fossa comum para a qual, sem remédio, íamos todos de cabeça.

Sem par, Doris andou um tempo órfã pelos ares fazendo cabriolas consigo mesma, abundando progressivamente na solidão elevada do trapézio até que, farta do odor do ar das alturas, decidiu deixar tudo e ir embora para estar quieta no lugar de sua infância. Sua partida supôs para mim uma premonição de meu futuro imediato. O circo caía aos pedaços; o toldo não suportava mais remendos e até no vermelho de suas listras se havia espessado esse verde fúngico que aparece na carne à beira da decomposição. As feras, as poucas que iam ficando, reumáticas e já sem nenhuma vontade de luzir sua animalidade, pareciam os restos naufragados de algum dilúvio. Somente os macacos continuavam mostrando um signo de vida, quando davam para masturbar-se sem desejo e por tédio, justo ao contrário de Mandarino, que o fazia por ócio e prazer. Os artistas foram indo, cada um com uma desculpa, ou por um dever irrecusável, ou com um adeus à francesa. O circo Stéfano ficou para remendo de gargalhadas, sombra rasgada de si mesmo, e eu ali perene como um cipreste assomado ao topo de um cemitério. Doris foi para a Estremadura engordar coxas e quadris devido aos frutos do porco e demais excessos inocentes. Logo se casou com a desgraça. Pobre moça; má sorte foi a que achou onde acreditava que poderia viver tranqüila. Não por amor, mas pela picada peremptória dos anos, manteve relações com um grosseirão, vendedor por atacado de carne de porco e biscoitos do Casar, que tinha o estômago por tonel e uma morcela em vez de língua, tamanha a desmedida que andava pela abundância de alimentos com que provia cada dia o organismo. Com ele casou para seu infortúnio. Na carroça sem retorno da passagem dos anos, Doris subiu ao altar toda de branco e com o hímen obsoleto pelo desuso. Ele não era má pessoa, mas sim tosco e rural, o que o levava a freqüentar as rudes companhias de sua condição. Doris não o amava nem padecia por não fazê-lo, já tinha vivido demasiadas paixões. Na mesma festa de casamento, depois de raspar o chocolate do bolo e ter acabado com um resto de sidra, o Gaiteiro deixou-a viúva da maneira mais absurda que se possa imaginar. As inconvenientes companhias que festejavam o casamento daquele grosseirão, seguindo uma tradição arraigada na barbárie, decidiram leiloar aos pedaços o branco da calcinha da noiva e a gravata engomada de seu recém-marido com tanto azar que, ao empregarem uma serra mecânica na incumbência de cortá-la em vez das usuais tesouras, derrubaram sua cabeça com um mau movimento de munheca, fatiada pela raiz como a de um João Batista, só que mais grossa de pescoço e sem barba. Para vestir santos, para chorar ao morto o aziago de sua sina, para engordar com os chouriços da herança e lembrar-se, já vestida de luto, das emoções do trapézio, ficou, ressecada, Dorotéia. Morta em vida. Ignorava que a história é um rio que nos deságua para o progresso; por isso quando, por fim, chegou o advento das urnas e teve de ir para ver se o novo credo democrático, que tantas vozes gorjeavam, era retratado em uma constituição política, ela foi e votou que não. Depois voltou para a casa de sua sogra para continuar com o trabalho que tinha empreendido: a confecção de um manto para a Virgem, fluido de bordados, rendas de fiação e outras filigranas dignas de serem, em última instância, conservadas pelo tranqüilo museu de sua diocese.

Os tempos mudam as modas, os modos, as maneiras, as idiossincrasias dos povos, os gostos, os costumes dos lugares. As pessoas estavam mais atentas ao boxe de Pedro Carrasco ou às andanças escapistas do bandido El Lute pelos presídios da Espanha do que às feras escleróticas do circo Stéfano. O bandido El Lute estudou no cárcere para advogado e acabaram compondo-lhe uma canção com a letra em inglês. *The man they call El Lute,* dizia. As modas vão mudando, também para as pessoas, é o que eu lhe digo, e o circo Stéfano tinha ficado preso no estrato de um mundo pré-televisivo e sem sobressaltos em que o exótico do espetáculo era mais um fruto da rusticidade do povo do que das maravilhas anunciadas pelo megafone; um exotismo rançoso de plumas, de lantejoulas opacas sobre corpos já flácidos, de animais setuagenários com o estômago desfeito de tanto ingerir os detritos dos caminhos; uma extravagância de seres disformes, ora por dentro, ora por fora, que subsistiam pela mera inércia da vagabundagem; um exotismo de arroto e riso fácil que já nem mesmo nos povoados acendia a malícia. A atenção tinha se mudado para outros lugares, para o pescoço de Paquito Fernández Ochoa, do qual pendia o ouro olímpico, para as pedaladas precursoras de Luis Ocaña, que subia sem parar ao pódio do Tour, morte ruim a que teve, para as pompas de sonho do casamento em Veneza de Natalia Figueroa com o cantor Raphael, "eu sou aquele que pelas noites te persegue...", e lhe arrancava ao ar uma tira de êxito como se puxasse com força a corrente da fortuna. Até os palhaços tiveram que procurar espaço de subsistência no aparelho televisivo, essa engenhoca de mediocrizar as consciências a domicílio, como as pizzas que eu entrego, os paladares. O país cheirava diferente, com mais ânsias, mais consciente de seus próprios complexos. O gordo di Battista andava quebrado pela ruína e entrincheirou-se definitivamente no búnquer de vidro da garrafa. Dali, completamente bêbado, rememorava glórias que provavelmente jamais tinha vivido, batalhas mitológicas contra o exército aliado nas quais a vitória tinha dependido da coragem, não das balas. Cantarolava canções imperiais de negras camisas e letras floridas de quimeras ao mesmo tempo em que os bancos, mais impiedosos talvez que seus próprios fantasmas, iam executando um atrás do outro, com parcimônia, os bens e hipotecas que tinha e que eram a garantia dos empréstimos que alguma vez no passado tiveram a ousadia de outorgar-lhe. Eu tinha gastado minha adolescência em crescimentos impossíveis, em pauladas, putas e ovos cozidos e pressentia o momento de ir dizendo adeus a tudo aquilo. Haveria, sem dúvida, em alguma outra parte do universo, maneiras diferentes de viver que eu estava condenado a indagar. Apressar os céus era o que então pretendia, ai mísero de mim, nem apesar do sofrido me havia ainda dado conta de que o mundo não é um jardim de rosas, nem uma cama mole em que se possa dormir o sono dos justos, e que, bem ao contrário, é lama e labirinto e morte e que, só nele, quem resiste ganha.

    Soprava o inverno de setenta e três. Tínhamos chegado até Alcalá de Henares para tentar ali as festas de Natal fazendo duas apresentações a cada dia, três aos domingos e aos sábados, espremendo ao máximo nossas já desconjuntadas possibilidades. Era o mais próximo à capital que jamais tínhamos chegado. Eu estava intrigado por visitar Madri, por percorrer suas ruas, por andar de metrô. Tinham me falado das luzes coloridas que enfeitavam as calçadas com as guirlandas de seus watts, e do esplendor da liturgia das compras que as pessoas de posses faziam nas Galerias Preciados. A chuva esteve sacudindo a sujeira dos trailers durante toda a noite e, na manhã seguinte, um aroma de frio se espalhava pelo acampamento do circo. As feras estavam inquietas como se pressentissem com as narinas a dimensão do desastre que haveria de acontecer. Estas coisas acontecem, a atmosfera fica eletrizada com os maus presságios e alteram-se inexplicavelmente as condutas dos animais. Era quinta-feira. O céu estava empedrado e o ar tão nublado que doía no pulmão ao ser respirado. Faltavam cinco dias para o Natal e todo mundo começava a degustar em família a poeira melindrosa de suas intimidades.

    A solidão jamais representou para mim um obstáculo para agir. Madri, eu estava convencido, reconfortaria os desejos de mudança que eu trazia já inoculados no apetite. Coisas de adolescente. Era cedo, muito cedo, apenas oito horas da manhã. Uns funcionários do juizado apresentaram-se no circo para, em cumprimento de uma petição vinda de Sabadell, confiscar os bens que encontrassem. Exibiam as caras mansas dos que andam entretidos com a vida. Perguntaram por Stéfano di Battista e eu fui avisá-lo em seu trailer.

Estava acordado, certamente tinha velado durante a noite toda a garrafa de conhaque, cuja bunda acariciava quando eu entrei. Cheirava a carne decompondo-se. Era o fedor do fim. "Uns senhores que vêm do juizado querem falar com o senhor." Ele ficou me olhando de forma inexpressiva e sem abrir a boca saiu para encarar sua sorte. Os agentes judiciais andaram daqui para lá apontando, isentos de compaixão, os bens a serem embargados: a armação do toldo, as jaulas das feras com os animais incluídos, as cercas, os trastes, as barracas e até os vasos de barro que enfeitavam as janelas de alguns trailers.

Eu fiquei alheio, olhando-os desde a portinhola do trailer do gordo. Tudo no interior era imundice, os móveis, os utensílios, os enfeites que caíam das paredes como farrapos de outras épocas. Tudo ali se sustentava por inércia, desde a privada até a lâmpada da cozinha, desde a geladeira inútil, que zumbia junto ao catre, até uma caixa de bens que, como um sepulcro profanado, entreabria os restos mortais de sua antiga incumbência. "A caixa-forte", disse-me. Aproximei-me dela e comecei a bisbilhotar. Dentro havia documentos roídos por traças sem outro valor que o da nostalgia; cartas talvez de amor; uma cartucheira com um revólver de cano enferrujado e um punhal brunido dos que exibiam os boinas-verdes italianos enfaixados com galhardia nos quadris. Dentro de um envelope, uns poucos milhares de pesetas justificavam talvez o testemunho do infortúnio de Di Battista. O resto era porcaria, pó sem enterrar. Passou-me pela cabeça apoderar-me daquele envelope por considerá-lo justo e ir embora para sempre do circo sem dar explicações a ninguém. Nada já me detinha ali, nem mesmo o zelo do meu dono. Tomei a decisão sem meditar no seu alcance e, quando me dispunha a apoderar-me do dinheiro, o gordo apareceu escoltado pelos do juizado. "Tu tambene decidiu traizionarme, nano?", disse-me chorando às gargalhadas como se o juízo o tivesse abandonado, "ahh tu no, figlio mio, tu me pertenezzi e me dovrai obedenzza. Aqui permanecerai al mio lato fino che tutti nos pudriamos".

"Sai da frente, gordo, afaste-se dessa porta e deixe-me passar porque vou embora para sempre", disse-lhe com decisão, mas ele sem dar atenção agarrou-me pelo pescoço e, concentrando suas forças, deu-me um chute que me dobrou pela metade. "Porca sabandija. Cuida corvi e ti saccaranno i tuoi occhi. Sara migliore che ti prive ora di la vita per evitarle al mondo la moléstia della tua compagnia", disse-me pegando o punhal fascista que guardava na caixa-forte. Eu me esquivei dando pulos de predador em direção ao fundo do trailer e ao abrigo do fogão agarrei para defender-me o primeiro que tive ao alcance, uma garrafa de conhaque lacrada. "Morirme non fa male. Morire é dolce se si fa con atino; vedrai", continuava dizendo um Di Battista enlouquecido diante do assombro dos funcionários do juizado. Com toda a vontade que acumulava de devolver-lhe suas atenções, lancei-lhe a garrafa que se estampou em seu rosto. O impacto o fez cair ao chão entre um tumulto de cadeiras e trastes. O líquido lhe escorria pelas comissuras dos lábios e o filho-da-puta o lambia agradecido com a ponta da língua. Minha ira aumentou de intensidade e para assinar o sucesso de minha façanha, lancei mão do fundo em pedaços da garrafa e derramei-lhe os cacos pela boca. Ele ria enquanto isso, possuído por uma expressão aterrorizante, como se aquilo fosse dissolver os problemas pela raiz. "Nano disgraziato, non servi ne il polvo que le sacudi a la tua madre. Non servi ne il cobijo che te di, ne li houvos che ti engulliste a mi costa. Vai via se vuoi, ma qualche giorno ti accorderai di me e capirai che tutti gli sforzi per saliere avanti fossero vanos. Tu saliste della nada e lá dovrai che rittornare al lato di tutti noi. Lá ti aspettaremo."

Os funcionários, mais preocupados por sua própria segurança que pela observância das leis, abstiveram-se de intervir. Deixei com um fio de vida aquele palhaço, tossindo alma, vomitando sangue, vencido para a eternidade. Antes de ir diverti-me em encarapitar-me sobre seu corpo gordo. O mundo desde o pódio de suas vísceras se via mais formoso e otimista. Era esse sem dúvida um dia diferente; um dia destinado a passar para a história, quis assim a providência.

Naquela mesma manhã, como tomado pelos demônios, haveria de sair voando pelos ares o Presidente do Governo da Espanha, dom Luis Carrero Blanco. Determinismos. "Que te cozinhem os ovos no inferno", sentenciei-lhe como despedida.

Rompi o jugo e provei o sabor ferruginoso da vitória. Assim como a Espanha, eu acabava de mudar o rumo de minha sorte. Anão, só, sem documentos e desvalido, um porvir incerto me aguardava e ele não teve mais remédio que me abraçar.

3

Em Atocha se levantava um viaduto que era um monumento erguido como mascote do progresso que naquela época se reverenciava; um oito de asfalto e concreto armado de que hoje não resta mais que um testemunho de canos de descarga desamparados. Fascinou-me assim que o vi. É a primeira coisa que me vem à memória quando recordo aquela manhã desagradável em que de tanto tiritar, sentia os ossos do esqueleto brancos como de gelo. Eu não ouvi a explosão, já tinha acontecido quando cheguei, mas contemplei o pavor enorme dos madrilenos, todos amedrontados pela tragédia como cordeiros sem o amparo do pastor. O lobo feroz da desestabilização os tinha mordido de surpresa. Escutavam-se sirenes por todas as partes, as pessoas abandonavam seus trabalhos assim que se ia difundindo a notícia da morte do almirante. As crianças eram tiradas com urgência dos colégios pelas suas mães diante do temor de uma revolta, elas em pânico, os filhos felizes por aquele acontecimento que lhes permitia serem liberados da carga rotineira das aulas. O rumor do atentado foi desfiando-se de boca em boca à medida que ia transcorrendo a manhã. Eu andei sem rumo pelas ruas, feliz pela circunstância que me oferecia a contemplação de uma Madri insólita e apavorada. Enquanto as madames e os beatos se enclausuravam em seus apartamentos bem ventilados do bairro de Salamanca, eu perambulava pelos cantos cheio de contentamento, farejando o encanto apocalíptico da grande cidade e degustando por fim o prazer de, mesmo sendo diferente, poder passar por ela desapercebido. Tudo o que se via eram urgências e expressões de preocupação. Os que, no entanto, alegraram-se com aquele assassinato não puderam demonstrar sua alegria e limitaram-se a brindar pela feliz calamidade calados como ratos na clandestinidade de seus esconderijos. Só o homem de rua manteve-se nela naquele dia como se nada do ocorrido fosse com ele; o homem de rua, a fauna e a flora dos desamparados que como lebres a povoam; o aparato policial vindo dos confins da pátria para preservar a central inércia da paz; e eu, um anão.

Carrero Blanco se elevou aos ares como um santo que levitasse pelo amor de Cristo, só que impelido pelo elástico do que lhe detonaram os terroristas quando passava pela rua Claudio Coello a caminho da costumeira missa matinal. Naquela manhã pisei Madri pela primeira vez. Desci em Atocha de uma camionete desconjuntada que fazia o trajeto desde Alcalá de Henares, de praça em praça pelas cidades-dormitório da periferia em que se ia solidificando a vida moderna dos que emigraram dos povoados em busca de algo melhor na capital: a máquina de lavar, a geladeira, o ingresso para ver o jogo de domingo do Atlético no Manzanares, a hipoteca do apartamento e o envelope com o pagamento no final do mês. Eram seres de inteligência magra e, portanto, deslumbrados pela parafernália elétrica. Logo, com os anos, haveriam de ver-se desenganados ao contemplar com impotência a avidez do desemprego operário encarniçando-se na pele de seus filhos, esquálidos de drogas e despertos definitivamente do sonho do bem-estar. Andei como quis pelas ruas da cidade ainda ungidas do terror da manhã. Assim como um Ulisses sem amarras na sua viagem perpétua em direção ao nada, o ulular das sirenes provia-me de uma estranha calma espiritual que jamais até então havia experimentado. Nunca mais voltaria ao circo. Nunca haveria de provar novamente um ovo cozido mesmo que me encontrasse morto de fome. Esses eram os dois pensamentos com os quais me abrigava ao perambular. Quando os sentimentos de destruição canalizam sua torrente e o ódio se espessa e ameniza, a emulsão que resulta é amarga, mas esplêndida.

O carro do almirante ficou feito uma mixórdia de ferros retorcidos; um verdadeiro *pot-pourri* de sucata carbonizada poderia dizer-se daquilo. Tiveram que desalojá-lo, com guinchos especiais, da cornija em que foi pousar. Durante vários meses os madrilenos deram para ensaiar uma paródia do atentado que consistia em dobrar um guardanapo de papel de bar até obter a forma retangular de uma fogueira. Colocavam-na de pé sobre uma mesa e ateavam fogo na extremidade superior. Quando a chama acabava de consumir o papel, a brasa resultante, tão negra quanto o veículo calcinado, elevava-se pelos ares, reproduzindo desta maneira macabra a trajetória que seguiu o carro do almirante até ser arremessado em pedacinhos contra o convento dos Jesuítas na rua Claudio Coello. Morte de um presidente a posteriori, chamavam àquele sarcasmo. A crueldade das pessoas, por carecer de fronteiras, institui-se em patrimônio comum da humanidade.

A levitação pausada do guardanapo me seria ensinada por Magro, o Caolho, um canalha itinerante que conheci naquele dia para mudança de minha sorte e proveito da sua. "Preste atenção, anão, olhe como ascendeu aos céus a lata velha de Carrero Blanco", e assim representava a paródia sobre o mármore vetusto de uma das mesas da Copa de Herrera, um tabernáculo próximo ao Cascorro onde tinha radicada a sede de suas mal-andanças. Já fazia um mês do atentado, um mês de vida nova, prelúdio de muitos outros que ainda restavam por vir.

Magro, o Caolho, andava pela vida mendigando com uma rara dignidade que lhe parecia proveniente de alguma remota fidalguia do sangue. Além disso, tinha por costume fazer valer uma pretendida condição de mutilado de guerra com o que granjeava o respeito dos fiéis, que, aos domingos, acudiam aos templos por ele freqüentados. Teria dado gosto constatar semelhante galhardia se não tivesse sido por essa outra facilidade para a miséria com que, à vontade, se comportava com os que lhe rendiam a vassalagem da imundice. Em estado lamentável exibia a órbita do olho esquerdo, um lugar raspado em que aninhavam os melros de suas remelas. Levava-a ao vento de propósito para provocar espanto nos homens e compaixão nas mulheres e movê-los, assim, a abrir a caridade de seus bolsos. Alguns sustentavam que era ferida de guerra, outros, seus rivais, que os tinha aos montes, diziam que era caolho de nascimento e que se não o tapava era para fazer crer que o esvaziou o vermelho de um balaço e exibi-lo com fins comerciais em lugar da medalha ao mérito militar que jamais, com justiça, lhe deram. "O que futuca um anão debaixo da terra?", disse-me na primeira vez que topou comigo.

Com pouco dinheiro, sem conhecidos na cidade e carecendo de documentos de identidade que acreditassem minha existência no zôo de papéis dos homens, na verdade pouco podia fazer para subsistir nessa Madri inóspita a que acabava de chegar. No meio da tarde o sereno já caía com força e começava a não servir para nada o casaquinho de tergal que eu usava desde a manhã. Doloridos os ossos como pregos na carne, e já cansado de perambular sem paradeiro fixo, optei por meter-me na fervura do metrô. Não foi má idéia, não só porque com ela evitasse padecer congelado, mas também porque nele, encolhida atrás da sujeira dos corredores, haveria de preparar-me a providência uma das emboscadas mais cruciais de toda a minha vida, a de topar-me com Magro.

Depois de percorrer a linha um do metrô sete vezes seguidas em ida e volta, desci por fim na estação José Antonio e decidi deitar-me um pouco sobre uma das plataformas. Enrolei-me em torno de mim mesmo e logo caí arreado pela fadiga própria do acontecimento. A irracionalidade do sonho apoderou-se da minha cabeça e comecei a ver amoras crescidas que, como cachos, pendiam das pregas íntimas de Doris. Tinham um tamanho enorme e estavam cristalizadas em chocolate como as frutas de Aragão. O gelo do inverno introduzia-se pelos túneis de mãos dadas com as correntes subterrâneas. Era um frio com cheiro de esgoto que levava preso um fragmento de solidão. Devo ter estado tiritando um bom tempo até que, de repente, a ponta de um calor impreciso começou a passear por minhas bochechas. As amoras do meu sonho pareciam-me mais suculentas, mais suaves, a tal ponto que de pura ebulição começaram a doer-me no céu palatino. Acordei bruscamente. Um filho-da-puta passeava a chama azul do seu isqueiro pelo meu rosto. "Mal devem andar as coisas quando os anões se metem debaixo da terra."

No avançado da hora, quando afinal o metrô fechava suas portas, Magro, o Caolho gostava de percorrer aquela rede de labirintos subterrâneos em busca dos restos que o dia tinha deixado encalhados nos corredores. Mexia, farejava e daqui para lá ia deslocando-se desde Atocha até Tribunal, desde Palos de Moguer a Ventas*, sempre resguardado dos olhares indiscretos da superfície. Conhecia

---

* Estações do metrô de Madri.

como a palma da mão os meandros da velha rede de metrô e entrava e saía pelos alçapões de ventilação dos túneis com uma habilidade cega, como se de um fugitivo do trem suburbano se tratasse. Afastei o isqueiro com um tapa; a carne já cheirava a queimado. "O que você faz deitado aqui?", perguntou-me. Sua cara espantava com a generosidade de tanta feiúra, um verdadeiro bicho-papão da natureza jogado aos escombros do subterrâneo. Ainda atordoado pelo sono e sem saber o que responder, ocorreu-me dizer-lhe que tinha fugido do circo. A resposta deve ter provocado nele hilaridade porque começou a rir com gordas gargalhadas que acentuaram a grandiloqüência do seu caráter. "Aqui você vai congelar, anão, não tem nem um farrapo que colocar por cima. O vento dos túneis quando sopra de madrugada é duro e você assim, sem agasalho, sem dúvida morre. Se quiser, vem comigo a um lugar que eu tenho. Lá fora andam os cinzas remexendo na merda, e não é inteligente virar alvo deles. Vem, vamos, eu vou te dar algo de comer e uma boa cama para que você passe a noite confortável. Lá aonde te levarei as freiras as esquentam à base de peidos."

É a providência quem tece incessantemente os nós corrediços do destino e só a ela pertencemos. Segui os passos daquele homem às escuras, pelos túneis, sem vontade alguma que me guiasse até que por fim desaguamos por uma rede metálica que dava a um jardinzinho na praça Jacinto Benavente, justo em frente ao teatro Calderón. Durante o trajeto quis certificar-me de que aquele homem, apesar do horror que desprendia seu rosto, estava imbuído de uma rara nobreza fora de moda, mais apropriada a necessitados com altivez e fidalgos sem honra saídos da borda de algum século esfumado, do que dos tempos de protesto e agitação que começavam a ventilar aquele emaranhado urbano e humano em que se compunha naquela época a capital da Espanha.

Os filhos-da-puta antigamente davam para me infligir danos corporais, ora com pedras, ora com paus, ora com a direita de um chute ou com a esquerda de uma rasteira. Queimar minha cara com um isqueiro era, no entanto, a primeira vez que o faziam. Sempre há uma vez primeira para tudo neste mundo e é inútil negar-se a que aconteça. Geralmente os filhos-da-puta, se é que são como Deus manda, obtêm grande prazer maltratando anões ou desgraçando desvalidos; são os mistérios que trotam soltos pela natureza, esses arcanos ignotos, que permanecerão vedados para o conhecimento da ciência e o pensamento racional, tal e como sustentava Gustavo Adolfo em seus textos poéticos. Maltratar por obra, palavra ou omissão os anões deveria estar qualificado nos códigos penais dos países civilizados e ser castigado com penas sensivelmente superiores às previstas para os que insultam os chefes de Estado ou desfrutam estuprando os menores de idade. Não há justiça no planeta e só acontece o que a providência determina; cada um com sua parte e ninguém jamais escapou da própria sorte. Guiado pelo Magro, verdadeiro Virgílio das trevas daquela Madri de coração gelado que lhe estou contando, fui conduzido pela rua das Chinesas até o chamado Convento Velho das Trinitárias Reais, um casarão de fachada carcomida e telhado desconjuntado pelas goteiras do tempo em que as freiras, por caridade cristã, tinham instituído um albergue para dar acolhida a indigentes, necessitados, infelizes e outros semelhantes na manifestação de sua carência. Os anões têm naturalmente o passo sempre franqueado em tais instituições, não mais que pela comiseração e lástima que levantamos entre as pessoas de bem, embora tal evidência eu ainda não houvesse constatado, Magro se ocupou muito bem de esfregá-la para mim com o magistério dos fatos, até o ponto de chegar a converter minha condição em um filão que não só me assegurava a concisão do sustento, como também, além disso, produzia excedentes de patrimônio que eram geralmente destinados ao bem-comum da confraria de necessitados dedos-duros do mal-viver e outra multidão de vagabundos e confidentes que configuravam a irmandade da sujeira por ele presidida. Pouco a pouco, e quase sem dar-me conta fui mudando a gargalhada improdutiva do circo para a lágrima incontida, essa que com o brilho de sua umidade encena o deslocamento de posses que, por compaixão, produz-se no momento sublime da esmola. Magro o proporcionou e agradeço-lhe o que isso me valeu, pena que por ter uma sorte tão ruim depois não pudesse admirar minha riqueza.

Os anos transcorridos em Madri foram um desperdício de impostura, má-fé e oportunismo, bem alinhados, isso sim, pelo afã dos espanhóis em querer despertar de um sonho lisérgico pela hidra das ideologias. Anos inigualáveis, repletos de saltos, carreiras e proveitos, anos únicos em que a aprendizagem de uma nova realidade, mais frágil e mais indefinida, requereu a absoluta atenção de meu intelecto e o completo emprego de determinadas habilidades talvez inconfessáveis. Magro, o Caolho, com certeiro uso das teias de aranha de sua dignidade pretérita, mendigava, aos domingos, nas portas das igrejas mais monumentais de Madri, a de São Francisco o Grande, a da Virgem de Atocha, a da Paloma, a das Salesas, ou a dos Jerônimos Reais. Fazia-o ornamentado com uns trajes visivelmente remendados de ex-religioso que vestia para a ocasião e dedicava-se ao ofício com muito escárnio de senhorio e pompa de miséria. Às vezes, principalmente nos meses vermelhos da primavera, ousava enfeitar-se com uma camisa azul escura e nada nova, que abotoava até o pescoço para sugerir uma remota aparência de uniforme. Sobre o bolso direito espetava o carmesim metálico de uma canga e umas setas a fim de emular uma patente ou uma aura ou algo de uma época que sem poder evitar haveria de se desfiar ante nossos olhos. Era moeda falsa, um judas Caolho, um canalha impotente que antepunha, no entanto, o orgulho à fome e a aparência ao apetite.

Possuía esse atrativo imantado próprio dos grandes homens ou dos mais sinistros, e só com a serenidade de sua galhardia ou com a ferocidade de seu rosto teria podido no passado dominar um continente, tão cheio de si que se sentia o filho-da-puta. Eu comecei a freqüentar com ele os templos, feliz sob sua tutela e ali, nos degraus das escadarias, comecei a exercer a mendicância. "Mostre cara de sofrimento e exiba bem a deformidade da sua figura, tá, anão? Não tenha pudor em se atirar na cara dos que te olhem, provoque pena, faça com que eles se sintam culpados do seu estado, que fiquem repugnados e comovidos e estique a mão ao primeiro, não deixe que se metam para dentro sem terem soltado a grana. Olhe pra mim, observe e aprenda", e assim se pregava de joelhos em um dos degraus gastos dos Jerônimos, de cara para o sol com o cesto vazio, bem ostentado diante dos paroquianos que ainda acalmavam suas consciências rogando aos domingos pela paz de Franco antes de acudir à comunhão do aperitivo. "Tenham a caridade que merece um mutilado que caiu em desgraça. Dêem a mim uma moeda que lhes sobra, pelo amor de Deus." E choviam-lhe os centavos na flanela gasta do chapéu de aba flácida que oferecia como recipiente de esmola. Logo, depois das três missas da manhã, íamos rua Atocha acima, caminhando envoltos pela fumaça plúmbea dos carros rumo à Copa de Herrera, onde Magro tinha por costume embotar-se bastante de vinho. Aí parávamos na rotina dos dias e na freqüência das semanas e ali, na espécie de gabinete de suas mesas vencidas pelo peso do mármore e untadas pelo óleo das frituras, celebrávamos os conciliábulos da mendicância com os múltiplos tributários, clientes e agradecidos que o Caolho tinha espalhados pelas esquinas do bairro, em benefício próprio, deles e do núcleo do bem-comum. Eram tempos diferentes, tempos próprios, tempos isentos de drogados cadavéricos ou máfias chinesas e totalmente fechados a tudo o que de fora das fronteiras pudesse vir. "Não há negros em Madri", costumava dizer o Caolho, "esta cidade permanecerá igual enquanto não vierem os negros. A liberdade e o progresso o único que trazem são os negros. Algum dia você vai ver, anão, e então compreenderá o que te digo".

Todo aquele monopólio da ladroagem não tinha outro fim que o de aliviar as pessoas dos excedentes de sua colocação, tanto fosse à base de furtos, desvios, abandonos e outros latrocínios sem tanto nome próprio, mas igualmente efetivos, ou mediante o mero emprego da mendicância. Cumpria em qualquer caso uma função social inegável bastante assumida por todos e não isenta de certo prestígio antigo. Aquelas confrarias da miséria também não entranhavam maiores males que o do conciso desgosto da vítima da vez, desgosto que era logo preterido pelo consolo de talvez achar a jóia da família escamoteada ou o relógio Omega roubado no domingo de manhã em alguma das barracas do Rastro*. Aqueles eram tempos caóticos, em que os acontecimentos sociais começavam a acontecer sem ordem e em avalanche. Depois de quase quarenta anos de imobilidade política, os alicerces do Estado, podres de esclerose, começavam a oscilar com evidência. Podia-se ouvi-los ranger pelas ruas assim que a orelha aproximava-se delas. As pessoas murmuravam por todos os lados, uns de prazer, outros de medo, outros de expectativa. Pulsavam ao mesmo tempo idéias novas e antigas, soavam grandiloqüentes as fanfarronices da mudança, mas também os gatilhos energúmenos das pistolas e o estalido por golpe dos crânios quebrados como querendo fazer eco dessa música pátria da violência, tão bem interpretada desde sempre pelo coro mal-aventurado das Espanhas. Belo cenário para mendigar pelas igrejas foi aquele em que exibíamos a falta de vergonha e tirávamos proveito da distração alheia. O nacional-catolicismo, que centralizava as instituições, foi ficando inflexível como uma das conchas da amêijoa para se proteger das mordidas do laicismo anticlerical que estava entrando na moda. Uma trincheira, um bunker cada vez mais blindado é o que pareciam os

---

* Tradicional feira de objetos usados de Madri.

lugares de culto. Magro, clarividente, logo se deu conta do alcance do fenômeno e aumentou com firmeza sua histrionice para que não se fosse de graça a auto-afirmação católica e patrioteira dos que por inércia seguiam freqüentando os templos. Nem perdoava, nem deixava escapar nenhum acontecimento santificado que pudesse dar ocasião à celebração da esmola; Corpus Christis, São Josés Operários, dia de Reis eram para nós alimento e não havia nenhuma festa religiosa ou de outro tipo em que respeitássemos a folga, já descansávamos o bastante enquanto o resto suava, pois ainda não se havia esparramado tanto desemprego. Os grupos sociais comumente, quando distinguem os seus esvaindo-se entre o resto, correm a atendê-los com deferência e esmero e assim sucedia com o Magro nas escadarias dos templos, pelo que a profusão das dádivas era considerável. Eu, é como lhe digo, assim que me vinculei à confraria interpretava com ele os duetos da miséria ao sabor de seu magistério não mais que pela razão de minha inexperiência, mas logo ele viu que o resultado da compaixão poderia sem dúvida aumentar encomendando só a mim a tarefa. Foi assim que, pela minha pinta disforme, enviou-me a poucos meses de nosso encontro a pedir por conta própria nos átrios e saguões de outras igrejas menos enfeitadas que aquelas, mas igualmente edificadas e edificantes. Nelas tive de lutar com a presença de outros profissionais da caridade, que, assim que se inteiravam da parte de quem eu vinha, eliminavam para comigo toda prática restritiva da competição e davam-me o espaço necessário para que eu mendigasse à vontade, tamanho era o respeito, veneração e temor que essa gentalha professava ao Caolho. De tudo o que conseguia, setenta e cinco por cento ia direto para o bolso do Magro; esse era o preço do seu amparo; porcentagem que ele justificava como o mínimo imprescindível para poder sustentar os gastos gerais da irmandade, calar bocas, comprar favores, compensar malfeitorias e ter todo mundo no limite exato de sua satisfação.

No que se refere ao abrigo e à manutenção, já lhe disse que ficávamos no Casarão para indigentes das Trinitárias, lugar de rara limpeza e ventilação excepcional em que o sopão corria lustroso como ouro jorrando. Fui introduzido ali pelo Magro na mesma noite do nosso encontro e, com o consentimento comprado das freiras, instalei-me no galpão do andar superior onde o próprio Caolho tinha reservada a privacidade de um cômodo aposento. Quando o rigor do gelo fazia da rua uma geladeira ou o braseiro do sol a derretia, o Casarão das Trinitárias dava a nossos ossos o abrigo preciso para sua adequada conservação. É verdade que o lugar atendia por caridade cristã as necessidades elementares dos necessitados, mas seria mais certo matizar que o trato principesco que no Casarão o Magro e seus subordinados recebiam, devia-se, sobretudo, ao arranjo carnal que o Caolho tinha estabelecido com uma das freiras, a irmã Marta, que era quem na verdade mandava naquele rebuliço de esfarrapados e constelação de diversidades. Por uma trepada clandestina, Roma com Santiago aquela freira misturava e até à sua hierarquia aproximava-se para adoçar opiniões, roer vontades e advogar por nossa causa, inclusive acima das prescrições de sua própria ordem, que, se por um lado determinava o asilo, por outro, fazia-o com a medida necessária para não convertê-lo em hospedagem de cinco estrelas nos trezentos e sessenta e cinco dias do ano. Além dos gozos vaginais, a irmã Marta tirava do Magro a grana necessária para o bom fim da instituição e como, sem dúvida, o esmero da comida e o brilho asseado do lugar saltavam à vista, as superioras da freira maravilhavam-se de como com tão poucos recursos podia alcançar tanto esplendor e, por isso, deixavam-na por sua própria conta sem meter muito o nariz para não cheirar o invento ou, o que seria ainda pior, o fedor a esperma de sua fingida santidade. Para mim, assim como para Magro, além da comodidade, gostava do lugar por ser central: a quatro minutos da Porta do Sol, a três do Rastro, a dois das praças de Benavente e Tirso de Molina e a uma mera cuspida desse átrio da putaria, que era a rua

Espoz e Mina. Do Casarão fiz minha casa e o respeito que fui granjeando talvez tenha cicatrizado algumas das feridas que levava abertas na minha dignidade, embora a bem da verdade a reverência que lhe digo que me tinham não emanasse de mim mesmo, mas do pavor que a todos lhes causava desencadear acaso a ira do Magro, pois ele, como se sabia, além de desempenhar os ofícios de caloteiro, vigarista ou gatuno, tinha proveitosas relações com pessoas influentes de vários ministérios e desses a mais de um, segundo se dizia, havia mantido o cargo em troca de grana ou favores, pelo que estava em suas mãos pedir se quisesse o sumiço de um inimigo e ser-lhe concedido sem nenhuma demora via acidente, desventura ou castigo policial. "Mau negócio será para nós o dia em que nos falte a caridade cristã das pessoas", suspirava Magro. "Pouca coisa boa podem trazer-nos os tempos que correm, anão, e já se sabe que o nosso está acabando. Vai ser uma pena porque no final das contas estava ficando tudo em família. Quem sabe quem nos virá substituir e que códigos serão os que manejam; veja se já não começam a dizê-lo", e apontava a fachada de uma casa em que algum grupelho comunista tinha esboçado o protesto com uma pichação, "A soberania do povo reside na luta."

O Magro possuía uma idéia do mundo hierarquizada e maniqueísta em que qualquer fato ou pessoa já vinha julgado de antemão e, portanto, empalhado em alguma das categorias que ele, por sua experiência, tinha armazenado nas prateleiras do critério. Isso permitia-lhe tomar decisões com fluidez tanto na hora de abordar a carteira de um simples incauto, quanto na de empreender qualquer projeto mais ambicioso. "Esse é um bobo, esse está no mundo da lua, aquele é um simplório ou esse outro é mais burro que uma porta", eram suas frases favoritas para etiquetar as pessoas. Essa ordem perfeita e harmoniosa quase de sistema solar caiu-me bem para organizar um pouco o pensamento e já não me deixar levar pelas meras cabeçadas que, sem tino, ia dando pela vida, como havia sido meu costume até então. Naquele tempo eu ainda não tinha me dado conta de que tudo estava organizado pela providência e de que era sob seus desígnios que tínhamos de justificar o conteúdo de nossas condutas. A ordem estabelecida, pelo menos a estabelecida pelos princípios gerais do Movimento*, tinha servido ao Magro de sustento e ele não estava disposto a deixar que lhe fosse arrebatado em favor de nenhum falaz progresso do povo. Magro intuía que o desmoronamento do Regime já andava próximo e que com ele seu estilo de vida passaria ao reino descosido das cinzas. Farejava-o com as narinas, soprava-o com a boca. "Quando Franco bater as botas, os vermelhos sairão de seus esconderijos e começarão a encher-nos o saco de novo com as merdas de suas doutrinas. Imagine você um mundo todo de operários, anão. Isso é o melhor que podem conceber esses cachorros, fazer aqui a mesma coisa que na Rússia; todos sem Deus, bebendo do mesmo copo e cagando na mesma privada; e assim que você morre, atiram os ossos na vala comum; que apodreçam em conjunto", e assim continuava com a prédica, e dá-lhe cachaça, numa sucessão de álcool demasiada, desequilibrada e às vezes desoladora.

Pouco a pouco, como flores tardias de uma primavera de cimento, iam brotando as pichações pelas paredes mais desbeiçadas da cidade. Eram textos de luta ou de desejo que revelavam às claras que, mais além da realidade oficial, existiam soterradas outras formas de pensamento que, cedo ou tarde, haveriam de emergir. Magro, equivocando-se, supunha que essa ideologia de esquerda que geralmente caracterizava a dissidência eliminava pela raiz a prática da caridade como método válido de divisão da riqueza e impunha o trabalho suado como único caminho para alcançar a perfeição do homem. Já estava mais que maduro para sequer pensar em

---

* "Movimento Nacional", expressão usada para designar a Falange Espanhola, partido fascista comandado por Francisco Franco.

adaptar-se a ainda mais cambalachos dos que a vida lhe havia até então feito com que se deparasse, por isso todo aquele despontar de liberdades o inflamava demais. "Outro Cuelgamuros* era o que eu dava a esses cachorros para que passassem o tempo quebrando pedras em vez de ir ilustrando as paredes com sua merda. A soberania de um povo reside na luta", exclamava ridicularizando sílaba por sílaba a frase pintada, "vai te foder, soberania é livrar-se deles a tiros, isso é o que se tinha que ir fazendo com essa gentalha", e cuspia na parede com ira verdadeira e, sempre que o fazia, acertava em cheio o cuspe verde na foice, no meio do martelo. Mas não era só o exercício da caridade o que sustentava no varejo as nossas vidas. Havia também os roubos, meter a mão na grana dos peões ou furtar em dupla nos acontecimentos públicos multitudinários. Um verdadeiro prazer para a vista, garanto a você, que era constatar o desperdício de habilidade que o Caolho usava roubando carteiras em plena luz do dia e de frente. Com tais maneiras e esse tanto de sorte que sempre o acompanhava, eu jamais teria jurado que ele iria ter uma morte tão ruim, mas as coisas acontecem como a providência determina e pouco ou nada pode ser feito para infringir seus caprichos. Outros templos, desta vez pagãos, nós freqüentávamos para tais fins: o Santiago Bernabéu, onde se rendia um distinto culto branco à bola; a estação de Atocha, verdadeiro santuário do rebanho definhado das Espanhas; ou a praça de touros das Ventas, catedral por excelência da tourada e lugar privilegiado do roubo e da mendicância. Nela, esgueirando-me pelo pátio de arrasto, vi Paco Camino benzer-se em suas melhores tardes: piruetas de sonho com a capa, afinação poderosa com a decisiva, a muleta por diante recebendo

---

* Lugar na Serra de Guadarrama, na altura de San Lourenzo del Escorial, também conhecido como Vale dos Vencidos, aludindo à Guerra Civil Espanhola, em episódio no qual soldados morreram contra as paredes de uma fortificação.

despreocupadamente a sorte como um deus arrependido de si mesmo, até dar o desfecho à toureada com a lentidão e a pureza de sua estocada. Qualquer reunião repleta de pessoas, qualquer concentração de humanidades servia para que imediatamente nossa presença se convertesse em fato; horas de pico no metrô, cavalgadas dos Reis, épocas de liquidação nas grandes lojas e já mais adiantada a década, quando a transição ainda sem tal nome ia pousando nas consciências da cidadania como um hino estúpido e pegajoso (liberdade, liberdade, sem ira, liberdade, guarda teu medo e tua ira porque há liberdade e se não há, sem dúvida haverá), os comícios políticos e as manifestações autorizadas pelo Governo Civil. E, sem dúvida, ela veio, pelo menos para mim; e veja o que lhe digo; não essa tão preconizada de bainha e cartão-pedra que as pessoas comuns confundiam com o fundo de uma urna, mas essa outra absoluta, que outorga a verdade perene da fortuna. Negue-me isso agora com a morte.

Francisco Franco Bahamonde, Caudilho de Espanha pela graça de Deus, era um cadáver marcado de flebite que respirava através de aparelhos; uma mera pelanca com tubos dos quais saíam cabos pelas narinas como cordões umbilicais derradeiros que, arrebatadamente, o aferravam a este mundo numa tentativa falível de imortalidade. Enquanto ele morria, o Caolho e eu entesourávamos os ganhos de nossa malandragem e os desperdiçávamos ao entardecer em vinho ou em cachaça, dependendo do humor, e se este era do tipo altivo, também em rameiras, jamais das que cobravam se não daquelas outras que já só trabalhavam por costume com as extremidades das mãos ou com a periferia da boca; que o Caolho, tirando o da freira, era muito cuidadoso com o corpo a corpo da carne. Sombrias fêmeas da rua Jardins ou da Montera, freqüentemente invadidas por fedores gastrintestinais e semeadas de candidíase vaginal. Diversas eram as espeluncas de diversão etílica que freqüentávamos, todas sujas, todas com o encanto do escarro de vinho maculando de vermelho a serragem do chão, mas o que mais complacência infundia ao Magro era sem dúvida, a Copa de Herrera, na rua do Carneiro. Ali, o senhor Antônio, um velho agradável de calva lustrosa e aspecto agropecuário, presenteava-nos, quando tinha, com uma cachaça muito cristalina, que lhe mandavam de Serra Morena em garrafas de vidro cobertas com vime. Sentávamos para repousar diante do altar da taça das vicissitudes da jornada e, se havia a ocasião, mergulhávamos na aspereza daquele álcool tagarela que ao Caolho tanto desinibia a língua. Enquanto bebia, Magro ia despachando seus assuntos com os fregueses que iam àquele lugar para pagar-lhe os tributos dos lucros ou negociar delações, que logo ele revendia por maior preço e ao licitante que desse mais alto. Um dia, mais bêbado do que de costume, falou-me de um deles. "Disseram-me, anão, que Franco já está morto. Só estão aguardando que chegue o vinte de novembro para comunicar ao país e assim fazer coincidir a data com a do fuzilamento de José Antonio." Magro deu um arroto repleto de gravidade. "Estou a par", continuou misteriosamente, "por uma pessoa da hierarquia do Movimento com quem tenho conhecimento, chama-se Esteruelas, em breve você vai conhecê-lo. Vamos acabar um trabalho fino que me encomendou. Ainda não posso lhe dar os detalhes, mas é assunto delicado e perigoso. Temos de pensar em como lhe dar o que pede sem que ninguém suspeite o que estamos fazendo. Não me convém que me misturem com ele e menos ainda com os ventos que vão começar a soprar. Vai ser você quem vai me servir de mensageiro. Ninguém presta atenção em você se não for para afastar a vista ou te dar uma esmola. Você vai fazer bem o serviço". Quando ouvi aquele nome, meu corpo tremeu com um calafrio. Como uma efervescência do passado veio-me, de repente, à memória o olhar de Esteruelas no dia em que levou

Gurruchaga preso e a mesma expressão malévola que reproduziu anos mais tarde quando, ciente de sua inocência, levou para o xilindró o belo Bustamante. Magro deu-se conta do meu mal-estar. "Está sentindo alguma coisa, anão?", perguntou-me. "Não te interessa o que te ofereço?" "Talvez não", disse-lhe distanciando-me. Ele pareceu incomodar-se com a minha atitude. "Se não quiser vir comigo nisto", ameaçou-me, "vai ter que me dizer às claras". Ficou me olhando por dentro dos olhos com essa segurança imbatível de quem se sabe poderoso, ao mesmo tempo em que me oferecia a mão para que a apertasse em sinal de assentimento. "Continuamos sendo camaradas?", e eu, para não sustentar mais aquela martelada insuportável do único olho que tinha, respondi-lhe que sim sem saber que nisso haveria de ir imbricada a sobrevivência. "Muito bem, anão, você é grande; vai ver como entre todos desinfetamos a pátria da lêndea comunista que a assola. Só tem que abrir os olhos, observar o que acontecer e tomar nota de tudo. Avizinham-se tempos difíceis, mas é neles que se forjam os valentes. Vai fazendo o que eu te disser que não vai se arrepender." E assim decidi agir, pelo menos enquanto aquela aventura me fosse trazendo algum proveito; se não, veria logo por onde começar a ir pulando do barco. De qualquer forma se a bola vinha das alturas, como assegurava o Caolho, não seria mau arriscar uns chutes e ver se eu ganhava um pouco de jeito, nem que fosse só como um ranhento. Engoli a saliva e olhei a parede. No preto e branco da televisão que havia no Copa pendurada no teto acabavam de interromper a programação para dar o primeiro informe oficial sobre o estado terminal do Generalíssimo. O cabeçalho da chamada mostrava um botão negro, indicando luto iminente.

Tanto mistério e tanta história reduziam-se em suma a que Esteruelas tinha encarregado o Caolho de farejar pelas esquinas os movimentos dos grupos de esquerda que, em torno da presença vertebral do PCE, começavam a florescer no limo dos esgotos. Fui sabendo disso pouco a pouco na medida em que ia me envolvendo no negócio da delação. Na Delega sabiam de sobra que a maioria destes corpúsculos, além de inofensivos, eram oriundos de conspirações estudantis de pouca ou nula penetração, incentivadas talvez por algum professor universitário que agia apenas para vingar-se do desdém com que o poder acadêmico estabelecido considerava sua inteligência; no entanto, a obsessão pelo controle era absoluta e a observação tinha de ser minuciosa. Começava, não obstante, a detectar-se com preocupação certa atividade um tanto imunda no cinturão industrial do subúrbio com pontos evidentes de conexão nas cidades-dormitório mais depauperadas pelo desemprego e menos favorecidas pela boa vida do já obsoleto paternalismo benfeitor. Getafe, Alcorcón, Móstoles eram as vencedoras da miséria, mas inclusive ali os pulsos de ação comunista que eram detectados não passavam de meros folclorismos carnavalescos propiciados talvez pelas diretrizes de velhas toupeiras cegas de cataratas, pantomimas que, em todo caso, ficavam limitadas à ostentação de confusas insígnias e estandartes imprecisos na saída de comunhões, casamentos e batismos, durante os domingos do mês de maio. No seu descontrolado afã de controle, Esteruelas não descartava que de todas as formas, cada vez com maior freqüência, as concentrações contra o Regime foram alcançando maior evidência nas áreas centrais da cidade. Temia com isso agitações de rua e desordens públicas que, não podendo ser detidas com contundência, fossem se estendendo com virulência irrefreável por toda Madri. O membro tumefacto devia ser arrancado do corpo com rapidez se o que se pretendia era salvá-lo da morte, e aquela já era uma sociedade apodrecida em que o lema "liberdade" regurgitava-lhe na boca com descaramento, negro e doce como o mel com moscas. Com os mil olhos do Caolho, Esteruelas tinha em suas mãos a possibilidade de conhecer os meandros do tecido social e com isso prever movimentos, detectar mudanças e prevenir condutas. A informação que Magro havia se comprometido a passar-lhe tinha de ser diária e precisa. Uma pichação subversiva que aparecesse jorrando acrílico na fachada de um edifício público ou um cartaz de propaganda política colado com cola de sapateiro nos azulejos de uma estação de metrô logo poderiam ser atribuídos a seus verdadeiros responsáveis se Magro quisesse, tamanha era sua autoridade nos territórios da imundice. Em troca de prebendas, favores e tolerâncias, o Magro tinha aceitado a delação e a confidência como as mais eficazes ferramentas de seu trabalho. Valia tudo se tinha por motivo conseguir informações que pudessem servir-lhe mais tarde às brigadas para o bom fim de seu labor repressivo. Ele fazia-se de humilde e arrastava-se feito um verme diante dos que lhe requeriam seus serviços, mas por saber da necessidade que dele tinham, enquanto os olhava, amaldiçoava-os e assim que concordava com eles, desprezava-os. Era um homem complexo e o pior é que, imprevisível, e, embora caolho, metia o dedo no alvo das feridas alheias. Assim que no cumprimento desse tipo de messiânico encargo de ir expurgando de indesejáveis a pátria, vimos a nós, os que estávamos em sua lista, de repente envolvidos e até outros que, sem o estar, não puderam manifestar-lhe intimamente a capacidade digna de uma negativa.

Sei que você veio para se entreter com o espetáculo de minha morte. Embora estivesse avisado desde o princípio, jamais quis prestar atenção nas advertências e entretive-me formando uma fortuna. É uma atitude comum entre os seres de carne e osso o de esconder a cabeça nos assuntos cotidianos, em vez de erguê-la e encarar com valentia o significado da consciência ou o alcance do caos. Os poetas, os loucos e os cães intuem o além e retratam-no o melhor que podem diante do olhar depreciativo do comum dos mortais, uns falando de frescos ramalhetes ou de fúnebres ramos, outros babando infinitamente e os pobres animais uivando para a lua nas noites sem sossego até que algum vizinho acordado vai e joga-lhes uma pedra para emudecer a queixa. Você que acha que está compreendendo os episódios fundamentais de meu passado desconhece, no entanto, os detalhes que revelam as chaves deste instante e a razão de sua presença na minha vida. Você ainda ignora tudo, até o papel que desempenha nesta farsa. Você desconhece, por exemplo, que teve a providência por capricho o querer fazer-me rico de uma maneira vulgar quando não absurda: vendendo pizzas a domicílio. Poderia ter determinado que eu acertasse em um jogo de azar ou que herdasse uma fortuna de alguma tia americana, mas não o fez. As coisas acontecem como têm de acontecer e pouco ou nada podemos fazer para mudar seu rumo. A comissária Belinda Dixon esteve a noite toda vencendo meu apetite com esse afã escatológico para que eu contemplasse os tumores arborescentes de suas intimidades. Negou-se a provar as cristas de galo sob pretexto de repugnar-lhe a textura e ao ver como, sem pausa, eu dava conta delas, advertiu-me baixinho dos riscos dos aviários onde são vendidas. "As vísceras esmigalham as artérias e provocam pus. É melhor que não coma mais", disse-me, "já tem o suficiente para o resto de sua vida". Contei-lhe que não havia pensado em ir ao jantar; que tinha planejado ir a Londres para passar o Natal em companhia de meu filho, mas que um impulso irresistível fez-me mudar de idéia na última hora e que por isso estava agora a seu lado, desfrutando de sua presença naquela cerimônia oferecida pela Fundação Irmãos Meredith. Ela perguntou-me depois se eu acreditava em destino e eu não tive outro remédio que responder-lhe que agora sim.

Com tanta crista perdi o apetite. O vinho também não me caiu bem. O maître perdeu a compostura ao observar como prato após prato eu não provava nada e veio, contrariado, perguntar-me se o jantar não estava sendo de meu agrado. Disse-lhe que agora não.

Durante um bom tempo, a comissária concentrou-se em conversar com um jovem e fornido ator de terceira categoria que tinha sentado à sua direita. Ouvi que também lhe falava de pomadas milagrosas e de lesões arteriais. O outro, por delicadeza, seguia-lhe a conversação, talvez um tanto preocupado pela circunstância de que um mulherão das características da Dixon pudesse se misturar no prometedor futuro de sua carreira. Ela logo se deu conta de que o outro era um novato de quem nada, salvo a ilusão da idade, podia ser extraído e, então, voltou-se para mim: "Você, Gregorio, quando defeca, observa a cor dos dejetos? Comprova se sangra?"

Depois de meditar uns instantes sobre o absurdo de minha situação fui condescendente com ela; aquele encontro devia estar previsto de antemão; tudo se casava, minha decisão de adiar a viagem na última hora, o cenário do jantar, as cristas de galo, a comissária e seu afã escatológico. Enfim, pensei que uma boa trepada às vezes recompensa o exercício da paciência. Afinal tratava-se de minha última noite, de meu último jantar. Foi disso que me dei conta.

Gurruchaga, sem ser consciente do alcance do que falava, acreditava que o sentido da transcendência estava imbricado no excremento. Magro, no entanto, entendia a transcendência de uma maneira mais comum, com anjos voadores, nuvens não terrenas e um Deus majestoso, que, sem dúvida, havia contribuído para ganhar a guerra. Você, que talvez alardeie que se conhece a si mesmo, ignora, no entanto, que não é mais do que outro títere movido pelos fios do destino e assim, caído na cegueira das trevas, pretende acreditar-se livre e faz de sua vida, como conseqüência, um ditado da vontade. Talvez até jogue na loteria com a secreta esperança de que a sorte, esse eufemismo da fatalidade, outorgue a você um prêmio milionário com o qual possa dedicar-se ao que mais lhe apeteça eximido de todo o suor do trabalho. Eu acreditava na mesma coisa até que comecei a receber as primeiras cartas anônimas. A realidade começou então a desmoronar para mim. "Desse jeito não vamos a lugar nenhum. Estou farto de você. Ou você se atém ao fio de sua própria história ou isto vai pelo caminho de se converter em um pastiche sem solução. Você está entendendo o que eu digo, compreende meus propósitos?"

Quis acreditar que o triunfo no comércio esteve o tempo todo sustentado pelo meu esforço. Quis crer que a chaga com que a natureza havia dotado a minha figura podia ser compensada com o êxito social que me proporcionaria a riqueza e dediquei-me de corpo e alma aos negócios rendendo culto ao risco, amando o lucro e idolatrando à vontade o rabisco do capital. Os tempos que corriam eram de euforia financeira desmedida e de guerra civil econômica. Participei deles com entrega absoluta até chegar a alturas verdadeiramente invejáveis e no frio magnífico dos cumes instalei-me. Da Espanha de nervos à flor da pele, da canção de protesto e da liderança da rua ficava somente uma volátil recordação, como de flatulência ainda por expulsar.

No amanhecer de vinte de novembro de mil novecentos e setenta e cinco, os prantos das freiras Trinitárias nos tiraram pelados das camas, duros ainda os sexos, pendurados ainda aos gonzos do sono como esses badalos lamuriantes, que começavam com estrépito a agitar-se pelo céu de Madri. O Generalíssimo havia morrido. Os grasnidos das freiras espalhando pelos corredores a tragédia alvoroçavam nossas remelas e contribuíam para expulsar-nos do sono. Com a urgência do momento, vestimo-nos de qualquer jeito e descemos trotando pelas escadas até a copa onde nos aguardava o café da manhã. As freiras da cozinha tinham preparado chocolate e por isso nos veio às narinas um aroma quente e reconfortante. Os pobres da instituição já estavam sentados às mesas com cara de tragédia como se por acaso tivessem alguma coisa a ver com eles as solenidades da pátria. Observei que o Caolho, antes de lançar-se à devoção do café, desenhava no peito com a mão direita um em-nome-do-pai lento que me pareceu sincero ainda que proveniente de sua encenação, o que me induziu a pensar que, apesar de tudo, por cima dos credos e à margem de circunstâncias, as unhadas augustas da morte podem chegar a provocar comoção até nos mais miseráveis. A irmã Marta aproximou-se de nossa mesa para o bate-papo funerário enquanto nos servia os churros. "Foi de madrugada, estão dizendo na rádio. Coitadinho. Tinha virado uma uva-passa. Deus já o tem em sua Glória, mas agora vamos ver o que vai ser de nós sem ele." Magro a tranqüilizou com um gesto de macho e assegurou-lhe que enquanto ele vivesse nada deveriam temer as freiras Trinitárias. Pobre ilusão. Elas não o necessitavam em nada e continuaram muito bem pensando em si mesmas no dia em que a morte ruim chegou para render-lhe homenagem. Belo estrupício; os biscoitinhos de caramelo que estava merendando mesclaram-se de repente com a massa cinzenta da cabeça por causa da explosão. Aquilo parecia um desmanche de membros amputados pela onda expansiva, todos misturados, confundidos e polvilhados com os cacos do bar. "Os mortos, sejam quem sejam, merecem uma reverência de respeito e a saliva de uma oração", continuou dizendo Magro, "e ainda mais se foram odiados na vida. No dia em que eu morrer, anão, você deverá fazer o mesmo por minha alma. Reze sete credos e lembre-se bem do que fiz por você".

No dia em que soube que tinha voado pelos ares, a única coisa que saiu de mim foi chamá-lo de filho-da-puta e, embora jamais em vida a desejasse, devo confessar que me congratulei de que a morte, essa predadora intrínseca, por fim, o tivesse derrubado.

A notícia do fim de Franco espalhou-se num instante pela rede das ruas e, quando a manhã acabou de revelar seu vulto de frio, todo mundo já andava participando do duelo pátrio. "Espanhóis, ao chegar para mim a hora de render a última homenagem diante do Altíssimo..." Teve quem abrisse champanhe para o café da manhã, e também aqueles que, presos à honra e ornamentados de azuis orgulhosos e camisas marinhas, lançaram-se à rua com braços erguidos para dar seu olhar a um sol tão ausente quanto o fundador da Falange. Iam clamando vitória e esgrimindo ordens já postas em desuso pelo bem-estar material dos fusquinhas e lavadoras em que tinha se transformado o Regime. O orgulho, assim que é mastigado, amolece e já não tem o mesmo gosto, depois de cuspi-lo, a pessoa fica aliviada e mais contente. Magro, acabado o chocolate, pegou a garrafinha de cachaça que atava à barriga da perna e enxaguou com parcimônia as xícaras de café dos presentes. "Vamos beber pela glória do Caudilho", disse ao público da copa colocando-se de pé. Eu tomei um trago e fiquei como estava: indiferente ao triunfo da morte e atento ao que viesse suceder a partir de então.

Depois do brinde, saímos do Casarão das Trinitárias e nos atiramos à correria das ruas para ver o que extraíamos do dia. Andamos dando cabeçadas, fisgando a evolução dos acontecimentos e, em vez de mendigar nas escadarias de alguma igreja ou explorar as carteiras dos funcionários no metrô como costumávamos fazer tão cedo, fomos sondar o enxame de rumores em que a estas horas já havia se transformado a Puerta del Sol. No meio da manhã começou a circular a notícia de que o cadáver de Franco seria exposto à visitação pública no Palácio de Oriente e as lágrimas escorreram pelo olho do Magro com a mera possibilidade de poder contemplá-lo. "Vamos para lá, anão, não podemos perder o acontecimento", disse empurrando-me pelas costas em direção da entrada da rua Arenal. Ele ia com pressa, eu tropeçava pela urgência, ele andava transtornado pela emoção, eu aborrecido pela sua bobagem, ele parecia soberbo com seu buraco no olho desenhando-lhe de forma clássica o Caolho da cara, eu corria atrás dele como se fosse um cachorro que, em vez de dono, tivesse uma condenação. Diante do portão da praça da Armería algumas pessoas já tinham começado a fazer fila para, a seu devido turno, poder render ao féretro um último tributo jorrando lágrimas e berros de Avante, Espanha. Logo depois que chegamos, a fila já era longa e, à medida que avançavam as horas, aquilo foi virando um torvelinho de pessoas que dava a volta ao palácio e se perdia pelos terrenos baldios do Campo del Moro, no outro extremo da praça do Oriente. Eu não havia visto semelhante concentração de paroquianos nem aos domingos nas Ventas quando toureava El

Cordobês; uma multidão de prosélitos, leais e curiosos se poderia dizer daquilo sem diminuir em nada o rigor da verdade. Era um magnífico bochincho tão floreado de choros quanto temperado de expectativa, e Magro, que de bobo não tinha nem um fio de cabelo, viu logo as possibilidades de lucro daquele prodígio e dispôs-se, por conseguinte, a dele tirar partido. "Anão", ordenou-me, "aproxime-se da fila e faça de conta que vai furá-la. Quando começarem a te repreender, agüente a situação até que eu apareça. Não se assuste e arme uma confusão se for necessário para se manter no lugar". E assim o fiz. Aproximei-me da fila pela parte mais emaranhada que era a do começo, um começo que se perdia nas grades enferrujadas do Palácio Real e que fervilhava de gente como um ninho de piolhos. Com falsa dissimulação coloquei-me entre as saias de uma senhora que estava vestida de dona-de-casa a caminho das compras, com sua sacola de náilon, seu porta-níqueis bem apertado entre as mãos e seu cheiro inconfundível de sopa. Ela, ao notar-me em suas cadeiras, olhou de soslaio para baixo com um gesto de repulsa mal contido, mas sem atrever-se a dizer nada continuou atenta para ver se abriam de vez o portão. Pouco a pouco fui me metendo diante de seu nariz, a cada passo com mais descaramento até que era tanta a evidência que não pôde mais morder a língua e deu-me um golpe na nuca com o canto do porta-níqueis. "Não fure a fila, anão", disse-me com uma voz de apito de guarda soprada desde a indignação dos pulmões. "Cala a boca, molambenta", respondi-lhe fanfarreando enquanto pisava com ódio os seus joanetes. Então começou a gritar-me insultos que não passavam de simples descrições de minha própria pessoa e começou a dar-me bofetadas com os punhos fechados. "Monstro, desgraçado", dizia-me a pobre. Eu me regozijava com a impotência de sua raiva e respondia-lhe com desdém. "Cala a boca, molambenta", respondi-lhe sem me mover do lugar que com tanto descaramento já tinha conquistado na fila. As pessoas começaram a se dar conta do que ocorria e aproximaram ao incidente a antena de sua curiosidade. "É um desaforo que furem a fila", protestava um careca lá detrás. "Escute, não me falte com o respeito que eu estou aqui desde ontem à noite", replicava-lhe eu fazendo-me de indignado com o propósito de confundi-lo. "Embusteiro, desgraçado", chamava-me de novo a senhora sem deixar de martelar-me o crânio com o canto do portaníqueis. "Não bata nele, senhora, não vê que é um incapacitado", argumentava um homem que vestia uma jaqueta remendada com cotoveleiras. "Estou pouco ligando; incapacitado e tudo e está furando a fila. O que ele é, é um cara-de-pau". Um rebuliço de gritos, vaias e opiniões proferidas a favor ou contra a minha pessoa foram subindo de tom. De repente, com toda essa parcimônia que às vezes sabem desperdiçar os malvados, Magro apareceu no lugar afastando as pessoas com os braços. "Os senhores não têm vergonha de maltratar um pobre anão que o único que pretende é rezar uma oração ante o corpo insepulto do Caudilho? Os senhores não têm coração? Parece mentira que não haja consideração neste mundo para os fracos; tomara que não se encontrem nunca na desgraça de ter um aleijado em sua família." Muitos mudaram a expressão do rosto e calaram a boca diante da arenga do Caolho, outros, no entanto, mais indignados se é possível pela lástima teatral que pretendia elevar suas consciências, começaram a insultá-lo também e exigir-lhe que o vento o levasse por onde tinha vindo, até o ponto em que uns e outros concentraram-se em uma tempestade de golpes, empurrões e sacudidas que era o que na verdade se buscava com toda aquela farsa. A partir daí foi uma maravilha ver o Magro surrupiando com a desfaçatez de quem se aprimora no ofício, suas mãos sobrevoando as lapelas dos casacos, seus dedos deslizando pelos forros dos bolsos com velocidade elétrica e precisão mecânica. Eu, boquiaberto, não podia acreditar em semelhante exibição de maestria. Estava aquele homem sem dúvida guiado pelo tino malévolo dos anjos, caso contrário, não era possível tanta manha. Emocionei-me de verdade com semelhante esbanjamento de arte e lancei-me ao exercício de sua imitação, começando pelo porta-níqueis que a senhora continuava utilizando como palmatória contra a minha cabeça, só que em vez de surrupiá-lo com habilidade arranquei-o de um safanão. Aquela agitação de almas durou uns quatro ou cinco minutos e na metade da gritaria, quando Magro decidiu com uma piscadela do olho são, fomos deixando o palco cada um por seu lado. Essa confusão e outras de semelhante execução e de mesmo estilo foram ensaiadas por nós com grande lucro durante toda a tarde e ainda pela longuíssima noite que durou o velório. Íamos de ponta a ponta de uma fila cada vez mais nutrida de devotos, curiosos, fofoqueiros, partidários e um enxame de povo pobre atraído pelo cheiro político do cadáver como as próprias moscas. Assim, por obra e graça de nosso estratagema, andaram caindo na ingenuidade de sua inocência dentistas protéticos, cabeleireiras de bairro, porteiros de edifícios, advogados católicos, motoristas de ônibus, pescadores por conta própria, marinheiros sem graduação, subalternos franzinos, clérigos sem renda, mas com vontade de alcançá-la, funcionários de meia-tigela e até um negro de Camarões que estava de passagem pela cidade por um assunto de comércio de marfim. Aquela galáxia populacional, díspar e variada, que nutriu a despedida do Generalíssimo nesse marco incomparável do Palácio Real, em pouco tempo teria perdida a coerência ao adotar o credo democrático em voga, emudecendo assim o passado com um borrão de esquecimento e abrindo uma conta nova ao porvir. Todos, um por um, foram sendo limpos pelos dedos ágeis do Magro e foi tamanho esbanjamento de engenho e floreio que demonstrou no exercício de suas habilidades, que nos pareceu um verdadeiro milagre ao cabo da tarefa, pelo que ele mesmo decidiu que nos benzêssemos em ação de graças, reconhecendo assim com recolhimento e humildade a intervenção celestial na pesca ocorrida.

Para culminar a jornada com a solenidade requerida pelo acontecimento, ficamos por fim num ponto fixo da fila, e ali aguardamos seu discorrer até que desembocamos na sala de colunas do palácio onde o catafalco do Caudilho exibia sem rodeios o espetáculo de sua morte. O cadáver, vestido com uniforme novo, possuía um rigor mortis muito evidente, o que levava a crer que o óbito não tinha sido tão recente quanto se queria fazer crer. Seria verdade o que haviam contado a Magro sobre o empenho que tinha alguém em fazer coincidir essa morte com a de Primo de Rivera? Soava a obscuro e a esotérico, mas tudo é possível nas disposições da providência, e até na política há de intervir a magia. Quando chegou nossa vez de passar diante do ataúde, Magro deteve-se súbito e sem poder conter uma lágrima, que não sei se era de angústia pela perda ou de agradecimento pelo propiciado, perfilou-se com uma batida de calcanhares, levantou com força nova o braço direito e com o tom da voz entrecortado pela emoção, lançou um grito de "Viva Franco, Avante Espanha", que retumbou feroz pelas abóbadas do palácio e, imediatamente, os que estavam presentes responderam com os vivas e avantes de praxe, culminando desta maneira tão uníssona e bonita mais um episódio da história da Espanha.

Os odores às vezes contribuem para transformar as emoções através do tempo ou do espaço. Não lhe aconteceu alguma vez que um perfume no ar ou o gosto de um aroma o tenha levado a recordar um amor suspirado ou uma cena vivida? Sempre tive o olfato tão afiado quanto o desses cachorros que vagam penando pela rede das ruas ao encontro de um osso que roer. Deve ser pelo contato que tive com os animais. Os tigres e os leões, quando não são lavados ou quando não lhes tiram os parasitas, cheiram mal no raio de um quilômetro, mas uma vez aninhado o odor nas fossas nasais, deixa de ser percebido e, então, dá no mesmo conviver com o fedor. Doris entesourava em seu trailer vidrinhos de colônia. Às vezes dava-me algum para cheirar e eu, totalmente deleitado, fechava com força os olhos e respirava fundo como querendo purificar a fetidez de minha existência. Talvez pela recordação daquela prática, eu tivesse começado a freqüentar em Madri as perfumarias das grandes lojas de departamento de Carretas e Carmem, onde me deliciava grátis com as amostras das colônias que a cada temporada lançavam no mercado as casas comerciais. Descia por Callao e me metia nas Galerias Preciados onde, no térreo, estavam dispostos os balcões com os frascos. Aguasdeselvas, Floids e Varondandis constituíam meu deleite quase cotidiano, mas não me detinha só nas masculinas, já que muitas vezes me borrifava também com as vendidas para mulheres. As vendedoras já me conheciam, mas à parte da simples estranheza do costume que eu havia adquirido, começava-se a viver novos tempos de mudança em que o senso do ridículo, que em outra época limitava de forma unívoca a moral pública, começava a ser pouco a pouco substituído por um discreto gosto pelo extravagante, pelo estranho e até pelo grotesco. As estruturas que haviam suportado o Regime durante tantos anos, já trincadas com o cristal de sua própria decrepitude, começavam a desmoronar com a brandura metálica do mercúrio político. O povo em si, sem se ter vertebrado ainda em coletividades ou em admiráveis associações de bairro, atrevia-se a ir mostrando o focinho pela boca da toca de sua sonhada liberdade. "Apalpe-se, sente-se, o povo está presente", proferia a gritaria anônima pelas ruas com um receio ainda quente das lembranças de tragédia. As agitações de cartazes e panfletos, que como redemoinhos efêmeros de um vendaval de luta se concentravam nos distintos lugares do centro da cidade, continuavam sendo dissolvidas pelos cassetetes cegos da polícia. Eu via os estudantes universitários subirem com a mochila de suas doutrinas nas costas pela rua Preciados, carregados de panfletos com os lemas em voga, "anistia", "liberdade", "presos na rua", os punhos fechados ao catavento dos ares, compridos os cabelos e desgrenhadas as idéias, e perguntava-me, no fórum íntimo de meu ceticismo, onde haveria de parar todo aquele turbilhão reivindicativo. Em nome da liberdade andavam pelas ruas espalhando a sujeira imemorial do proletariado, sem saber que desde outros âmbitos mais acomodados se estava, ao mesmo tempo, negociando uma saída não traumática para a Espanha dentro dos moldes burgueses convencionais. Semeavam o chão com escarros e folhetos de mesma função social, que logo ao cair da noite eram convenientemente atendidos pelos varredores do município. Pressentiam-se afastamentos dos cargos e começava a tomar força o boato da anistia geral. Era só questão de tempo, não de empenho.

Voltava eu uma manhã depois de mendigar às beatas moedas de dez centavos na porta de Las Descalzas, quando, de repente, tive vontade de ir perambular pela seção de perfumaria das Galerias Preciados. Haviam transcorrido poucos meses desde a morte de Franco e a primavera, no entanto, parecia voltar a sorrir, desta vez com sorriso de cadáver. O ar cheirava a limpo e a manhã tinha sido presenteada por um sol oblíquo que parecia querer pôr em evidência a podridão da cidade. Desviei-me pela rua Tudescos para pegar um atalho até a praça de Callao. As lojas iam com diligência mercantil abrindo suas portas aos transeuntes, enquanto os vendedores menos madrugadores untavam ao abrir os olhos o reflexo de suas remelas nos vidros das vitrinas. Junto ao cine Callao, um fornido grupo de jovens já começava àquelas horas a fazer ato de presença com um propósito que cheirava a manifestante e reivindicativo. Viam-se os cartazes enrolados sob os casacos como se fossem farrapos de bandeiras salvas de alguma derrota imponderável. Alguns levavam mochilas de lona militar, que se podiam imaginar prenhes de panfletos, penduradas nas costas, pasquins, folhetos e outras propagandas subversivas aptas para serem esparramadas de um momento a outro. Olhei-os de esguelha ao passar em frente, porém mais interessado em dar ao nariz sua desejada ração de odores que em estudar seu comportamento, mal os observei e continuei meu caminho em direção às Galerias Preciados. Embora de tanto os freqüentar já conhecessem por ali o hábito que eu tinha adquirido de manusear e farejar os perfumes e, geralmente, deixassem-me fazê-lo à vontade, naquele dia, ao ver-me chegar, uma das vendedoras do balcão, que devia andar mais contrariada do que de costume, correu histérica a advertir minha presença ao encarregado do setor. Eu estava distraído provando uma colônia com cheiro de limão recém-lançada no mercado. O encarregado, medíocre no exercício de seu cargo, aproximou-se sigilosamente às minhas costas com o inegável propósito de causar-me mal e, quando mais concentrado estava no odor de um frasco, deu-me um golpe covarde a ponto de fazer-me perder o equilíbrio com tamanha infelicidade que o vidro escorregou de minhas mãos e transformou-se em cacos no chão. Perdida já totalmente a estabilidade por causa de um segundo empurrão que voltou a acertar-me, caí de bruços e tive cravados os vidros na cara. "Saia daqui, anão, e não volte nunca mais a meter o nariz nesta casa", disse-me com voz de mando. Desconcertado pela expulsão daquele paraíso e sangrando em abundância como é próprio dos porcos em dias de matança, saí correndo para a rua com o rosto escondido entre as mãos. A cor do sangue é escandalosa e vermelha. Os que a observam ou se fascinam ou sentem enjôo. Minha cabeça fervia pela ignomínia e eu vociferava insultos contra aquelas lojas e contra aquele filho-da-puta, que, sem que eu lhe tivesse feito nada, nem a seu patrimônio nem a sua pessoa, tinha-me agredido desse modo selvagem, talvez por um zelo absurdo e desmedido no exercício de seu mais do que medíocre emprego.

A escassos metros das portas do estabelecimento na rua Preciados, o início de uma manifestação não autorizada presidida por um cartaz que levava como lema o de "liberdade de expressão, fascistas ao paredão", testemunhava quase sem dar crédito como era maltratado um anão do povo e, incitadas suas ânsias de justiça social pelos meus gritos acusatórios, decidiu desviar seu rumo em direção à entrada da loja. A partir desse momento o caos, a destruição e a barbárie tomaram conta da perfumaria das Galerias Preciados. Precipitados por minha causa, os ânimos violentos daqueles filhotes da liberdade foram destroçar-se contra os balcões de latão e vidro em que era ostentado o universo delicado das fragrâncias criadas por Chanel, Dior, Loewe ou Balenciaga. Eu presidi a façanha desde o ápice de meu contentamento e, em determinado momento, com o cabo de um guarda-chuva que ali peguei, contribuí no que pude para esmagar mercadoria a torto e a direito, sem que pela excitação que me embargava notasse em absoluto o talho de minhas feridas ou o sangue que me adornava o rosto com as pérolas de suas gotas, como a um *Ecce-homo* recém-pintado. Frascos de colônia, relógios de parede, leques de renda, potes de laquê voaram pelos ares até que chegou a polícia antidistúrbio com os cassetetes em riste e começaram as balas de borracha a quicar pelos corpos e as nuvens de fumaça a fechar as gargantas e todos, cada qual como pôde, fomos nos dissolvendo rumo à bendita toca da clandestinidade. Sob a veemência de minhas instruções e no fragor do enfrentamento, quiseram emendar o encarregado que me havia agredido partindo-lhe as duas pernas para recordação própria e regozijo alheio, o que foi levado a cabo com admirável eficácia por um sujeito cabeludo de barba hirsuta saído seguramente de algum pesadelo profundo. O estabelecimento ficou, além de destruído, com sua imagem pública manchada e, em poucos anos, acabou sendo expropriado por um governo democrático eleito por maioria absoluta. Alguns dos que combateram naquela manhã contra as maneiras brutais dos capangas do capital haveriam de contribuir sem dúvida para isso com a força de seu voto, o que, além das meras formalidades, de nada serviu à causa do povo, porque passado algum tempo e depois de uma série de negociatas concatenadas em que cada um levou o seu, o estabelecimento e a firma acabaram caindo na carteira de acionistas da concorrência. Eu, no entanto, além da satisfação da vingança fresca, constatei a opinião de que só com o exercício da violência legitimam-se os argumentos dos fracos e que todo o resto não passa de mero desejo, discurso pacifista ou, no máximo, contos da carochinha.

Magro dizia que não sonhava, mas ele certamente mentia. Era o grande cínico de si mesmo, um estóico do embuste domiciliado na má vida. Com o passar dos meses meteu-se cada vez mais na política. Foi arrastado pelas amizades travadas nas alturas. Tiveram de recorrer a ele pela incapacidade de enfrentarem as mudanças que se sucediam. Magro batia perna pelas ruas, sabia o que nelas se preparava e ufanava-se de conhecer até as pombas dos beirais. Os limpadores de fossas do Regime e seu afã meritório de purificação insone foram-no envolvendo na causa da conspiração pública. Em troca de seus favores, eles garantiram-lhe a continuidade na exploração do espaço econômico da miséria e no aproveitamento impune que vinha obtendo com a extorsão e o latrocínio urbano. Vagabundos, meras quinquilharias para a história, vestígios do passado. Aquele modo de vida nem podia sustentar-se por mais tempo nem havia estrutura de poder que o escorasse. Eu sabia de sobra que atrás da manobra da confidência encontrava-se Esteruelas e que era ele quem de uma maneira mais rasteira que efetiva acabava tirando o melhor fruto das bisbilhotices do Magro. O Caolho, no entanto, não falava muito do inspetor e desde a morte de Franco parecia tê-lo tirado do seu âmbito de conhecidos. As instituições andavam de pernas para o ar e cada um esperava que o vizinho tomasse uma postura definida para segui-la ou detratá-la. Ninguém no asilo do poder atrevia-se a dar um passo, a mover um dedo ou a fazer, por via das dúvidas, uma varrida de documentos, ainda que fossem desses roídos por traças que dormiam o sono dos justos nas masmorras da Delega. Esteruelas era do tipo que só pelo afã de subir um degrau da hierarquia afastava o olhar de um abuso, prevaricando de olhos fechados. Ao cabo de tantos anos e de ter desperdiçado a ambição da juventude dando voltas de cata-vento pelos perímetros da Espanha, agora que por fim havia chegado ao núcleo do poder de onde manavam os cabides de emprego, ele se dava conta de que o sistema inteiro ia se desfazer entre as suas mãos e por isso via-se, dia a dia, cada vez mais frustrado em suas expectativas e com mais medo que vergonha de perder o pouco prestígio lamacento que tinha conseguido alcançar. Talvez em seu foro íntimo pretendesse prorrogar com semelhante empenho uma sociedade hierarquizada, em que a ordem advinda do princípio de autoridade e o respeito destilado pela repressão constituíssem as peças-chave dessa maneira de entender a vida que a ele, a golpes, haviam-lhe inculcado na infância. Não estava em suas mãos consegui-lo e de tanto preocupar-se com pátria conseguiu tão-somente a morte ruim que nela encontrou. Deus lhe censure as safadezas. Como costuma acontecer em tempos confusos em que o putrefato se transforma em maravilha, o Magro colheu seu maior lucro naquele rio revolto da transição. Por isso, quando um mendigo o encarava ou um inimigo queria arranhar-lhe uma migalha de poder, a uma ordem das alturas aparecia um furgão da polícia e o dito-cujo era reduzido a golpes e convidado aos chutes a ingressar uma temporada no estabelecimento dos carabancheles* por colocar, por exemplo, em perigo a segurança interior do Estado. A influência de Magro era conhecida, e eu, sua carranca de proa, irradiava-a vilmente aos quatro ventos, por isso os membros do grêmio mantinham a prudência necessária para não me contrariar nem minimamente e se mantinham sempre a distância justa, para que não lhes fosse cair em cima algum castigo que talvez lhes dissesse respeito. Assim ia eu mendigando pela cidade com domicílio conhecido na sopa rala das Trinitárias e situado permanentemente na Copa de Herrera. Como regra geral, e excetuando os palermas de quem afanávamos as carteiras, nós nos misturávamos com pouca gente que não tivesse relação com os assuntos da confraria, por isso o acontecimento dos perfumes e a indignação que meu maltrato suscitou naqueles jovens entusiastas deram-me o que pensar durante um tempo. Talvez o mundo que pretendiam não fosse tão desastroso como o Magro profetizava. Talvez a responsabilidade da opressão e da injustiça não viesse deles ou de sua causa, mas dessas outras pessoas que haviam organizado uma sociedade apodrecida e tumefacta na medida de seus anseios e na altura de suas incapacidades. Talvez a solução estivesse em dar de uma vez por todas ao franquismo o melhor dos matadores e passar a confiar nessa mão bondosa e enluvada das liberdades democráticas. Tudo o que eu estou lhe contando pode lhe parecer hoje infantilismos lúdicos, mas você deve levar em conta que por esses anos as pessoas andavam iludidas, mal-informadas e recém-saídas de ter acreditado em Deus. Aquela Espanha de que lhe falo era muito diferente desta de hoje em dia, mercantil e desleixada, que nos permutaram na Europa pelo

---

* Relativo à Praça de Carabanchel, em Madri.

prato de feijão do novo bem-estar. Madri era ainda uma cidade fechada que fedia a milagres e a argolas de ferro. As ruas ainda não andavam sujas de raças como Magro agourava que haveria de acontecer. Era raro topar com um chinês e ainda mais cruzar com um negro pela avenida José Antonio. Nem sequer os mouros passavam como tais, para não serem deportados aos guetos de seus ancestrais como represália pelo recente episódio da Marcha Verde*. O fechamento político ao estrangeiro tinha impedido que se assentassem as máfias comuns em outras latitudes, já chegariam os sul-americanos com seu comércio noturno de rosas de celofane; logo viriam os chineses a colocá-los para fora a golpes de espetinho; e já se encarregaria o comércio da heroína de transformar sobre o tecido das ruas em condição deplorável o glorioso ofício da malandragem. Na Madri de que lhe falo, eram as confrarias as que em regime de monopólio gerenciavam a exploração da desordem. Só o caso de um ou outro maluco que, de vez em quando e por sua conta, degolasse uma dona-de-casa com uma faca de fatiar costelas ou desse cabo de um fóssil para roubar-lhe a caderneta de poupança, podia alterar, talvez, a ordem natural das coisas, mas esses acontecimentos eram somente excrescências ciganas de um tempo avisado de morte pelos sinais do destino e não se prolongaram demais. O Magro dizia que não sonhava, mas isso é impossível. Todo mundo sonha, até mesmo os mortos, que o fazem com a vida que não lhes foi dado terminar. Há poucos dias tive um sonho sem dúvida premonitório. Vou lhe contar.

Havia muita luz e o clima estava quente. Eu via a mim mesmo caminhando por uma cidade desconhecida e de encosta muito semelhante a essas vilas isoladas da Itália renascentista, em que as

---

* Episódio em que 350.000 voluntários civis marroquinos invadem o Saara espanhol com o fim de anexá-lo ao Marrocos. Isso aconteceu em novembro de 1975.

casas se apinham umas sobre as outras configurando mosaicos urbanísticos de insólita beleza. Descia distraído por uma ladeira sombreada pelas copas de enormes magnólias quando, de repente, encontrei-me no umbral de uma pequena praça que se abria quadrangular sobre o horizonte de edifícios, todos de fachadas lambidas por um musgo de umidade. Eram casas senhoriais e caindo aos pedaços que pareciam estar falando entre si com uma linguagem forjada numa época em que a honra, a dignidade e a palavra dada talvez constituíssem signos de identidade dos mortais. Conversavam, suponho, sobre glórias passadas ou sobre amores vencidos pela decrepitude que propicia o transcurso das épocas. A praça estava delimitada por aqueles edifícios só em três de seus lados, no quarto, restringido por um paredão imenso, havia um mar. As ondas agitavam-se tempestuosas e desfaziam-se a golpes contra aquele parapeito sobrenatural, e o vai-e-vem da agitação provocava que remansos ondulados de espuma acariciassem as margens de paralelepípedos do extremo oposto da praça. Uns homens nadavam com desenvoltura sob o sol azul intenso que aquecia a água. Do outro lado das ondas, sob a penumbra das galerias, alguns comércios antigos abriam suas portas ao povo. Ali, na entrada de um bar elegante, adornado com uma jaqueta estampada com pés de galinha e com um livro debaixo do braço, havia um homem estranho que, sem eu saber por quê, logo me pareceu familiar. Desci para a praça tropeçando e com grandes passadas cheguei até onde o homem aguardava. Disse-lhe algo, não recordo, talvez lhe perguntasse a hora ou a data, depois fiquei fascinado por aquele mar que se espalhava às minhas costas sem se dar conta da impossibilidade de sua existência. Embora absorto como estava na contemplação de semelhante maravilha, cheguei a apreciar detalhadamente que a espuma, em que as ondas se desfaziam, ia configurando redemoinhos de letras, que se encadeavam entre si sobre o suporte da água até mostrar textos insólitos que configuravam a história de minha vida. Subitamente, assaltou-me a vontade de submergir-me, uma força irresistível arrastava-me. Seduzido pela tranqüila turbulência azul da água me despojei da roupa que vestia disposto a mergulhar sem demora e muito feliz pelo fato de fazê-lo. Aquele homem, então, chamou minha atenção, "Não se banhe", disse-me, "é água do Estige, ultima a existência dos homens com o ponto final de suas palavras." Eu não compreendi sua advertência ou não lhe dei bola, e atirei-me de cabeça nas profundidades do abismo. Neste momento despertei. No paladar, ainda tinha o gosto salobro desse líquido estranho. Apesar de ser azul como a tinta, tinha gosto de ferrugem como o sangue humano.

Azuis sobre branco, com os punhos da camisa sobre o mármore de uma das mesinhas da Copa de Herrera, as mãos de Esteruelas neles embutidas se esfregavam de frio enquanto aguardavam a vinda do Caolho. Eu não esperava encontrá-lo ali, Magro também não tinha me advertido da sua presença. Era de tarde, uma tarde bem anoitecida dessas do mês de janeiro, em que a lua de tão branca parece puro gelo. Por força da rotina, eu havia ido à Copa ao encontro do Magro para ajustar com ele o resultado do dia e compartilhar, talvez, a aspereza de umas pingas antes de irmos para a sopa rala das Trinitárias. Quando me viu entrar, Esteruelas ficou me olhando intrigado como se estivesse desenterrando da fossa da memória a lembrança que de mim ainda lhe tivesse ficado. Aproximei-me do balcão e perguntei ao sr. Antônio pelo Caolho.

"Ainda não chegou", disse-me baixo com a voz de tosse que lhe tinha deixado o cigarro, "aquele ali está esperando há pelo menos meia hora, já queimou quase um maço de Hollywood". Esteruelas continuava me olhando grosseiramente, pousando o descaramento de sua espreita nas protuberâncias de minhas deformidades, sem pressa, como se gozasse; assim esteve um bom tempo até que não pôde agüentar mais a língua mordida e chamou-me à sua mesa com um gesto desdenhoso do indicador: "Você, anão, vem cá". Fui até ele não com medo, mas com certa prevenção pelo que sua proximidade pudesse trazer-me de perigo. "Eu te conheço, Branca de Neve", disse-me arqueando as sobrancelhas com um desagradável gesto de curiosidade, "te conheço, mas vai ser você quem vai me dizer de onde e de quando". "Trabalhei de anão no circo Stéfano", respondi-lhe às claras com a voz temerária dos que se sabem sem escapatória, "o senhor esteve me interrogando em Burgos já faz uns sete ou oito anos, mas já nos havíamos visto antes em outra ocasião". Esteruelas torceu a boca com uma careta rude e pelo oco que ficou aberto entre os dentes deu no cigarro um último trago. A fumaça manou profundamente por suas narinas. Começou então a lembrar. Recordou em voz alta a detenção longínqua de Gurruchaga, com especial menção ao cheiro de porco que tinha, e sem deter-se muito nisso passou em seguida a mencionar o assunto mais escabroso do belo Bustamante. Talvez por causa do tom dos comentários que ia me fazendo, deu-me a impressão de que provavelmente, desde o primeiro momento, Esteruelas conhecesse a falsidade da minha delação e que, apesar de tal certeza, nada havia feito para evitar levar preso um inocente e, mais ainda, que lhe omitisse o socorro devido com grande prazer, não só pelo fato de encerrar no ato um caso de homicídio que haveria de dar-lhe sem dúvida substanciosos benefícios profissionais, como também por certa complacência com o sofrimento injusto dos semelhantes. "Você teve coragem ao delatá-lo, Branca de Neve, porque aquele veado te jurou de morte para sempre. No calabouço, ele passou a noite inteira gritando pras paredes que viveria pra te matar. Tiveram de calar-lhe a boca às porradas para sossegar sua raiva." Continuou contando-me que lhe caíram vinte anos e que não quis dar em juízo nem um vislumbre de defesa. Bastou o atestado de Esteruelas para assegurar-lhe a condenação. Estava abandonado à sua sorte, o que me soou estranho vindo do Belo, mas também é verdade que algumas pessoas mudam sua atitude conforme a vida as maltrata, ou talvez tivesse outro motivo para calar. "Vinte anos não é uma pena justa para um assassino confesso. Em outra época o teriam acertado quatro balas contra um paredão. Vinte anos passam voando. Os juízes levaram em consideração a condição desviada do morto e por isso eles diminuíram a pena o máximo que puderam. Não há Deus que pare o tempo, não é mesmo, Branca de Neve? Teria sido melhor pra você que tivessem acabado com ele a tiros, porque se vinte anos já passam voando, você vai ver quando for aceita a anistia geral que todo mundo anda pedindo; pra mim a rua vai ficar abarrotada de gentalha, mas pra você teu crânio vai se encher de pauladas pela vingança que jurou aquele veado."

Não sei se Esteruelas pretendia divertir-se ou amedrontar-me, mas suas palavras não conseguiram penetrar meu espírito. O Belo estava muito distante na minha memória e à sombra do Magro me sentia resguardado das ameaças. Esteruelas ditou um silêncio com a boca, colocou a mão no estômago, tomou um gole de ar e, de uma só vez, expeliu um arroto alto que retumbou pelas paredes do Copa antes de atingir minhas narinas. "O tempo passa voando", continuou com sua filosofia, "e eu já não tenho nem a saúde, nem a agilidade de antes. A comida é mal digerida e os desgostos me produzem gases". Fez uma pausa e manteve-se pensativo por uns instantes. "Aquele outro indivíduo do circo, esse purificado, que cheirava tanto a merda, era teu amigo também, não era?" Não sei por que me passou pela lembrança a dedicatória do livro de poemas e não soube durante um momento o que responder. Depois, engoli a saliva e disse que não.

Aquele homem que durante toda a sua vida tinha perseguido a sinistra colocação nos antros do poder e que, quando pensava ter aposentado, por fim, suas nádegas sobre o melhor vaso sanitário da hierarquia, no miolo da brigada político-social, via-se, no entanto, ameaçado pela mudança irrefreável dos tempos; aquele filho-da-puta jamais tinha sido ágil e desde jovem já era sacudido por essas enormes flatulências que deixavam na cavidade de seu caráter um humor aquoso e fétido. Não passava de uma pelanca com barriga que gozava gerando a desgraça, um aleijado de si mesmo que, por se achar melhor do que os outros, andava sempre insatisfeito; depois, isso sim, com os das altas hierarquias se fazia de manso e atencioso e vivia a lamber suas mãos e a presentear suas orelhas com elogios, quando pelas costas os odiava não mais que pela condição do cargo, e com prazer teria metido todas suas honras num vaso recém-usado para esfregar-lhes com merda o valor. São todos farinha do mesmo saco. O sr. Antônio aproximou-se da mesa com uma jarra de vinho fresco sustentada pelo gargalo. "Alguém lhe pediu bebida, velho?", cuspiu-lhe Esteruelas na cara, numa exibição ridícula de autoridade. "Não", respondeu o sr. Antônio. "Pois vai pro seu lugar e nos deixe em paz." O sr. Antônio abaixou as orelhas, deu meia volta sem protestar e foi para trás do parapeito do balcão continuar com o entretenimento de seus afazeres. Uma vez lá, Esteruelas levantou sua mão insidiosa, estalou os dedos três vezes e ordenou-lhe com um grito que nos trouxesse bebida. O velho, sem dizer uma palavra, obedeceu. O ar que no Copa se mastigava tinha cada vez mais o sabor rançoso; lá fora tinha começado a chover. Esteruelas regozijou-se vendo o velho servir-lhe vinho. O empenho de um só homem pode certamente sustentar por si só a construção de um regime político, mas em compensação basta seu desaparecimento para que o desmoronamento seja total. Ninguém de estatura se atrevia a tomar o terreno e, agora, Franco era um cadáver. Talvez o espectro da velhice ou a lisura da acomodação de alguns figurões pesasse no ânimo de todos os que seguiam montados no carro do poder. Nunca até então uma trombose havia decapitado tão em cheio um Estado. As pessoas de mente estanque como o próprio Esteruelas andavam perdidas pelos meandros da burocracia, dando tiro para todos os lados sem dar-se conta de que o tempo já tinha mudado o compasso. Farejavam o ar como bichos até sentirem náuseas e não percebiam que era o seu próprio fedor que as produzia. Esteruelas o mascarava em todo caso com o aroma tosco daquele cigarro que não parava de fumar e, em vez de expelir os miasmas de sua própria putrefação, soprava uma fumaça doce e poderosa que despertava a inteligência. Soou a campainha que, em cima da porta, avisava a entrada dos fregueses. O Magro acabava de chegar. Vinha ensopado e amaldiçoava entre os dentes ter sido surpreendido pela enxurrada nos descampados de São Francisco, o Grande. A princípio, com o sacudir da água, não reparou na nossa presença, mas logo mudou os resmungos da cara quando reconheceu Esteruelas sentado em uma das mesas. "Que surpresa vê-lo por aqui, senhor inspetor, não o esperávamos. Antônio, sirva do bom e do melhor a este cavalheiro." "Deixe, deixe, já estou bem servido", disse o outro. "Vem, senta aqui, que tenho de falar com você e não me chame mais de senhor inspetor diante das pessoas, imbecil." "Sim, senhor inspetor, o que o senhor mandar, mas é a força do hábito que me trai", respondeu-lhe o Magro exagerando as já excessivas reverências com que acossava à base de elogios aos que ele considerava que o precediam na patente. "Conhece este aí?", perguntou-lhe Esteruelas apontando para a minha cara com a ponta do dedo. "Conheço", respondeu o Magro, "Goyo trabalha pra mim, é de confiança; Goyo, cumprimenta o senhor inspetor, o senhor inspetor é uma pessoa importante da Casa Civil, já falei dele pra você." Diante da visível irritação de Esteruelas por tanto trato de inspetor como o que lhe estava sendo esfregado no nariz, eu me limitei a abaixar a cabeça e a calar a boca. Ele não fez nenhum comentário sobre nossos antigos encontros e ignorou-me até quase o final da reunião. Cumpria à risca essa regra espalhada entre os filhos-da-puta de manter ocultos à esquerda os afazeres da direita e vice-versa; morte ruim a que teve talvez por isso. Estiveram conversando durante quinze minutos.

A presença de Esteruelas no santuário do Caolho não obedecia a uma rotineira provisão de dados e, logicamente, também não se tratava de nenhuma visita de cortesia, muito pelo contrário, sua presença era justificada por um assunto crucial para o futuro da Espanha, como ele acreditava então e como depois assim pareceu confirmar-se.

Nem tanto olho alerta nem tanta orelha atenta ou boca muda, como havíamos esparramado pela cidade nos últimos meses, tinha servido para prever, pelo visto, o que na verdade se avizinhava. Sabíamos de alguns apartamentos alugados pela região de Lavapiés que, sob medida, serviam de abrigo a toda aquela gentalha dispersa e desconforme, como logo se viu quando chegou a hora do pacto. Freqüentemente mudavam de localização, ou porque logo se esgotava a militância, ou porque ficavam sem dinheiro para fazer frente aos gastos comuns do aluguel, da luz e telefone; menos a água, que não costumavam usar. A noite e sua negritude clandestina nos traziam às vezes suas vozes átonas e entrecortadas e, como num pesadelo que se esvai, suas incursões abandonavam nas paredes as marcas de seus credos em forma de foices e de martelos ou de ases espremidos nos círculos fechados do emblema do anarquismo, mas sempre havia alguém que, desde o canto de uma esquina, o gonzo de um portão ou o apito de um guarda noturno o reconhecia e observava. Embora possuíssemos informação em abundância sobre lugares, ordens e pessoas, tudo demonstrava, no entanto, que algo realmente substancial nos tinha escapado.

Um alto funcionário relacionado com a embaixada espanhola em Paris tinha sido informado por terceiros que Santiago Carrillo, o demônio de Paracuellos, estava tramando uma viagem clandestina à própria capital da Espanha. Era intolerável que um aborto de Satanás de semelhante envergadura ousasse pisar Madri; e embora fosse só pelo respeito à memória dos mortos devia ser abortada a todo custo semelhante profanação. Se a mensagem vinda de Paris era certa, Santiago Carrillo* estaria preparando a viagem para a primavera. Com toda certeza pretendia organizar com sua presença a força latente do PCE clandestino e dotá-la talvez de estratégias adequadas aos novos tempos que redundassem na consecução de uma estrutura ágil, capaz de aglutinar em torno da sua influência o resto dos grupelhos comunistas que andavam desencaminhados pelo páramo vazio da esquerda. Só a unidade na luta poderia ser garantia de êxito, e a instauração de uma república de trabalhadores era o que entre todos devia ser alcançado definitivamente. Esteruelas considerava que a prisão de Carrillo, além de uma obrigação legal e de um dever moral, constituía um símbolo dissuasivo de grande eficácia para o continuísmo do Regime. Do contrário, se Carrillo conseguisse passear impunemente pela Porta do Sol e se entrevistasse finalmente com a ralé que o aguardava, a imprensa internacional logo faria eco, o eco voltaria aos muros da pátria, os muros da pátria rachariam sem remédio, a credibilidade do sistema seria reduzida e, diante da evidente ineficiência policial, a escória tomaria as ruas, e os quarenta anos de paz agonizariam, então, com um uivo suave de corça esfaqueada. "Esse canalha não vai ter colhão de se apresentar aqui em Madri, mas se fizer isso pode ter certeza de que o agarramos. Por isso, Caolho, fica bem atento e apalpa com cautela os ecos das cloacas e escuta o que cochicham. Se for preciso, gruda as orelhas até na bunda dessa gentalha pra ver o que sai do pensamento deles. Não economize meios e nem arrisque tua própria pele mais

---

* Santiago Carrillo foi Secretário-Geral do PCE.

do que de costume. Eu andarei atrás para o que você precisar. Qualquer movimento, qualquer indício, qualquer comentário por insignificante que pareça, pode ser útil nesses momentos. No instante em que você arrancar alguma coisa, faça com que eu saiba. Entendeu?" Magro esfregou meus cabelos com um gesto enérgico, como se com prazer estivesse acariciando um bichinho de pelúcia que lhe apaziguasse a ansiedade. Esteruelas deu duas palmadas no ar para ordenar ao sr. Antônio que levasse a conta. "Duzentos e trinta e cinco", gaguejou atrás do balcão. O inspetor tirou da carteira uma dessas notas verdes de mil pesetas em que as caras dos Reis Católicos apareciam desenhadas em clara confusão entre as excrescências do dinheiro e as excelências da glória e colocou-a em cima da mesa como um donativo que se dá com soberba ou uma gorjeta que se abandona com desdém. Magro pegou-a por um extremo e a aproximou do sr. Antônio. "Dá o troco ao senhor inspetor", disse ao velho com certo escárnio não isento de brincadeira, enfatizando bem a seu gosto o "senhor inspetor" para contrariar uma vez mais Esteruelas e demonstrar-lhe assim definitivamente que impor-se não era uma questão de patente, mas de estilo. "Fica com o troco, velho", insistiu Esteruelas, "que vai lhe fazer falta quando você não servir mais nem pra botar água no vinho, e você, Branca de Neve", disse referindo-se a mim, "abre o olho se tirarem a bruxa da cadeia, ela vem te devolver o veneno da maçã que você lhe impingiu. Não gostaria de vê-lo desfeito a pauladas em alguma esquina, já é muita a escória que temos de agüentar todos os dias para que ainda por cima nos apareça agora em forma de anão." Magro ficou me olhando intrigado sem saber a propósito de que vinha aquele aviso, mas não abriu a boca. Limitou-se a acompanhar Esteruelas até a porta do bar e a segui-lo com o olhar na direção que levava a Cascorro, esse herói da pátria que, com desprezo por sua própria vida, destacou-se queimando filipinos com querosene. Do lado de fora continuava chovendo.

A enxurrada de necessidade propiciada pela instabilidade política e a crise econômica forneceu às Trinitárias uma fauna imprecisa de indigentes, que veio espalhada desde os diferentes ecossistemas da pobreza. As freiras, por caridade cristã, acolheram-nos com estupor. Semearam de colchões os meandros do casarão, habilitaram zonas reservadas aos afazeres da clausura para abrigar necessitados e supriram com sua diligência de formigueiro as carências da instituição. As rações do rancho minguaram, então, até a mera transparência do alimento, e a convivência no bem comum fez-se em pouco tempo insustentável. As filas dos famintos começavam a formar-se nas portas do casarão todos os dias quase que por hábito, várias horas antes de começarem as refeições, e de noite a insuficiência das camas fazia da aglomeração um ninho de pestilência insuportável. Apesar do esforço empregado por algumas freiras para, aproveitando as circunstâncias, desalojar o Magro de seus privilégios de residente perpétuo, nem ele nem eu nos vimos perturbados no que se refere à disposição de nossos aposentos, o que não queria dizer que na hora das refeições não tivéssemos de suportar determinados inconvenientes. O Caolho havia ganho com o prestígio de suas bolas o lugar avantajado que desfrutava no Casarão das Trinitárias, e ninguém, salvo a própria morte, iria arrebatar-lhe. Não era em seu caso somente o mérito próprio, que, tudo tem de ser dito, também a irmã Marta com muito prazer contribuía para que seu lugar fosse por interesse particular tratado com reserva, o que também não requeria muita atenção, pois sabe-se que a chama do prazer carnal queima onde mais seco está o mato. No entanto, toda aquela procissão de famélicos recém-saídos do presídio começou a pôr em perigo a autoridade e o crédito que o Magro exibia na casa diante da turba de necessitados, que constituía seu eleitorado habitual, e chegou a haver até ameaças de enfrentamentos que nada de bom prometiam. Como tínhamos instaurado por decreto da vontade, a todo recém-chegado era-lhe exigido um tributo de contribuição em função da intenção da estadia, ou seja, uma quantidade alta se só estava a caminho de outras terras, ou um tributo percentual, se o que o dito-cujo pretendia, era assentar-se na praça para fazer da mendicância seu meio de vida. Continuando com o critério da casa, começou-se a exigir desta gentalha do arroio o dízimo estabelecido, com resultados decepcionantes, pois ou se faziam de desentendidos, ou diziam que sim para depois não dar em nada. Ao final, o exemplo espalhou-se e a maioria foi exonerando-se do pagamento do recibo e, quando são tantos os que se rebelam contra a ordem estabelecida, pouco pode ser feito para buscar remédio que não seja causa de derramamento de sangue.

 Entre a turba de ex-presidiários chegou às Trinitárias um homenzarrão de pele curtida como torresmo de porco que levava no fosco dos olhos um matiz de aspereza metálica. Era chamado de Ceferino Cambrón e sabia agüentar com força o desafio dos olhares. Tudo nele era cinzento, o cabelo, as mãos, as palavras e tinha as maneiras geladas de uma estátua que tivesse sido erguida para comemorar num pensador seu pensamento mais grave. Uma noite em que molhávamos pão na gordura de uns miúdos, o Magro mandou-me cobrar-lhe o tributo. Deixei o prato ainda com a migalha grudada e fui sentar-me no banco em que Ceferino jantava com o olhar dissolvido na comida, arisco, sem quase se comunicar com os que a seu lado celebravam com vinho a ardência do guisado. "Para poder continuar aqui você tem de pagar àquele a esmola que lhe pede", disse-lhe apontando o Magro com o queixo levantado. Ele espetou com o garfo um pedaço de tripa da qual escorria uma fibra de gelatina alaranjada e a levou à boca com parcimônia. Mastigou-a sem pressa e só depois de engolir dignou-se a me responder. "Quem é esse?", perguntou-me com enorme desdém. "Magro o Caolho", respondi-lhe, "é quem organiza o negócio. Se não contribuir, você vai ver só". Cruzaram-se, então, entre ambos os olhares lançando ao ar um desafio; metálico o de Cambrón, como recém-saído de um forno quente, o do Magro mais de carne e, portanto, mais suave; mas não houve nada, salvo o choque da mistura preso nos ares empestados do refeitório. Ceferino continuou mastigando sem pronunciar nenhuma palavra e eu, ali a seu lado, esperando uma resposta como um imbecil. "Merda de vida", exclamou o ex-presidiário quando terminou com o prato, "uns buscando um amo a quem servir sem pensar e outros em busca da liberdade para poder pensar e não servir". Aquelas palavras tiveram o efeito de sacudir minha inteligência como um choque de honradez e por elas me apercebi de que na espécie humana, embora totalmente inútil, podia haver também um fio de grandeza que transcendia a mera subsistência cotidiana; um desejo impossível por encontrar a localização da justiça e até mesmo por praticá-la, uma vontade não cultivada de socorrer os semelhantes sob os lemas de igualdade e fraternidade, que em virtude de complexos passes de mágica não desaguavam em proveito próprio. Acabava de descobrir o franciscanismo laico dos marxistas, um pensamento belo e impossível que logo haveria de mudar novamente o curso de minha existência e impulsioná-la, como se ainda fosse possível, pelos terrenos da demagogia, da farsa e do interesse.

*Folhas soltas, dizei-me, o que foi feito / dos infantes de Aragão, Manuel Granero, a pavana para uma infanta, / se está Madri iluminada como uma fotografia / e só neste bairro saltam, riem, berram setenta ou setenta e cinco meninos e suas mamães ostentam seios de Honolulu, e passam muitas com suas roupas chapadas / saias em rotação e pulseiras brilhantes e sandálias de purpurina, folhas soltas caídas / como Cristo contra o calçamento, dizei-me, / quem começou isso de parar, passar, morrer, / quem inventou tal jogo, esse espantoso solitário / sem trapaça, que deixa qualquer um petrificado, / se a praça de Oriente é uma rosa de Alexandria, / ah Madri de Mesonero, de Lope, de Galdós e de Quevedo, / inefável Madri infestada pelo diesel, pelos ianques e a sociedade de consumo, / cidade onde Jorge Manrique acabaria por foder-nos a todos**. Blas**** possuía a razão, uma razão iluminada pelas trevas, uma razão espessa de hábito de monge bastante suado e cheiroso. Blas detinha esse não-sei-quê de franciscano que lhe reafirmava sua tolerância, sua convivência e aquela paz sem métrica de seus versos. Observe que era igual a

---

* *Hojas sueltas, decidme, qué se hicieron / los infantes de Aragón, Manuel Granero, la pavana para una infanta, / si está Madrid iluminada como una diapositiva / y sólo en este barrio saltan, ríen, berrean setenta o setenta y cinco niños y sus mamás ostentan senos de Honolulu, y pasan muchas con sus ropas chapadas / faldas en microsurco y manillas brillantes y sandalias de purpurina, hojas sueltas caídas / como Cristo contra el empedrado, decidme, / quién empezó eso de cesar, pasar, morir, / quién inventó tal juego, ese espantoso solitario / sin trampa, que le deja a uno acartonado, / si la plaza de Oriente es una rosa de Alejandría, / ah Madrid de Mesonero, de Lope, de Galdós y de Quevedo, / inefable Madrid infestado por el gasoil, los yanques y la sociedad de consumo, / ciudad donde Jorge Manrique acabaría por jodernos a todos.*
** Blas de Otero (1916-1979), poeta espanhol.

Cambrón quanto ao rufar da consciência, talvez porque, em ambos, a angústia de viver tomava corpo de forma arrebatada. A elegância do esqueleto aparecia nos seus olhos e o jejum era neles fonte de conhecimento. Eu, ao contrário, sempre padeci fome. A fome sempre mordeu minhas entranhas com uma pontada de urgência, e agora me dou conta de que era mentira, sensação inventada, artifício de estilo. As pizzas entretêm o apetite com sua massa crepitante e sua garoa de ingredientes. A providência fez por bem que eu me dedicasse a vendê-las a domicílio. Nessa função topei com a fortuna. Minha Europizza ergueu-se como um dos negócios mais sólidos do desenvolvimento empresarial do país. Foi, sem dúvida, um negócio inovador, que soube estar à altura da evolução dos costumes, o que me é reconhecido publicamente e não só com as cifras das vendas, como também com o tratamento diferenciado que recebo das instituições e com o carinho que me oferecem os clientes com seu agradecimento. Cinco mil empregos diretos e mais quatro mil indiretos dependem neste momento de minha existência. Todos pedem pizza, todos a consomem, e por quê? Os mistérios são por sua própria natureza incompreensíveis, se bem que não se pode deixar de dizer que seus sabores, por serem tão evidentes, são apreciados pelo gosto mais popular e rapidamente se identificam com os estereótipos gastronômicos do comensal padrão. O alho, a azeitona, o azeite ou o tomate configuram, por si só, uma categoria indiscutível de referências palatais compartilhadas. Não são necessárias mais sofisticações. Talvez esse seja o mistério, um alimento simples que chega quente à mesa; um produto apto para inteligências elementares.

Ceferino Cambrón, além de operário desempregado, era também elementar. Nunca provou pizza; a morte ruim o derrubou antes que as primeiras saíssem no mercado. No entanto, possuía dignidade, uma dignidade do tipo escolástica que parece que se leva abotoada até o pescoço. Acreditava na justiça social, no socialismo utópico, no comunismo científico e na poesia de Blas de Otero.

Com os mesmos elementos de análise podia ter acabado por crer na ressurreição de Cristo, na transfiguração da Virgem Maria ou na poesia de Santa Teresa, mas as coisas são como são e não como pretendemos porventura que sejam. Cada vez mais me fascinava o exercício de sua verborréia; ouvi-lo predicar era uma delícia sem comparação; que afirmações tão certeiras, que conceitos tão claros, que juízos tão altos sobre os fatos e as pessoas, todos cheios de paciente estudo, reflexões e meditados pensamentos. A tudo chamava pelo nome, misturava alhos com bugalhos, agarrava o touro à unha e para ele mesmo não queria mais que o respeito dos homens e nem mesmo isso conseguia o desgraçado, tal era o tamanho de sua condenação. "Cale a boca, canalha", diziam-lhe mais pela graça da fonética que pelo rigor da semântica e ele, ignorando as pretensões daqueles confrades da carência, continuava sua prédica sem pestanejar, falando da grandeza da justiça, do admirável significado da solidariedade ou da queda inadiável da burguesia como classe opressora. Ceferino Cambrón possuía a altivez do gótico na estrutura do esqueleto, o que lhe conferia certa envergadura para encarar a vida desde a altissonante cúspide romana de sua utopia. No mais, longe de estender a mão para pedir esmola e sem nenhuma intenção de abandonar a sopa rala das Trinitárias, começou a ganhar uns trocados vendendo pelo metrô livros proibidos e revistas porcas finlandesas, em que os peitões competiam ao acaso com as peitudas por abarcar o tamanho da página. Marx, Engels e Blas de Otero configuravam os textos essenciais da trouxa de mercadoria que anunciava em périplo pela geografia do metrô, desde Portazgo até José Antonio, desde Ventas até Cuatro Caminos, e quando as pontadas cravavam-lhe nas coxas a mordida do cansaço desmoronava-se no saguão de alguma das estações mais transitadas da rede. E lá, sobre os ladrilhos cuspidos, estendia com parcimônia seu carregamento e começava a anunciá-lo ao formigueiro com frases estranhas tiradas dos próprios textos que vendia, os quais, além disso, eram temperados com a solenidade gutural de sua dicção: "Um fantasma percorre a Europa: o fantasma do comunismo. Todas as forças da velha Europa uniram-se em santa cruzada para espantar esse fantasma..." Aos domingos, com o amanhecer, costumava abandonar o Casarão das Trinitárias para ir ao Rastro continuar oferecendo seus produtos. Instalava-se num canto da calçada nas imediações de Cascorro e imitava a Savonarola na denúncia de condutas e agouros de catástrofes. As pessoas apenas adquiriam as revistas porcas e de tanto que ele vociferava chegavam ao cúmulo de jogar-lhe moedas. O Magro instruiu-me que observasse de longe suas intenções e seguisse de perto os contatos que lhe eram proporcionados pela mercadoria que sustentava aquela vida precária, mas quase não foi preciso, porque logo me grudei à sua andança e ele, consciente do assédio que lhe era feito, trocou meu papel de espião pelo de mais fervoroso prosélito de suas verdades e aceitou-me à sua sombra com a única condição de que o auxiliasse na venda. "Você, Gregorio, tem de recobrar a liberdade de se sentir homem e não permitir que ninguém em absoluto se erija em soberano de sua vontade. Empregue sua deficiência para mostrar ao mundo a força da igualdade e evite a todo custo que tenham pena da sua aparência. O respeito se conquista pela perseverança, mas a dignidade só nasce de dentro de nós mesmos. Recuse por princípio o favor dos poderosos e jamais se arrependa de sua sorte". "Claro, Cambrón", respondia-lhe, "mas conta outra vez sobre a dialética da luta de classes e isso da queda final do Estado burguês", e ele, em vez de injetar-me a doutrina que eu lhe implorava, punha-se a recitar com orgulho os poemas vigorosos de Blas de Otero, como se pretendesse redobrar minha consciência com o mero artifício da linguagem. Como um anjo ferozmente humano que grasnasse sem moderação, os versos escapavam velozes pela sua boca e martelavam meus ouvidos com a força interior de quem forja um caráter.

Ceferino Cambrón foi um dia ameaçado de morte pelo Magro. Pegou-o pelo colarinho puído da camisa e estalou-lhe a língua na cara com uma ameaça seca como de osso a ponto de se partir. "Cada vez você está mais enlameado nessa merda toda que predica. É gente como você que anda fodendo a Espanha. Fica de olho bem aberto porque qualquer dia eu te pego." "Era só o que te faltava, miserável", respondeu-lhe o outro em tom de desafio.

Magro tinha certeza de que me mandando com Ceferino, cedo ou tarde eu acabaria me introduzindo na órbita de seu círculo e, esquadrinhando à vontade a clandestinidade de suas reuniões, eu poderia conhecer seus pares, saber seus nomes, anotar seus domicílios e averiguar seus afazeres e, quem sabe por isso, não daria com informações fundamentais que pudessem servir para lhes desarticular as intrigas, começando pelo advento de Santiago Carrillo, que tanto necessitávamos atalhar naquele momento. Daí o provocava com essas ameaças de arruaceiro, que tinham por finalidade excitar sua aversão para com ele e, portanto, fazer de mim um simples fantoche da vingança entregue em bandeja e ao sabor de sua disposição. Arrebatar-me da influência de Magro seria sem dúvida a revanche mais preciosa com que um tipo como Ceferino poderia sonhar; fazer de mim um adepto de seu credo e conseguir que renegasse o Caolho em sua própria cara, dando assim exemplo à vassalagem de esfarrapados que configurava seus domínios, fariam-no sentir-se forte sem sair de seu terreno, mantendo-se na firmeza de suas convicções, convencido definitivamente do triunfo soberano da razão. Isso pelo menos era o que passava pelo cérebro do Magro. "Aceite tudo o que lhe disser, que ele confie em você, que o faça renegar a todos nós. Depois ajustaremos as contas com ele quando chegue a hora." Mais por velho que por diabo, o Caolho sabia como remexer os estames da alma humana até sugar à vontade o pólen do mais íntimo, do mesmo jeito que faz esse inescrupuloso que dizem que é Satanás.

4

A sede do partido era um antigo armazém de lajotas e azulejos para pavimentação e cobertura de cozinhas e banheiros. O térreo comunicava-se por uma escada desprovida de corrimão com o primeiro andar do edifício, uma casa de fachada sem reboco e telhado bombardeado pelo peso da inclemência com que o inverno provê Madri. Estava situado numa ruela atrás da pracinha de Quatro Caminhos, bem perto das garagens em que a Empresa Municipal de Transportes guardava os ônibus quando, às doze da noite, fechava o serviço. O local ainda conservava num canto algum material de demolição amontoado em caixas empilhadas e em sacos plásticos cobertos de poeira, o resto estava limpo. A iluminação era feita com umas quantas lâmpadas que, ligadas a uns cabos, penduravam-se no teto. A luz que lançavam era sinistra e, na verdade, poderia se dizer que lá os militantes que freqüentavam eram de algum credo de além-túmulo, em vez de um partido político clandestino. No andar de cima, sem dúvida mais quente que aquele páramo gelado pelo qual a ele se tinha acesso, celebravam os chefões seus conciliábulos em volta de três mesas compridas cobertas por uma toalha vermelha e imunda que estava enfeitada no meio com o emblema da foice e o martelo. Havia espalhadas por ali uma dúzia de banquetas que serviam àqueles assistentes que conseguiam pegá-las para não estar de pé durante as intermináveis reuniões, celebradas às sextas-feiras ao cair da noite. As conversas tornavam-se áridas como fabricadas com cimento e eram repetidas até a saciedade pelos escassos privilegiados que gozavam do monopólio da palavra. Ali se falava da estratégia a seguir para devolver ao povo a propriedade dos meios de produção, da revolução como método único de disputa política, da coletivização da agricultura e da abolição da opressão mediante o emprego da luta armada: operário demitido, patrão enforcado. Logo se entoavam hinos, levantavam-se punhos, abraçavam-se e outras coisas de veado. Eu não entendia bem os discursos que proferiam, mas não obstante tinha claro uma coisa: quando aqueles decrépitos que faziam uso da palavra punham-se a falar de revolução, faziam-no com a nostalgia de uma juventude malograda e perdida e com o cenho da frustração franzido nas rugas que lhes enchiam a cara. Eram meros espectros de outra época invocados talvez pela credulidade de quatro imberbes, gente cuja maior façanha tinha se constituído em preservar a sobrevivência. Uma coisa era clara, estava determinado que com aquela tropa de mortificados o futuro da Espanha continuaria nas mãos dos de sempre, e, quanto a mim, estava cagando para isso.

    Comecei a freqüentar a sede do Partido levado pela mão de Cambrón que, a seu modo, comungava no fundo com todas aquelas maneiras apocalípticas de analisar o futuro político. No fundo, a demagogia era seu forte, a paralisia de pensamento seu baluarte e a doutrina comunista seu credo espiritual. Só lhe faltava começar a levitar com o punho erguido. A rua, no entanto, era diferente, havia nela outro pulso que, se bem mais incipiente, não mostrava uma atitude igual diante das coisas. Não se podiam estender situações do passado a conjecturas sobre o porvir, não pelo menos nesse momento. A realidade tinha de ser construída, não embalsamada, como sem se dar conta propugnavam aqueles charlatões deformados pela penumbra da clandestinidade. A providência, todavia, tinha suas próprias considerações a respeito, como depois se viu, e entre elas se trançava meu próprio futuro, esse que culmina agora em suas mãos.

A ninguém, nem sequer aos que foram naquele anoitecer à reunião do partido, passava despercebido o interesse latente na reforma do Estado que se auspiciava pelas diversas famílias políticas das que compunham a rede do poder. Suspeitava-se de que existia um pacto na sombra que, pelas costas da vontade do povo, ia urdindo os alicerces que haveriam de cimentar a armação do novo Regime ainda por edificar. Uma vez terminados os detalhes nos gabinetes e depois de uma orquestração adequada, seria oferecida aos cidadãos uma falsa capacidade de decisão para legitimar com seu zurro um processo transitório escolhido de antemão. De fato, o Governo da nação analisava em segredo a oportunidade política de celebrar um *referendum* imediatamente. A incógnita constituía-se na postura que haveria de adotar o Exército diante de semelhante esbanjamento de autoridade e os perigos de pronunciamentos que sua insatisfação poderia levar aparelhados. Os grupos comunistas ortodoxos que por aquela época começavam a assomar o nariz no parapeito da cloaca, todos vinculados ao morgadio de Moscou, construíam seu discurso sobre os pilares da ruptura. Em suas filas, postulava-se abertamente pela proclamação de uma terceira república, desta vez de operários e trabalhadores, não de advogados nem oradores como a nefasta de trinta e um que prolongou o desastre definitivo das esquerdas na caçada de trinta e seis. Desacreditava-se o Borbón com insultos grosseiros e piadas de bobos e propunha-se como símbolo do país a bandeira tricolor em vez da vermelha e amarela com o pássaro no meio. As pessoas do partido com quem o companheiro Cambrón comungava o misticismo não estavam de forma alguma a favor do trabalho de debater arranjos transnacionais e, longe da bonomia dos pactos e outras bagatelas pequeno-burguesas que por lá se ouviam, o único que promulgavam era a necessidade de dar armas ao povo para que, por fim, os párias da terra e as famélicas legiões tivessem a oportunidade de expressar a tiros seus desejos.

À mesa da toalha da foice com o martelo estavam sentadas seis pessoas naquela noite, cinco homens e uma mulher. Entre todos somariam pelo menos quinhentos anos. O público era numeroso, a ocasião merecia. Em vez de instalar o auditório no andar de cima como era costume, haviam optado por montá-lo no térreo, mais espaçoso. O chão foi varrido, a poeira afastada e os restos de azulejos e lajotas, amontoados num canto. Para dar ambiente ao cenário, tinham tirado dos baús para ventilar emblemas, símbolos e cartazes de propaganda impressos na Argentina. A luz continuava igualmente mortiça, mas o casulo ruborizado de tanto cigarro que lá se fumava compensava de longe a penumbra do lugar.

O companheiro Cambrón apareceu na sede comigo atrás quando o decrépito que presidia o ato, um tipo esbelto de brilhante caveira que parecia recém-trazido do nicho, fazia uso da palavra para resenhar a importância da resistência militante "nestes momentos de aberta luta política contra a perpetuação mumificada do caudilhismo em clara conivência com o interesse devastador dos bancos em esmagar a dignidade do povo operário". Era estranho constatar tal multidão em semelhante espaço, algo insólito estava sem dúvida acontecendo, mas Ceferino não tinha me revelado. Abrimos passagem entre a massa para poder situar-nos diante da mesa. Agarrei-me a suas pernas e fui seguindo seu trajeto enquanto evitava a todo custo que me acertassem uma pisada ou que jogassem sobre meu cabelo algum cigarro. As grandes concentrações de pessoas constituem geralmente um problema de mobilidade a mais para os anões, e, se nelas tornei-me um perito, não foi sem levar em troca uma ou outra recordação em forma de osso quebrado, músculo contundido ou cicatriz. Ficamos na primeira fila. A atmosfera estava pesada e inclusive à minha altura o oxigênio era respirado com dificuldade. Nem nas Trinitárias o cheiro era daquela forma tão intenso como intenso era o fedor das jaulas do circo Stéfano. Aquele era o aroma em flor do movimento operário. Reclinei-me sobre os joelhos de Cambrón e dispus-me a engolir o que ali era dito. A meu lado, um pouco à direita, uma mulher de peitos globulares e cadeiras precisas prestava atenção ao granito bruto das palavras dos oradores. Aquela foi a impressão que de Joana, a Loira, tive na primeira vez em que a vi. Poderia dizer-lhe que levava o cabelo curto à moda masculina, que vestia umas calças jeans em que se enrolava uma camisa sem gola, ou que se adornava a lisura da garganta com um lenço estampado com uma flora exuberante, embora pouco regada a julgar pelo cheiro. Poderia dizer-lhe, além disso, que o vigor com que se via que escutava ou a juventude que possuía destacavam-se em semelhante antro gerontológico; mas o que quer que eu lhe diga, se as coisas que primeiro me chamaram a atenção foram o globular de seus peitos e a precisão dessas cadeiras que lhe definiam finalmente um grandioso par de esferas de nádegas?

Apesar de sua absoluta repulsa pela minha pessoa, tive com o tempo a oportunidade de conhecê-la até limites que você não suspeitaria. Mais ainda, se pudesse dizer que, além dos tristes movimentos de coração que pulsei pela menina Margarida, estive alguma vez em minha vida apaixonado, foi sem dúvida pela Loira. Uma verdadeira filha do povo, do povo e para o povo teria chegado a ser se não tivesse sido truncado seu heroísmo. Chegou menina a Madri, trazida pela migração de uns pais que acabaram gerenciando a portaria de um imóvel chique do bairro de Salamanca. Foi educada num colégio de freiras próximo, em virtude dos insólitos esforços que sua mãe havia empregado em conseguir-lhe uma matrícula gratuita. Recomendações, cartas e cauções não foram suficientes e teve de mediar até um parente distante, pertencente à guarda do Caudilho para ser mais preciso, que cobrou em carícias sua comissão. Com raízes na terra e entre tantos moralistas permissivos, Joana havia saído brava e tinha aprendido na própria pele que nesta vida de cão, conforme se é parido, também se é considerado. Era bronca, digo, bronca e brava e, no entanto, aflorava-lhe às maçãs do rosto uma textura de papoula quando a ira e o desejo apoderavam-se de seu ânimo ou nas vezes em que, farta de gritar pelas esquinas palavras-de-ordem revolucionárias, ficava sem fôlego e desanimada bebendo vinho nos bares. Lembro de que naquela primeira noite, ao aproximar-me, cheirei o amargor da alcachofra e, ao contrário, pareceu-me doce, como se em vez de sangue levasse pelas veias leite condensado, que com o tempo acabei provando, mas já não era espesso nem tinha tanto o sabor de açúcar e só havia ficado nele essa pitada de amargura que eu já tinha intuído.

O velho da caveira falante não parava de vomitar profundidades dialéticas difíceis de mastigar para um neófito, e eu, em vez de esforçar-me no entendimento, virava a cabeça e, com o rabo do olho esquerdo, não tirava a atenção desse monumento de fêmea com que Joana derramava o poderio de sua presença. A oratória da mesa entrava-me por um ouvido e saía-me pelo outro e nada me interessava, nem o enfrentamento das classes, nem as vantagens da ruptura, nem o triunfo na luta final; minhas preocupações naqueles dias estavam circunscritas à carne e não quero dizer com isso que a essa altura me tenham abandonado por completo semelhantes apetites, mas o desejo vai se apaziguando com o tempo até escorrer totalmente, suponho, pelo sumidouro da decrepitude. Joana tinha o corpo tenro, era fresca e incitava a ser degustada à maneira dos padeiros quando provam o pão, ou seja, com a boca. Logo fiquei sabendo que por seus credos, seus gostos ou suas convicções corria o boato de que se abandonava sem afetação aos companheiros que a requeriam, o que fez crescerem minhas esperanças, mas a promiscuidade é discutível quando há anões no meio e para mim nunca chegou minha vez. Fiquei imaginando-a desfolhada durante o longo tempo em que o cara chato da tribuna desembuchava sua doutrina. Quando por fim terminou de falar e as comissuras de seus lábios ficaram coalhadas de saliva seca, algo imprevisto aconteceu. Mais uma vez o decurso de minha vida sofreria a intervenção do magistral sarcasmo da providência.

Eu estava desprevenido, transtornado, poderia dizer, pela feminilidade arisca da Loira, quando depois dos aplausos o decrépito que presidia a mesa começou a fazer as apresentações do próximo orador. Levantou a voz para contar que a companheira que iria falar em seguida tinha gastado sua juventude na militância do movimento operário e que havia combatido o fascismo primeiro desde diversos postos de responsabilidade política no seio do governo popular republicano e, depois, com grande desapego de sua própria vida e em defesa de suas crenças, no barro das trincheiras, lado a lado com Líster. Destacou-se todo o tempo por seu compromisso com a revolução e sua determinação tinha merecido diversos elogios entre os camaradas até o ponto de chegar a arrancar da pluma combativa do malogrado Blasco Castrillo aqueles versos tão apaixonados que a definiam: *tens fé e na trincheira / te floresce na fé a primavera / e igual a um rebuliço de bandeiras / tua fé se alvoroça e se eleva**. Depois da guerra teve de exilar-se na União Soviética e, na cidade de Moscou, exerceu cargos oficiais relacionados com a divulgação do pensa-

---

* *Tienes fe y en la trinchera / te florece en la fe la primavera / e igual que un revuelo de banderas / la fe se te alboroza y se te eleva.*

mento comunista nos países da América Latina. Com o tempo, mudou-se para Havana e lá desempenhou trabalhos de coordenação paritária no Ministério de Instrução Pública. Agora, após trinta e sete anos de exílio, tinha-se introduzido na Espanha de forma clandestina para contribuir com sua presença para a causa da liberdade. Depois do panegírico, o decrépito pronunciou seu nome: Fe Bueyes.

Aquela mulher se chamava Fe Bueyes. Nesse momento retumbaram pela minha imaginação rangidos e borbulhas de fundo emocional, bastante ligados a curiosidades íntimas jamais satisfeitas. Minha atividade cerebral devia ser intensa, porque Joana a essa altura já tinha percebido a minha presença entre o público e não parava de me observar com certa curiosidade não isenta de repugnância. Uma enxurrada de recordações chamou subitamente à porta de minha memória e quando fui abrir apareceu diante de mim o rosto de Gurruchaga com aquele silêncio murcho que possuía, e os primeiros anos do circo Stéfano filtraram-se pelo buraco da alma como se fosse um gás que pesasse mais que o ar e que esmagasse com seu fedor a vontade de esquecimento. A preguiça das feras, o álcool opaco do gordo Di Battista, essa poeira finíssima na contraluz do meio-dia cordobês que suspendia a tragédia no ar, os golpes recebidos, o livro de poemas achado entre os trastes com suas páginas secas, ferruginosas de passado e aquela dedicatória indecifrável assinada por alguém que também se chamava "Fe Bueyes", Gurruchaga pelo chão machucado e, mais tarde, algemado e depois indo para sempre aplacar com seu corpo as larvas insaciáveis do alémtúmulo, foram as tesselas que compuseram de imediato aquele fragmento extenso do mosaico de minha existência. Eu ainda possuía aquele exemplar do *Romancero gitano*; talvez tenha sido a única coisa que se salvou do desastre de embargos no dia em que escapei do circo Stéfano. Nada, exceto a posse daquele objeto, vinculava-me com o prescrito de minha adolescência. Sem conseguir conter-me um só segundo puxei Cambrón pela manga da camisa e fiz-lhe ao ouvido partícipe de minha ansiedade. "Ceferino, tenho de falar com essa velha de qualquer jeito." "Cale a boca, Gregorio, e preste atenção ao que estão dizendo. Quando acabar o ato, se você quiser, nos aproximamos."

Ignoro se a arenga é um verdadeiro gênero literário desses que os estudiosos classificam no preto e branco de suas erudições ou se está limitado pelo contrário a ser uma supuração efervescida da oratória, mas o que realmente me consta é que a arenga, quando nasce da víscera e cresce virgem na boca de quem a emprega sem adornos retóricos que a turvem ou turbilhões que a desvirtuem, amedronta o mais valente; mais pelo que anuncia de cataclismo do que pelo que contém de veemência. No mais, sinto-me à vontade em manifestar-lhe que jamais a arenga política turvou a minha calma e ainda menos nesses tempos de que lhe falo, em que o espectro pactual que ululava sobre nossas cabeças tornava totalmente infértil a saliva gasta em pantomimas do tipo revolucionário; todas mortas em dupla à medida que iam saindo cuspidas pela boca. O que Fe Bueyes arengou naquela noite, nem me lembro. Só conservo daquele primeiro encontro a púrpura apagada de seus olhos de velha embutidos como uvas-passas num rosto ornamentado de rugas e o tom duradouro dessa voz cavernosa. Após levantar os punhos, um bosque de ossos e punhos, e ser entoada por toda aquela multidão a letra seráfica da *Internacional Comunista*, o ato foi dado por concluído, não sem que antes a platéia fosse instada a perseverar na prédica da greve geral revolucionária e a manter a postos o compromisso inquebrantável de lutar até derrubar aquela espécie de "monarquia franquista" que tinha sido imposta pelo continuísmo da tirania.

Quase todos os assistentes, acesos os corações pelo discurso, começaram a sair da sede sem prevenção alguma e com algazarra, como se estivessem saindo do batismo de um sobrinho. No andar de cima haviam preparado um jantar de pratos frios destinado aos oradores e aos militantes de mais alta hierarquia. Os integrantes da tribuna já estavam subindo as escadas. Com a multidão que tinha se juntado ali, foi impossível aproximar-me de Fe Bueyes ao acabar o ato, pelo que insisti com Ceferino na necessidade que tinha de falar com ela. Cambrón pegou-me pelo ombro e empurrou-me até que conseguimos chegar ao primeiro andar. No último degrau da escada, alguém nos deteve e nos negou o acesso sob pretexto de que aquela era uma reunião a portas fechadas. Cambrón levantou o braço e fez um gesto de aviso a um mandachuva dali que devia estar a par de alguma coisa, porque no mesmo instante nos permitiram passar.

Geralmente as pessoas sentem repugnância pelos anões. Imediatamente os relacionam ao espetáculo do circo e à vida nômade e indigna e, embora verdade não lhes falte, a posse da razão não lhes oferece nenhum direito para o exercício do desprezo. Fe Bueyes ficou olhando-me com assombro quando me dispus a contar-lhe sobre Gurruchaga, sobre a dedicatória do livro de poemas, sobre sua detenção em Córdoba, e com uma lágrima de diabetes adoçando o branco de seus olhos, acariciou-me a cabeça, não sem certa reserva, como se quisesse absolver-me de meus sofrimentos com a forte presença de suas mãos. Foi ela que nessa noite me informou da condenação de Gurruchaga levada a cabo em uma prisão do norte após um julgamento sumário por alta traição, realizado com base na jurisdição militar. Ficou sabendo, disse, por um historiador britânico de quem se tornou íntima em Havana, que andou reunindo testemunhos sobre execuções políticas para escrever um livro sobre a repressão na Espanha fascista. A verdade é que me emocionei quando ouvi repetidas por sua boca as últimas palavras que pelo visto ele pronunciou diante do pelotão de fuzilamento: "Mais vermes haverá em seus despojos, bando de cachorros", uma sentença de uma beleza inusitada por vir de alguém tão parco em palavras como ele costumava ser. Morte ruim, sem dúvida, a de ver a bala vindo retilínea a ferir-lhe o coração, mas pior ainda deve ser a que não se pode ver porque o terror de morrer te impede. Espalhadas pelas mesas havia omeletes de batatas, salgadinhos de chouriços e presunto de York*, e pratos com queijo manchego**, e presunto serrano cortado em pedaços. O vinho era um garrafão de Valdepeñas sem mais mistérios que o etílico. De todo o público do ato, tinham ficado ali reunidas umas vinte ou vinte e cinco pessoas que se dedicavam à conversa com as bocas cheias. Chamou-me a atenção observar que nas paredes abundassem os cartazes de propaganda em que os operários de macacão e capacete, e camponeses com foices como recém-acabados de lavrar alguma colheita apocalíptica, repartiam com insolência a liderança das imagens. Ao final, era provável que Esteruelas tivesse razão quanto ao que estava acontecendo ser fruto de uma conspiração do comunismo internacional contra a integridade da Espanha. Cambrón mastigava salgadinhos, devorando-os como jamais o havia visto fazer nas Trinitárias, percebia-se como compensava, com os de seu credo, a fome que devia padecer e, mais que comer, digo eu, que os comungaria, a julgar pela forma como a expressão de seu rosto ia mudando. Ao vê-lo tão concentrado no bater dos dentes que parecia que nunca até aquele momento havia desfrutado a insignificância do mundo, vieram-me a pousar na mente esses versos de Blas que ele recitava quando estando no metrô exagerava o sofrimento, *como um náufrago atroz que geme e nada, trago pedaços de mar****, e comecei a rir comigo mesmo, porque o ridículo de um ser humano não tem necessariamente de alojar-se em sua expressão corporal, senão em que mais freqüentemente reside no que diz, no que pensa e ainda no que sente ou padece.

---

* Presunto cozido que se consome como os frios.
** Queijo proveniente da região da Mancha, centro-sul da Espanha.
*** *Como un náufrago atroz que gime y nada trago trozos de mar.*

Fe Bueyes, ignoro a razão que a levou a fazê-lo, apresentou-me ao resto de seus companheiros de partido como um camarada curtido na luta contra a exploração do homem pelo homem e, interpretando a seu bel-prazer a história de minha vida, contou que tinha sofrido humilhações, perseguições e ostracismos e solicitou aos presentes sua solidariedade para comigo, enquanto acariciava-me a braquicefalia com a mesma ternura com que se acaricia aos cachorros as feridas, aos loucos as idéias ou os versos aos poetas. Pela primeira vez em minha vida, além de humilhado, senti-me exposto à compaixão tartufa das pessoas e o ódio turvou meu entendimento com uma película de soberba, por isso quando Joana, a Loira, fazendo-se em público a esperta comigo, perguntou-me em voz alta, para que todos a ouvissem, o que eu fazia, respondi-lhe, sem rodeios, e gravemente que duas coisas principalmente: mendigar esmolas nas portas das igrejas e depois gastar o que ganhava em putas, das caras, da Doutor Fleming*.

---

* *Calle del Doctor Fleming*, rua de Madri.

Durante alguns meses andei freqüentando as conversas doutrinárias que acontecem na sede do partido, não por vício ou por devoção, como poderá ser inferido do que conto, mas para ver se por causa do contato caía-me por acaso algum cochicho que pudesse valer ao Caolho em seu compromisso com a limpeza nacional. Aprendia suas idéias, rondava o cinzento de suas vidas e, além disso, dava seus recados; os que mandassem, desde ir à drogaria comprar papel higiênico até levar mensagens de mão em mão, desde buscar uma farmácia de plantão em que se pudesse adquirir absorventes para alguma adepta contrariada pelo sufoco de não tê-los, até distribuir pasquins, panfletos e folhetos, inclusive com o risco de minha própria segurança. Madri efervescia de uma maneira insólita que nem sequer Esteruelas teria imaginado pouco tempo atrás. A agitação social era notada na rua, operários, estudantes e ativistas dos mais variados semeavam as calçadas de santinhos contra o fascismo e a favor da liberdade. A clandestinidade, a incerteza, as ações terroristas do separatismo basco ou da ultradireita reacionária contribuíam para que o povo permanecesse calado, mais por não saber o que dizer do que por algum temor fundado na perda do bem-estar. Era um povo ignaro, acostumado ao caminho, adorador da prudência e tributário da mediocridade. Um povo sustentado por esse cheiro caseiro de arroto em família, um povo sem consciência crítica, sem perspectiva histórica alguma e muito acomodado na insignificância trepadeira da rotina e do que os outros dirão. Seu medo moralista o impedia de ver que por cima de suas próprias decisões e numa clara brincadeira com a sua soberania, eram a oligarquia econômica e o capitalismo multinacional os que haviam determinado de antemão a saída democrática da Espanha. Eu ficava sabendo de coisas, ouvia rumores, captava informações que, com pontualidade interessada, ia transferindo ao Caolho quando nos encontrávamos na Copa para esvaziar pingas antes de encher o bucho com a sopa rala cada vez mais insossa das Trinitárias. "Você está indo bem, anão, não relaxe que sei de fonte segura que vai chegar ao Governo um novato chamado Suárez e você vai ver como com ele nos livramos de toda essa gentalha de uma vez só." Depois, cada macaco no seu galho, passávamos a noite na tranqüilidade do Casarão, ele deitado com sua freira, eu coberto por minhas obsessões, andando de um lado para outro comigo mesmo naquele êmbolo de pensamentos porcos do qual Joana, a Loira, era o motor.

Nas manhãs do dia-a-dia, antes de lançar-me a farejar a Madri política, tinha me acostumado a fazer ponto nas escadas dos Jerônimos. Ali estendia a mão e mendigava com muito garbo, o que talvez acontecesse devido à rara majestade do ambiente. Por uma justa gorjeta que dava a um dos outros mendigos, eu ficava sabendo das horas fixas dos casamentos, batizados e funerais mais solenes, de maneira que quando caía algum sacramento ou a celebração de uma missa de sétimo dia apressava-me a enfeitar-me com feridas de crosta e sujeira das que enternecem os bobos e, assim, fazia a América à vontade com o sentimento alheio que por ali se promovia. Uma vez que foi celebrado um funeral em plena irritação política pela matança de uns militares, fui testemunha de como os fascistas provocaram com tumulto e algazarra o cardeal Tarancón chamando-o vermelho-maçom e padre-operário e gritando em voz alta que fosse embora, que fosse embora, que fosse embora, até que se não chega a ser pela habilidade que teve de escapulir, também teriam lançado mão da dialética dos punhos e lá mesmo lhe teriam confirmado o cargo à base de socos. Nesse dia, lembro-me, a pesca foi abundante, tanto que se poderia dizer que o milagre da multiplicação tinha se reproduzido se não soasse, dadas as circunstâncias, irreverente, mas a verdade é que quando a emoção se incrusta no sentimento paga-se com desenvoltura e chove grana como um maná.

De tempos em tempos, em vez de aguardar as cerimônias eucarísticas com paciência e na intempérie, houve uma época em que dei para ir ao vizinho Museu do Prado, um famoso armazém de quadros como poucos existentes no mundo segundo tive logo ocasião de comprovar, e nas suas salas maravilhava-me contemplando retratos de virgens e santos, estudando detidamente o conteúdo alimentício das naturezas-mortas e desfrutando com verdadeiro deleite as paisagens esboçadas três séculos atrás por esse demente do pincel chamado Bosch: porcos com toucas de freira bem agarradas uns aos outros; homens desprovidos de vestimenta, de quatro, em sodomia com flautas doces; trios amorosos preservados em sua prática pelo celofane translúcido de botões de flores; mulheres fazendo amor com faunas fantásticas e um longo etcétera de delírios que sublinhavam com a beleza de sua execução plástica o tamanho insólito de minhas ereções. Quando já não agüentava mais, encerrava-me nos banheiros masculinos e, sentado no frio infecto da privada, ensaiava umas masturbações deliciosas, dignas de ser tidas como elementos probatórios irrefutáveis no processo do juízo final. Do mesmo modo que diante dos quadros de Hieronymus gostava de viciar-me saboreando a maestria do gênio dos gênios de que tão provido está o Prado e mais do que em *Las meninas* ou em *Las Lanzas*, gastava o intervalo do meu tempo contemplando sem dar crédito seus retratos de anões e bufões. Confundia-me admirar a expressão ao mesmo tempo culpada e inocente da boca do *El niño de Vallecas*, um cretino com um quê de oligofrenia e cara de satisfação, dessas que põem os cachorros quando depois de receber um chute no lombo lhes damos um osso para que roam; extasiava-me diante da serenidade fidalga do bufão da corte Dom Diego de Acedo, o primo, um alto funcionário do alcácer de Felipe IV que tinha por incumbência carimbar os documentos com a assinatura do monarca; alta tarefa aquela, se levarmos em conta o ridículo de seu tamanho e a repugnância de sua deformidade. Por que eu não podia ser igual, em outra época, em outra monarquia?, perguntava-me a mim mesmo um tanto desconcertado e, embora a resposta fosse evidente, a providência permanecia muda apenas para me deixar furioso propositalmente. Mas de todos os quadros de anões, monstros e disformes que abriga o Prado, o que mais me entusiasmava, talvez pela semelhança física que tinha comigo, era o *Retrato de Sebastián de Morra*, radiante de vermelhos e dourados, adornado em verde com uma túnica digna de um príncipe; um verdadeiro senhor anão que serviu em Flandres ao cardeal Infante e que assim que regressou à Espanha entrou, por recomendação, ao serviço do príncipe Baltasar Carlos, com quem saía para caçar e quem ao morrer haveria de legar-lhe em seu testamento um espadim de prata com correia de couro, espada e adaga do mesmo material, assim como outro punhal e duas insígnias com a flor-de-lis. Esse homem, morto em 1649, olhava-me desde o quadro, sentado como eu, desarticulado sobre o chão, penoso, zambeta, com um idêntico semblante de tristura maliciosa e essa pitada de clarão que revela pelos olhos a má vida e põe na boca a necessidade. Seu hálito me era tão próximo que parecia que lhe escapava pela profundidade da tela e cristalizava-se junto a meus ouvidos a ponto de chegar a ser um sussurro e até pode ser que alguma vez me falasse nesses termos: "Sou você mesmo, aprenda comigo a dignidade e levante seu domínio sobre o mundo, levante e impere, palerma, ou vai ficar na mera representação idealizada feita à sua custa por algum manipulador de palavras". Não entendo por que o gesto, o ar e a aura daquele homem me eram tão estranhamente familiares. A intensidade de sua presença não só me fazia refletir sobre minha própria vida ou sobre o errante de minha condição, como também me invocava de certa forma aquele retrato visceral que foi feito de mim em Banalmádena, como se com semelhante paradoxo me quisessem presentear desde o passado com um espectro ameaçador de mim mesmo que jamais pudesse abandonar-me. Com o tempo soube a razão. Era a providência que brincava. Acontece sempre o mesmo com os gênios, logo sabem de onde tirar a inspiração que precisam para materializar a neurose de suas obsessões.

Parece que os acontecimentos precipitaram-se. Madri amanheceu infestada de cartazes de propaganda que faziam referência à iminente celebração de um *referendum* em que se deveria consultar o povo sobre suas ânsias de liberdade; as Cortes tinham acabado de aprovar o projeto de lei para a reforma política. O verão havia sido agitado em razão das turbulências acontecidas no chiqueiro do poder. Arias Navarro, incapaz de puxar por mais tempo a carroça putrefata do franquismo, negou-se a continuar e o Rei da Espanha, tapando o buraco com habilidade dissimulada, tinha nomeado Adolfo Suárez, um obscuro burocrata com pretensões de equanimidade, presidente do Conselho de Ministros. Os rumores de golpe militar eram derramados a todo instante nas reuniões da cidade, mais efervescentes agora do que nunca por causa da malícia de tanta língua interessada na desestabilização como havia por todos os lados umedecendo-se. Mesmo assim, Suárez, jogando todos os dados da história da Espanha de uma vez, tinha aproveitado os meses de verão para preparar um projeto de lei que, se aprovado pelas Cortes, representaria o suicídio coletivo do franquismo. O harakiri da reforma propugnada era evidente, mas somente os patriotas da velha guarda fizeram valer sua dignidade diante de semelhante afronta através do exercício orgulhoso da demissão. O vice-presidente para Assuntos de Defesa tornou públicas umas iradas declarações em que anunciava que o governo preparava uma lei mediante a qual se autorizaria a liberdade sindical, o que segundo ele iria significar a legalização das centrais sindicais CNT e UGT, responsáveis pelos abusos cometidos na zona vermelha durante a Guerra Civil. Depois, cheio de orgulho, abandonou seu cargo à sina providencial dos tempos. Por fim, um dezenove de setembro, as intrigas produziram seus frutos e o projeto de lei para a reforma foi aprovado por quatrocentos e vinte e cinco votos contra cinquenta e nove abstenções. Madri amanhecia coberta de cartazes que, durante a noite, tinham sido pregados por centenas de voluntários da liberdade que andavam comemorando sua alegria entre brincadeiras pueris, baldes de grude e maços de cigarros. "Fala, povo, fala", diziam, "a palavra é sua, não deixe que ninguém decida por você", e todos aqueles que somente um ano atrás contemplavam compungidos desde seus lares como o Caudilho ia entrando nos territórios de Caronte, esses a quem jamais haviam importado nem o mutismo próprio nem a eloquência alheia de decidir por eles, emergiram de repente de seus covis e lançaram-se às ruas para participar fervorosamente daquela nova representação com a qual o poder os presenteava.

Desde esses nossos tempos tão confusos do crepúsculo do milênio em que o ser humano por saber-se aborígine de uma tribo global rende culto à estatística, ao pensamento único, à rentabilidade dos mercados e ao futebol redentor, aquelas aspirações de liberdade sem ira poderiam parecer banais ou pelo menos charmosas. Na época não, na época a veemência estava na moda, a paixão instantânea, a verborréia discursiva e o discurso inflamado. Ansiava-se que a soberania residisse no povo e o povo espanhol tinha chegado, segundo se dizia, à sua maioridade; devia, portanto, expressar-se e assim o fez conforme foi sendo convocado. Nem todos aspiravam o mesmo, isso era claro, e enquanto muitos não tinham a mínima idéia do que lhes estava acontecendo, outros, os líderes da riqueza, esforçavam-se em urdir posturas, estabelecer pactos e reunir anseios que redundassem no alinhavo da nova Espanha, em que além de propugnar-se como valores superiores de sua ordem jurídica a liberdade, a igualdade e o pluralismo político, era-lhes garantida com acréscimo sua sobrevivência e perpetuação.

Depois de uma manhã desconcertante em que o público habitual dos Jerônimos deixou menos esmolas que de costume, talvez pela incerteza que inspirava a seus bolsos a comemoração do *referendum* que se anunciava, reuni-me com Ceferino para irmos à sede do partido. Pela vertigem dos acontecimentos, era provável que houvesse por ali rebuliço de idéias, notícias e pareceres que eu estava obrigado a conhecer. Não tínhamos almoçado e minhas tripas interpretavam um ensaio de marcha fúnebre. Quando chegamos, ofereceram-nos licor de anis do Mono e, pouco depois de bebê-lo, começou a aumentar o grupo de pessoas que, ansiosas por contrasenhas e desejosas de receber ordens, chegavam para compartilhar idéias. Fe Bueyes chegou em meio à tarde, tendo almoçado, digerido e dormido a sesta, com uns gestos que, no entanto, pareciam estar transpassados de desesperança. "Não pode haver votação sem liberdade", discursava da poltrona de seu prestígio, "não nos deixemos enganar por esta fraude plebiscitária, por este insulto ao povo. Muitos companheiros ainda estão no exílio e outros arriscam a pele todos os dias na clandestinidade; os partidos estão proscritos, a polícia anda nos buscando para nos reprimir e prender e ainda por cima pretende convocar vocês para uma votação. Estão rindo na cara de vocês. Insultam a todos com suas promessas. Digam que não, com suas vozes levantadas, com seus gritos reunidos, digam-lhes que não há voto sem liberdade, nem liberdade sem luta, lancem-se às ruas, defendam a abstenção e reivindiquem em troca a república de trabalhadores na qual eles nunca caibam". O gentio ali congregado aplaudiu a arenga, tomou nota do que deveria ser feito e, iludidos todos, saíram imediatamente a caminho do cumprimento de sua incumbência. Os poucos que ficamos fomos convidados por Fe Bueyes para lanchar em sua casa e a seguir dali a evolução dos acontecimentos. "Gregori", assim havia começado a chamar-me com um insuportável sotaque russo-caribenho, "vá comprar chouriços de Cantimpalo e algumas garrafas de cerveja para dar de beber aos companheiros", ordenou-me antes de abandonar a sede e, claro, como era da alma de sua avareza, não me entregou nem um miserável centavo para poder fazê-lo.

A partir desse dia, Fe Bueyes tomou gosto em mandar-me levar recados e pôs-me de fato a seu serviço, ainda não sei se para rebaixar ainda mais a minha condição ou para aproveitar-se da facilidade e utilidade da mansidão de minha companhia. Eu, seráfico e celeste pelo ganho que me proporcionava seu contato, acedia a obedecer-lhe e apresentava-lhe a cara mole dos humildes quando me mandava comprar fruta para a sobremesa, o pão para o lanche ou o papel higiênico para a bunda e dessa maneira tão interessada foi se estabelecendo entre ambos uma relação doentia baseada na submissão, na servidão e na reverência. "Você, Gregori, tenha paciência em ser um pária da terra", dizia-me, "e fique feliz por isso porque logo vocês irão levantar-se para livrar o mundo dos tiranos", e eu a olhava tentando sem êxito detectar algum resto de ironia que tivesse posto propositalmente em suas palavras. Debaixo da fachada de seu compromisso político, por trás da história militante de sua vida, não havia mais que um ser emancipado da humanidade, um engendro mecânico erguido ao monopólio de seu interesse próprio. Quando a conheci, seu caráter poderia ser definido como de egolatria senil; depois nos comícios em que participava ou nos conciliábulos aos que ia, a aura de seu prestígio derramava-se, no entanto, com grande autoridade entre tantos imbecis que por ali confundiam a revolução com a arteriosclerose e a ciclotimia com a luta. "Jamais admitiremos uma Espanha que não tenha por bandeira a tricolor nem por emblema o da classe operária e camponesa. Jamais toleraremos uma nação de servos que deva humilhar-se diante de um rei. Não cessaremos nossos ímpetos até que a riqueza do país desapareça das mãos dos monopolizadores e não retrocederemos nenhum passo nem para tomar fôlego", e assim ia prolongando a cantilena que tinha aprendido desde jovem, e toureava de salto alto pelas arenas mais tumefactas da esquerda nacional nas quais uns poucos iluminados de stalinismo e outro tanto punhado de gerontocratas atentamente a escutavam do exílio interior como se suas palavras contivessem suas vidas ou pelo menos a persistência de suas próprias recordações. Depois das conversas, cabia-me acompanhá-la até sua casa, uma casa confortável e burguesa, que lhe haviam alugado em Alonso Martinez, e nela a ajudava a despir-se, a colocar os chinelos e cozinhava, se me pedia, algum alimento que pudesse satisfazer seu apetite. A Magro lhe soltava depois a lista de nomes que ia apontando e contava-lhe dissimuladamente as coisas que aconteciam tanto nas reuniões do partido quanto na casa da velha. Às vezes eu as exagerava para mantê-lo contente e poder continuar com minha missão de espionagem, exonerando-me assim de praticar todos os dias o exercício da mendicância, o que com tanta doutrina comunista que estava mamando começava a incomodar-me bastante. Depois ele ia e contatava com Esteruelas para cochichar-lhe exagerando ainda mais o que de mim sabia, dando dessa maneira motivos para o incitamento que normalmente se traduzia em intervenções com pauladas ou tiros dos bandos selvagens da ultradireita mortificada.

Fe Bueyes, essa fêmea soberba que inchava os lábios falando da igualdade do ser humano, tratava a seus semelhantes com uma altivez insuportável, própria do Medievo. Poderia dizer-se que poucas vezes a arrogância era exibida tão seca e cruamente como quando era empregada por ela para humilhar a um contrário ou a um simples emendador de teses alheias. Além disso, em seguida relembrava as vidas dos mortos que defenderam a tiros os ideais por ela predicados e fazia de seu sacrifício a apologética irrebatível que era atirada sistematicamente contra as idéias contrárias dos que dela divergiam. "Levante e saia desta sala e lembre, se você se atreve, dos que caíram em combate defendendo nossas idéias. A eles e não a mim é a quem você deve o respeito que não me tem." Todos se calavam compungidos e ninguém mais voltava a abrir a boca para contradizê-la. Seu reino não era deste mundo e pouco a pouco com a mudança democrática dos tempos ela foi sendo relegada ao baú encostado dos trastes de onde era tirada só para ser exibida nos atos de gala e apenas como mera cenografia da história da Espanha. Ela, todavia, ignorando que cada vez mais seu papel era reduzido ao de figurante, continuava indo aos comícios com a dignidade coberta em casacos de astracã; o cabelo oleoso grudado na cabeça, nariz esbelto e aquilino e com um brilho de desdém nublando-lhe os olhos como se fosse ebulição do mal. Eu exercia o papel de submisso e sempre que tinha a oportunidade ia embora com ela para adular seu ego, escutando impassível as histórias caducas de luta e combate que me contava com as digressões próprias da velhice. Ela se sentava numa poltrona, eu me encolhia a seus pés no parquê. Perdida em sua verborréia pelo éter do tempo e com uma fala distante gostava de ondular os dedos pelos cachos de minha cabeça.

Jamais suportei as carícias proferidas desde uma altura diferente da minha. Eu adivinhava em seus gestos a hipocrisia e em seus soluços a calcificação dos fluxos vitais. Decrépita. Digo-lhe que adquiri o costume de dar seus recados e de trazer a compra para casa e, entre sacola e embrulho e embrulho e sacola, pude ir constatando sua demência que a supurava de tamanha egolatria. "Gregori, coloca a fruta na geladeira porque senão fica cheia de mosquitos. Já não existem mais frutas como as de antigamente nem melões como aqueles de Villaconejos que comíamos antes da guerra. Minha mãe os colocava na despensa e a casa ficava inundada de açúcar. Os fascistas acabaram com eles nos bombardeios."

Fui abrindo uma brecha no conforto de sua casa e na sua vida tortuosa achei uma capacidade com a qual mal ou bem ia extraindo informação para retribuir ao Caolho minha comissão pelos serviços. Às vezes lhes escapava a saudade como um sopro e falava-me de Gurruchaga ou de outros muitos amantes que confessava com orgulho haver tido. Fazia-o com distância mineral, como se o amor para ela não fosse mais que uma cristalização do desejo. Pormenorizava o estalactítico e estalagmítico de seus caprichos amorosos e, depois, remetia-se com languidez aos tempos perdidos de sua juventude com esse "ai se eu tivesse menos trinta anos" tão comum no caráter dos desenganados do porvir. A impressão que eu tinha era a de uma pessoa com as emoções amputadas e que, por únicos vínculos com o ser humano, guardava a recordação e o desprezo. No mais só posso insistir em resenhar essa comichão por adentrar-me na sinuosidade das pessoas que, desde então, têm embargado meu estado de ânimo, e o gosto que tive ao vincular-me a seu serviço como os cães a seus amos. Ela era comunista, mas eu indigente e como tal, estava saturado de lixo, despojos ou dádivas que em nada me faziam prosperar. Estava farto de ter de suportar a vida do Casarão das Trinitárias, agüentando a fetidez da couve fervida das freiras e aquele hálito gengival que amortalhava a qualquer hora a falsa bondade dos sorrisos. Viver no capacho de Bueyes me confortava pelo menos com a sensação de dormir debaixo de um teto diferente, fora do amor de Deus e do abrigo das pulgas de tanto mendigo, em constante migração, que se havia espalhado pela cidade.

Eu a espionava com prazer e sem contemplações. Sorvia com deleite o transcurso de suas horas que se iam consumindo neste mundo e não sentia escrúpulos por isso. Quando alguém ia até sua casa para visitá-la, eu colocava a orelha na porta totalmente fechada da sala e assim, com a boca muda e os sete sentidos ali cravados, desentranhava o alcance das conversas. Gostava de concentrar-me na casa da velha, entreter o tempo morto com o cheiro adocicado do mogno dos móveis e contemplar os quadros que, fartos de escola, pendiam das paredes contradizendo qualquer vislumbre de austeridade. Pelo afã que pus na incumbência fui inteirando-me também de múltiplos assuntos domésticos. Soube, por exemplo, que o dinheiro para pagar o aluguel daquele apartamento nada proletário procedia da conta corrente que um banco de Paris mantinha aberta em nome de um tal Pierre Brouard, um filho discutível que se dedicava pelo visto aos negócios imobiliários e que, salvo seu agradecimento financeiro, tributava-lhe um desapego emocional absoluto que lhe alquebrava as entranhas com as garras do arrependimento por ter desperdiçado com a política os tempos distantes da maternidade. Através de meu labor de espião barato, averigüei do mesmo jeito os pormenores da promiscuidade com que a velha presenteava-se em seus anos de bom tato, até o ponto de chegar a imaginá-la mais como um receptáculo da libido da classe do que líder das virtudes do comunismo universal; tamanha era sua paixão pela carne crua que às vezes eu ainda sentia calafrios quando me atirava o cio do hálito junto com o jorro das palavras e não porque eu fosse melindroso com os entretenimentos entre as coxas, senão pelo medo de que se eu acedesse a seus caprichos, ela exagerasse e batesse as botas no ato. Tive comprovação de outros fatos que não vêm ao caso e que não digo a você para que se entretenha imaginando-os, e todos me revelaram em conjunto uma personalidade atormentada e avara, um exemplo de vida desperdiçada de tão estéril. Não de tudo, mas sim de muito ia eu prestando conta ao Magro, pedaço por pedaço para remediar lentamente o compromisso que tinha com ele, alguém que, por sua vez, do que eu soltava fazia pílulas e também as administrava em doses lentas a Esteruelas para curá-lo com eficiência dos males que o faziam sofrer mais que à Espanha. No entanto, não havia remédio para tanta febre e mais cedo ou mais tarde o fim haveria de chegar. Naquele redemoinho de ansiedades, interesses e contradições, cada qual se fazia de ignorante de suas culpas e embora todos já levássemos nelas, como um quisto, o embrião de nossa própria penitência, o futuro vinha em cima de nós com a incógnita do imprevisível. Somente a providência e seu afã irrefreável por ignorar a liberdade do homem contava com o conhecimento prévio de nossos tristes finais, tão pesados, tão rigorosos; o de Esteruelas em dupla com o do Caolho, seus miolos derramados junto ao creme de uns biscoitinhos num café chique da rua Goya; a pauladas e como um cão o do pobre Ceferino; agônico e à mercê de minha própria satisfação o de Fe Bueyes; e agora de repente o meu, absurdo e minguado, já que não podia ser de outra maneira em um ser de minha estatura.

Numa manhã em que chegava asfixiado pelo carregamento de frutas e verduras que tive de levar nas costas pelas escadas, ação que sustentei com grande padecimento de ossos em razão de um defeito do motor do elevador, deparei-me com a surpresa de que Bueyes estava despachando com um grupo de pessoas que tinham ido visitá-la. Entrei na sala sem-cerimônia com a desculpa de contar à velha o esforço de subir as escadas; e ela, alterada com a minha presença, ordenou-me com os olhos que saísse dali. Eu jamais havia visto muitos dos presentes, e outros conhecia por tê-los encontrado em uma ou outra reunião clandestina. Abri a porta da cozinha e deixei entreaberta a do vestíbulo para tentar escutar o que falavam. Solicitavam dela seu apoio pessoal à denominada Plataforma Democrática auspiciada pelo Partido Comunista da Espanha.

Requeriam seu compromisso com uma esquerda unida que pudesse fazer valer uma transição política baseada na reforma democrática. Um homem alto e barbudo, que se disse recém-chegado de Roma, anunciou que Santiago Carrillo estava preparando uma entrevista coletiva em Madri a que iriam importantes jornalistas internacionais como Oriana Fallaci e Marcel Niedergang. Tratava-se de precipitar com sua presença a legalização do Partido Comunista e referendar o respaldo internacional à fórmula política escolhida. Contou também que através do consulado espanhol de uma cidade atrás da Cortina de Ferro, Enrique Líster e a Pasionaria* tinham solicitado formalmente ao Governo Suárez que lhes fossem expedidos passaportes espanhóis. Agora mais do que nunca a esquerda precisava da união de seus esforços para agir de frente para o futuro com estratégias comuns. Nem um só grupo podia ficar à margem do compromisso e Fe Bueyes, por seu carisma e também por sua autoridade, tudo se deve dizer, por haver tido antes de qualquer pessoa a coragem de introduzir-se no país, devia apoiar aquela saída que redundaria no avanço implacável das liberdades. Orelha em riste, eu tomei nota daquilo tudo. Por fim, abundavam notícias concretas para o bom término de minha missão. Esfreguei as mãos não sem certa preguiça inexplicável; não queria cair novamente no exercício da vida ruim que o Magro simbolizava; tinha me acostumado muito rápido à vida parasitária com a velha e voltar de novo ao trabalho da rua não me apetecia em nada. Talvez a providência tenha tomado por mim a decisão da mudança, que, sem que eu soubesse, tinha me reservado a exploração de outros novos territórios da realidade. Fe Bueyes levantou-se da poltrona na qual os havia estado escutando, nessa mesma em que acariciava os cachos da minha cabeça e, com palavras grandiloqüentes e secas, tachou-os a todos de reformistas, de malan-

---

* Enrique Líster (1907-?) e Dolores Ibarruri (1895-1989), a Pasionaria, dirigentes do PCE.

dros interesseiros e de traidores da classe operária. Disse-lhes que nunca na estratégia da luta poderia incluir-se a aliança com os partidos burgueses e com aqueles outros que, sem sê-lo, negavam a luta de classes como motor da história. Depois os expulsou com o vento fresco de sua casa e todos saíram com as orelhas baixas, os rabos entre as pernas e sem atrever-se a emendar muito, pouco ou nada aquela velha uva-passa que devia ter deixado em pedaços nas barricadas de trinta e seis o cântaro do bom senso.

Nessa mesma noite, deram de jantar nas Trinitárias mexilhões mergulhados em água insossa e um cozido de talo com fedor de nabo. Sentei-me junto a Magro. Lembro de que ele levava a barba crescida de dois ou três dias que fazia que não se barbeava. Tinha estado ocupado em ajeitar uns assuntos de disputas de território que, segundo me disse, foram resolvidos puxando a faca discretamente na madrugada. Os jornais responsabilizaram a falta de controle da ultradireita pela morte e Esteruelas andava insatisfeito por causa da complicação involuntária que o Caolho, por conta própria, havia lhe impingido. "Tenho notícias frescas, Magro", disse-lhe sorvendo com repugnância um mexilhão, "Carrillo está planejando dar um entrevista coletiva em Madri. Os vermelhos querem conseguir adesões em torno dele para conseguir a legalização do Partido Comunista. Todos parecem estar de acordo menos a velha, mas ninguém está interessado em ouvi-la". Magro acariciou minha cabeça com amizade fingida e congratulou-se sem muita emoção pela informação que lhe dava. "Isso está muito bem, anão, mas agora você tem de me revelar onde e quando. Não se pode andar tapeando Esteruelas com rumores. Faça com que a puta velha lhe diga; você tem de enganá-la, faz qualquer coisa, vai pra cama com ela se for preciso, mas me diz alguma coisa que possa servir. Tá tudo fodido e a nossa sobrevivência depende da nossa própria habilidade. Você me entende, né anão? Você sabe o que pode acontecer com a gente se não conseguirmos o que nos propomos, não é? Lembre que o que você faz é pro seu próprio bem e nem preciso dizer como eu ficaria chateado se te acontecesse alguma desgraça por fazer mal seu trabalho." Magro foi cedo para o seu quarto. Quando passei em frente de sua porta não ouvi gritos de freira nem gemidos de porco. No profundo silêncio dos corredores, um ruído ácido me entristecia por dentro, os gonzos da minha vida estavam rangendo.

Tudo está escrito no livro inabarcável do destino, minha vida é um capítulo fechado e você deve agora finalizá-lo. A mais terrível violência que se pode cometer contra o ser humano é a de lhe revelar sua falta de liberdade, a previsão de seus comportamentos, a determinação conhecida de suas condutas e até a data exata de sua morte. Você veio para entreter-se com a minha. Você se imiscuiu no meu passado somente para dar-lhe o merecido ponto final. Sua presença na minha história ressalta que a ferocidade da própria existência em si nem se compara com a convicção de que nada, absolutamente nada, depende da vontade individual. Somos meros espectadores de nossa própria tragédia e nos aplaudimos e nos felicitamos pelo esmero da representação, sem notar o *deus ex machina* que sustém nosso comportamento conforme um plano preestabelecido. O aplauso do final é sarcasmo ou gargalhada e só quando a cortina abaixa totalmente nos damos conta do que aconteceu.

Ceferino Cambrón passeava altaneiro pelos corredores do metrô anunciando em alta voz sua mercadoria ridícula, como se no cumprimento de alguma incumbência angelical fosse crescer na contrária sorte da indulgência. A sopa rala das Trinitárias o mantinha vivo por caridade e a catequese do partido continuava nutrindo o apetite de seu espírito com a falsa comunhão da igualdade operária. Pobre Ceferino, nem sequer no momento da morte pôde se dar conta de que jamais a terra haveria de ser o paraíso-pátria da humanidade com que sonhava. Eu tinha deixado bem claro pouco antes. "Olha, Ceferino, me deixe em paz com a velha e não se meta nos meus assuntos. Se me atrapalhar o negócio, vai se dar mal." "Você não tem dignidade, Gregorio. Não passa de um inseto que só busca seu próprio proveito, mas te juro que não vai conseguir à custa de nossos ideais, antes disso eu te mato com minhas próprias mãos." "Você é um iludido, Cambrón, se deixa arrastar pela fantasia, acredita no que não vê, desperdiçou metade da vida na quimera de um ideal e nem sequer se dá conta de que a única coisa que a velha faz é sugar o tutano de vocês e que você e todos os outros só lhe servem como desculpa para continuar vivendo. Você se confundiu de mundo e vai acabar sem se inteirar de que neste está atrapalhando. Vai, continua com suas alucinações e me deixe em paz. Só te digo uma coisa, não volte a me ameaçar nunca mais ou vai se lamentar por isso."

Ceferino Cambrón continuou mal, vivendo de ideais até a noite em que perdeu a vida. Morte ruim a que teve, uma morte ruim muito semelhante à apropriada aos filhos-da-puta, embora, na verdade, podia ter sido pior. Não tive outra saída a não ser pedir ao Magro que o tirasse do meu caminho. Estava a ponto de desbaratar meus planos ao advertir a Fe Bueyes sobre minha conduta espúria, se bem que agora considero que minha relação com ela em nada teria mudado, mais ainda, teria sido excitante para ela saber que era protagonista de uma conjuração. Às vezes acho que a quem, sim, teve Ceferino oportunidade de contar foi a Joana, a Loira. Nunca cheguei a perguntar-lhe, embora com o passar dos anos eu tenha tido a oportunidade de voltar a vê-la em circunstâncias diferentes à daqueles tempos em que sua atitude para comigo era de ódio e violência, a tal ponto que, se me encontrasse em algum ato, não me dava um chute na boca apenas para não manchar o tênis com a sujeira do meu sangue. Coitado do Ceferino e coitada também da desgraçada de sua vida, ali no chão, derramando-se aos borbotões sem ninguém ao lado para ajudá-lo. Não digo que em outra circunstância e em outro tempo, pelo seu jeito espigado e esbelto, não tivesse podido chegar a presidir algum organismo autônomo do

Estado, desses que contam com um patrimônio destinado a um fim, mas não foi possível. As coisas, como tenho dito, não se dão como se quer, mas como está mandado que aconteçam, e trinta e tantas pauladas mal dadas na cabeça, no tronco e nas extremidades deram cabo dele sem contemplações. "Toma, comunista de merda, para que aprenda; grita pra frente Espanha, toma, canalha, para que aprenda a não foder as pessoas, grita Viva Franco, Pra frente Espanha, Viva Cristo Rei." Nunca ficou com um centavo para seu próprio proveito. O pouco que ganhou vendendo seu material de sonhos pelos corredores do metrô entregou à caixa comum do partido. Outros companheiros mais espertos teriam se aproveitado à vontade em bilhetes da loteria ou em lanches vagabundos de café com churros no meio da manhã; não dava para mais. Teria sido melhor se tivesse curvado-se e pedido esmola para o Caolho, mas você está vendo que não foi possível. O cadáver ficou destroçado e transparente a cor. Um caminhão de lixo o encontrou na manhã seguinte esmigalhado contra umas latas e por pouco não foi confundido com restos de comida; a essas horas abunda o sono e custa reconhecer as porcarias. Levaram nove horas para identificá-lo de tão esfolado que estava. "Espancaram Ceferino, os fascistas o mataram a pauladas", entrou gritando a Loira na sede do partido, "nós temos de ir atrás deles, não podemos deixá-los vivos." Tudo virou nervosismo, confusão e incerteza e, entre a angústia e o temor do conjunto, eu permaneci calado e percebi de repente que a razão verdadeira de sua morte havia sido eu mesmo. "Fascistas assassinos, polícia assassina", dedicaram-se a pintar pelas paredes durante o dia inteiro com sua noite em claro, até que com o surgir da aurora, quando já no céu começava a azular-se o amanhecer, ficaram mais ou menos apaziguadas as ânsias de vingança e foram todos calmos para suas casas, pelo que ao final também não houve nada.

 Quando no dia seguinte fui a entoar o amargor de sua morte com a sopa rala das Trinitárias, o Magro sentou-se a meu lado, passou seu braço pelo meu ombro e olhando-me fixamente nos olhos soltou à queima-roupa uma pergunta: "Anão, você acredita no inferno?"

Recolhi as trouxas de livros proibidos e revistas porcas que foram a mercadoria de Ceferino e sem examiná-los os entreguei a uma das freiras para que os repartisse entre os pobres, todos menos esse de Blas de Otero em que ele tanto gostava de se encontrar consigo mesmo. A freira, em vez de dar ou vender, queimou-os com o carvão da caldeira, o que provocou uma chama mais calorífica que de costume que, como um desejo insatisfeito ou uma vontade mal aplacada, acabou escapando num suspiro pelas chaminés do casarão. Eu ainda releio, no entanto, aqueles versos quando me espreita a desesperança: *uma geração sem mais destino que apontar as ruínas...*, e lembro-me sem pena do que mereceu Cambrón.

O que é que fica no final de uma vida? Apenas nada, talvez certo espaço na memória para recordar as comarcas prazerosas da carne que foram percorridas quando jovem; um ansiar o sabor dos cozidos desfrutados com gosto e digeridos suavemente à sombra imprecisa do porvir ou o longínquo estalar na boca da fumaça de um cigarro fumado no cochilo do desejo. (O aroma do tabaco quando se mistura com o vapor genital, acumula uma estrutura incomparável que é perfume de morbidez. O cheiro que fica embeleza e fascina; só é preciso que depois da cópula se acenda um bom cigarro, degustar a fumaça por dentro da boca e, depois, expeli-la fazendo rodelas contra a umidade do sexo do outro; assim se elevará pelo ar esse perfume ondulado que aumenta o desejo e de longe justifica a existência.) O que é que fica no final de uma vida? Somente o pequeno, os gestos, os detalhes, o ter na consciência que tudo está escrito, até a labareda final do universo.

Santiago Carrillo não fumava charutos, mas acendia cigarros sem parar, um atrás do outro como se os encaixasse. Respondeu-me que não podia evitar, uma vez que eu lhe fiz a pergunta enquanto esperávamos juntos na ante-sala de uma tertúlia radiofônica em que, por uma dessas extravagâncias da providência, coincidimos como convidados. Falou-se ali do divino e do humano, do auge do pensamento decadente e da queda do Muro, da expansão da comida rápida e da fome que assola o planeta. Houve quem defendesse a necessidade imperiosa da distribuição eqüitativa de excedentes agrícolas e do controle racional de resíduos e emissões como os únicos caminhos válidos com que talvez se pudesse garantir a existência sustentada da espécie. Para divertir-me e polemizar, sustentei com o microfone aberto a tese de que se deveria usar as instituições internacionais para prover os países necessitados com restos de comida. Depois, fiz demagogia falando da necessidade de expropriar os territórios daqueles governos incapazes de assegurar a sobrevivência de seus habitantes e explorar em seguida as riquezas — naturais ou de qualquer outro tipo — que possuíssem mediante sua venda a corporações financeiras e companhias multinacionais, o que provocou uma enxurrada de protestos telefônicos que bloquearam a central da emissora.

Naquele dia, se eu tivesse tido vontade, poderia ter confessado a Carrillo minha participação na conjuração que contra ele se tramou nos fins de 1976 e que culminou com a sua detenção em 22 de dezembro, sete dias depois que a voz do povo rosnou com um *Sim* maiúsculo no *referendum* para a reforma política a que foi convocado. Tive nas minhas mãos o poder de contar-lhe com detalhes como, informado na casa da velha do lugar e dia em que se apresentaria para celebrar a entrevista coletiva clandestina em que deixaria entrever a postura reconciliadora de seu partido, fui ao Governo denunciá-lo. Poderia ter-lhe falado de Magro, o Caolho, do inspetor Esteruelas, da rede de denúncias que naqueles dias crescia em Madri, mas a providência não teve vontade que o fizesse. Poderia ter-lhe revelado a minha relação doentia com a Bueyes e a maneira como soube que andava pela capital da Espanha usando peruca, mas ele me teria olhado sem conseguir acreditar totalmente, com esse deboche carregado de distância que só dá a plenitude da maturidade e teria diminuído a importância do detalhe da minha denúncia, revelando-me que meia Madri sabia na época de suas andanças e que aquele emergir à normalidade do Partido Comunista e, conseqüentemente, de sua própria pessoa era a única coisa possível a ser tolerada pela história da Espanha.

Demos as mãos ao despedir-nos. Não sei se gostou ou não das minhas palavras. Provavelmente chamou sua atenção que uns juízos tão extremamente mercantis sobre as relações internacionais pudessem provir da boca de um anão. Optei por não lhe revelar nada do que eu sabia do passado. Afinal de contas, o esquecimento era um dos postulados-chave da reconciliação nacional. Além disso, se o tivesse feito, certamente ele teria acabado por perguntar-me pelo preço de minha delação e eu me teria visto, então, na obrigação moral de responder-lhe que um convite para putas, o que não era em nada falso, porque o Caolho naquele dia convidou-me para um punhado daquelas do tipo caras.

Uma paralisia malcuidada que atacou o Magro nos ossos, conseqüência das intempéries de sua vida, deixou-lhe os dedos lerdos, o ânimo apagado e totalmente minguada sua capacidade para surrupiar, o que o afastou um pouco do exercício da profissão. Seu prestígio, atingido pela profusão de ex-presidiários, foi ao fundo do poço. Os tempos mudavam seus desígnios e, no rio da vida, os ofícios de sempre iam ficando para o museu das velharias, enquanto que a marginalidade e a delinqüência transformavam-se nas novas manifestações da sordidez. Magro acabou refugiando-se na prática da confidência política, gênero em extinção com o advento da democracia. O submundo de oposição, que durante quarenta anos de paz remedou sua bagagem da guerra civil pela rede de cloacas e outros subsolos talvez menos fétidos, começava a brotar da lama do ostracismo. Alguns de seus tributários de sempre continuaram pagando a Magro a parte da contribuição que ele lhes cobrava por mendigar em terreno sagrado ou de grandes multidões, as dos touros ou do futebol; faziam-no mais por tradição que por respeito e sem se dar conta de que já não havia razão para isso. A sina dos tempos, com sua rede de máfias internacionais bem organizadas e sem apegos culturais nem crenças ou idiossincrasias que pudessem verter no exercício de suas incumbências vislumbres de honra ou pitadas de cavalheirismo, corria veloz atrás do deus Dinheiro. Aquela Madri de antigamente, cidade unívoca e uniforme, em que jamais um estrangeiro teria passado despercebido, pouco a pouco foi se saturando de raças e a turbulência cosmopolita dos negócios que se empreenderam fez-se fumável e injetável do dia para a noite.

"O único que nos faltava era negros, anão, olha o que te falei já há bastante tempo", grunhia o Caolho a princípios de 78, ainda se espreguiçando naquela degustação lenta da cachaça pelos cantos da Copa de Herrera, "negros fodidos, que fodam nossas filhas e pintem nossa descendência", e o senhor Antonio, alheio ao furacão que logo haveria de mudar seu próprio estabelecimento em feliz dispensário de hambúrgueres, servia quando muito um refrigerante gelado a quem pedisse, acompanhado, isso sim, de um aperitivo de grãos-de-bicos torrados ou de tremoços.

Pelas manhãs, tinha me acostumado a levar para Fe Bueyes uma cesta com a compra do dia: pão, leite fresco, carne, peixe, embutido e bolos, e com meu esforço abastecia a despensa em troca de suas carícias e de suas migalhas. Ela gostava de doce até não poder mais e saltavam-lhe as lágrimas quando provava o chantilly com a ponta da língua ou mastigava um bolo de freira. Ainda de madrugada eu saía do catre das Trinitárias para, antes da compra, mendigar nas primeiras missas de San Ginés e das Calatravas. Com o dinheiro que obtinha adquiria as provisões que depois debitava a Fe Bueyes num rosário interminável de contas jamais pagas sob pretexto da origem da classe das iguarias que eu lhe levava; sempre as melhores, claro.

Eu não era a Divina Providência. Eu não era São Francisco de Assis disfarçado de anão. Eu fazia tudo por interesse, para tirar da velha a fatia que, sem dúvida, guardava em algum lugar do traste de sua pessoa, para bisbilhotar no proveito que sua companhia haveria, sem dúvida, de favorecer-me a médio prazo, como de fato aconteceu ao cabo de muito agüentá-la, mais, pelo menos, do que qualquer ser humano deveria estar disposto a admitir.

Ordenava-me que pusesse a fruta em uma bandeja de porcelana que repousava sobre o aparador para que enfeitasse a casa com seu perfume fresco e incensasse o ar com a farra saltitante de suas cores, verde-maçã, tangerina, rosa-morango e amarelo-pêssego, mas já naquela época a fruta era de frigorífico e logo se perdia com a conseguinte decoração de moscas e larvas, que era uma verdadeira alegoria de putrefação. "Gregori, faz um café com leite e traga no quarto para mim com um croissant e uma aspirina", gritava-me quando sentia a minha presença. "Você comprou os doces que eu pedi?", e Gregori obedecia e levava até a cama o café pedido com a esperança de que o componente neurótico de suas enxaquecas alcançasse a intensidade necessária para deixá-la prostrada durante o dia todo e eu, então, poder bisbilhotar à vontade.

O quarto da velha fedia à roupa suja e pergaminho de couro. Eu abria de propósito as persianas, e a luz poluída de Madri metia-se como uma cachoeira pela janela e revelava diante de meus olhos a rigidez da camisola que comprimia a fruta seca dos que foram em tempos passados seus encantos. Recebia com meu sorriso complacente seu estado de decrepitude e ela, em troca, presenteava-me com prazer o fedor bucal de suas palavras e aquela aparição de recém-saída do depósito de lixo que exibia ao levantar-se. Era nesses momentos quando mais me vinham à cabeça as vezes em que de noite, no trailer de Doris, punha-me a ler em voz alta os versos magníficos daquele livro de Federico que ela, talvez em memória de algum extraordinário movimento, quis presentear a Gurruchaga marcado com a gratidão de sua dedicatória. Eu o imaginava tosco e apressado percorrendo com a língua a pele de sua geografia, e ela, hierática e soberba, deixando-se degustar pelo mero capricho de sentir-se dominada. "Jamais amei a um homem", confessava-me com egolatria, "eles, ao contrário, de joelhos me veneravam e mais de um chegou a perder o juízo por mim", e entre saudade e saudade tirava a camisola até desnudar-se completamente. "Olha para mim, ainda apeteço?", dizia esfregando-se com as pontas envelhecidas dos dedos a flor pergaminhosa de seus mamilos, "vem, chega perto para prová-los, me diz que gosto eles têm", e eu, como burro e fantoche me encarapitava sobre os lençóis e refrescava-lhe o corpo com minha saliva, de trás para frente, de cima para baixo, com calma e lentidão insanas até que em meu falo acendia-se a necessidade imediata da excreção e aproveitava algum terreno não protuberante de seu esqueleto para, por fim, derramar-me sobre ela. A carne velha recorda o sabor siluriano do sebo, a boca se empasta e o paladar se embota. Saciado com ela o apetite, só o vômito era suscetível de aliviar-me mais tarde a consciência. Com aquela entrada em suas carnes eu remediava-lhe a decrepitude e ela acariciava-me satisfeita e deixava-se servir do bem-dotado do meu tamanho. No transcurso dos meses eu fui examinando-a com decisão e pincelando-a com compaixão até encalhar na simbiose. Conforme entrava a reforma do Estado em prol do logro de uma Constituição duradoura e as tendências políticas de cada qual tornavam-se tão legais quanto as de qualquer um, sua influência nos companheiros de militância foi decaindo até o auge da extinção. Já quase ninguém contava com ela para urdir estratégias ou estabelecer pactos sobre interesses comuns, somente era reivindicada quando na folia de algum ato era preciso fazer valer uma carranca de proa que reunisse com seu símbolo os interesses político-festivos do momento. Se não fosse por um punhado de jovens liderados pela Loira que, contra a corrente dominante, tornaram-se fortes na prédica *nechayevista** e visitavam-na para compartilhar com ela suas legítimas aspirações de guerrilha de rua e ditadura do proletariado, teria ficado relegada ao sépia das fotografias, que é o tom que melhor adorna a ante-sala do esquecimento. Algum jornalista daqueles bisonhos, que se esforçavam naquela época em recuperar a memória histórica não oficial, vinha também de vez em quando gravar conversas em que lhe perguntava pelos comportamentos dos mortos famosos com quem havia compartilhado a comunhão da fé. Houve um concretamente que disse chamar-se Guindo ou Árbol ou algo assim, que só fazia mexer obsessivamente nas suas recordações culinárias, como se a única coisa que lhe interessasse do passado fosse averiguar o que almoçava Durruti ou lanchava Stalin; sabe-se lá o que foi feito daquele rapaz. Apesar de continuar viva, a Bueyes já possuía a dimensão espectral de um mausoléu.

---

* Refere-se a Sergéi Guennádievich Necháyev (1847-1883), revolucionário russo ligado a Bakunin. Escreveu um catecismo revolucionário que pregava a subversão total da sociedade e um manual de ação niilista.

Tinha a velha no final o paladar, assim como o sangue, bastante adocicado e gostava de devorar sem medida qualquer tipo de torta, bolo, doce ou chocolate que pudesse ser triturado por suas gengivas. Fazia-me percorrer as confeitarias da cidade em busca de biscoitos artesanais, massas folhadas confeitadas e tortas fondant de chocolate. Naquela época não era comum encontrar esse tipo de gênero e algumas vezes precisava superar-me para consegui-lo, até o ponto de ter de humilhar-me ao ir a determinados estabelecimentos exclusivos. Quando me viam entrar naquelas lojas luxuosas que pareciam ante-salas da glória, de tão brilhantes que luziam as vitrines, imediatamente me convidavam a sair, do contrário, espantaria a clientela com minha fachada, e só em último caso conseguia evitá-lo mostrando grosseiramente os maços de bilhetes de mil pesetas com que lhes pagaria a excelência de seus produtos. Fe Bueyes recebia aquelas oferendas com mimos e, se o que eu trazia era de suspiro, creme ou chantilly, tinha o costume de untar um pouco sobre a pele nua de meu corpo para que eu o provasse, no caso de que estivesse em mau estado; com esses melindres divertia-se a velha.

Nas tardes de primavera, estúpidas e temperadas de trinados de grandes andorinhas, Fe Bueyes adormecia ouvindo o girar do mundo pela janela da sacada. Os roncos escapavam-lhe à queima-roupa e a casa inundava-se com um estertor trepidante que parecia que nos derrubava as paredes. Contemplá-la assim, como agonizante em vida, inquietava-me sobremaneira e sentia uma angústia inexplicável que alcançava o sobrenatural. Nesses momentos, desabitado de esperança, aproveitava para ir sigilosamente rumo à Copa de Herrera onde ao menos iria achar o pulso altissonante da malandragem. "Tá vindo da velha, anão? Vamos ver se você a deixa no ponto para arrancar de uma vez a pele dela em fiapos. Tanta cerimônia já tá me cansando e você tá cada vez mais agarrado a ela, não tá se apaixonando?", e Magro cuspia as gargalhadas sobre a serragem do chão da Copa, sujo de umidade, corroído de decadência.

Todo sistema tende ao caos, todo ser humano à esclerose. Eu envelhecia em Madri e Madri também em mim. O que deve acontecer na vida de um homem para que caia nas garras da felicidade; um acontecimento emocional desmedido, um desejo bem satisfeito, um sonho feito realidade? Nem o ouro junto com o que brilha no mundo teria bastado para outorgar-me a beleza com que alguma vez pudesse talvez sonhar. Minha braquicefalia é evidente, uns tocos os braços, curtos os ossos que sustentam minhas pernas e, ainda assim, sobrevivi à hostilidade de minha circunstância e hoje sou digno de encômios, felicitações e parabéns. Minha posição é invejável e, no entanto, talvez por não ter estado em minhas mãos fazer nada para consegui-la e não ser, portanto, meritório tê-la, o desassossego, que continuo levando dentro de mim seja o mesmo que aquele, que me obstruiu de desânimo a infância no povoado, o mesmo que me embargou de inquietação a adolescência no circo ou idêntico a esse outro, que me inundou de inapetência a juventude naquela Madri convulsiva e transitiva de que agora falo. Nada satisfazia a minha existência e no tremular da mendicância já não achava razão para que os dias continuassem sucedendo-se uns atrás dos outros, *hoje como ontem, amanhã como hoje e sempre igual*, como tinha escrito Gustavo Adolfo. Todo sistema tende ao caos; político, econômico, social, biológico, é tudo a mesma coisa. O caos impera e é inevitável porque assim foi determinado pela providência. Todo ser humano tende ao desequilíbrio, à esclerose, à decrepitude. O único que importa é manter acesa a imaginação e talvez esquadrinhar como haverá de ser a própria decadência para não nos enganarmos com o que nos possa ter reservado o destino.

A queda do Regime estreitou a vida na cidade. O poder jogava a culpa na crise do petróleo, no balanço de pagamentos, na dívida externa e até no rabo peludo de Satanás, mas a verdade é que a carência ventilava seus farrapos nas fachadas dos edifícios com o descaramento da evidência enquanto o desemprego operário não parava de apossar-se dos lares mais vulneráveis. Colocadas as coisas dessa forma, a indigência deixou de ser uma profissão para transformar-se num estado, os párias multiplicaram-se pela terra dos parques públicos e a famélica legião de rebaixados do bem-estar desembarcou nas instituições de caridade ainda mais na marra e já sem disfarces, como se quisesse assegurar o sustento ainda que à custa da inutilidade de sua própria dignidade. A sopa rala das Trinitárias ficou no mero testemunho da sustentação básica e a água insossa que acabaram servindo lá tornou-se uma alegoria de caldo. Onde um dia houve galinhas, restavam somente torrões com sabor de frango concentrado. Os tempos mudam os apetites das pessoas e inclusive seus costumes alimentares. Os usos culturais se padronizam e as peculiaridades gastronômicas ingressam nos museus de antropologia. A fome iguala os homens e os predispõe para a catástrofe. A comida frugal conserva o organismo, mas tudo tem um limite. Os legumes produzem flatulência, a carne contribui para a putrefação acelerada do aparato digestivo, o peixe provoca transtornos emocionais e o álcool atravessa o cérebro até secá-lo de inteligência. É essencial preservar-se da erosão inapelável da ingestão. Se você quiser sobreviver, não só à minha catástrofe, mas à sua própria, coma só verduras fervidas, apenas temperadas com um jorro de azeite de oliva, beba somente água fresca de fonte natural, enxágüe os intestinos com fibra de cereal e solidarize-se com os que sofrem de fome no planeta. Sentir-se-á melhor, sentir-se-á feliz, sentir-se-á mais limpo e talvez por isso mais belo, embora de nada, afinal, irá tampouco lhe servir.

Joana, a Loira, jamais teria perdido um só segundo de seu tempo em endireitar um cílio, em espremer uma espinha diante do espelho ou empoar a cútis com uma maquiagem mesmo que fosse das baratas. Ela conformava-se em aplicar-se dia a dia à consecução de seus ideais ainda que em detrimento de sua saúde ou do desgaste de seu corpo. A difusão de seu catecismo revolucionário do tipo *nechayevista* e explosivo a obrigava a assumir compromissos com os anjos de sua imaginação, uns anjos varonis, maciços e apetrechados até o cangote com bombas de mão, pistolas automáticas, fuzis de assalto e outros materiais imprescindíveis para semear a subversão e o caos total pelas invernadas mentais da burguesia, os pastos da oligarquia e as estrebarias acomodatícias do capital. Seduzia-me seu intenso cheiro de fêmea e, quando vinha, juro por Deus que, a duras penas, podia conter-me para não lhe depositar uma oferenda de excitação no templo imaculado do ventre. A fim de entreter o desejo de devastação que a assolava, conciliava um trabalho de venda a domicílio de recipientes de plástico para guardar comida, do qual sobrevivia, com a distribuição na rua de panfletos revolucionários e revistas sindicais com títulos grandiloqüentes alusivos a catástrofes mundiais e desastres planetários. Pedia por eles uma doação, mas com um orgulho que assustava e que, na maior parte das vezes, não era mais que intimidação mal disfarçada de compra e venda. Anunciava o material com descaramento e sem disfarces e saía-lhe da garganta esgoelado um tom metálico de aço, bem ilustrativo de suas pretensões socialistas. Só uns poucos, na verdade, adquiriam semelhante propaganda e ao cabo da jornada os jornais derramavam-se pelo seu braço, desgastados de tinta e jorrando suor. As pessoas esquivavam-se pela aparência que exibia e dava no mesmo definitivamente se tocasse a campainha de um apartamento ou se apelasse para a consciência de um transeunte, todos fugiam do seu aspecto e antes teriam consentido uma caridade a um anão do que um arranjo comercial com a Loira. Desde o primeiro dia em que eu a vi atraiu-me, no entanto, sua figura; não se tratava somente do seu corpo longilíneo e grudento, nem do substrato carnal de seu olhar, nem sequer da morbidez loira do seu cabelo. Devia ser bastante provável que o que provocava meu apetite não fosse mais que o nojo e o desdém que eu lhe produzia. As coisas, assim como as pessoas, quanto mais distantes nos parecem mais desejamos possuí-las. Quando ocasionalmente nos víamos na sede do partido ou coincidíamos em algum ato político, ou as vezes em que visitava a velha na intimidade incólume de sua casa, evitava ter de dirigir-me a palavra e, se ela se via forçada a fazê-lo, mantinha os olhos eretos sobre minha cabeça de maneira que eu não pudesse ver-me refletido no espelho aquoso de suas pupilas. Duas janelas tão magníficas, sempre turvadas por uma tristeza imprecisa e impenetrável, mais apropriada a um animal abandonado que a uma militante convencida da justiça social! "Me vende um, Loira", dizia-lhe untando de baba as palavras nas vezes em que cruzava com ela pelos arredores de Tirso de Molina, a caminho da Copa de Herrera; ela apressava o proselitismo da última luz do entardecer para colocar em ação sua provisão de libelos, e nem havia maneira de que se dignasse sequer a responder-me. Sustentava no canto da boca seu desprezo e fazia-me passar por invisível. "A voz do povo. Pelo fechamento das bases americanas, fora o imperialismo ianque do solo espanhol", e sua voz se perdia nas minhas costas, dourada e vazia como um tilintar de ouro falso.

P or fim chegou o dia em que desde a serenidade do poder, numa concessão histórica à eloqüência democrática, optou-se como um mal sem remédio pela legalização do comunismo. Já que não podia ser de outra maneira, a decisão foi tomada em plena clandestinidade festiva da Semana Santa, quando os manequins dos conservadores andavam repartidos pela geografia pátria envolvidos pela fumaça das velas das procissões, e eles bem guarnecidos de preces e romarias e concentrados nos recolhimentos folclóricos próprios do seu inerente nacional-catolicismo. Cabe apontar para ilustrar a cena que naquela época a oficialidade da crença impedia, entre outras tantas mutilações do lúdico, exibir nas salas cinematográficas filmes diferentes daqueles que exaltassem a paixão e a ressurreição de Cristo. Enquanto isso, a outra Espanha, asfixiada na oclusão do espairecimento público, defendia-se, ao contrário, no clássico manuseio carnal ou no consumo privado de resinas embriagantes que, desde a mouraria vizinha, tinham começado a ser introduzidas na Península alojadas nos intestinos de traficantes ainda pouco experientes, mas portadores, no entanto, da ilusão extraviada da juventude. Santiago Carrillo acabava de dar sua palavra aceitando, em troca da legalização do partido, o reconhecimento da dinastia borbônica e tomar como próprias as cores da bandeira. No dois de março, já em liberdade por não saber o Governo o que fazer com um elemento tão incômodo, Carrillo exibiu sua figura caprichosa como anfitrião de Berlinguer e de Marchais no hotel Meliá Castilla. O objetivo do encontro fortuito foi revelado um mês depois. Num 9 de abril quando, ignorando os bigodinhos dos militares, Adolfo Suárez anunciou a dissolução do Movimento e a legalização do PCE. Aquilo foi uma festa e ao uso burguês mais ortodoxo abriram-se garrafas, desabrocharam-se flores e temperaram hímens. Cada célula do comunismo latente organizou sua própria celebração para não mestiçar a pureza de suas foices e de seus martelos com a bastardia restante. Na sede do partido de Fe Bueyes organizou-se de improviso uma farra de portas abertas em que, além da velha planilha de militantes, participaram também vizinhos, transeuntes, simpatizantes e aproveitadores caras-de-pau. Apresentamo-nos lá a velha e eu, ela sufocada pela suposta emoção que, segundo dizia, causava-lhe ver de novo e às claras o comunismo na Espanha, eu de mãos dadas com ela, agarrado à sua saia e assustado pela incógnita que a situação introduzia na minha existência. Esteruelas, evidentemente, tinha fracassado e para mim sem seu interesse direto nas tramóias da política sobravam poucas desculpas para freqüentar a Bueyes sem que ficasse evidente o meu desejo em não voltar jamais ao redil do Caolho. Por essa época, já tinha claro como ir tirando partido de meu servilismo para com a velha e tentar arrancar meu próprio proveito da secura e do salgado de suas carnes. Acontece que a sede era uma festa e o vinho era espalhado com os aspersórios do desperdício. Tudo eram beijos e brindes e abraços e oferecimentos de bebida, tudo era paixão malcontida, até que pela porta o semblante de Joana, a Loira, entrou para turvar com o franzido do seu cenho o alvoroço da celebração. Exibia naquele dia o cabelo preso num coque desconjuntado na altura da nuca como se estivesse a ponto de desfazer-se numa catarata pela ladeira das costas. Lançava uma presença mais monumental, se possível, que a cotidiana. Os peitos, essas pangéias sem sutiã, decifravam-se por debaixo da camiseta branca que vestia ressaltando a presidência neles exercida pelos mamilos, pois era maravilhoso os ver tão eretos e bulbosos como as cúpulas adornadas das igrejas bizantinas. Passou bem na minha frente ao dirigir-se para falar com a velha e, quando me virou as costas, oscilou as nádegas sem querer justo na altura de minha língua, o que provocou a catarse do meu desejo. Não estava satisfeita. Ao emergir o PCE, em vez de um avanço para o proletariado, via-o como um novo triunfo da burguesia que tudo assimilava e digeria. Do PCE logo não restariam mais que fragmentos descosidos porque, segundo argumentava, ao admitir as regras do jogo do capital seria conduzido sem remédio à esclerose. Todos, a maioria pelo menos, já estavam bêbados de vinho ou cuba-libre e as palavras desmancha-prazeres da embriaguez caíram muito fáceis nessa altura do campeonato. Já era tempo, acreditavam, de desfrutar de novo, depois de trinta e oito anos de derrota, daquele ressurgimento feliz do comunismo, e ainda mais em plena Semana Santa. "Bebe uma cuba-libre, Loira, que este Sábado Santo caiu no vermelho", mas ela, mais sábia por menos complacente, tinha a certeza de que uma sociedade não se transformava com o sedativo das urnas, mas com o fervor impetuoso do sangue. Eu tinha bebido alguns copos de vinho para talvez distrair a angústia que os novos tempos começavam a verter no meu equilíbrio e a cogitação o deixava bêbado de desprezo para com toda aquela farra que me rodeava. Só a Loira reclamava o meu interesse, ou melhor, o meu desejo, e o mero fato de estarmos os dois respirando o mesmo ar bastava para que me consumisse no desassossego da insanidade. Depois de um bom tempo de compartilhar copos e conversas com uns e outros, observei-a dirigir-se ao andar de cima pelas escadas do fundo. De repente, o espectro da ânsia cravou-me a picada de sua espora nos calcanhares e impeliu-me a seguir seus passos. Em cima não havia ninguém e a sala em que em outras ocasiões foram celebrados os conciliábulos e foram tramadas as estratégias permanecia agora na escuridão. Somente o banheiro, que tinha sua ocupação assegurada por uma linha de luz assomada por debaixo da porta, demonstrava atividade fisiológica. Aproximei a cara com a orelha em riste e o pressentimento nas bochechas. Para meu delírio escutei um jorro moderado estilhaçar-se contra a cerâmica da privada, era a música íntima da Loira que soava para mim como sinfonia celestial. O ruído provocou o despertar de minha loucura e sem poder conter a imprudência, agarrei-me à maçaneta e abri sem dificuldade. Os acontecimentos mais estranhos ocorrem com freqüência nos banheiros. A intimidade que nos proporcionam estes lugares malcheirosos adquire uma dimensão inaudita ao ser de repente compartilhada. Joana, a Loira, rainha sedenta de si mesma, entronizava sua beleza com as calças abaixadas até os pés e a calcinha na metade da barriga das pernas. Era a vênus carnal que jamais alcançaria sonhar um Botticelli, a fonte cristalina de um Versalhes de ácido úrico em todo esplendor de seu funcionamento. Foi suficiente o tempo para que tamanha liberação de adrenalina, como de repente segreguei, pudesse fazer efeito no meu organismo. Uma ebulição de sangue marcou rebelde as minhas bochechas e sem poder conter o desejo de tocá-la joguei-me sobre ela furiosamente, proferindo baba e respiração entrecortada. Minhas mãos escaparam de mim atrás de seus peitos e, com grande lerdeza animal, tratei de encarapitar-me nela com pulinhos sem nenhum resultado apreciável. Ela, ao ver-me abrir de súbito a porta do banheiro, condensou na bexiga o fluir de sua urina de maneira que o jorro interrompeu-se bruscamente antes que eu me lançasse a manuseá-la. O caso durou apenas uns instantes porque assim que pôde desvencilhar-se, deu-me uma cotovelada na mandíbula que me atirou de bruços contra o chão. Ali, debaixo dos meus olhos abria-se uma galáxia de pêlos púbicos, de papéis higiênicos enrolados, de manchas ressecadas e enegrecidas que omitiam justificar sua procedência. Dei a volta como pude. Ergui a cabeça. A câimbra do golpe percorreu-me profundamente até sacudir minha dignidade. O rosto doía-me, mas doía-me mais ainda, se é possível, a funda ferocidade com que me cuspia suas palavras. "Não lhe basta gozar da própria deformidade como, além disso, fuça como um animal", disse-me enquanto levantava a calcinha lentamente. O gotejar do líquido que ainda umedecia a coxa deslumbrou-me a vista ao admirá-lo desde o chão. Eu, então, cegado talvez por aquela visão repentina, comecei a chorar com um desconsolo descomunal de Madalena. A contrariedade de seu rechaço doía-me, mas com certeza não era razão suficiente para levar-me a desaguar como um Jordão de mucos e lágrimas. Enquanto chorava, ia pedindo-lhe desculpas com o tom de voz muito arrependido e uma pitada de contrição alojada como se atravessasse o coração. "Não pretendia ofendê-la, Loira, me perdoe. Não me controlei. Estava muito excitado, não sei o que aconteceu comigo. Gosto de você como um doido, mas não aspiro a tanto; o único que queria era alguma vez fazer amor com você. Me perdoe, por favor." Joana, a Loira, acabou de levantar as calças sem tirar de cima de mim o olhar, talvez por temer um novo ataque. Quando terminou, dispôs-se a sair daquele banheiro. Passou suas pernas por cima de meu corpo e driblou-me, não sem antes me dar um chute nas costelas. "Porco", disse-me, "se voltar a se aproximar de mim, te mato." Perdeu-se sem mais nem menos entre as pessoas. A ingênua ignorava que a providência havia-lhe preparado uma circunstância muito penosa e bastante ligada à profusão de meus fluidos.

As ruas encheram-se de jovens fascistas que atiravam ao ar uma glória mofada de bandeiras. A eficácia feroz da violência era seu deleite preferido. Tacos de beisebol deslustrados a golpes, nunchakos sujos de sangue e pistolas octogenárias, mas igualmente daninhas, apareciam quando caía a noite dependendo dos lugares para adequada declaração de aspirações, exibição de propósitos e demarcação de territórios. Os filhotes do Regime insepulto, vingando desesperadamente a passividade de seus velhos, mostravam como lactantes a crueldade de suas presas onde quer que pudessem plantar a pauladas a sobrevivência de uns ideais transbordantes de metáforas caducas. A maioria era rapazes de bem que depois com os anos casaram-se com mocinhas bem-comportadas e, já esquecidos do ectoplasma da glória, cultivaram rigorosamente o lucro nos negócios até ostentar barriga, ficarem carecas e conduzir com responsabilidade cidadã veículos 4x4 repletos de prole. Era perigoso transitar, por exemplo, as avenidas incertas do parque do Retiro uma vez retirada a luz do dia ou andar às claras pela rua Goya exibindo distintivos indicativos de pertencer ao bando equivocado. Um soco na cara, um golpe de machete ou um tiro de pistola podiam interromper subitamente o trânsito pela chamada "Zona Nacional". Eu, mandado pelo Magro, comecei a pedir esmola pelos arredores da igreja da Concepção de Nossa Senhora, em plena rua Goya, templo que era freqüentado por crentes de velho cunho e viúvas de militares, enrugadas e de vison. Aplicava-me ali com os olhos bem abertos a estender minha miséria sobre a palma da mão enquanto observava a possível presença de elementos indesejáveis ou perturbadores da ordem, suscetíveis de serem emendados pela pedagogia da surra. Aos olhos daqueles paroquianos só os pobres que humilhavam a testa para rogar a esmola mereciam comungar de sua presença e talvez embolsar as moedas que por caridade cristã lhes atiravam. Esteruelas tinha instalado um contato em uma barraca de rua com insígnias e bandeirinhas fascistas que todos os dias se montava próximo ao café Califórnia. Tinha dado instruções para que eu, caso detectasse a presença vagabunda de algum esquerdista que conhecesse, fosse à barraca e avisasse, e se fosse conveniente, dariam uma lição com eficácia exemplar. Naturalmente, eu por conta própria não ia logo avisando os que visse, mas somente aqueles que por razões pessoais me causassem antipatia, ojeriza, ou por capricho. Para sorte deles, não costumavam meter o nariz por aqueles bairros, salvo se pretendessem provocar confusão ou fazer algazarra. Assim sendo, na maior parte das vezes que eu chegava por lá, limitava-me a extrair o benefício da caridade em cumprimento do papel de mendigo-espião que me havia sido atribuído. Nos momentos de desespero excepcional, cheguei a rezar para que a Loira cometesse o equívoco de mostrar sua encarnação pela área.

Não o fez nunca e confesso-lhe que se a tivesse visto por ali não sei se meu impulso de ódio teria preterido a vontade de desfrutá-la à vontade. O futuro jamais nos pertence e, embora o desejemos de uma maneira determinada e nos esforcemos apaixonadamente para consegui-lo, nunca nos será dado como pretendemos.

Assim que acabava minha obrigação depois da última missa do dia, chegava até os arredores do café para apresentar-me a Amalio Barros, assim chamava-se o indivíduo que atendia na barraca das bandeirinhas, e avisá-lo que eu ia embora, para que ativasse, como melhor lhe parecesse, outros sistemas de alerta e salvaguarda que eles manejavam para manter a zona segura e que agora não vou começar a revelar. "Tchau, amigo", dizia-me aquele indivíduo, "quer um cigarrinho?", e quando eu estendia a mão para pegá-lo, retirava-o com um riso frouxo, "não, que você vai fumar", dizia celebrando sua própria graça. Não era má pessoa. O que acontecia com ele era que a inteligência não dava para muito, mal conseguia vislumbrar o futuro que o aguardava. Não fundo não foi ruim para ele saltar também aos pedaços pelos ares, de outra maneira sabe Deus em que teria acabado aquele sujeito. Magro, o Caolho, às vezes dava umas voltas pelos arredores da igreja para não se descuidar do exercício dos seus interesses e jogar um pouco de intriga com os que por ali eram do seu bando. Sei que algumas vezes encontrava-se com Esteruelas no café e que lá, na fetidez adocicada de um reservado, tratavam com outras pessoas de assuntos cada vez mais turvos que não me importavam. Talvez já suspeitasse que a fidelidade é uma fortaleza dos justos ou uma necessidade dos fracos. Os meses velozes transcorridos desde a morte do Caudilho tinham frustrado para sempre a possibilidade de que se redimisse de si mesmo. Era só uma mera carniça num panorama necrosado pela mudança, um cadáver à deriva dos tempos. Já não havia esperança para eles, mas somente consumação. O adultério e o amancebamento tinham há bem pouco tempo deixado de ser penalizados pelas Cortes e os espanhóis, convenientemente instruídos nas vantagens do voto soberano e presenteados com o rebaixamento da maioridade até o candor dos dezoito anos, andavam bem dispostos a aprovar uma flamejante Constituição pela impressionante estatística de oitenta e oito por cento. Menos de um mês antes, um grupo de militares do tipo avantajado pela patente tinha sido descoberto tramando, desde a galáxia de suas saudades, um golpe de Estado que teria encaminhado a pátria pela insigne senda da justiça, da ordem pública e da moral estabelecida, o que não teria sido de todo mal para o tempero e perpetuação de nossa má vida; mas não pôde ser. Foi o penúltimo trem da história tenebrosa da Espanha. O último viria alguns anos mais tarde carregado de espantalho e de militares vestidos a caráter, como apontou um jornal de além-mar. O mundo teria aprendido de novo a falar em espanhol.

Cada vez mais mergulhado na cerração do porvir que certamente me guardava por seguir naufragando nos territórios da imundice, afastava-me de pensar em qualquer outra coisa que não fosse tramar tirar algum partido da Bueyes. A idéia de despojá-la em vida das posses que sem pudor escondia no armário de seu dormitório, dentro da cavidade de uma caixa-forte embutida na parede, resultava-me um tanto repugnante, não pelo latrocínio em si, mas por não ter depois outro remédio que fugir com o roubo, o que me afastaria definitivamente da desejada proximidade da Loira. Ainda não tinha descartado a possibilidade, remota, porém não descabelada, de dobrar sua vontade e conseguir o troféu de sua intimidade. Matar a velha para roubar-lhe as pérolas e os balangandãs de ouro que, não sei se do de Moscou ou do de onde quer que fosse, seduziam seu contrabando teria resultado mais refinado, mas o Magro acabaria suspeitando demais daquela morte violenta e sem demora me teria pedido contas do sucesso. Portanto, entre as fantasias doentias das noites quentes passadas na austeridade das Trinitárias e os dias gastos em sobreviver à vertigem dos acontecimentos, concluí que o mais sensato seria somar-me ao tempo da morte, que se anunciava distante, e aguardar o desenlace consabido; e assim o fiz, embora tampouco por isso tenha cruzado os braços, muito ao contrário, participei do advento do final adoçando o repouso da velha com confeitos, pães de mel, licor de anis, chocolates e outras guloseimas do estilo que ela celebrava sem mesura. Era diabética e urinava demais.

Sempre ri da contumácia de quem diante das catastróficas seqüências de infortúnios não foram capazes de intuir um sentido transcendente de fatalidade metafísica. Chamam a isso de má sorte, sem se dar conta, no entanto, de que na verdade se trata de uma disposição estabelecida pela providência em que fica vedada qualquer ingerência em sua mudança ou orientação. Esse é o engano em que vivem. Crêem-se paladinos da liberdade e não passam de fantoches do destino. Magro, o Caolho, ignorava o sentido de sua vida, mas se esmerava no que fazia, no rendimento a curto prazo, no imediatismo do prazer sem descontos e no ir levando cada dia, sem pensar muito no mistério evidente do amanhã. Por isso, quando a bomba esmigalhou subitamente sua existência, nesse último segundo que sempre há de chegar, não padeceu de terror, dor, consternação ou medo, mas somente de decepção. Tive sorte, poderia eu dizer, de não o ter acompanhado, como pretendia, ao encontro a que tinha sido convocado por Esteruelas juntamente com outros três indivíduos de quem nunca se falou nas notícias dos jornais. Mas aquela não era minha hora e por isso, sem que eu imaginasse o alcance das conseqüências, contrariei sua ordem e o deixei para sua morte, subindo pela rua, a caminho do café em que o GRAPO* havia instalado o artefato que fez com que todos voassem em pedaços. Uma gota de suco de morango espalhando-se em um prato com tortinhas foi a última coisa que o Magro contemplou antes que seu globo ocular arrebentasse por efeito da onda expansiva. Podia ter sido pior; podia por última visão ter tido a imagem escura e circular da boca de um revólver apontando para a aquosidade da pupila, mas não foi assim. As coisas acontecem como têm de ser por muito que nos esquivemos para evitá-las. O destino é o texto, a sorte a caligrafia do livro em que a providência exemplifica as circunstâncias de nossas penas. O Magro concluiu sua epopéia desmembrado em múltiplos pedaços que nunca mais voltaram a se reunir. Não teria sobrevivido nos tempos desorientados do alvorecer do milênio.

---

* Grupo de Resistência Antifascista Primeiro de Outubro (GRAPO), grupo terrorista ligado ao Partido Comunista da Espanha reconstituído (PCEr).

Hoje em dia no metrô ninguém perde a paciência vendendo livros. Os tempos mudam de pele, os costumes estrangeiros se homologam e por fim as massas amenizam seu protagonismo histórico, salvo no estritamente esportivo. O culto à bola substituiu completamente o interesse pela política que andava em voga na Espanha daqueles tempos. A liberdade se transformou em mercadoria e a expressão popular, em cântico de euforia. Naquela época não. Naquela época as pessoas se esgoelavam pelas ruas por seus ideais enquanto que o espetáculo do esporte era celebrado à parte, nos chiqueiros da inteligência. Em público ninguém, salvo os peões ou os mais simples, lia imprensa esportiva sem temer um olhar de censura ou um gesto irritado de quem estivesse a seu lado; hoje você vê que é o contrário, o que, no entanto, garante rentabilidades suculentas para os que sabem tirar proveito do embrutecimento social em voga. Faça você como eu quando acabar comigo, ouça o meu conselho, tire partido da ignorância alheia, dedique-se a vender adesivos, quinquilharia ou mero ar embrulhado em papel celofane colorido. Vai ver como não se arrepende. A chave está em não sofrer pelo dano à dignidade do homem e em disfarçar o lucro com a cantilena da moda, a da solidariedade, do compromisso social, do apadrinhamento de crianças através da maratona televisiva ou da defesa publicitária do meio ambiente. Aproveite. No fundo, o espetáculo grandiloqüente da riqueza idiotiza a multidão e a predispõe a acatar sua incumbência. Embora a riqueza desmedida de uns poucos deixe em evidência o lodo de um sistema no qual a sociedade organiza os indivíduos em unidades de consumo e que por isso, aí está o paradoxo, progride, ninguém parece dar-se conta do desastre. Deixe-os comungar o lixo e compartilhar alegremente a experiência incomparável de crerem-se livres, deixe-os sobreviver enquanto outros indagam novos mercados e exploram insólitos lucros. É na possibilidade do ganho onde radica a incongruência do indivíduo, a dimensão absurda de sua presença no mundo. A riqueza dignifica, o dinheiro amplia o horizonte, com ele não há limites para que os caprichos e os desejos se executem sem maiores delongas. Só do fastio abundante da riqueza ou dos despojos extremos da pobreza podem-se intuir acaso as trevas da existência. Somente dali se percebe com certeza o enigma do tempo; passado, presente e porvir desvinculam-se do instante e passam a erigir-se em metáforas do todo. A verdade essencial que a vida esconde somente é desvendada pela morte e só nela culmina o que uma vez foi ordenado e nunca acaba: o ditado universal da providência.

 Eu sabia, estou lhe dizendo que Fe Bueyes entesourava dentro de uma caixa-forte embutida num lado do armário de seu quarto a riqueza imprecisa que acumulara ao longo de seu périplo vital. Haveria naquela escuridão fechada do segredo um relógio incrustado de rubis até nos gonzos do mecanismo? Repousaria naquele silêncio alguma jóia estrepitosa de quilates? Abundaria o papel-moeda americano enfaixado em cédulas das grandes? Representava uma incógnita o tesouro e eu entretinha-me desentranhando-a. Colocava a orelha no outro extremo da parede quando Fe Bueyes abria a caixa e escutava os sons que sua manipulação provocava. Eram rirs-rars e tilintares mecânicos que eu exagerava de cabeça com a destilação doentia de minha imaginação. Tudo coincidia. Pela frente, a velha hipócrita tinha gastado a vida em discursar para o populacho, enquanto que por trás fazia própria a causa da riqueza e em vez de repartir, acumulava. No fundo tinha medo do desamparo e nenhum sistema social, nem mesmo o que da porta afora predicava, a teria acolhido em sua velhice com a reverência que ela requeria para culminar a vida. A invalidez, tanto a física quanto a mental, reduz o ser humano a uma carniça em variadas mãos de terceiros. Não revelava a ninguém, nem sequer através de indícios, a existência de suas posses, embora para mim, nas horas de repouso após as pantomimas amorosas que praticávamos, às vezes deixava escapar os nomes de alguns amantes e os conteúdos dos presentes com os que por compensação a tinham agasalhado. Sua velhice podia ser degustada, entre outras coisas, no bolo da mesquinharia. "Você é como eu. Você só acredita que sofreu e por isso vai perdurar, Gregori. Você não tem escrúpulos e algum dia a riqueza vai chamar à sua porta", dizia-me com a voz embargada na garganta, "mas antes os vermes terão de arrebanhar meus ossos."

Ao longo da minha vida conheci múltiplos filhos-da-puta e a todos desejei uma boa morte; depois cada um encontrou a que o aguardava, umas doces, outras amargas, depende. Esteruelas ficou aos pedaços e as flatulências evaporaram-se em uníssono formando uma catástrofe bombástica. Sei que sempre soube que o belo

Bustamante não foi quem matou Frank Culá, mas para ele um ou outro dava no mesmo; não tinha mais obrigação que a de encerrar os casos rapidamente e continuar avançando na vida sem ter muito claro para quê. As mortes violentas às vezes dão pena. No entanto, às vezes dão mais pena as mortes com violência e sem justiça; e mais ainda, se é possível, as caprichosas ou essas sem sentido que de repente semeiam o desconcerto. Eles andavam tramando mortes alheias e não se entretiveram talvez por isso com a própria, essa foi sua vantagem.

Ao ver você agora me olhando tão atentamente, constatei essa premonição das trevas que vem me inquietando desde que tomei consciência de minha tragédia. Vi um a um meus desejos, meus sentimentos e minhas recordações refletidos em seus olhos e espantei-me de mim mesmo. Agora entendo tudo. Contei aos psiquiatras um pesadelo que foi a aparição que tive em Londres na vez em que fui visitar meu filho Éden. Tentei convencer-me de que tinha sido fruto da emoção do dia, que o fim não ia chegar tão cedo nem dessa maneira atroz que me tinham anunciado, mas aqui está você neste presente que nos une, tomando a declaração do meu passado e rubricando com sua presença o pouco que me resta por viver.

Suprimida a causa, cessam os efeitos. Disseram que a irmã Marta, para sua ignomínia, identificou o cadáver dele por uma pinta protuberante que tinha, desde que nasceu, na conjunção dos testículos. A coisa saiu na primeira página dos jornais e a extrema-direita, já mortalmente ferida, nada pôde fazer para evitar que três dias depois do atentado do café Califórnia, o Rei da Espanha, em solene cerimônia, inaugurasse a primeira legislatura das Cortes constitucionais. Cessam os efeitos, digo, porque já sem o arrimo do Magro as correntes que me ligaram à sopa rala das Trinitárias se quebraram para sempre. Ter permanecido ali por mais tempo teria sido por outro lado uma loucura, tendo em conta a raiva que muitos me tinham. Saímos dali em uníssono, a irmã que se relacionava carnalmente com o Caolho e eu. Ela deixou o hábito, que para nada lhe havia servido, salvo talvez para limpar-se com ele da semente com que Magro a teria salpicado por prazer, e eu deixei outro lustro de minha vida à inércia das paredes daquela impossível instituição de caridade. Estava novamente só, sem lugar preciso para onde ir, mas desta vez, ao contrário de até então, as rédeas de meu destino tinham sido tomadas pela determinação voluptuosa da prosperidade. Selvagem como um cão sem dono que vaga pelas ruas farejando as latas de lixo, roendo da vida os ossos que lhe jogam ao acaso, de um lado para outro sem auxílio de rumo, sem chance de talvez perdurar outra estação e latindo a impotência para a lua, assim perdido fiquei, sem me dar conta de que era naquele desamparo onde, por fim, estava predestinado a crescer.

Busquei abrigo na casa da Bueyes e ela, generosa na tirania de sua velhice, permitiu-me dormir no chão da cozinha, sobre um colchonete de lona, em troca de minha total escravidão. Eu, submisso, aceitei o trato. Acordava cedo e depois de lavar as remelas com duas gotas de água, ia ao mercado de Maravilhas para fazer-lhe a compra. Pedia esmola, mais que nada pela destreza que já tinha adquirido ou, então, surrupiava alguma carteira para comprar algo de comer com que depois pudesse cozinhar para a velha o que fosse de seu agrado. Jamais esquecia uma barra de chocolate mole ou um pratinho de doces que pudesse adoçar o coalho do seu sangue. Nunca os deixava à vista, ao contrário, esforçava-me em escondê-los para que fosse mais apreciado seu consumo. Ela engolia e engolia cada vez mais afastando-se da realidade, cada vez mais volátil, mais monstruosa, mais perto da cova. Nem valia a pena estrangulá-la. As mesmíssimas palavras de Blas de Otero pareciam querer aportar seu grão de cascalho ao concreto armado daquela casa: *desolação e vertigem se juntam. Parece que vamos cair, que nos afogam por dentro. Sentimonos sós e nossa sombra na parede não é nossa, é uma sombra que não sabe, que não pode lembrar-se de quem é. Desolação e vertigem se aglomeram no peito, escapam como um peixe, parece que patina nosso sangue, sentimos que vacilam nossos pés** e, quanto mais eu lia esses versos, mais empestada me parecia a atmosfera de sepulcro em que, dia a dia, ia apodrecendo a Bueyes.

Andei vivendo daquela maneira infame durante alguns meses, meses em que pouco mais do que a repetição do já resenhado aconteceu na minha vida. Acoplei-me àquela casa e, do seu silêncio, assisti à decrepitude e ao ocaso de Fe Bueyes. Forniquei com ela para entreter sua vaidade, alimentei-a com minhas próprias mãos e a auxiliei em sua solidão com o estímulo venenoso de minha companhia. Ela me maltratava com palavras e inclusive com obras, apenas por ser consciente de sua necessidade para comigo e, em troca, eu lhe regalava o paladar com o açúcar da morte. "Você é meu cachorro, Gregori, e os cachorros têm de ser tratados a pauladas para que obedeçam. Você não me engana, cachorro. Sei que você gosta de ver como vou morrendo e que por isso não vai embora, por isso e pelo tutano que vai me arrancar quando mastigar meus ossos. O que você acha, que não me dou conta do que você procura?, vem cá, anda, e lambe um pouco meu cansaço", e eu latia para o ar fazendo pantomima de suas palavras, teatro de meu desejo e celebração funesta da absoluta verdade daquele discurso. Lá fora, o mundo girava sem parar talvez de uma maneira não percebida por mim até então, fresco e denso, suculento e enorme e, apesar de tudo, belo, e um dia bateram à porta.

Caía uma chuva brumosa que molhava o pavimento das ruas com a saliva escorregadia do Natal. Era a tarde do dia 24, essa tarde

---

* *"desolación y vértigo se juntan. Parece que nos vamos a caer, que nos ahogan por dentro. Nos sentimos solos y nuestra sombra en la pared no es nuestra, es una sombra que no sabe, que no puede acordarse de quién es. Desolación y vértigo se agolpan en el pecho, se escurren como un pez, parece que patina nuestra sangre, sentimos que vacilan nuestros pies."*

de borra em que na intimidade dos lares começam a acender os fornos elétricos que farão assar o jantar; essa tarde metálica de sombras em que as toalhas do enxoval abandonam a clausura dos armários para espalhar seu eterno cheiro de naftalina pela calmaria dos salões, a tarde calada que com sua lentidão rodeia o silêncio inóspito em que sofre suas nostalgias o coração. Dispunha-me a preparar um espetinho de merluza para a velha e assim dar consistência à nossa ceia laica, quando de repente soou a campainha da porta. Fe Bueyes havia se deitado um momento, vítima de uma dor de cabeça. As enxaquecas a avisavam da fragilidade de sua memória e a prostravam com freqüência num leito de escuridão. No rádio da cozinha, um Aiwa portátil com as circunferências do alto-falante obturadas pela sujeira, a voz nasalada do Rei da Espanha começava a pronunciar a tradicional mensagem de Natal: "Estes doze meses transcorridos contemplaram, por outra parte, o esforço de todos por alcançar os níveis de liberdade e responsabilidade que nosso tempo histórico exigia. Em relação a isso, há poucos dias atrás, ao fazer uma avaliação pública da consolidação do processo constitucional, expressei a convicção de que o povo espanhol, num ato de suprema liberdade coletiva..." "Gregori, estão tocando a campainha. Vai ver quem é e desliga o rádio; tanto discurso arrebenta minhas têmporas, não posso suportar!", gritou-me a velha da caverna do seu quarto. Joguei na água fervendo a metade da cebola que descascava, desci da banqueta, uma vez que não tinha mais remédio que trepar para poder chegar ao fogão e fui abrir a porta. Joana, a Loira, no umbral, apoiado o ombro direito numa das colunas, os olhos transpassados com um alinhavo de haxixe que engrandecia suas pupilas, ficou me olhando não sei se com repugnância ou com surpresa. "O que você tá fazendo aqui, anão?", perguntou-me sem curiosidade. "O jantar da velha", respondi-lhe. A quilha do seu corpo calafetado pelo suor agitava com violência meu apetite e uma espuma de saliva escorreu pelo lado da língua enquanto eu contava-lhe a incumbência que tinha adquirido de atender a velha a todas as horas e fazer à sua solidão companhia e a seu tédio, distração. "Você é um verme", disse-me, "deve estar querendo tirar alguma coisa dela". Nem dei importância ao insulto nem pretendi começar a discutir com ela a essas alturas. Falou-me que havia ido despedir-se da decrépita e levei-a para a sala. É curioso, mas assim como aquele chofer de Benalmádena, ela também tinha cheiro de peixe fervido, de mar apodrecido, de distância. Sem que eu oferecesse, entrou na sala, acomodou-se numa extremidade do sofá e cruzou as pernas com escasso pudor. Levava-as encaixadas numas meias-calças de um lilás esmaecido e no movimento de sentar-se deixou entrever de propósito o biscoito esponjoso de suas coxas. Ao menos foi o que me pareceu.

Pensando em liquidar aquele encontro em duas palavras disse eu a ela que Fe Bueyes estava deitada porque estava com dor de cabeça e que eu lhe daria o recado de sua visita para que lhe telefonasse no dia seguinte. "Amanhã já não haverá maneira de me localizar", respondeu-me prontamente, "amanhã deixo este país de merda; vou embora para a Nicarágua." Joana, a Loira, mostrava-se entre feliz e inquieta pela decisão que tinha tomado movida, segundo depois me disse, pelo compromisso com a luta revolucionária. Os sandinistas estavam lá em plena ofensiva contra a ditadura de Somoza, e o Ocidente, com o imperialismo ianque à cabeça, olhava para aquele país com o receio próprio dos que vêem ameaçado seu próprio futuro. A Loira estava convencida de que o triunfo da causa da igualdade que ela preconizava passava primeiro por seu próprio sacrifício. Assim foi. Sem que eu pedisse começou a discursar sobre o derramamento do sangue operário e camponês com que haveria de frutificar as colheitas do amanhã. Falou da necessidade do combate, do supremo argumento das armas e do extermínio do opressor. As palavras lhe saíam em parábola da boca como se fossem granadas de morteiro, mas, quando estouravam em meus ouvidos, o único efeito que produziam era o do ceticismo, assim que, em vez de imiscuir-me em seu discurso, comecei a entreter-me em imaginá-la nua no meio da selva, adornada de cartucheiras que a cruzavam em forma de xis pela eqüidistância dos peitos, o que sem dúvida realçava sua beleza, uma beleza carnívora mais própria das feras que das pessoas e talvez um tanto desmantelada pela umidade do trópico. A portentosa fantasia a que me entreguei delatou logo a protuberância do meu pau, mais alheio, se cabe, aos pormenores da proximidade da presença da Loira do que às circunstâncias prazerosas da imaginação com as que tinha sido elevado. Ela percebeu o que estava acontecendo e talvez a surpreendesse a prolixidade do assunto, mas o fato é que na maneira de olhar-me percebi de imediato o perfume inconfundível do desejo. No rádio da cozinha, o Rei da Espanha prosseguia com a majestosa gelatina de seu discurso. O eco de sua voz chegava até nós trazido pelo aroma do caldo ralo que borbulhava na panela. A Loira com esse gesto de abandono que, dado pelo irremediável, levou a mão de repente ao zíper do suéter, deixou ao ar a blusa que vestia por baixo. Depois, sem pausa e em silêncio, um por um foi desabotoando os botões até revelar completamente a existência de um sutiã cor de carne que sustentava com firmeza a bolha morna dos peitos. "Vem cá", ordenou-me sem que lhe tremesse a voz, "não era isto o que andava procurando? Toma de mim o que quiser", e deixou descoberta a enormidade adocicada de seu corpo, um vespeiro escorrendo geléia real em que o enxame de minha virilidade estava destinado a hospedar-se. Distante como uma virgem vermelha que pretendesse imolar-se por sabe Deus que descomedida teologia, a Loira abandonou-se impassível a minhas carícias. Obsceno que sou. Passei a língua pelas dobras recônditas de sua anatomia, bebi totalmente o suco de sua carne e fui contando com a boca os instantes minúsculos em que ia cristalizando o prazer. Ela atendia o tempo todo a meus desejos, flexível, manejável, consagrada por completo à dimensão do sacrifício e emudecida pela ânsia com que eu acometia sua vontade. "Gregori, anão", gritou então a velha desde a cripta malcheirosa de seu quarto, "o que você está fazendo que não desliga de uma vez o rádio, tanto palavrório me arrebenta a cabeça; não agüento mais!" Separei-me um centímetro da Loira buscando em suas pupilas o compromisso de que se eu me afastasse, ela permaneceria ali imóvel, aguardando a seguinte investida, não fosse escapar arrependida de sua própria vileza. Perscrutando o sim ou não de seus olhos passaram-me de repente pela memória aquelas palavras de admoestação que, fazia já tantos anos, cuspiu-me na cara o belo Bustamante: "Desiste, Goyo, a um deforme como você as mulheres só se entregam por caridade ou por dinheiro". Os tempos haviam mudado, no entanto, e uma nova forma de ter acesso à carne de fêmea tinha surgido de improviso: a da abnegação solidária. Sabendo por isso que minha presa não haveria de fugir, sustentado pelo triunfo e com o cetro do meu pau erguido em toda a longitude de sua majestade, desprendi-me completamente da Loira e fui à cozinha para desligar o aparelho para Fe Bueyes. "Vinculada a monarquia que encarno ao fundamental propósito de devolver a soberania ao povo espanhol e alcançado este objetivo exposto ao inaugurar minha gestão como Rei da Espanha, proponho que continue e aprofunde sua vontade de solidarizar os espanhóis..." O Rei não parava de discursar ao mesmo tempo em que a água fervia e não sei por que tive então o instinto de introduzir o rádio, em vez da merluza, na panela, mas o caso é que a voz do monarca, solúvel no caldo ralo, diluiu-se instantaneamente com a oleosa habilidade de um peixe.

Algumas mulheres não dissimulam minimamente em tirar de dentro das nádegas a costura das calcinhas. Fazem-no de propósito e descaradamente para despertar baixas paixões em que são contempladas com estupefação. A linguagem animal é variada. O estalido, tchá!, do elástico contra a coxa é um som bonito que além de estimular a imaginação, transpassa-a com uma luxúria navegável. Mera turbulência do ânimo, poderia se dizer sem cair absolutamente em engano. Algumas mulheres não têm caridade para consigo mesmas e entregam seus corpos a um calvário de recatos e depois se imbuem nas trevas da putrefação. Os bichos cegos do subsolo acabam se aproveitando deles sem pena nem glória. Algumas mulheres habitam por cima das faculdades que lhes concedeu a natureza e por isso evitam o exercício inócuo da fecundidade, outras ao contrário ignoram seu destino, mas talvez por não conhecê-lo acabam por cumpri-lo à risca. Fe Bueyes consumia-se aos poucos sumida na escuridão macilenta de seu quarto. A pulsação alterada, a velocidade do sangue e as batidas abruptas do coração eram evidenciadas na voz que lhe saía da caverna laríngea para exigir minha presença a seu lado. "Me dá a mão, Gregori, que estou indo embora", dizia enquanto lhe escorria pastoso o pranto da infância pelos orifícios das narinas, "não quero morrer, aperta minha mão com força que estou sem ar." E era verdade. A velha apagava com a expressão cerúlea da decrepitude aflorada no rosto, como se também fosse uma evidência a mais do irremediável a circunstância de sua morte. A camisola que nesta vez derradeira cobriu a secura de sua carne deixava descoberto sobre o pescoço um rastro de rugas emaranhado e tortuoso pelo qual escorria a senilidade. Respirava com dificuldade e da boca saíam-lhe soluços tão entrecortados e ridículos que impressionava ouvi-los. "Não me deixe, Gregori, não me deixe", resmungava sabendo que seu tempo havia expirado. Não me compungi nem me emocionei. Também não senti angústia alguma quando, cara a cara, olhei-a com uma negligência recheada de desprezo para confirmar-lhe que efetivamente estava morrendo, que já era pó neste mundo e que pó seria inclusive no outro mundo, pois seu credo materialista lhe certificava a inexistência de qualquer possibilidade de vida ultraterrena. "Você está morrendo, velha", disse-lhe devagar, arrastando intencionalmente as palavras, "em pouco tempo você vai perder para sempre a consciência e jamais voltará a recobrá-la. Tenha fé no que sempre sustentou e assuma a si mesma já na beira do nada. Dá vertigem, não é mesmo? Diga pra mim, agora que você pode, o que se sente, esgota comigo seus últimos instantes, diga se é verdade que não se aprecia nada neste transe, nem túneis escuros, nem luzes que se acendem ao longe, confirme pra mim que você só sente terror diante do vazio". A angústia lhe obturava a glote e as palavras desmoronavam na sua boca como pedras despenhando-se por um barranco sem fim.

A cada segundo era mais difícil entendê-la, não pelo sotaque cansado da morte, mas pela angústia com que tentava sem sucesso aferrar-se à vida. "Valeu a pena desperdiçar a vida sustentando mentiras?", continuei regozijando-me nas censuras, "ou você entregaria aos cães o conjunto do seu passado em troca de ter acreditado um só instante num ser supremo que lhe aliviasse agora o terror que a desfaz? Onde está o paraíso que você predicava? Olhe bem pra mim, velha, vê se eu tenho jeito de pária da terra. Quer que eu abaixe as calças pra você comprovar? Você já é carniça e tudo o que é seu agora é meu, seus móveis, seus quadros, as jóias com que lhe pagaram os que a foderam. Você sabia que isso ia acontecer. Espere um pouco que ainda falta me agradecer por tê-la agüentado."

Soltei-lhe a mão que me apertava com força, custou-me um arranhão livrar-me. Aproximei-me do armário e, repetindo de memória os sons da combinação da caixa-forte que tantas e tantas vezes tinha calculado atrás da parede, consegui abri-la sem nenhum esforço. Lá dentro compartilhavam o nicho as pérolas com os anéis, os relógios com os maços de dólares que eu havia imaginado. Tirei o conteúdo, enfeitei-me de colares, coloquei uns anéis nos dedos e derramei o resto das jóias sobre o leito mortuário da Bueyes com lentidão fria, gozando do espetáculo de seu olhar perdido no vazio do inexorável. Tardou apenas dez minutos em expirar. Antes de fazê-lo, recobrando umas forças que não tinha, achou por bem despedir-se de mim com o estertor de uma promessa: "Sua vez vai chegar, anão". Depois enrugou o gesto, plissou as pálpebras, obstruiu as fossas nasais e acabou.

Fiquei quieto um momento contemplando o cadáver sem que fosse meu desejo fazer demasiadas concessões à jocosidade do espetáculo. Permaneci absorto no frio da cena, ensimesmado com o monte de carne que ficava vazio de vida diante de meus olhos, até que, de repente, um gás escapou da morta pela boca e estampou-se contra minha cara pasmada. Então, dei-me conta de que o além, se é que existia, devia ser seguramente um lugar abjeto.

5

O tempo passa a uma velocidade vertiginosa sem que percebamos o dano que em nossas esperanças vai deixando seu transcurso. As modas mudam, os pensamentos transformam-se, as alianças desmembram-se e voltam a tecer-se sobre os mesmos bastidores, se bem que sempre pintadas com a lenda movediça do progresso. O passado distancia-se, o porvir espreita e nada do que somos permanece. Olhe para mim. Até eu me surpreendo ao contemplar-me desta maneira tão crescida; nadando na abundância da grana, honorável no trato, próspero nos negócios, adoçado pela vida até à carícia da imortalidade. O tempo voa, mas o tempo mata.

Longe ficaram as carências; a crueldade terrível da infância; as penúrias passadas no circo Stéfano; o vagabundeio urbano por aquela Madri envaidecida de liberdade. Quem iria suspeitar naquela época que eu haveria de chegar a tudo isto que agora me rodeia, ao conforto, ao poder, ao prestígio social, ao reconhecimento público? Para Ceferino Cambrón o sentido da vida humana estava em ser empregada na luta impossível pela dignidade. Gurruchaga enfrentava a vida pela mera sobrevivência. Para o gordo Di Battista, no entanto, a vida era beber; a vida era uma garrafa que se entorna até que se acaba. E, para mim, o que foi a vida para mim senão uma interpolação de lembranças e uma confusão de emoções? Sinto que tudo é fantasia, simples jogo; que fui apenas um fantoche movido pelos fios desatentos da providência, um joguete em suas mãos. Será mesmo que é tudo mentira; meu nome, minha consciência, meu passado? Será verdade que só servi para ocupar um instante do seu tempo; esse em que minha história alcançou sua única dimensão real?

A filosofia equivoca-se ao tentar encontrar sentido para o ser humano. Os filósofos vêm apenas para insistir no equívoco. Hobbes equivocava-se, embora não por ser britânico nem por ser liberal. Equivocava-se, mas não como aquela pomba do poema que de tão cândida se tornou boba. Não era um lobo o que o homem parecia para o homem, mas um mercado. "O homem é um mercado para o homem", teria sentenciado se tivesse testemunhado outros tempos. A pomba é um animal gasto pelo uso poético, sem dúvida seria mais interessante utilizar a imagem do abutre ou do urubu, que são aves de rapina, para edificar os altos vôos da humanidade. O mercado. Essa é a resposta que justifica a presença do homem no mundo: o mercado como credo absoluto, o lucro como razão suprema. Um mercado, é o que eu lhe digo. Um mercado já sem pombas e repleto de lobos famintos. Um mercado em que os anões pulam e esforçam-se em consagrar seus crescimentos.

Eu sei que você veio para entreter-se com o espetáculo de minha morte, se é que por morte pode se chamar o fim que me está reservado. A história que me é própria, as lembranças que alinhavam a rede de minha identidade, minhas experiências, minhas vitórias, minhas horas mais profundas, as menos amargas, todas minhas emoções foram, sem pudor nem recato, para seu entretenimento e deleite. Diante de você renasço, por você vivo e é possível que em mim exemplifiquem-se os paradoxos da espécie, inclusive o mais terrível de todos eles, o de acabar frente a frente com o nada. Olhe para mim. Continuo sendo aquele monstro de feira que era exibido sem piedade debaixo da lona do circo; aquele sobrevivente da gargalhada. Jamais poderei fugir de mim mesmo. Esta é a minha condenação, dançar arriscando-me sobre o vértice escorregadio do vazio. Gurruchaga não entendia as transcendências, mas com grande sabedoria ligou a sobrevivência aos excrementos até o momento da morte. Dele aprendi o magistério do olfato. "O medo fede, a ânsia também", dizia, "não olhe os homens na cara, cheire primeiro a intenção deles." Você não cheira a nada, nem sequer um fiapo a suor. É como se não existisse, como se sua presença fosse falsa, como se não existisse ali me observando, atento ao discorrer de minhas palavras. Dá no mesmo. Seu cheiro não mudaria em nada os acontecimentos.

A vida veio-me benigna depois da morte da Bueyes. Fui tomar sol e o êxito alimentou-me com o pão recém-assado do bem-estar. Primeiro, eu andei especulando com imóveis; comprava, vendia e embolsava a margem de lucro, mas logo me mudei para o negócio hoteleiro. Nele alçou a providência a minha fortuna como uma oferenda frutificante que há de apodrecer sem ser provada. Depois chegaram os anônimos, as vozes no interior de minha cabeça, as palavras de angústia, as dúvidas, o insólito de determinados acontecimentos e, agora por fim, chega você como cólofon da catástrofe.

Em outras circunstâncias eu agradeceria seu interesse por minhas peripécias fazendo-lhe partícipe de tudo quanto é belo, mas temo que se trate de um capricho totalmente irrealizável. Um homem não é o que pensa, nem o que diz, nem sequer os projetos que empreende. Um homem é apenas o que consome.

Na campanha publicitária que pretendíamos lançar ao mercado no mês que vem, iam ser utilizados diferentes pensamentos extraídos de diversas concepções filosóficas para ressaltar com eles a atração de meus produtos: "Você pizza, logo existe. Você é você e suas pizzas. Pizzar ou não pizzar, eis a questão. Nada da pizza é alheio a você", e assim por diante.

Você poderia ter acrescentado seu rosto à campanha, o rosto anódino de um ser qualquer. Teria sido um êxito sem dúvida, um êxito do qual teria tirado sua parte de lucro. Pena que a sua presença anuncie a iminência do final, e o negócio de que falo não seja mais que uma simples fantasia. Você verá em última instância se está em suas mãos imaginar não obstante alguma fórmula para poder levá-lo a cabo. Tente, instigue a sorte, prove fortuna e certifique-se de uma vez por todas de que você também não é nenhum interlocutor da providência, mas um mero executor de seus caprichos, um fantoche a mais.

Eu poderia mentir para você e falar da importância da vontade no desenvolvimento dos indivíduos. Poderia enganá-lo e dizer-lhe que sou um homem que se fez a si mesmo, que cresceu do nada, que apesar do meu defeito físico optei um dia por me esmerar e prosperar, que tudo o que tenho devo ao meu trabalho, mas temo que fazê-lo não esteja em minhas mãos. O dogma compartilhado de que todo ser humano tem ao seu alcance a possibilidade do triunfo e que este depende exclusivamente do grau do esforço com que se empenhe cada pessoa é uma das falácias sobre as que se assenta a organização social. A liberdade de escolha é outra delas. Por cima de nós só impera a fatalidade, e todos nossos atos não respondem mais do que ao tamanho de nossas próprias limitações. Por ter-se sacrificado a seus deuses, o ser humano achou-se soberano de si mesmo e quis construir seu próprio paraíso aqui na Terra, mas não lhe saiu mais do que um chiqueiro em que, muito à vontade, continua focinhando sem querer assumir a verdadeira causa de suas contradições. Eu poderia mentir para você e catequizá-lo ao uso dos tempos com qualquer cantilena das que confundem o progresso com as cifras inchadas de uma conta de resultados, mas você veio testemunhar o fim de minha vida e não vale a pena que insista em desmentir sua condição de rabisco. Logo se dará conta quando tudo termine.

Certa vez, Bueyes ainda viva, fui comprar-lhe uma bandeja de panquecas com mel numa dessas confeitarias refinadas que tanto a fascinavam e tive a oportunidade de presenciar um episódio terrível. Uma menina aproximava o nariz à vitrine dos doces. Tinha seis ou sete anos, vestia andrajos e, na fragilidade de seu olhar, intuía-se o desconcerto de uma pobreza ainda não assumida. Alguém, por compaixão, entrou no estabelecimento e comprou-lhe um dos doces que admirava, uma bomba de creme polvilhada com açúcar de confeiteiro. A menina, doente de felicidade, não acreditava no que tinha entre as mãos e quase sem atrever-se ia deslizando os lábios pela brandura do bolo até acariciá-lo com a língua. "Um doce só pra mim", cantarolava de alegria. Fiquei observando-a estupefato, indignado pelo indulto momentâneo que se fazia à sua miséria com semelhante dádiva e aproximei-me com a intenção de emendá-la tirando-lhe o doce de uma mãozada. Ela, confundindo meu propósito, achou que eu invejava sua merenda e com toda a ternura de sua infância me ofereceu compartilhá-la antes que eu, desprezando seu oferecimento, jogasse-a irado ao chão. Quando o fiz, chorou.

O mundo, salta aos olhos, está cheio de contradições e é nelas que se vê a necessidade de uma ordem preestabelecida que as justifique e harmonize. A riqueza, a pobreza, o amor, o sofrimento não são mais que circunstâncias desse todo feroz, que nos engole e determina, e sem vontade para escolher também não pode haver culpa que expiar. Diferentemente dos animais, a única grandeza que é reservada ao ser humano é a de poder constatar a dimensão de sua própria catástrofe, o resto não passa de engano, fumaça narcótica que adormece o conhecimento.

A menina Margarida jamais se permitiu um grau de compaixão para comigo, nem sequer a enternecia constatar minha deficiência. Sua soberba a tornava poderosa embora também seja verdade que corriam outros tempos mais duros e os costumes freqüentemente se exteriorizavam naquela época com rudeza. Os loucos, os cães, os poetas, os disformes e os filhos-da-puta saíam comumente menosprezados no tratamento, era isso o que recebíamos.

Magro, o Caolho, embora sendo um miserável, idolatrava a ordem estabelecida pela disciplina. Lembro que uma vez ao descer pela Cuesta de la Vega topamos com o cadáver de um cachorro atropelado. Cheirava forte e as tripas reviraram-nos o estômago. Ele ficou sério e começou a contar que um filhote de cachorro era entregue aos membros das unidades de elite do exército americano, um para cada, para que os alimentassem e criassem até a idade adulta. Uma vez crescidos deviam agarrá-los pelas fuças e passar pelo pescoço as lâminas afiadas dos facões. Com esse exercício pretendia-se erradicar de suas condutas o sentimento da compaixão. Só com a impiedade bem incrustada nos músculos poderiam enfrentar-se cara a cara com o inimigo e não saírem com os membros mutilados ou com os órgãos vitais destroçados. Eram as regras de sobrevivência. Ele parecia desfrutar relatando os pormenores de semelhante prática, mas para mim, mais do que o fato em si do sacrifício do animal, o que me aterrorizava era a possibilidade de dobrar dessa maneira os sentimentos das pessoas.

A menina Margarida carecia de compaixão pelos fracos e divertia-se constatando o sofrimento alheio. Quando desmontaram seu pai a facadas, também não chorou. Muitas vezes me lembrei dela, na solidão do meu gabinete, e tentei imaginar o que teria sido de sua vida, sempre com a amargura da recordação instalada na boca do estômago. Os desalmados por natureza acabam tendo o fim que merecem. Não pode ser de outra maneira, do contrário a ordem se desfaz e afloram os paradoxos na consciência coletiva. O povo também não é soberano de seu destino, por isso a fome ou a injustiça exercem às vezes esse viés atrativo que exemplifica a história. Eu, o que quer que eu lhe diga, vanglorio-me em desacreditar das normas dos homens. Já faz tempo que não padeço fome, nem sacia a justiça minha sede de vingança. O poder, o luxo, a riqueza, o reconhecimento social engalanam as pessoas nos marfins da soberba e o passar dos dias é então contemplado com uma nitidez surpreendente, muito aparentada com a da humilhação ou a da miséria. No fundo, a maturidade fez-me entender a intolerância e por isso o fanatismo não me assusta. Ando mal-acostumado às excrescências do mundo, talvez jamais tenha deixado de ser um monstro, um fantoche feito ao capricho da providência. Diante dos olhos dos homens, agora me salva a riqueza como antes o fez a pobreza ou a gargalhada, essa é a única diferença. A intolerância não é mais do que o exercício desmedido do que é próprio, algo muito evidente nas crianças que se ameniza, no entanto, com a hipocrisia da organização social. O humilde satisfaz ao poderoso, o fraco ao forte, o ignorante ao culto, e assim vamos compartilhando uns com os outros o fato sobrenatural de existir.

Por castigo na própria carne aprendi a desprezar aqueles que me reverenciavam não pelo que era, mas pelo que a seus olhos possuía. Os tempos mudavam e de repente a altura dava vertigem, uma vertigem doce de figo maduro. Conheço inumeráveis filhos-da-puta e a todos sempre desejei uma boa morte, coisa diferente foi o que encontraram, mas aí já não é comigo. Logo o prazer aninhou-se em meus caprichos, rapidamente a aspereza do trato transformou-se em veludo de maneiras. Diante dos olhos das pessoas comecei a aparecer, então, como alguém de mérito digno de ser atendido. Pouco a pouco, fui subindo os degraus da pirâmide social até encontrar-me um belo dia cuspido de elogios e vomitado de atenções. Tudo fica escrito nas páginas ignotas do destino e às vezes em versos brancos. Tudo é inamovível e as frases que se inflamam com a semântica do esforço individual, da liberdade ou do trabalho não são mais do que floreios da falácia com que se adorna o sofrimento do miserável. Minha fortuna veio-me dada, pouco fiz por merecê-la. As jóias e o dinheiro, que roubei da morta, foram gastos em queimar minha pele preguiçosamente com o sol da costa, bem fornido de fêmeas propensas, dessas em que a companhia coloca preço, e untado com a suavidade das sestas intermináveis que marcam as grandes comilanças. Durante vários anos não fiz nada que não fosse desejado por meus caprichos. Marbella estava na moda naquela época e o mais seleto da alta sociedade mediterrânea fazia daquele lugar a residência de seus feitos. Um anão não podia passar despercebido em semelhante âmbito e pelo dinheiro sonante que levava logo me foi dado acesso às grandes festas e aos saraus patrocinados pela aristocracia desocupada ou pela burguesia mais endinheirada. O dispêndio que me acompanhava configurava ao meu redor belas nuvens de parasitas a que eu estimulava com minhas graças comprometedoras e comprava com o poder cada vez mais aquisitivo de minhas posses. Longe ficaram os movimentos clandestinos, os comícios caducos à sombra da luta de classes, o horror impreciso do vagabundeio. Longe ficou essa Espanha política em que ocupei minha juventude. Agora era diferente e até os modistas em voga disputavam a deformidade de minha figura para que exibisse a extravagância de suas criações nas galas em uso. Em poucos anos, virei moda e o dinheiro do qual eu surgia aumentou até proporções insólitas, embora ainda não desmedidas. Auxiliado por alguns homens dos considerados de proveito, introduzi-me em negócios prósperos e fáceis, geralmente especulativos, que logo me outorgaram a possibilidade financeira de embarcar em meus próprios projetos. Por conselho de um deles, adquiri a bom preço uma padaria e em vez de revendê-la com uma boa margem de lucro, como vinha sendo meu costume, ocorreu-me transformá-la em santuário da comida rápida. O turismo demanda as comidas urgentes e bem condimentadas de gostos importados, e eu soube aproveitar a esclerose da infra-estrutura hoteleira antiga e em queda para impor os apetites que vinham de fora soprados pelos ventos do livre mercado. Eram os começos dos anos oitenta e o ganho haveria de chegar a troco de nada. A Espanha das ideologias estava dando lugar à da charanga econômica e a do pandeiro livre-cambista. Diego Armando Maradona acabava de ser contratado pelo Futebol Clube Barcelona por quase um bilhão de pesetas e ninguém ainda dava crédito à semelhante estardalhaço do capital. O espetáculo do golpe de Estado interpretado por um tenente-coronel da Guarda Civil tinha sido exibido pelas televisões do planeta e divulgado até o ponto de chegar a provocar estupor na comunidade internacional. Todos foram à rua unidos pelo estandarte da paz; a democracia tinha passado com boa nota no exame das pistolas. O holding Rumasa acabava de ser expropriado por um ato político do socialismo democrático, no poder pelas urnas desde o outono de oitenta e dois, e José Luis Garci estava a ponto de demonstrar que o espanhol, remedando façanhas de outras épocas, era capaz de alcançar o sonho inacessível do Oscar. Na Espanha, nessa Espanha que muito em breve não haveria de ser reconhecida nem pela mãe que a pariu, o dinheiro começava a amanhecer.

Não há mérito algum no que eu conto, você pode presumir, só fiação do destino. Depois de um dia inteiro gasto entre lençóis, espessa a boca, remelento o ânimo, andei passeando pelas ruas borrifadas de fritura que conduzem à praça do Chopito, no coração de Marbella. Entretive-me observando as ninharias das lojas de suvenires para turistas sem recursos: bonecas de bailarinas de flamenco, postais coloridos com garotas na praia, cabelos ao vento, a bunda ao ar; colchonetes infláveis, tangas fúcsias e outras coisas de variedade barata. Eram sete da noite. Às onze, estava convocado para um coquetel no clube náutico, uma dessas celebrações inúteis em que se venera a vaidade do mundo belo entre brindes de champanha e bandejas repletas de canapés. Tinha tempo de sobra e deu-me vontade de entrar num cinema em que estava passando o filme da moda naquela época, *E. T. o extraterrestre*, um terno discurso sobre a deformidade intergaláctica. Por que fiz isso? Uma vez mais a mão invariável da providência guiava por capricho a incerteza de meus passos. Às vezes chego a pensar que Steven Spielberg filmou aquela história só para que eu pudesse contemplá-la. Vendo-a obtive a revelação que tem guiado meus passos nestes últimos anos pelo caminho da abundância. Colocar a engrenagem do mundo em função de um único ser é uma hipótese atraente que não contradiz em nada a severidade da ordem estabelecida. Divertir-se com ela ao menos satisfaz, e como agora lhe digo que sua irrupção em minha vida anuncia o ponto final de minhas andanças, enfatizo também o sobrenatural do fato de ter-me sentado naquela poltrona nevada de pipocas onde com claridade absoluta me foi revelada essa idéia redonda que iria outorgar-me a saúde econômica: a da pizza a domicílio.

Na tela, umas crianças norte-americanas brincavam com um jogo de mesa na domesticidade de uma cozinha. Falavam entre si e diluíam suas diferenças infantis entre gritos e brincadeiras. Do lado de fora era noite e um óvni acabava de decolar rumo às estrelas abandonando no planeta um filhote de extraterrestre. De repente um dos garotos comentou a idéia de pedir por telefone uma pizza e todos comemoraram a idéia. "Traga uma Papaú mau mau", ordenaram, e em pouco tempo, em seu próprio domicílio a pizza Papaú mau mau era entregue. Eu não podia fazer a mesma coisa, levar pizzas pedidas por telefone para as pessoas?

De todas as pizzas é a Quatro Estações a que melhor sintetiza as quatro idades do homem, desde o alumbramento uterino até a da imersão na sepultura; de todas elas, é a Quatro Estações a que melhor representa o perambular do homem no mundo, macio como um tempero de queijo derretido e escorregadio como a mucilagem dos cogumelos. É o ciclo da vida o que em sua circunferência devoramos, como se fosse uma comunhão de nossa própria angústia. O filão ainda estava por ser explorado.

Acabe como acabar, depois de ter jantado talvez não me importe. As pessoas acovardam-se comumente com a menção do aparato funerário e preferem perder o tempo fechando os esfíncteres da transcendência antes de se esforçarem em vasculhar o que talvez os espere e por isso ignoram a poesia. Nesses momentos extremos em que o ser humano recupera sua dimensão mais profunda e reza, e, se o faz com fervor, pode ir e até encontrar-se com um extraterrestre. E. T., o extraterrestre, apesar de ficção, era um ser repugnante, malfeito de formas, largo de proporções e untado com uma cor fecal que gritava a podridão de sua aparência. As crianças gostavam dele, no entanto, e seus pais compravam milhares de bonecos de merchandising. Seu segredo não foi nem o da novidade nem o da ternura, mas o do nível mental da sociedade em que aterrissou. O filme conseguiu, em troca, lucros exorbitantes. É uma falácia afirmar que a riqueza não deve ser invejável, ainda que em sua consecução tenha intervindo o latrocínio ou o crime. A acumulação da riqueza é o brasão que distingue o ser humano do resto da zoologia. É instituído como merecedor de elogios, adulações, reconhecimentos e todo tipo de trastes de favor. A riqueza é uma ferramenta que a providência tem por bem outorgar a quem por capricho lhe interesse. Depois dos anos juvenis em que, para sobreviver, engolia ovos, depois dos anos incertos da mendicância e dos indignos da delação e do fingimento, encontrar-me, sem buscá-lo, com o privilégio da riqueza, fez-me suspeitar de que algo sobrenatural devia reger meus passos; logo, passados os anos, constatei-o quando o espectro de Fe Bueyes teve a gentileza de aparecer para mim num hotel de Londres.

Os negócios entretiveram-me na futilidade do mundo e durante mais de uma década me dediquei a levantar o império que todos conhecem. Adquiri uma padaria caduca e desmantelada nas imediações de Marbella e transformei-a no crisol afortunado de minha alquimia. Tirei tabiques, derrubei estruturas, instalei luminosos visíveis desde a linha da costa, coloquei uns quantos empregados para bater a pauladas a massa e importei dos Estados Unidos uns dois fornos de ignição direta Murdoch & Panelli para poder assar o resultado dos suores. O primeiro estabelecimento da cadeia Europizza acabava de nascer. O resto veio rodando. Aconteceu tudo muito rápido; o dinheiro gasto sem medida nas noites floridas de vulvas, minha fama de anão, que crescia à custa do êxito social, os resultados magníficos do negócio da pizza; da noite para o dia me vi convertido em uma celebridade da indústria hoteleira, jorrado de oportunidades de negócios, cheio de triunfo e inchado de dinheiro. Todos brigavam por contatar comigo, por montar empresas para mim, por contar com meu apoio financeiro. Os mesmos que em outras circunstâncias teriam cuspido na minha cara, agora me apertavam a mão com reverência e eu, de cada aperto, tirava meu proveito, minha parte de lucro. Fe Bueyes teria ficado satisfeita de ver o apetite com que pude empregar o dinheiro que lhe subtraí, teria se retorcido na tumba ao contemplar-me tão crescido. Depois fiquei sabendo que na verdade o fez, porque voltou dos mortos para desassossegar minha existência com a comiseração de suas palavras. Você ainda não sabe, mas no além se passa fome, dessas desprovidas de esperança às quais nada pode jamais saciar.

Não deixa de ser uma excentricidade que no jantar de gala organizado por uma instituição beneficente cheguem a servir cristas de galo empanadas, porém mais do que isso é que em seu transcurso alguém possa cair na extravagância de recomendar aos assistentes uma pomada anti-hemorroidal. Imagine você, nestes assuntos do protocolo a afinidade entre os comensais está regida ao final pelos que por ofício orquestram a cerimônia e é sempre excitante colocar companhia a um anão. Além disso, minha chegada foi inesperada para a organização (não tinha confirmado minha presença) e tiveram de buscar lugar para mim depressa e correndo. Ao final acabei ficando ao lado da comissária e na diagonal do prefeito, num lugar, portanto, em que a diplomacia haveria de ser eqüidistante para mim. Não me pareceu má posição. Para os fotógrafos também não.

Conste que com isto não pretendo insinuar que eu freqüente, por princípio, a mesa dos protagonistas da vida pública deste país, mas sim que muitas vezes me vejo na obrigação de ter de atender aos convites que me fazem com deferência os mais diversos foros. Geralmente as pessoas mantêm a crença de que em semelhantes eventos não são tratados os temas essenciais para o bem-estar da comunidade e sem deixar de ser verdade, é mais ainda que em última instância o que se acaba ventilando são as roupas sujas de ausentes e presentes. Em tais reuniões, o vinho é degustado em taças quebradiças onde sobressai o buquê, e os alimentos refinados são mastigados com o paladar atento aos matizes de seus sabores, mas na hora das conversas acaba sempre reluzindo o capítulo das fofocas, o das aversões e o dos desarranjos corporais. Nesta noite, a comissária Belinda Dixon teve para comigo não sei se a provocação ou a deferência de me oferecer o remédio que ela vinha utilizando para seus problemas de higiene pessoal. Não provou as cristas de galo por escrúpulo, como disse, mas em troca não teve a menor repugnância em se insinuar para mim em repetidas ocasiões durante o transcurso da reunião. Eu me mantive educado e tentei todo o tempo evitar que me narrasse em voz alta os pormenores da aplicação da pomada. A libido borbulha no cérebro de algumas mulheres de uma maneira estranha e por uma noite debaixo dos lençóis com quem se enrabicham chegariam a se deixar amputar qualquer extremidade. Não me deixou outra alternativa que a de tentar dissuadi-la falando de outro tipo de escatologia, mas nem assim abandonou seu empenho, o que me fez resignar-me a seu jogo. No fundo, um furor uterino das características da Dixon ou revela carências afetivas, ou corrobora a intervenção da providência na administração cotidiana, o que para mim em nada obstrui a libido, mas, muito ao contrário, a estimula. Por ter vindo da sarjeta aprendi a manter as aparências. O cinismo é uma manifestação da beleza, uma maneira de relacionar-se em que o desprezo exemplifica a mais majestosa de suas categorias. Praticá-lo rejuvenesce e constatá-lo regozija. O estado de premonição das trevas pode assemelhar-se ao da percepção da lucidez; os contrários se tocam pelo lado oposto, por isso depois do prazer resta apenas o desassossego. A poesia é um instrumento da transcendência, um sistema de signos com que os homens constroem a intuição do sobrenatural. Quis falar de tudo isso durante o jantar, mas mal me permitiu a comissária, que não parava de me pressionar com os pormenores de seus bulbos anais. A verdade é que formávamos um casal tão estranho quanto extravagante, tão divergente quanto admirável e talvez por isso constituíssemos o centro das atenções da reunião. Todos nos observavam com receio, podia-se notar no brilho aquoso de seus olhares. As cristas de galo não rangem quando são mastigadas, desfazem-se como cartilagens na boca como se fossem comungadas. Uma pizza elaborada à base de cristas de galo talvez fosse original, mas não seria apetecível para o conjunto do mercado. O homem é um mercado para o homem, um mercado regido pela mão cega da fatalidade. Em um papel que rabisquei apressadamente ao final, anotei para a comissária o meu endereço com uma caligrafia bojuda que se assemelhava às circunferências de seus seios; é uma mulher exuberante, mas tem a cútis triste como se chorasse todas as noites ao deitar-se. Assegurou-me que resolveria logo um compromisso prévio e que iria depois a meu domicílio para me mostrar privadamente os milagrosos resultados da pomada. E aqui a estou esperando.

Antes de voltar para casa aconteceu algo inesperado. Na porta do restaurante meu chofer aguardava conversando com o guardador de carros. Fumavam apoiados no tronco crescido de uma magnólia. Fazia frio e confundia-se a neblina com a fumaça. Os tamanhos de seus corpos contrastavam suas dimensões. Meu chofer não era baixo, mas o outro era um exemplar de envergadura que a seu lado parecia ainda mais imenso. Usava um gorro em forma de prato, como se pretendesse com isso investir-se de uma autoridade caduca e gasta pelos tempos. Quando me viu sair, aquele homem ficou me olhando descaradamente e como se de repente tivesse sido sacudido por uma câimbra lançou-se com os braços abertos e um sorriso mole que imediatamente reconheci: "Goyito, Goyito, não é possível". Era Juan Culi ou seu próprio espectro, que havia regressado das trevas do passado travestido de espantalho, com apito e uniforme barato, para conotar a precariedade de sua condição. "Goyito, santo Deus, é você, deixa eu te dar um abraço." Meu chofer, num segundo plano, admirava-se com aquele encontro tão estapafúrdio. Separei-me como pude dos abraços de Juan Culi. "Deixe de me lamber, cara, tá me deixando todo babado", disse-lhe sacudindo do terno os fiapos de sua saliva. "Não posso acreditar, Goyito", continuou dizendo emocionado, "que pinta você tem, até parece gente importante. Não me diga que você também estava lá dentro com os figurões", e apontou o restaurante sacudindo a palma da mão. "Você sempre teve valor; desde o primeiro dia que você trabalhou com a gente eu soube. Você lembra? Não faz idéia da saudade que sinto dos tempos do circo."

Juan Culi continuou fazendo memória gráfica do passado enquanto eu não tinha mais remédio que escutá-lo por força das circunstâncias. Seria possível que tivesse vivido tudo o que ele contava, que tivéssemos compartilhado essas noites geladas pelo interior da Espanha, o fétido bafo das feras, o amparo que seu arquejo nos oferecia ao aliviar-nos o mal-estar, os jantares humildes à luz da lua ou as desesperanças dos caminhos em que às vezes frutificava o lodo do amor?

O mundo é em si mesmo um espetáculo desagradável em que vão se sucedendo as apresentações. Gozá-lo tem seu preço e quase sempre muito alto. Não tive compaixão por Juan Culi. Podia ter remediado sua miséria, mas não o fiz. Podia tê-lo convertido em um ser afortunado se me tivesse apetecido; o amor carnal o teria penetrado imediatamente se eu o tivesse estimado, tal era seu desejo, tudo isso e muito mais que com só uma palavra de minha boca lhe teria sido concedido, mas não aconteceu. O destino não muda o rumo por causa do sentimento. Disse-lhe que tinha pressa, que voltaríamos a ver-nos em outra ocasião e entrei no carro. Ele abriu a porta para mim com submissão e apertou os olhos para despedir-se. Lembrei-me, então, do gordo Di Battista, da manhã em que o deixei desconjuntado no chão do trailer, farejando o desastre de seu próprio final. "O que foi feito do gordo?", quis perguntar-lhe antes que fechasse a porta do carro. A comissária saiu nesse momento do restaurante de braços com um guarda-costas. Fez-me um pequeno gesto dobrando os dedos de sua mão esquerda, como se com ele pretendesse selar o compromisso adquirido. Pisquei-lhe um olho em sinal de assentimento. "Uma desgraça, enlouqueceu assim que você foi embora." Contou-me Juan Culi que os bancos arrebanharam-lhe o pouco que lhe restava; que não deixaram fantoche com cabeça e que lhe embargaram até a foto do passaporte. Pelo visto a expressão de seu rosto apagou-se e o álcool sorveu-lhe as mandíbulas até deixá-las com uma careta de loucura. Então, começou a apregoar que lhe havia aparecido a Virgem de Fátima: "Dobiamo coronare le imagine de la nostra signora", saía dizendo possuído pela loucura, "dobbiamo alcanzare il Carmelo di Coimbra e lavarle i piedi a la sorella Lucia, dobbiamo divulgare il terzo dei mensaggi, dobbiamo santificare les festes." Por dentro, seu corpo dissolvia-se e o hálito fedia. Era insuportável tê-lo cara a cara. Uma manhã, em vez de conhaque tomou água sanitária Coelho e suas tripas desfizeram-se para sempre. Morreu de uma maneira ruim, com sangue e espasmos; remexendo-se como o rabo cortado de uma lagartixa. "Não merecia tanto", acabou me dizendo Juan Culi, "com ele vivíamos felizes, no fundo foram bons tempos, não é Goyito? Bons tempos. Agora se sofre de outra maneira."

Um passado pode ser construído na medida exata das necessidades de quem o solicita. A falsidade é, afinal, uma das ferramentas mais apreciadas do ser humano. Naquele momento, eu teria desejado não ter tido nenhum passado para lembrar, mas era impossível e Juan Culi deixava isso evidente. "Você continua dando de quatro?", perguntei-lhe com grosseria antes de ir embora. Tirei a carteira do paletó e tive a comiseração de entregar-lhe uma gorjeta, "Toma, para que coma bem". A nota caiu taxativa entre suas mãos como o símbolo que era de nossa despedida. De volta para a minha casa, um fiapo não sei se de tristeza ou de saudade sacudiu meu ânimo. Mergulhado na lisura do assento do automóvel, começou a arder em minha memória a mão que o gordo colocou na minha testa no dia em que me adquiriu da minha mãe. Quis não recordar e não pude evitar, até que me dei conta de que já não era jovem e que em comum comigo mesmo só me restava a circunstância amarga da solidão.

Os insetos coleópteros que têm quatro articulações nos tarsos das patas do último par e cinco nos outros, como o besouro, recebem o nome de heterômero e coabitam a imundice de sua natureza nos espaços vazados do barro. A providência poderia ter-lhes outorgado o dom de ter morado em mansões de luxo, como esta que eu possuo, protegidas de olhares indesejáveis, vigiadas com esmero por complexos sistemas eletrônicos, gramas tenras, bela arquitetura, mas não foi assim e por isso empregaram seus ciclos vitais manobrando pelo barro. Os insetos não reclamam da situação de imundice em que vivem, o que é uma virtude. Depois alguém os pisa sem querer e, assim esmagados, consumam a falta de sentido de suas vidas. Todos os homens deveriam ter direito a uma moradia digna, a um teto decente debaixo do qual pudessem morrer, um teto próprio e não o comum de estrelas, mas não é assim e nessa diferença é onde os que têm degustam o prazer da posse.

Meu irmão Tranquilino, que em paz descanse, incendiava a casa das formigas sem má-fé. Os fogaréus que o fósforo produzia ao queimar iluminavam intensamente sua tragédia e, num abrir e fechar de olhos, chamuscavam-na. Meu irmão Tranquilino foi derrubado pelo ferro acelerado de uma locomotiva. Morte ruim foi a que teve, mas, se tivesse vivido, quem sabe se não teria colocado em perigo a população espanhola de formigas. Os que morrem cedo têm o exercício da vontade decepado pela raiz, no caso de possuí-la, senão não acontece nada, só estercam a história. No banheiro em que defeco pelas manhãs, tenho ao longo da parede uma série de espelhos de onde pende uma prateleira sobre a qual repousam os quinze frascos de perfume que mais deleitam meu sentido do olfato. Sento-me no vaso e contemplo a mim mesmo para exercitar-me na teratologia a me consubstanciar. Depois abro um por um todos os frascos e aspiro seu aroma. Além de acalmar minha ansiedade, certifico-me de que a contradição é a pedra angular do universo e que talvez seja por isso que somente do antagonismo surja a harmonia. Minha silhueta mutilada é recortada pela parede de espelhos e sou devolvido refletido como a ilusão de mim mesmo que sou eu. Se você pudesse me cheirar por dentro, ficaria surpreso de que, longe de feder, meu aroma é mais precisamente expectorante. Se fosse possível cheirar por dentro a origem das pessoas, a civilização ocidental, no entanto, iria se desfazer em vômitos.

Numa manhã bem cedo enquanto tomava banho pude contemplar um acontecimento insólito que me deixou estupefato. A água caía pelo meu corpo aos borbotões e o vapor morno que desprendia ia solidificando-se pouco a pouco nos espelhos do banheiro. Algumas gotas liquefaziam-se sobre a superfície e em vez de caírem como chumbo sobre a prateleira dos perfumes pude observar como rabiscavam signos a princípio indecifráveis. Fixei-me no fenômeno e comprovei como o vapor ia dando lugar à caligrafia de uma frase. Fiquei imóvel até que finalmente se completou. Um redondo "filho-da-puta" apareceu escrito com letras de fôrma no espelho. Durante algum tempo estive obcecado com o acontecimento. A princípio, julguei que algum membro do serviço geral, as criadas ou o mordomo tivesse podido marcar no espelho aquele insulto de forma que tomasse corpo ao ser umedecido com o vapor e, embora tivesse descartado a possibilidade, ocupei-me em despedir os empregados de minha casa. O fato de que alguém às minhas costas pudesse profanar o santuário de minhas defecações era algo que não estava disposto a tolerar. Tudo voltou ao normal até que transcorridos os meses uma nova mensagem voltou a materializar-se diante de meus olhos e desta vez sem o recurso do vapor. Estava fora de qualquer gênero de dúvida que minha vida andava por um fio.

As pizzas que são elaboradas em meus estabelecimentos estão defumadas com fragrâncias perfeitamente reconhecíveis pelos comensais. Têm aromas naturais capazes de transportá-los a uma pretendida infância de fornos a lenha, trigo recém-ceifado e grama molhada ao amanhecer. Tudo há de servir na selva dos negócios, desde o recurso da vulgaridade até a predisposição ao sentimentalismo fácil dos clientes. O lucro é a meta, e a rentabilidade, o caminho a empreender. A expansão da riqueza só pode ser conseguida mediante o crescimento sustentado. De nada adianta uma explosão de vendas se os gostos evoluem e não se sabe estar à altura da sociedade para detectar a tempo as mudanças e adequar os produtos aos caprichos volúveis dos paladares. Há cem anos atrás, o frango era um manjar reservado às mandíbulas dos ricos e hoje você já sabe.

Para um desenvolvimento sustentado da indústria da comida rápida não resta mais remédio que contar a cada momento com as preferências do consumidor. O grau de qualidade e de excelência dos produtos só se consegue conhecendo a idiossincrasia das pessoas que estão predestinadas a consumi-los. A adequada continuidade dos produtos cimenta o lançamento de outros novos mais arriscados e inovadores, que garantam a preferência de nossas marcas na escolha do consumidor. O ambiente de negócio em que meus estabelecimentos Europizza desenvolvem sua atividade mercantil define-se pela agressividade e originalidade na concorrência. São tempos de livre mercado em que o homem não é mais do que um cliente para o homem e assim está escrito que deve ser. Esse é o presente que a providência dá aos hábeis, aos que no desafio encontram sua dimensão verdadeira, aos que lideram com o brilho de seu ímpeto os comportamentos sociais e àqueles outros para os quais a moral quantifica-se com cifras.

Fazer análises e estudos sobre o protótipo de cliente constitui, é o que lhe digo, um exercício essencial para cimentar a sobrevivência de qualquer negócio. Quem come minhas pizzas? Essa é a pergunta que na Europizza constantemente nos fazemos. É a estatística que nos oferece a resposta. Durante a semana, são os casais com filhos pequenos que, em oitenta por cento, demandam os produtos mais clássicos, enquanto que na mesma faixa as pizzas com ingredientes de fonética exótica são consumidas por jovens de ambos os sexos e sem obrigações familiares. A pizza Mazzo, por exemplo, do conjunto de nossa oferta é das que mais pedidos recebem: carne de siri sobre base de alhos tenros, alcaparras, cogumelos e um tempero salgado de iogurte e alfavaca. A demanda dos fins de semana está, no entanto, regida pelos tamanhos familiares, a Magnus Meio Metro, a Grande de Luxo ou a Maximista com três queijos são as estrelas de nossas promoções. Muitas famílias com poder aquisitivo de tipo médio desfrutam consumindo-as na intimidade de seus lares, enquanto assistem a uma partida de futebol bem servida pela televisão. O valor que nossos produtos acrescentam ao bem-estar social é garantia indiscutível de compromisso com o futuro. Além de incrementar adequadamente o rendimento do capital investido pretendemos que as comunidades em que estamos presentes aceitem-nos como um elemento a mais de sua dialética e de seus gostos de lazer. Por isso, esmeramo-nos na decoração de nossos estabelecimentos atendendo à idiossincrasia dos diferentes lugares onde se radicam, fazemos um esforço por nos adaptar a seus costumes e tradições e, inclusive, outorgamos-lhes a coesão social de que careciam. Nos nossos estabelecimentos, o tratamento dado ao cliente é familiar e despreocupado, afetuoso, mas respeitoso, cordial, porém distinto, e nossos empregados são de aparência juvenil e estão testados biologicamente para evitar o contágio de doenças indesejáveis. Para permanecer à altura dos tempos, temos a honra de ter adquirido em toda nossa cadeia de produção um claro compromisso com o meio ambiente, já que os materiais que empregamos são recicláveis e nas embalagens que utilizamos aparece sempre uma legenda verde que rubrica as obrigações que assumimos para com a sociedade. Ser solidário é garantia de futuro. Essa é a imagem que desejamos transmitir.

 Meu irmão Tranquilino, aquele bobo, não entendia nada. Ele jamais provou uma pizza, um trem o derrubou quando despontava sua juventude. Pena. Nunca provou a pizza, mas também não teria gostado do sabor, ele conformava-se queimando formigas e chupando os dedos que sempre estavam coroados de porcarias nas unhas. Também tirava melecas quando as tinha bem amontoadas no nariz. Se eu andava por perto, ele as grudava na minha cara e ria sem má intenção. Uma vez, lembro-me, meteu-me na boca uma grande que tinha o gosto de sal grosso. Se tivesse vivido, teria invejado minha fortuna e eu não teria mais remédio que custear sua manutenção por causa do vínculo de sangue. Os mortos às vezes desejam as circunstâncias dos vivos e aparecem para atrapalhar seu sossego. Fe Bueyes teria amaldiçoado meu êxito se tivesse conservado a vida por mais vinte anos, mas a natureza é sábia e achou por bem levá-la a tempo rumo a essa outra ribeira do nada onde o alimento, ao que parece, escasseia.

Sei que você veio para entreter-se com o espetáculo de minha morte. A noite está ultimando-se e já começam a recortar-se os gritos famintos dos pássaros contra o metal do céu amanhecido. Logo deixarei de perceber esta ilusão de ser consciente com a que ainda creio recordar os tempos passados e penetrarei nos territórios do nada de onde jamais deveria ter saído. Todos os que quiseram conhecer-me participarão sem querer da cerimônia de minha destruição e, embora assim como você, eles terminem sabendo-se culpados, será por sua causa que minha vida alcançará o sentido para o qual foi criada. Esse é o paradoxo, o gesto de sarcasmo que me faz a providência: quem me mata me dá a vida; quem me ressuscita me condena. Sabia que aconteceria, mas não pensei que fosse suceder dessa maneira tão absurda. Estava avisado. Primeiro foram os insultos escritos no banheiro, depois chegaram os bilhetes anônimos. Comecei a recebê-los pelo telefone. Telefonavam em horas intempestivas a números reservados aos quais ninguém que não fosse de minha confiança podia ter acesso, o que me alarmou. "Assim não vamos a parte alguma. Estou farto de você. Ou você se atém ao fio de sua própria história, ou isto vai acabar convertendo-se num pastiche sem solução. Entende o que estou te dizendo? Compreende meus propósitos?"

"Diz quem é você, desgraçado", perguntava com raiva, mas ninguém respondia do outro lado.

Com o tempo as mensagens começaram a aparecer em lugares insólitos e totalmente inacessíveis para alguém que não fosse próximo a mim: frases pintadas com batom sobre o couro branco do estofamento do carro, notas introduzidas na minha própria carteira, missivas debaixo do travesseiro e às vezes até vozes desconhecidas que retumbavam dentro de minha cabeça como se além de mim, lá no meu cérebro andasse gritando a voz em off de uma consciência alheia. Depois aconteceu a aparição, e tudo começou a encaixar.

O ser humano custa a assumir a evidência de suas precariedades e é por isso que se aferra às minúcias do cotidiano para tentar fazer-se forte na rotina, mas assim que se descuida, o medo vem e o vence e o aniquila. Dos quatro males que ameaçam a pretendida liberdade do homem, a impotência, o medo, o desamparo e a nostalgia, é a nostalgia a que menos se suporta pelas noites, quando mais frágil se tem a consciência, e as palavras raspam a garganta ao serem silenciadas com desespero. O medo é mordido na jugular e dissipado como o fantasma que é de nós mesmos; a impotência é embriagada e esquecida até a próxima vigília e o desamparo é entretido com o caldo soturno do prazer carnal; a nostalgia, ao contrário, é perigoso enfrentá-la, porque volta com o ímpeto renovado e aí sim que não perdoa.

Se não a providência, talvez tenha sido a nostalgia quem me empurrou a deslindar ao cabo dos anos o paradeiro da menina Margarida. Os detetives particulares cumprem sua incumbência o melhor que podem e, se recebem meios econômicos para isso, chegam a surpreender com os resultados de suas investigações. Em apenas uma semana tinha em cima da mesa um informe detalhado de seu paradeiro. Vivia em Cidade Real; era viúva, não tinha filhos, gerenciava uma pequena mercearia abarrotada de calcinhas das de tamanho grande para gordas e aos sábados à noite costumava freqüentar um bingo imundo chamado Eldorado Palace de onde às vezes saía de braços dados com algum peão. Para os detetives particulares as vidas das pessoas reduzem-se a dossiês assépticos, a fotos clandestinas e a breves explicações, a maioria isentas completamente de fibra ou paixão. Esse é seu trabalho e para isso são pagos. "É uma mulher totalmente carente de interesse", disse-me aquele indivíduo esbelto e sem graça enquanto eu lhe entregava um cheque com seus honorários. "E o que significa para o senhor não carecer de interesse?", interroguei-o de maus modos por sua observação inoportuna. "Não sei, possuir um segredo, um rosto diferente, uma intenção criminosa a ser descoberta", respondeu-me sem levantar os olhos das garatujas de minha assinatura. "Eu teria por acaso algum interesse para o senhor?", perguntei-lhe de novo. "O senhor sim, claro. O senhor é rico."

As casas que ilustram com a pobreza de suas fachadas o cinturão que circunda a Cidade Real me pareceram gavetinhas minúsculas do armário do viver. Ali a escassez do cotidiano devia impregnar o ânimo dos moradores com esse cheiro de verdura fervida que a desilusão desprende. Dei ao chofer o endereço que figurava no informe e não demoramos em encontrar o lugar. Desci do carro e aproximei-me sigilosamente. Através do vidro da vitrine, contemplei com desalento a deformidade com que o tempo, esse aliado da podridão, havia maltratado o amor impossível de minha infância. Os quilos desmoronavam-se pelos quadris da menina Margarida como réstias bojudas de embutidos, e todo o volume de seu corpo ia descansar sobre o assento poderoso das nádegas. Da deusa dos meus sonhos restava somente reconhecível o gesto da boca repleto de desdém e a longitude de uns cílios que eu, na ingenuidade da infância, havia confundido com um atributo da beleza. Foi ali, atrás do vidro da vitrine, atribulado pelo desassossego que significava para mim ter sido repentinamente desprovido da ilusão de minhas lembranças, quando, sem saber por quê, assaltou-me o pensamento a idéia de matá-la. A sensação foi nojenta, como se em vez de ter nascido dentro de mim me houvesse sido excretada desde o esfíncter de um ser supremo. As pessoas comuns não costumam ter normalmente as mãos manchadas de sangue. As pessoas comuns ignoram estar desempenhando papéis de figurantes na farsa tragicômica da existência. Os poetas sabem com freqüência como glosar com maestria os paradoxos do drama humano, não mais que por deixá-los fluir à tinta solta, sem máscaras nem paliativos. Quando as pessoas comuns mancham as mãos de sangue, jamais pensam na possibilidade de que o ato cometido não tenha dependido estritamente do exercício de sua vontade individual e que possa responder, pelo contrário, a uma decisão suprema incognoscível; assumem a culpa e pagam por ela. Não esteve em minhas mãos decidir privar da vida a menina Margarida. Também não acredito que tenha estado nas suas o fato de ter vindo entreter-se com as minhas vicissitudes. Você, assim como eu, forma parte do jogo astucioso do destino e a ambos nos é dado acreditar-nos soberanos de nossas próprias decisões quando não somos mais do que mera figuração do espetáculo: uns bailarinos, outros atores, o restante, acrobatas ou respeitável público que no máximo agradece submisso a trégua do intervalo enquanto se dedica a comprovar que tudo é oco e vão e cartão-pedra.

Mergulhado até o pescoço nessa farsa de que lhe falo, cada vez com mais freqüência comecei a refletir sobre a maneira de poder privar da vida a menina Margarida. De pensamento tornou-se uma obsessão, de desejo uma necessidade, como se com a perpetração daquele ato pudesse afastar de uma vez por todas o cálice sangrento do passado. Só impus uma condição a mim mesmo para aliviar totalmente minha consciência: que não lhe coubesse a menor dúvida de que era eu quem lhe enviava o obséquio definitivo da morte. Mesmo conhecendo exatamente os pormenores de minha conduta, jamais se poderá dizer que sou um criminoso, nem que conserve, ao contrário, preconceitos convencionais contra o crime. Os atos lutuosos dos homens estão determinados de antemão e, por isso, são cometidos. Os lúdicos também. O destino é um livro repleto de respostas sem sentido. Não tive de me esforçar muito em idealizar a trama, a providência quis castigar-me com o sarcasmo de brindá-la enquanto eu urinava no banheiro do meu escritório. Teria podido pagar a tarifa de um simples matador de bairro para tirá-la da frente, mas fazer isso não estava nas minhas mãos. Teria podido ordenar a meu chofer que a atropelasse ao sair num sábado qualquer do bingo que freqüentava, e ele, em troca de um justo preço, teria obedecido às minhas ordens sem protestar, mas também não o fiz.

Os acontecimentos precipitaram-se a poucos dias daquela viagem a Cidade Real e tudo aconteceu nos terrenos do meu próprio escritório. Devido à seqüela da minha deficiência, sento na privada cada vez que urino, do mesmo jeito que as fêmeas, só que em sentido inverso, o torso sempre de cara para a parede. Como ele burlou os sistemas de segurança de acesso ao edifício e conseguiu quebrar a passagem restrita ao perímetro do meu andar é algo que não estou em condições de poder explicar-lhe. Da altura do banheiro do meu escritório se divisa uma bela perspectiva de Madri. As cúpulas dos edifícios mais elevados ficam debaixo da vista, às vezes obstruídas pela bruma esfumaçada das nuvens, e parece que nada de relevante acontece no formigueiro das ruas, aquelas mesmas ruas em que curti o couro de minha juventude com o exercício da malandragem. De frente e ao longe se distingue a ponta da antena da Telefônica, na Gran Via, e um grau à direita, assomados ao poente, os telhados do edifício Espanha. A cidade é irreal de tão alto; deveria ser proibido edificar até os céus.

Pode ser que ele tenha entrado descendo por um desses trastes que se utilizam para limpar debaixo da intempérie os vidros dos arranha-céus, não lhe perguntei. Enquanto urinava andava desenhando em pensamento a contemplação volumétrica da menina Margarida quando, de repente, um empurrão brutal arremessou minha cara contra a descarga da privada. Meu lábio inferior partiu-se ao cair sobre a tampa, e um fio de sangue manchou de rubi o branco gelado da porcelana. Sem ainda dar-me conta do que estava acontecendo senti um pontapé forte no flanco que me doeu por dentro. Lembrei-me de Joana, a Loira, e de quando a abordei no banheiro da sede do partido, mas agora os golpes eram mais precisos e cruéis. Levantei os olhos e o primeiro que vi foi a cicatriz que em diagonal e saindo da bochecha direita lhe dividia a cara em duas. "Você deve ter roubado muito para chegar tão alto, anão, e lembrou-se pouco dos amigos." O sofrimento dos anos tinha emagrecido sua aparência com a avareza de doença, estava meio careca, em parte desdentado e, sobretudo, já não era bonito. "Não pise meu corpo, Belo, tira o pé de cima que não consigo respirar." O belo Bustamante ria sobre mim, a sola furada de seu tênis preto contra meu peito, a ponto de arrebentar meus pulmões. "Caramba, Goyo, você perdeu o jeito de palhaço, já não ri com as brincadeiras dos amigos, vê-se que a boa vida curou tua humildade. Pena que tua sorte tenha acabado." Bustamante cravou seu joelho direito sobre meu estômago e passeou o fio de uma navalha pelo mato de barba da minha mandíbula. "Levo anos atrás de você", disse-me salpicando-me grumos de saliva, "a prisão é um bom lugar para acariciar a vingança, há muito tempo por diante e poucas coisas que fazer. Quando a luz se apagava, tua voz asquerosa me denunciando retumbava na minha cabeça noite após noite e meu sangue então fervia aos borbotões; só as picadas de heroína acalmavam a vontade de te matar, mas para consegui-las não tinha mais remédio que alugar a garupa aos aviõezinhos. Olha o que restou de mim. Já não sirvo nem para tomar pelo cu e você vai me pagar agora o estrago."

O vento dos presídios, enfermiço, atroz, ímpio, tinha costurado de sombras o corpo do belo Bustamante. De prisão em prisão, de cela em cela como um peregrino da santa grade, o Belo tinha aprendido a suportar a vida com uma mescla de resignação e desprezo, temperada finalmente com o azeite da vingança. Quando houve a anistia, ele andou me procurando durante umas semanas, e depois cansado de perguntar pelas esquinas, contentou-se em ir metendo o branco pela veia, dando pauladas por aqui e facadas por ali, vivendo de putas, dessas sem eira nem beira, dessas que trepam mascando chiclete; arrebanhando as calçadas até o limite da salubridade, assim até que se meteu com outros dois para dar sumiço num joalheiro maricas, um Zé Ninguém que receptava ninharias. O peso das pauladas, os favores sexuais e as denúncias mais mesquinhas valeram-lhe com os anos a conduta exemplar de chegar ao grau máximo e como testemunho de seu inferno mostrava o tamanho diagonal da cicatriz, que navegava por sua bochecha à deriva no rosto. Uma deselegância contagiosa tinha substituído nos seus movimentos a agilidade de anjo que o fez uma vez ser admirado nos trapézios. Parecia um bicho ferido de morte que, no entanto, teria sido belo, um animal capturado numa armadilha enferrujada que o destino lhe teria armado de olhos fechados. Os anos não se apiedaram dele absolutamente e a majestade de sua arrogância juvenil havia se transformado num rugido de espanto e, para cúmulo, quando abria a boca a fetidez de seu hálito estercava suas palavras. "Tenha a coragem de não me matar e tirar proveito de mim, Belo", disse-lhe sem convencimento. Ninguém teria dado naquele instante nem uma moeda falsa pela minha vida e, no entanto, o Belo, talvez pela nostalgia do passado, ficou me olhando pensativo enquanto a ponta de sua navalha me furava sem força no tabique da jugular. "O que é tirar proveito de você?, o que você quer dizer?", perguntou-me intrigado. "Não pode haver maior vantagem que ver você morto." Eu lhe supliquei que afrouxasse a pressão do seu joelho sobre o meu peito. Eu sabia que se lhe oferecesse uma saída crível para o desespero de sua conduta teria possibilidades de salvar a pele, pelo menos naquele dia. Aliei-me à artimanha da linguagem e dispus-me com serenidade a tentar convencê-lo. "O passado já não tem remédio, Belo", disse-lhe bem devagar, "esqueça-o e preocupe-se mais em aproveitar o que ainda pode ter pela frente se você se ativer a empregar a inteligência. Deixe que eu te dê os meios. Olhe pra mim, não vê que estou cercado pela abundância? Morto não te sirvo pra nada, vivo você terá meu dinheiro." O belo Bustamante deixou cair as pálpebras, retirou a navalha, e com um desânimo aparente escutou a proposta que lhe fiz e aceitou-a imediatamente, sem reparos. Pena. Isso lhe custou a vida.

Que não faria um homem por dinheiro? Aproveitar-se dos inocentes, defecar em público, abjurar de suas crenças religiosas? O dinheiro é no mundo a medida de todas as coisas, as que são, na medida em que são, e as que não são, na medida em que não são. O dinheiro relaxa os esfíncteres e apazigua a ansiedade: quem o tem, sabe; quem o maneja, intui. O que não faria você por dinheiro? Levantar falso testemunho, comer vermes saciados de cadáver, assassinar quem lhe fosse indicado? Estive explicando ao belo Bustamante meu propósito de tirar a vida da menina Margarida, e a idéia pareceu-lhe perfeita se a recompensa lhe resultasse substanciosa. "Coloque a soma que desejar; peça o que quiser. A metade agora mesmo, o resto quando você acabar." O belo Bustamante aceitou o oferecimento; uma morte pela outra não era mau negócio se havia lucro no meio; suficiente para os dois dias que a síndrome lhe teria permitido continuar vivo. Só lhe exigi uma única coisa: que antes de acabar com a vida da menina Margarida recitasse para ela, de minha parte, alguns versos de Gustavo Adolfo para que não lhe restasse a menor dúvida de que, por mais que nos esforcemos na luta, o passado sempre acaba por nos derrotar. Escrevi-os num papel enquanto aguardávamos que nos trouxessem a maleta com a metade da soma em espécie que o Belo tinha fixado como pagamento. "Está tudo bem, don Gregório?", perguntou-me o segurança a quem eu havia dado a incumbência de me trazer o dinheiro, quando me viu ao lado de semelhante sujeito. "Está, Jimmy, não está acontecendo nada, deixe-nos a sós, por favor." (A segurança particular é um símbolo a mais da incerteza dos tempos; quem pode, paga; quem não pode, sofre.) Quando, por fim, estava saindo do meu escritório, o Belo voltou sua cara para a minha e ficou me olhando como que tomado por uma pena incógnita que o vazava por dentro. "Que mal lhe fiz, Goyo?", perguntou-me. "Nenhum que lhe sirva de explicação." "Por que você jogou o morto pra mim, filho-da-puta?", tornou a perguntar-me com angústia. Fazia tempo que ninguém cuspia na minha cara esse insulto e, partindo dessa vez do Belo, lembrei-me forçosamente da noite em que Frank Culá morreu por amor. "Já não me lembro, Belo", menti-lhe, "o tempo tudo apaga. O máximo que eu poderia lhe dizer é que não fui eu, mas a justiça dos homens quem lhe impingiu a prisão. Além disso, você tinha assuntos com ele. Jogue a culpa na justiça e não em mim, enfureça-se com seu aparelho se é que ainda lhe resta raiva suficiente e, se você fizer isso, tire de minha parte a venda que lhe tapa os olhos e meta no seu cu, como compressa, para que quando arrebente não salpique. Eu acabo de comprar seu esquecimento. Agora, preocupe-se em fazer em troca o que lhe pedi. Quando você concluir, estaremos em paz. O resto já não conta, Belo; você não vê que já não conta?"

Ao longo de minha vida conheci inumeráveis filhos-da-puta e a nenhum desejei morte ruim; coisa diferente foi o que tiveram. A providência traça com riso os desígnios dos homens; é esse seu sarcasmo. A menina Margarida contou à polícia que uma gralha saiu grasnando do cadáver do Belo, uma negra como o núcleo do inferno, mas não acreditaram nela. A polícia acredita somente na evidência dos fatos e ignora a possibilidade do sobrenatural. Ao longo de minha vida, pude contemplar várias cenas rápidas que anunciavam a morte e examinei o rosto de certos personagens até poder ler neles o motivo de uma traição ou, ao menos, o nome de quem a fez. Em todos esses casos pressenti gravitando a lírica histérica do destino. A poesia costuma resolver algumas vezes os problemas da transcendência; em outras, no entanto, agrava-os.

O juiz levantou com repulsa, ainda fresco, o cadáver do Belo. Tinha a cabeça partida em duas pelo disparo que lhe deu a menina Margarida no eixo exato do rosto. "Foi em legítima defesa", disse sem tristeza. Explicou aos policiais que ele tinha entrado para espetá-la com uma seringa suja de sangue com Aids. "A espingarda era do meu pai, ele também era guarda-civil, sabem? Ele se jogou em cima de mim como uma fera. Não pude deixar de atirar nele. Devia estar drogado porque dizia o tempo todo que iam voltar as andorinhas de meu balcão seus ninhos a pendurar e coisas assim, sem sentido."

O crânio foi dividido pela bala em duas metades como se fosse um ovo de Páscoa de onde em vez de uma surpresa infantil tivesse saído grasnando uma gralha. Deviam ser os pensamentos do Belo. "Saiu voando pela janela, eu juro; era grande assim; um pássaro nojento que não parava de gritar."

Eu economizei a metade do dinheiro, mas a menina Margarida economizou a morte ruim e continua por aí abundando em sua decadência nauseante, esse foi o preço de minha insatisfação e ninguém poderá remediá-la nunca. Há pessoas que acreditam de pés juntos na continuidade de acontecimentos paranormais e jamais colocariam em dúvida a hipótese de que tivesse podido sair uma gralha voando da cabeça do Belo, tal como testemunhou a menina Margarida. As obrigações diárias entopem, no entanto, nossa percepção do incompreensível e atrofiam-nos o espírito especialmente. Possuir uma família, preocupar-se com ela e esforçar-se para que progrida reduz a capacidade de apreciar o extraordinário. Cada família destila um cheiro ruim, assim como cada animal um fedor. Algumas o dissimulam com fragrâncias adquiridas em perfumarias, mas nem assim o erradicam completamente. O bom olfato pode chegar a ser uma rara habilidade do nariz que em pouco ou nada redunda em lucro para quem o possui. Curti minha juventude debaixo da lona remendada do circo Stéfano, lugar com rara capacidade de espargir pestilências. Ali aprendi a adivinhar a doença de um animal apenas pelo cheiro de seu excremento; a perceber o medo de um homem cheirando o suor de sua testa e a pressentir o desejo das fêmeas pela reverberação aromada de seu cio. Gurruchaga me ensinou. O odor revela a identidade da espécie e determina a especificidade de seus indivíduos. Os filhos-da-puta têm um cheiro denso como o sêmen envelhecido ou o cerume, nisso se pode notar sua condição ainda que a distância. A menina Margarida sempre cheirou a carne apodrecendo, mas eu não percebi até o dia em que o Belo não cumpriu sua incumbência. Gelo dos Anjos cheirava a talco suado e a catástrofe escorregadia. Escorreu do trapézio e os poucos anos que lhe restaram no mundo ficou encaixado numa cadeira de rodas. "Para continuar vivendo como um invertebrado, seria melhor que tivesse me matado na queda." Doris teve a caridade de proporcionar-lhe a morte dissimuladamente. Asfixiou-o metendo na sua boca um pano de chão endurecido e empapando-o em água até obturar sua traquéia. Uma a uma lhe iam saltando as lágrimas enquanto o fazia. Jamais contou a ninguém, exceto a mim. Depois encomendou algumas missas para ele, na tentativa de que sua alma ascendesse aos céus com a mesma agilidade que ele quando jovem havia demonstrado. Eu jamais soube, ao contrário, se chegaram a consumar o amor que se professavam sem confessá-lo. Doris cheirava a fruta no cacho, a uva moscatel macerada com essa luz oblíqua que estertora o verão quando chega ao fim. Ainda a lembro de costas, curando com polvilho anti-séptico as protuberâncias das veias anorretais, enquanto eu, prostrado pela febre, aspirava sem pretender o eflúvio espectral do desinfetante. Só em outra ocasião cheguei a cheirar algo parecido. Foi num hotel de Londres. Tinha aproveitado uns dias para visitar meu filho Éden na instituição em que ele recebe tratamento médico. Saímos para passear juntos pelos prados de Kew Gardens; almoçamos uns sanduíches de queijo com pepino na Fortnum & Mason e depois entramos na Tate Gallery para matar o tempo. Exibiam uma mostra antológica do pintor Francis Bacon. Dizem que a arte aguça a inteligência das crianças autistas e que pode chegar a operar nelas efeitos terapêuticos surpreendentes. Contei entusiasmadamente aos médicos o acontecido no museu quando regressei com o menino ao hospital, mas não deram importância clínica às minhas palavras. Limitaram-se a apertar a minha mão e a assegurar-me de que a cura da doença era lenta e complexa e já se sabe: o lento e o complexo sempre saem caro.

Ainda não havia me despido. Aguardava que subisse um sortido de biscoitos de canela e gengibre com um copo de leite morno que tinha ordenado ao serviço de quartos. Embora ainda tivesse o estômago revirado com os sobressaltos do dia, queria ingerir alguma coisa doce antes de deitar-me e adiar a consciência com a ajuda de um medicamento. Bateram na porta e uma camareira de uniforme arrastou o carrinho dos doces até colocá-lo debaixo das cortinas damasquinas do janelão que dava para a Regent Street. Lá fora o cochicho de uma garoa umedecia a luz enevoada dos postes. A penumbra infiltrava-se pelos vidros e sombreava o ânimo com seu pincel de tristeza. Os quartos exagerados dos grandes hotéis sempre me pareceram panteões da vaidade; seu conforto revela-se fúnebre, sua ostentação amortalhada de falta de sentido. A camareira retirou-se da salinha, não sem antes me fazer uma breve reverência com uma inclinação do joelho e um abaixar de cabeça; em seus olhos assomava, no entanto, a raiva de ter de estar representando semelhante pantomima diante de um simples anão; essas coisas se notam. Fiquei pensativo por uns instantes. De repente uma incandescência começou a substanciar-se num canto do quarto. Aquilo era um farrapo de treva provido de um brilho fantasmagórico; um lôbrego véu de luz fria que, pouco a pouco, foi transformando-se numa figura de aparência humana e traços reconhecíveis. Cheirava a álcool, a assepsia, a infinito. Não me movi de onde estava, também não senti especial pavor ao reconhecê-la. Diante de meus olhos pasmados, Fe Bueyes acabava de regressar do território dos sepulcros. "Tenho fome, Gregori", disse-me a morta, "neste romance se passa muita fome, me dê de comer, mastigue um doce pra mim". Obedeci-lhe. Meti um biscoito na boca e o mordi sem vontade, atento à evolução do ectoplasma. O espectro esboçou um gesto de satisfação e continuou falando. Sua silhueta oscilava no ar como o pálido bruxulear de uma vela, o que dificultava antecipar-se à plasticidade de seus movimentos. Assegurou-me de que no além de onde regressava não existiam nem bebida, nem alimento, nem sensação alguma que pudesse lembrar os prazeres sensitivos da vida consciente, mas apenas ambigüidade. "Tenho cólicas de fome, me dê mais de comer antes que você também se desvaneça", continuou com sua cantilena o espantalho. Engoli a saliva e condensei os nervos no pomo-de-adão sem me atrever a pronunciar nenhuma palavra. "Você se enganou ao dizer-me que tudo se acabava com a morte", continuou, "você se enganou ao acreditar que me empanturrando de doces eu iria te deixar em paz. Você quis que eu morresse sem consolo e agora volto para pedi-lo".

Aquele ente, claro, vinha para condenar minha conduta com a licença que lhe outorgava sua dimensão sobrenatural. Não respondi a nenhuma de suas provocações, limitei-me a procurar relaxar enquanto ia observando o que acontecia. Por um espaço de dez minutos, largos como fragmentos de eternidade, a aparição continuou com seu discurso de além-túmulo, um discurso carregado de imprecisões e vaguezas que contrastava, no entanto, com a surpreendente exatidão com que evidenciou conhecer determinados episódios inconfessáveis de meu passado. O espantalho ria e a cada gargalhada que exumava se diluía minha serenidade. Não pude compreender totalmente seu discurso em razão do hermetismo de sua linguagem, mas num momento dado me pareceu vislumbrar que caçoava muito à vontade de tudo o que se relacionava à minha riqueza e por isso me dedicava o tratamento de fantoche, de palhaço, de ser de ficção. Passado, presente e futuro pareciam sair-lhe da boca aos borbotões e dava no mesmo se lançava mão de uma lembrança ou se esboçava um presságio para que eu apreciasse em suas palavras um naco de irrealidade. Ouvindo-a, constatei acontecimentos esquecidos e soube de outros tantos ainda por chegar, como este indiscutível de agora mesmo em que você, do outro lado deste livro, lê o acontecido e se dá conta de que é meu interlocutor, a pessoa diante da qual irá ultimar-se minha existência. "Nós, os personagens, nem pertencemos ao universo dos vivos nem comungamos da sujeira dos mortos. Essa é a nossa condenação, Gregori", disse-me a Bueyes. "Não temos opção, nem critério, nem vontade. Estamos limitados a desempenhar nossos papéis na farsa que nos coube povoar. Atendemos os ditados de quem nos destinou este simulacro de consciência e estamos sujeitos à imaginação de quem nos lê. Nossa chaga é sermos criados, nosso desafio é sermos convincentes. Mastigue outro doce pra mim, vai, um que não tenha o sabor rarefeito e que me devolva ao paladar uma pontinha de prazer. Neste não-viver por onde ando não se pode desfrutar nem da sensação de ser mordiscada pelos vermes. A luta do homem é impossível, Gregori, uma luta de anão contra a fatalidade; deixe-os abandonados a seu equívoco e venha gozar de mim enquanto pode.

O que você está fazendo que não me atende? Ande, vamos, me dê o consolo que você me negou, vem, abaixe as calças de uma vez, que estou faminta." Não me movi nem pronunciei nenhuma palavra. Não me inquietei nem saí correndo. Não gritei nem cuspi no ar para dissipar talvez o pesadelo que se manifestava diante de meus olhos. Peguei o açucareiro, joguei-o com violência naquele espectro e acertei-lhe na cabeça com tamanha falta de sorte que lhe atravessou a inexistência diretamente e foi chocar-se contra um jarro chinês que havia sido colocado sobre o mármore de uma cômoda, o que provocou um estrondo de porcelana quebrada que dissolveu na hora o feitiço da aparição. Num flip-flop instantâneo, toda aquela estrutura de antimatéria acabou de existir e somente deixou por testemunho o cheiro desagradável antes descrito e o eco enigmático de suas palavras reverberando nos meus ouvidos como bolhas estouradas de irrealidade. Depois, com o passar do tempo, eu quis acreditar que aquele espantalho não era na verdade Fe Bueyes, que a aparição que contemplei existiu apenas na minha imaginação e que tudo foi obra de um sonho ruim provocado talvez pela tremenda comoção que representou para mim escutar na Tate Gallery, pela primeira vez pronunciadas, as palavras acusatórias de meu filho Éden. No entanto, pouco a pouco fui me dando conta do contrário até que, por fim, cheguei a decifrar a mensagem que essa cachorra da Fe Bueyes desejou revelar-me, para meu sofrimento, desde seu além de fantasia. Cada vez com mais convicção e maior desânimo fui assumindo que foi, na verdade, a providência quem traçou a seu bel-prazer meus passos por este mundo, já não sei se real, em que se urdiu a história de minha vida. Uma história encaixada na outra, se mais genérica, não menos fantasmagórica: essa comum da Espanha que a ambos nos une.

Era de manhã quando chamaram no portão de minha casa. O sol espalhava no céu os grasnidos da primavera e eu sob seu ritmo comia no jardim uma maçã verde. Vieram avisar-me. Uma mendiga gritava na rua que cortaria as suas veias se não lhe permitissem ver-me imediatamente. Tinha a seu lado um menino mudo que olhava indiferente o horizonte de lugar nenhum. Ordenei ao mordomo que avisasse a polícia e ele respondeu-me que já havia tomado a liberdade de fazê-lo, mas que a situação era extremamente comprometedora e que a vida daquela louca sem dúvida corria perigo. Aproximei-me ao monitor de segurança que capta as imagens da entrada e em seguida pude reconhecê-la. Ali, dentro do branco e preto da tela, parecia uma tábua jogada às margens da vida pela maré do tempo. Ordenei que permitissem sua passagem. Estava envelhecida e ao ver-me começou a chorar, o que me fez refletir sobre o muito que devia ter sofrido para humilhar-se diante de mim daquela maneira. Meu irmão Tranquilino queimava por diversão os formigueiros sem esperar o sofrimento dos bichos. Não estava em sua natureza ser compassivo nem deixar de sê-lo; fazia o que fazia e não pensava nas conseqüências de seus atos; jamais se arrependeu, pelo menos isso tirou como proveito. "Para que você vem me ver depois de tantos anos, Loira? Não parece que seu empenho pela revolução tenha lhe feito muito bem." Joana, a Loira, coberta de andrajos, agarrava com força seu filho pelo pulso. Possuía a velhice prematura dos que sofrem e a carne estava mole como amassada a golpes. Ninguém teria reparado nela ao encontrá-la num semáforo vendendo lenços de papel. "Este menino leva seu sangue", disse-me secamente, "foi seu presente de despedida. Eu já não posso mantê-lo e precisa de tratamento. Está doente." O verdadeiro triunfo de minha vida havia chegado de surpresa, assim como essas mortes repentinas que desalentam o inimigo e frustram de repente sua estratégia de combate.

Eu poderia dizer-lhe agora que o destino dos homens é escrito com sêmen por anjos no livro umedecido das paixões, mas não o direi, pois pode até ser verdade. A Loira tinha a memória desarticulada e acreditava somente na razão da sobrevivência e no sossego de não pensar. Contou-me coisas terríveis, ainda mais do que queimar formigueiros por prazer e dar pauladas nos dentes dos cachorros pelo capricho de ouvi-los uivar. Meu filho estava ausente e abobalhado e, ainda que me olhasse, reservava para si os pensamentos no caso de que os tivesse. "Como se chama?", perguntei-lhe. "Éden, como o Comandante Zero", respondeu-me sem nenhum vislumbre de orgulho.

Contou-me coisas terríveis. Matou homens e mulheres com suas próprias mãos. Cortava seus pescoços com uma navalha grande enquanto ainda estertoravam, não teve compaixão pelo inimigo.

Agüentou dando tiros pelas serras cinco dos nove meses que lhe durou a gravidez, depois mordeu sua raiva e amancebou-se com um traidor. Caiu apaixonada por ele como uma menina e, silenciosamente, atribuiu-lhe a descendência. Deixaram o alarido das pistolas e instalaram-se num povoado a leste de Matagalpa. Ali gerenciaram uma taberna em que serviam polvos e onde a tropa se embebedava com rum. Seu homem bebia muito e a emendava a bordoadas. Depois de moer seus ossos, tirou partido em espoliar sua carne e a foi vendendo aos oficiais sandinistas por uns trocados a trepada. O que através da convivência averiguavam iam contando à Contra* para poder sobreviver entre ambos os fogos, assim até que às avessas, em troca de pouca grana, acabou o taberneiro delatando aos militares tudo o que queriam saber sobre posições, apetrechos e propósitos do inimigo. Meu filho cresceu junto à mãe desnudo de inteligência, desprendido de qualquer outra educação que não fosse a que dão os animais com sua conduta. Tristonho como era, passava todo o santo dia sentado na porta do restaurante, medindo o tempo pela freqüência das bebedeiras dos clientes e com o entendimento muito debilitado pela intensidade do sol. A Loira não sabia nada da traição de seu homem e isso lhe valeu para salvar a vida. Primeiro lhe bateram na cara com a culatra de um revólver, depois lhe meteram o cano na boca e fizeram um disparo sem bala para amedrontá-la ou talvez tenha sido porque não saiu. Um dos guerrilheiros pretendia arrancar-lhe com uma faca um mamilo como recordação, mas já estavam mais apaziguados depois de terem se divertido justiçando o delator. Quando se fartaram de surrá-la, estupraram-na sem entusiasmo. Fizeram-no às claras diante do menino, enquanto as moscas, anjos insetos, rondavam sua cabecinha com suas trompas untadas de excremento de lagarto. Antes, com toda a liberdade, como já lhe

---

* Facção ae direita contrária à FSLN, Frente Sandinista de Libertação Nacional.

disse, tinham torturado o delator. Colocaram um capuz na sua cabeça, uma corda no pescoço e depois de quebrá-lo aos chutes balançaram a pouca vida que lhe restava de um pé de tamarindo corroído pela urina de tucano.

O que não faria você por amor? Provocar catástrofes naturais, suportar alterações genéticas, participar talvez de espetáculos esportivos? Por amor consagra-se a vontade e faz-se renúncia absoluta da própria até o limite exato da anulação. A Loira tinha as cicatrizes costuradas no corpo dos golpes que lhe dava o taberneiro quando a possuía. Os filhos-da-puta às vezes comungam o mesmo credo e outras nem tanto, nunca se sabe. Por amor se dá a volta ao mundo de chinelos ou deixa-se amputar os dedos ímpares com abnegação. A Loira tinha na pele as marcas da fivela com que o taberneiro lhe apaziguava a vontade de ir embora daquele trópico infernal. Por um momento imaginei-a nua, deitada sobre o chão de terra do restaurante, vencida pelo lento estupor da sesta, farejando as sombras com as fossas dilatadas das narinas, o outro talvez a seu lado, roncando no seu ouvido alguma melodia aviltante e passando a mão à vontade pela triste terra devastada de suas coxas. Imaginei-a de novo suportando nos ossos o estalar fervente das chicotadas e veio-me à memória a sanha com que o menino Santomás empregou na noite em que arrancou minha pele a tiras e pude ver, então, três ou quatro gotas de sangue que lhe escorriam pelo flanco e que, numa surpreendente confusão de dor e desejo, iam se misturando com sua transpiração. Meu filho viu seu padrasto assim que morreu, oscilando de um lado a outro com a cabeça meio cortada pela lâmina da corda. Os grasnidos dos urubus sobrevoavam sua cadência bem de perto. A imagem deve ter lhe deixado os neurônios sem amparo, porque em vez de chorar urinou nas calças e emudeceu para sempre.

A humilhação é uma expressão plástica da derrota. O inimigo humilhado segrega desamparo e gera prazer ao verdugo. Humilhei Joana, a Loira, de duas maneiras, primeiro mergulhando na sua carne a semente de minha descendência e comprando-lhe, depois, aos nove anos, a vida que ela havia engendrado. "Me encarrego do menino em troca de que você nunca o reclame, nem jamais volte a vê-lo. Eu vou tirar você da miséria e lhe pagarei uma pensão para que você possa construir, se é que tem vontade, uma vida sem passado em que nem ele nem eu existamos." Aceitou. A mim também de menino me venderam. Dizem que a história se repete. Nunca expliquei ao filho a circunstância que o conduziu a mim, nem sequer me incomodei em tentar inteirá-lo de que um anão era seu pai verdadeiro. Resignei-me a vê-lo permanecer no hermetismo de suas lembranças e o enviei a Londres para que uma instituição famosa que me recomendaram como a mais idônea para seu tratamento se ocupasse dele da melhor maneira possível, que é essa que se remunera rápido e sem regatear. Não se alterou quando sua mãe se despediu dele para sempre com um beijo adoecido de remorsos. É estúpido, impenetrável, paralisado. Habita em universos interiores e só às vezes demonstra um interesse remoto por coisas insignificantes ou circunstanciais. Passear a seu lado é desolador. Sua companhia é puro gelo e com freqüência medito sobre se a tumba pelo menos não aliviaria a letargia em que se sustém seu autismo. Talvez sua sina consista em habitar mundos imaginados em que não existam as regras da lógica nem expilam as paixões seus desígnios. Talvez esse mundo seja mais certo que o meu próprio; este em que agora me encontro, só, vazio, observando-o e aguardando nada mais do que o ponto final de minha consumição.

As pizzas são elaboradas com massa de farinha de trigo, são assadas em fornos especiais de emulsão de calor, são adornadas com temperos apetitosos, são mastigadas com discrição e uma vez digeridas são expulsas pelo esfíncter anal, transubstanciadas em excremento. Os planos da realidade podem ser múltiplos e nem todos têm de passar necessariamente pelo tubo digestivo do explicável. Os cães, os loucos e os poetas intuem os outros mundos que os rodeiam e fazem o que lhes é próprio e conseqüente; uns uivam, outros babam e os últimos rimam fervorosamente inconsistências pelas quais ninguém demonstra o menor apreço. Contei aos médicos, mas não me prestaram muita atenção. O bobo do meu filho ficou naquela manhã olhando ensimesmado um dos quadros pendurados nas salas de exposição da Tate Gallery. Tínhamos acabado de almoçar no

Fortnum & Mason uns sanduíches de queijo com pepino que Éden quase não provou. Ainda está muito acostumado ao gosto dos alimentos quase estragados que sua mãe lhe oferecia temperados com pimenta. Durante um longo tempo nem abriu a boca nem proferiu som algum que evidenciasse a manifestação de um pensamento ou declaração inteligível de vontade. Sempre que vou a Londres o levo para passear pela Oxford Street ou me entretenho a levá-lo para contemplar os animais aprisionados no zoológico da Regent's Park. Também freqüentamos algumas grandes lojas de departamento em que costumo gastar enormes somas em brinquedos, que envio ao hospital com o propósito de aliviar a solidão interior que amuralha os cérebros das crianças ali enclausuradas. Freqüentemente o levo a museus para que se familiarize com as proporções da beleza, mas ele nem se altera. Segue-me e cala. Nessa manhã na Tate Gallery, ficou ensimesmado contemplando aquele quadro sem esboçar nenhum gesto ou som, só deixou escapar um peido que inundou a sala com uma fetidez insuportável. As pessoas que a nosso redor se espalhavam vendo quadros voltaram em nossa direção seus olhares contrariados pelo mau cheiro, talvez inferissem que pela deformidade proviesse de mim semelhante pestilência, quando, de repente, como se fosse um arrebato de epilepsia, meu filho entrou num frenesi ruborizado de verborréia e começou a gritar palavras guturais ao mesmo tempo em que apontava com o indicador o quadro que estava observando: "Esse é você, esse é você!", dizia excitado. Não reagi com presteza diante do assombro que representou para mim escutar sua voz, no que demorei uns segundos em me dar conta do que acontecia. Tive de acalmar a histeria do garoto com umas bofetadas, o que provocou um raro espanto no público presente. "Esse anão é você", continuava dizendo o condenado, e a verdade é que tinha razão, porque aquela mixórdia de vísceras descosidas que pendia das paredes da retrospectiva de Francis Bacon era eu mesmo ou, melhor, o eu mesmo de trinta anos atrás; aquele menino desvalido a quem aquele pintor de pele sangüínea quis retratar a decomposição das entranhas na salmoura crepuscular da Costa do Sol.

São os loucos, os cães e os poetas os que normalmente intuem melhor os outros mundos. Uns os manifestam com babas, outros com uivos e com versos os últimos. Que meu filho rompesse daquela maneira surpreendente seu jejum de palavras entristeceu meu ânimo durante todo o dia. Depois me apareceu o espectro de Fe Bueyes e acabou de alinhavar a mortalha da inquietude. Naquele momento não entendi totalmente o que disse, mas pouco a pouco fui concluindo os significados de suas frases até me dar conta de que aquele espantalho premonitório tinha aprendido o quanto sentenciava no romance concluído de minha vida, esse que aparentemente sem importância você sustenta agora mesmo entre as mãos.

Perturba-me o desassossego, os presságios evidenciam-se como certos e cada vez me sacode com mais força a câimbra da tristeza. Nunca até hoje eu havia enfrentado a certeza da inexistência e, no entanto, não sinto espanto algum diante do indesculpável. Eu o pressagiei assim que olhei dentro de seus olhos. Sei que sua intenção não é de todo culpável e que talvez nem sequer desfrute com o fato irrelevante de minha desaparição, mas nada posso fazer para evitar o que está escrito. Eu já estava advertido do que teria de acontecer, mas não pensei que fosse suceder desta maneira. É duro para mim ter você aí presente, intrigado pelos últimos suspiros de minha vida, desejando como um canalha chegar ao instante exato desse final que se augura próximo. Não é você, no entanto, mas a providência quem decidiu de antemão o desenlace, você terá de consumá-lo no ponto final de minhas palavras. A iminência do desastre me dá a fortaleza necessária para continuar falando sem o amaldiçoar. Necessito um último instante para esgotar na sua cara os poucos batimentos de consciência que ainda me restam e desentulhar para você, como mostrava aquele poema, aquelas circunstâncias referidas ao passado, ao tempo ido, e que por completar, no entanto, o panorama expliquem algumas coisas que possam lhe servir nessa luta perdida de antemão que o ser humano trava contra a fatalidade.

Ouça-me estertorar se é que isso torna sua leitura mais divertida. A brisa do nascimento é terna e cálida e leva preso em suas dobras um perfume de genoma totalmente indecifrável. Depois os ventos fortes da vida sopram e a cada um lhe arrancam o que podem, a uns o coração, a outros a alma. Os poetas, assim como os loucos e os cães, são dados a perceber a agonia do tempo dos homens, a fugacidade de suas épocas e a inutilidade de seus empenhos. O que pode haver detrás da consciência senão a morte? Agora chega a minha por sua mão, mas algum dia a da vez será a sua própria e, então, será você quem terá que se enfrentar com o silêncio feroz do assassino.

Eu teria gostado de ignorar que nada é tão falso quanto nossas próprias lembranças; que tudo é um sarcasmo premeditado e o que tomamos como nossas vivências, nossas esperanças ou nossos temores mais recônditos não são mais que meras manifestações da incerteza que nos produz a pretensão de que somos seres vivos. Você pelo menos existe neste instante. Você é para mim a única certeza que me resta e por isso sei que será em suas mãos onde na virada da página terei de me encomendar, por fim, a meu destino. As cristas de galo desmancham-se na boca como se fossem comungadas e liberam ao serem deglutidas um sabor madrugado de quiquiriquis. A última ceia sempre acontece. Às vezes somos conscientes disso e às vezes não. Essa é a única diferença. Não deveria ter ouvido o mandato da providência e ter recusado o convite que me foi feito. Estaria voando neste instante a Londres para passar o réveillon com meu filho, e minha vida continuaria com seu discurso ordenado, mas quis a fatalidade que tudo acontecesse deste modo absurdo; você aí expectante, eu aqui aguardando a chegada da comissária Dixon, ávido por contemplar os resultados excepcionais de sua pomada, condenado à desaparição. A imundice é só uma antecipação do fim que nos aguarda, um avanço dos momentos derradeiros que antecedem o além-túmulo. Gurruchaga satisfazia-se contemplando o excremento ainda quente das feras, dizia que cheirava à vida e o celebrava. Mandarino em troca, com muito menos se contentava; a luxúria o possuía, estava escrito em sua natureza. Não voltei a saber dele até que passado um tempo, numa dessas noites de insônia em que o nervosismo estraga o sono e a televisão oferece a cumplicidade de sua companhia durante a madrugada, vi-o interpretando um filme pornográfico. Estava entre duas mulheres que se assemelhavam na plasticidade da nudez. Mandarino as farejava com o nariz em riste e dava gritinhos guturais como de cachorro satisfeito. Elas em troca entretinham seu pau com suas mãos, suas bocas e seus sexos numa espécie de celebração extraordinária de animalidade, até que, por fim, ele se derramava como uma avalanche de neve líquida que anunciasse alguma prole.

É curioso constatar como no devir dos acontecimentos gerais incorpora cada indivíduo suas próprias condutas até redimir-se ou aniquilar-se neles. Meu irmão Tranquilino malogrou-se cedo por atravessar a linha do trem. Jamais beijou uma mulher ou provou um pedaço de pizza, mas também não teve tempo de meditar sobre o final que o aguardava, teve essa fortuna. Eu, sem você pelo meio, poderia ter preservado a ilusão da riqueza ou ter crescido mais, se possível, no rio revolto dos tempos, mas assim que o pressenti compreendi que o fim estava próximo e que seria nas suas mãos onde haveriam de findar-se os meus dias. As horas como as páginas vão se sucedendo umas às outras numa vertigem insustentável. Minhas horas eram suas páginas, minhas páginas suas horas, por isso já estou exausto. Você é meu verdugo, meu executor, o carrasco da providência. Tome consciência disso. Acabe minhas palavras, leia, por fim, o nada no meu rosto, feche pela última vez o livro que sustenta entre as mãos e tudo, então, estará consumado.

Estão batendo na porta. A comissária Belinda Dixon me assegurou que viria esta noite satisfazer comigo seus apetites mais desordenados, mas temo que não chegará a tempo de me redimir do final. Pena. Eu teria gostado de desfrutar pela última vez do gozo elétrico da carne. Ao fim e ao cabo é no presente do desejo onde ferve o ser humano com mais força até o extremo de acreditar-se imortal, mas não será possível, já não poderá ser salvo meu retorno a esse caos inóspito de onde todos partimos e ao qual, por fim, regressamos.

Na minha vida, conheci múltiplos filhos-da-puta e a nenhum desejei morte ruim, mas talvez seja você dos poucos a quem agradeceria de coração por ter-se entretido bisbilhotando a minha existência, recriando meu mundo com sua própria fantasia, desentranhando em minhas frases um vislumbre de realidade em nada alheia à sua particular, e, afinal, mostrou a inteireza de chegar até esta encruzilhada da fábula, que, em virtude de raras disposições que a você e a mim nos escapam, prova que tudo está a ponto de ser consumado.

Estão batendo na porta. Vá embora antes que abra. Nada o retém nesta casa, nem tenho argumentos que o possam entreter por mais tempo. O instante do final é com freqüência muito menos aterrorizante do que as pessoas consideram, e você já teve suficiente espetáculo. Assim que você vá embora, minha vida terá alcançado seu sentido e restarão apenas a eternidade frugal das palavras e essa estranha maneira em que os sentimentos perpetuam-se através das gerações.

Duas coisas, no entanto, vão ficar no baú dos meus desejos: a primeira, não ter podido conseguir para a menina Margarida a morte ruim dos filhos-da-puta e ter de deixá-la dançando por aí, ao acaso de sua própria degeneração; e a segunda, extinguir-me sem saber como, diabos!, seria a erva de endurecer tomates que Gurruchaga mandou-me buscar no dia em que o levaram preso, a caminho inapelavelmente do paredão. Que fique a providência com sua parte de culpa.

No mais, descartada a sorte e gasta totalmente a esperança, já nada me resta salvo dizer-lhe que, quando a dor fingida tornar-se verdadeira e seu coração bater sem repouso, lembre mais uma vez aquele poema que sustenta que, no final, nada pode ser feito, que sempre estará próximo o fim que nos aguarda de antemão, que a aventura acabará sem dúvida como deve acabar, como está escrito, como é inevitável que aconteça.

Impresso no Brasil pelo
Sistema Cameron da Divisão Gráfica da
DISTRIBUIDORA RECORD DE SERVIÇOS DE IMPRENSA S.A.
Rua Argentina 171 – Rio de Janeiro, RJ – 20921-380 – Tel.: 2585-2000